四部要籍選刊·經部　蔣鵬翔 主編

阮刻毛詩注疏（典藏版）五

〔清〕阮元 校刻

浙江大學出版社

本册目録

卷十六之二

大明 …… 二一一五

緜 …… 二一三七

校勘記 …… 二一六五

卷十六之三

棫樸 …… 二一七九

旱麓 …… 二一八九

思齊 …… 二一九九

校勘記 …… 二二一三

卷十六之四

皇矣 …… 二二二三

校勘記 …… 二二五五

卷十六之五

靈臺 …… 二二六五

下武 …… 二二七八

文王有聲 …… 二二八三

校勘記 …… 二二九五

卷十七之一

生民之什

生民 …… 二三〇一

校勘記 …… 二三四一

卷十七之二

行葦 …… 二三五三

既醉 …… 二三六八

鳧鷖 …… 二三八一

校勘記 …… 二三九七

卷十七之三

假樂……二四一一
公劉……二四一七
泂酌……二四三九
校勘記……二四四三

卷十七之四

卷阿……二四五五
民勞……二四七三
板……二四八二
校勘記……二四九九

卷十八之一

蕩之什

蕩……二五一五
抑……二五二九
校勘記……二五五三

卷十八之二

桑柔……二五六三
雲漢……二五八六
校勘記……二六〇九

卷十八之三

崧高……二六二七
烝民……二六四七
校勘記……二六六一

附釋音毛詩注疏卷第十六　十六之二　（五十）

毛詩大雅　鄭氏箋　孔穎達疏

大明文王有明德故天復命武王也二聖相承其明德日以廣大故曰大明○復扶又反【疏】大明八章首章二章四章七章皆六句三章五章六章卒章皆八句至武王○正義曰作大明詩者言文王有明德由其德當上天故天復命武王焉言復更命武王以對前命文王言文王有明德則武王亦有明德互相見也此經八章毛以爲從六章上五句長子維行以上說文王有德能受天命故云有命自天命此文王是文王有明德天命之事也篤生武王以下說武王有明德天復命之故云保祐命爾爕伐大商是武王有明德復受天命之事也但說文王之德則追本其母述武王之功則兼言其佐文王則天生賢配武王則帝所降臨皆是欲崇其美故辭所汎及鄭唯以首章并言文王武王俱有明德故能伐殷與下爲揔目餘同○箋二聖至大明○正義曰以經有明無大故解之也聖人之德終始實同但道加於民化有廣狹文王則纔及六州武王徧被天下論其積漸之功故云日以廣

大以其益大故曰大明○**明明在下赫赫在上**明明察也文王之德明明於下故赫赫然著見於天箋云明明者文王武王施明明德于天下其徵應炤晢見於天謂三辰效驗○赫赫呼伯反恐也應應對之應炤章遙反本或作灼晢之設反見賢遍反**天難忱斯不易維王天位殷適使不挾四方**忱信也紂居天位而殷之正適也挾達也箋云天之意難信矣不可改易者天子也今紂居天位而又殷之正適以其為惡乃棄絕之使教令不行於四方四方共叛之是天命無常維德是予耳言此者厚美周也○忱市林反適音的注同挾子燮反一作子協反

【疏】明明至四方○毛以為文王施行此明明然光顯之德在於下地其徵應赫赫然著見之驗在於上天由此為天所祐棄紂命之故反而美之云若是則天之意難信斯不可改易者維王位耳以其身為天子謂天必歸之更無異意何則紂居天之大位而又殷之正適以其為惡之故天乃絕而棄之使其教令不通達於四方為四方所共叛而天命歸文王是為天命難信也以天之難信而文王能得天之意言此所以厚美周也○鄭於文義大同以此章以下摠為明明赫赫辭兼武王言二聖皆能然餘同○傳明明至於天○正義

曰明明察也釋訓文以此文上下相對謂施德於下能感上天○箋明明至效驗○正義曰以下言紂之政教不達四方爲天下所棄是武王時乃然則此章爲揔目其辟兼文武矣故曰文王武王施明德於天下也以其理當兼之故并言武耳不以兩明赫赫之文分之使有所屬也謂三辰有效驗者周禮春官神仕職曰掌三辰之法注云日月星辰其著位也桓二年左傳曰三辰旂旗昭其明也服虔云三辰日月星也謂之辰者辰時也日以照晝月以照夜星則運行於天民得取其時節故謂之辰也有效驗者謂日月揚光星辰順軌風雨以時寒暑應節乃知君德能動上天民皆見其徵應所以言赫赫在上也○傳忱信至挾達○正義曰忱信釋詁文微子之命及左傳皆謂微子爲帝乙之元子而紂得爲正適者鄭注書序云微子啓紂同母庶兄紂之母本帝乙之妾生啓及衍後立爲后生受德然則以爲后乃生受故爲正適也挾者周匝之義故爲達周禮所謂浹日浹即今之匝義同也○箋天之至美周○正義曰自古已來無不易之代云不可易者以諸侯以下廢立由人是其可改易也至於天子之位則非人力之所能變改言不可改易所以見其難難而能改所以美周德也紂爲天子而復言使明是天之使也教令不行自由紂惡而云天使之者天將令殷滅故生玆愚主亦天使

之也故云天使見天人相將之義○

摯仲氏任，自彼殷商，來嫁于周，曰嬪于京。乃及王季，維德之行。

摯國任姓之中女也。嬪，婦。京，大也。王季，大王之子，文王之父也。箋云：京，周國之地，小別名也。及，與也。摯國中女曰大任，從殷商之畿內嫁爲婦於周之京，配王季而與之共行仁義之德，同志意也。○摯音至。仲字，任音壬，注同，下大任皆放此。嬪，毗申反。中，丁仲反，下同。大任音泰，後大任、大姒、大姜皆同。

【疏】摯仲至之行○毛以爲既言文王明德爲天所與，故本其所由，言有摯國之中女，其氏姓曰任，從彼殷商之畿內來嫁于周邦，既配王季爲妻，曰能盡婦道於大國，乃與王季維於仁義之德共之而行，所以同志意。○鄭唯爲婦於周京之地爲異，餘同。○傳摯國至之父○正義曰：以文勢累之，任姓仲字，故知摯爲國也。以下言大任，婦人稱姓，故知任爲姓。仲者，中也，故言之中女。此言仲任，下言大任者，此本其未嫁，故詳言其國及姓字；下言已嫁，以常稱言之。禮，婦人從夫之謚，故頌稱大姒爲文母，大任非謚也。以其尊加于婦，尊而稱之，故謂之大姜、大任、大姒，皆稱大，明皆尊而稱之。唯武王之妻，左傳謂之邑姜，不稱大，蓋避大姜故也。嬪，婦，釋親文。下曲禮云：生曰妻，死曰嬪。此生而言嬪者周禮立九嬪之官婦人有德之稱妻死其夫以美號名之故稱嬪也若非夫於妻傍稱女婦有德雖生亦曰嬪故書曰嬪于虞亦是生稱之也京大釋詁文王肅云唯盡其婦道於大國耳述毛爲說也○箋京周至志意○正義曰箋易傳者以言於京是於其處所不得漫言於大王肅以爲大國近不辭矣上篇述文王受命之事而云祼將于京可得以爲京師此王季時爲諸侯之子孫耳追崇其號得謂之王不得即以其居爲京師也孫毓以爲京師又不遍矣思齊曰思媚周姜京室之婦此云來嫁于周曰嬪于京下章云命此文王于周于京皆周京並言明俱是地矣周是大名明京是其中小別也當時殷商爲天下大號而言自彼爲有所從來之辭以商對周故知自其畿内也乃及者相與之辭德者揔稱所行者仁義也故言配王季而與行仁義之德同其志意見婦人佐夫故言同耳周本紀云大王曰我世當有興者其在昌乎則王季未爲世子而生昌矣此則從後而言主於王季故其辭若王季爲君之時言也

大任有身生此文王大任仲任也身重也箋云重謂懷孕也○重直勇反又直龍反廣雅云有娠也下同孕以證反維此文王小心翼翼昭事上帝聿懷多福厥德不

回以受方國回違也箋云小心翼翼恭慎貌昭明聿述懷思也方國四方來附者此言文王之有德亦由父母也疏大任至方國○正義曰大任既嫁於周今有身而懷孕矣至終月而生文王維此文王既生長之後小心而恭慎翼翼然明事上天之道既維恭慎而明事上天述行此道思得多福其德不有所違以此之故受得四方之國來歸附之言文王有德亦由於父母○傳身重○正義曰以身中復有一身故言重箋申之云謂懷孕也易曰婦孕不育是也○箋小心至由父母○正義曰釋訓云翼翼恭也故知恭慎貌人度量欲其心之大謹慎欲其心之小見其終常戒懼出於性然表記引此詩乃云有君民之大德有事君之小心是也言受方國故知四方之國來附之此篇主美文王有明德而上述大任之配王季故解之云此言文王有德亦由父母也**天監在下有命旣集文王初載天作之合在洽之陽在渭之涘**集就載識合配也洽水也渭水也涘厓也箋云天監視善惡於下其命將有所依就則豫福助之於文王生適有所識則爲之生配於氣勢之處使必有賢才謂生大姒○洽戶夾反一音庚合反案馮翊有郃陽縣應劭云在郃水之陽郃尸荅

反渭音謂涘音士妃音配字亦作配下皆同爲于僞反下天爲亦爲同處昌慮反○【疏】傳集就至涘厓○正義曰鳥止謂之集是集爲依就之義故以集爲就也文王初載謂其幼小始有識知故以載爲識也釋詁云妃匹合也妃合對也轉以相訓是合爲妃義也洽與渭連文又水北曰陽渭是水名則洽亦水也釋丘云涘爲厓郭璞曰謂水邊也○箋天監至大姒○正義曰於文王有所識則不過二三歲也大戴禮稱文王十三生伯邑考十五生武王發明大姒之小於文王纔一二歲耳若然文王初生已有天命之意皇矣乃眷西顧明是紂惡之後天始視文王與此乖者帝王之命定於冥兆唐堯之受河圖昌名已在其録明天歸文王在於久矣但作詩之人意各有主皇矣辭爲沮勸作與奪之勢故言見紂之惡乃歸文王此則美文王之聖有賢妃之助故言天將有命爲生大姒所述意異故言天命有早晚耳氣勢之處正謂洽陽渭涘是也名山大川皆有靈氣嵩高曰維嶽降神生甫及申水亦靈物氣與山同詩人述其所居明是美其氣勢故云爲生賢妃於氣勢之處使之必有賢才也思齊云大姒嗣徽音則文王之妻爲大姒也此云天作之合下言文王親迎故知謂生大姒所○言居河之湄雅言有微尰之疾者小人不得其氣勢雅居下濕故生疾耳辭各有意不得同也

文

王嘉止大邦有子嘉美也箋云文王聞大姒之賢則美之曰大邦有子女可以爲妃乃求昏

大邦有子俔天之妹俔磬也箋云既使問名還則卜之又知大姒之賢尊之如天之有女

弟○俔牽遍反磬也徐又下顯反文定厥祥言大姒之有文○云譬喻也韓詩作磬磬譬也文德也祥善

也箋云問名之後卜而得吉則文親迎于渭言賢聖之配王以禮定其吉祥謂使納幣也也箋云賢美○配

配聖人得其宜故備禮也○迎魚敬反造舟爲梁不顯其光言受命之宜王基乃

始於是也天子造舟諸侯維舟大夫方舟士特舟造舟然後可以顯其光輝箋云迎大姒而更爲梁者欲其昭著示後世

敬昏禮也不明乎其禮之有光輝美之也天子造舟周制也殷時未有等制○造七報反又七道反毛云天子造舟方言

云浮梁也廣雅作艁音同說文艁古造字一音才早反輝音暉

【疏】文王至其光○毛以爲此篇主美文王雖王季

尚存皆以文王爲主上既言天爲生配此言成昏之禮故言文王既聞大姒之賢則嘉美之曰大邦有子女可求以爲昏

姻媒以行納采也既納采問名將加卜之又益知大姒之賢言大邦之有子女言尊敬之磬作是天之妹然言尊重之甚

也卜而得吉行納吉之後言大姒之有文德文王則以禮定其卜吉之善祥謂使人納幣則禮成昏定也既納幣於請期之後文王親往迎之於渭水之傍造其舟以爲橋梁敬重若此豈不明其禮之有光輝乎言其明也○鄭唯文定厥祥文一字爲異餘同○箋文王至求昏○正義曰上既言大姒之生此言文王嘉止則文王美大姒矣大邦有子文在嘉止之下是文王美之辭明矣既美其賢謂之可以爲妃故知乃求昏也下箋云既使問名則此求昏謂納采時也案士昏禮納采問名同日行事是其禮相因遣納采即問名也○傳俔磬○正義曰此俔字韓詩文作磬則俔磬義同也說文云俔諭也詩云俔天之妹謂之譬諭即引此詩箋云尊之如天之有女弟與譬諭之言合蓋如今俗語譬諭物云磬作然也○箋既使至女弟之○正義曰以此既主文王之事下言親迎于渭是指文王身之親迎則文王嘉止文定厥祥皆謂文王身自美之身自定之也始於問而美之終以造舟親迎則此章文有倫次總述昏禮故箋準行六禮之事而結之以嘉止有子承上在渭之涘故爲問而美之既美其賢自然求昏行納采也下言文定厥祥祥者徵祥之美即卜吉之謂上言納采下言卜吉明此是問名之後還卜得吉兆益尊美之故言文王既使問名還則卜之又知大姒之賢尊之如天之有女弟也

釋親云男子謂女子先生爲姊後生爲妹妹卽女弟天者無形之物非如人有親族言天妹者譬之於天見尊之耳初嫁必幼故以妹言之易有歸妹之卦亦此意也○傳祥善○正義曰釋詁文○箋問名至納幣○正義曰祥者吉祥之事而言定之是問名之後卜而得吉以納幣爲定定此吉祥唯納幣耳故知文王以禮定其吉祥謂納幣也幣由卜吉行之故昏禮謂之納徵注云徵成也是亦爲卜吉而吉與此祥意協也春秋莊二十二年冬公如齊納幣不言納徵者禮以著義而爲之立名故謂之納徵春秋君及大夫之行當指其所爲之事故言納幣何休因此言春秋質也此箋上有問名卜而得吉卽納吉也定其吉祥爲納幣也下有親迎是四禮見矣無納采與請期者詩人之作舉其大綱非如記注能備言其事上箋云求昏者卽是納采也雖請期之文不見耳既親迎明請之可知也六禮納采納吉納徵三禮言納餘不言納者以問名請期親迎皆須復名而後可言其名既復不須以納配之采也吉也徵也三者皆單是夫氏於女之禮故加納見行之於彼也箋以此章言取大姒之事皆文王身爲士孫耳毓云昏禮不稱主人母在則命之此時文王纔十三四孺子耳王季尚在豈得制定求昏之事如毓之言非無理矣鄭必以文王之娶時實幼少但聖人有作動爲模範此詩歌之大雅

以爲正法主於文王之身不復繫之父母耳非謂其時不是父母制之也下所言親迎造舟皆出文王之意故得後世遵之以爲王者之禮若王季使之然則是王季行王法無所美於文王也親迎造舟既文王所專則嘉止定祥亦是文王身矣復何所嫌而云文王不可哉○傳言賢聖之配○正義曰此解本之親迎意以賢聖宜相配故備禮而親迎之是言親迎亦明大姒之有德故箋申之言賢女配聖人得其宜故備禮也六禮唯親迎爲重迎尚身自親之餘禮行之可知故言備也文王雖人子時事在雅則天子法天子當親迎故異義公羊說天子至庶人娶皆當親迎左氏說王者尊無體敵之義故不親迎鄭駮之云大姒之家在洽之陽在渭之涘文王親迎于渭即天子親迎明矣天子雖至尊其於后猶夫婦也夫婦判合禮同一體所謂無敵豈施於此哉禮記哀公問曰寡人願有言然冕而親迎不已重乎孔子愀然作色而對曰合二姓之好以繼先聖之後以爲天地宗廟社稷之主君何謂已重乎此言親迎繼先聖之後爲天地宗廟主非天子則誰乎是鄭意以此爲天子之法故引之以明天子當親迎也○傳言受至光輝○正義曰昏禮人倫之本禮始於正夫婦然則周有天下王業之基皆始迎於大姒矣故云文王受命之宜及周家王業之基乃初始於是不可不敬重之故造舟

也因解舟尊卑之制天子造舟至特舟皆釋水文李巡曰比其舟而渡曰造舟中央左右相維持曰維舟併兩船曰方舟一舟曰特舟孫炎曰造舟比舟爲梁維舟連四舟也然則造舟者比船於水加板於上即今之浮橋故杜預云造舟爲梁則河橋之謂也維舟以下則水上浮而行之但船有多少爲等差耳禮天子乃得造舟文王欲其事必極物盡禮用天子之制然後爲榮故云造舟然後顯其光輝解本用造舟之意王肅云造舟爲梁然後可以顯其光輝明文王之聖德於是可以王也○箋迎大姒至等制○正義曰此美大其事而造舟若禮先有之不應特迹明是文王所創制也云迎大姒更爲梁者欲其昭著示後世敬昏禮也不明乎其禮之有光輝言其實明禮之有光輝反其言所以美之也以傳歷言舟之等級故申之云天子造舟周制也殷時未有等制知者若先有等制則下不僭上文王雖欲重昏禮豈得僭天子乎若僭天子爲罪則大於時人主誰肯聽之以此知殷時未有等制文王敬重昏事始作而用之後世以文王所用故制爲天子法耳故王基云自殷以前質略未有造維之方特差周公制禮因文王敬大姒重初昏行造舟遂即制之以爲天子禮著尊卑之差記以爲後世法是也

有命自天命此文王于周于

京纘女維莘長子維行纘繼也莘大姒國也長子長女也維行大任之德焉箋云天爲將命文王君天下於周京之地故亦爲作合使繼大任之女事於莘莘國莘國之長女大姒則配文王維德之行○纘子管反莘所巾反長張丈反注同○篤生武王保右命爾燮伐大商篤厚右助燮和也箋云天降氣于大姒厚生聖子武王安而助之又遂命之爾使協和伐殷之事協和伐殷之事謂合位三五也○右音祐字亦作佑注同燮蘇接反協戶頰反○【疏】有命至大商○毛以爲既言迎得大姒此又言其能與文王行德生聖子以克殷也言教命乃從天而來歸將命此文王于彼周國于其京師也則爲生善美之匹使繼先姑大任之女事維在於莘國是莘國處長之子女則以配文王與之維德之行共行仁義於周京以此夫妻聖賢其行德義之故爲天降氣於大姒遂厚生聖子武王言武王得美氣之厚天既降氣生之亦安保而佑助又遂命汝武王使汝協和其伐大商之事當靖以待時天道協會而後伐之言其伐又爲天助也○鄭唯於彼周京之地爲異餘同○傳纘繼至德焉○正義曰纘繼釋詁文此莘猶上摯也婦人所繫國姓而已姒是其姓則莘是其國故云莘大姒國也纘女者言能繼

行女事故知長子長女喪服注云言子兼男女是也婦之所繼唯繼姑耳繼姑而言維行故知能行大任之德也上章述大任之事云乃及王季維德之行今大姒言大任之德則亦與文王維行矣故箋申之云配文王維德之行是取上章爲說也○箋天爲至之行○正義曰經言有命自天何知不時巳受命而言天爲將命文王者以此中結上章之事有命自天猶有命既集也纘女維莘猶在渭之涘也下乃言篤生武王是述新娶之事不得爲受命之後故言將命文王也以大姒之德自在於性故本之維莘言在父母之國已能繼大任之德經之維莘爲纘女所在而言與長子別句而理則下通故又言莘國之長女以明之○傳篤厚右助燮和也○正義曰篤厚燮和皆釋詁文釋詁又云左右助也介尚右也轉而相訓是右爲助也○箋天降至三五○正義曰厚生謂聖性感氣之厚故言天降氣於大姒也聖人雖則有父而聖性受之於天故言天降氣也保右命爾文承厚生之下則安助命之皆足天也故箋於天降氣之下郎連言之安而助之者使之身體康彊國家無虞是安之也多生賢輔年壽九齡是助之也文王之受丹書已云降德滅殷發誅紂及渡盟津白魚入舟是又遂命之也燮伐大商文在命爾之下則協和伐商之事天命使然故云使和伐殷之事言天所使也又解和伐

殷之事正謂合位於三五是也言正合會天道於五位三所而用之歲月日辰星五者各有位謂之五位星日辰在北歲在南月在東居三處故言三所此事在於外傳周語伶州鳩曰昔武王伐殷歲在鶉火月在天駟日在析木之津辰在斗柄星在天黿星與日辰之位皆在北維顓頊之所建也帝嚳受之我姬氏出自天黿及析木者有建星及牽牛焉則我皇妣太姜之姪伯陵之後逢公之所憑神也歲之所在則我有周之分野也月之所在辰馬農祥也我太祖后稷之所經緯也王欲合是五位三所而用之韋昭云五位歲月日辰星也三所逢公所憑神也周分野所在也后稷所經緯也索其文云星與日辰之位皆在北維歲之所在月之所在言五位三所謂五物在三處當以此五在爲三所不得以所字充之若必以所字充之則周之分野不言所也又正合五位則五物皆助若三所雖數逢公則日之與辰不助周矣韋昭之言非也周語雖有此言而古歷廢滅劉歆作三統歷以考之頗有其文故韋昭王肅等皆據而言焉漢書律歷志曰三統上元至伐紂之歲十四萬二千一百九歲歲在鶉火張十三度故傳曰歲在鶉火師初發以殷十一月戊子日在析木箕七度故傳曰日在析木是夕也月在房五度房爲天駟故傳曰月在天駟後三日得周正月辛卯朔合辰在斗前一度斗柄也

故傳曰辰在斗柄明日壬辰辰星始見於癸巳武王始發丙午逮師戊午渡于盟津盟津去周九百里師行三十里故三十一日而渡明日已未冬至辰星與婺女伏歷建星及牽牛至於婺女天黿之首故傳曰星在天黿是劉歆所考之事也此天之五位所以得助周者以辰星在須女八度日在箕七度此日月合辰斗前一度謂在箕十度也此三者皆在東北維此北水木交際又辰星所歷建星及牽牛皆水宿顓頊水德而王帝嚳以木受之今周亦木德當受殷水星與日辰在其位當如帝嚳之代顓頊是一助也又天黿一名玄枵齊之分野大姜之祖有逢伯陵者殷之諸侯封之齊地逢公之死其神憑焉我周出於姜姓爲外祖所佐是二助也歲星在張十三度鶉火之次周之分野歲星所在利以伐人是三助也月在房五度房心爲大辰大辰農正而農事起謂之農祥后稷播殖百穀月在農祥之星則月亦佑周是四助也以於伐紂之時有此五物助周武王能上應天意合而用之故謂協和也此五位所在星宿度數自非用算無以推之又鄭注尚書爲文王受命武王伐紂時日皆用殷歷劉向五紀論載殷歷之法唯有氣朔而已其推星在天黿則無術焉○**殷商**

之旅其會如林矢于牧野維予侯興旅衆也如林言衆而不爲

用也矢陳興起也言天下之望周也箋云殷盛合其兵衆陳於商郊之牧野而天乃予諸侯有德者當起爲天子言天去紂周師勝也○

上帝臨女無貳爾心

言無敢懷貳心也箋云臨視也女女武王也天護視女伐紂必克無有疑心○

疏

殷商至爾心○毛以爲上既言佑命武王協和伐殷故言伐殷爲天所佑之事殷商之兵衆其會聚之時如林木之盛也此衆雖盛列於牧地之野維欲叛殷而歸我維欲起我而滅殷言皆無爲紂用盡望周勝也非直敵人之意嚮周如此又上天之帝既臨視汝矣其所將之衆皆無敢有懷貳心於汝之心言皆一心樂戰故周所以勝也○鄭唯下三句爲異言殷衆盛天命有歸天乃維予其爲諸侯而有德者當起爲天子言天去紂而興周也天意既欲興周其從武王之人莫不勸樂戒武王言上天之帝護視於汝矣伐紂必克無有疑貳於汝伐紂之心當知其必克無貳心伐之是人又樂戰也伐殷者武王之所欲衆人應難之今衆人不以巳勞唯恐武王不戰是勸樂之甚天予人勸所以能克也○傳旅衆至望周○正義曰旅衆釋詁文木聚謂之林如林言其衆多而不爲紂用武成曰甲子昧爽受率其旅若林周本紀云紂聞武王來亦發兵七十萬人拒武王武王使師尚父以大卒馳紂師紂師雖衆皆無戰

之心欲武王之亟入紂師皆倒戈以戰以開武王武王馳之紂兵皆崩是衆而不爲用也矢陳釋詁文興起釋言文毛氏於詩予皆爲我無作取予之義上篇侯皆爲維言天下之望周解維予侯興之意王肅云其衆維叛殷我興起而滅殷傳意當然也○箋殷盛至師勝○正義曰牧誓云至于商郊牧野乃誓書序注云牧野紂南郊地名禮記及時作坶野古字耳今本又不同此陳師交戰予宜爲授予之義武王於紂乃是諸侯有德者當起爲天子明爲王而行惡者當廢黜是言天意去紂而予周故師勝也士無二王對紂名武王爲諸侯也史記伯夷叔齊諫武王曰以臣弒君可謂仁乎伯夷謂武王爲臣詩人稱之爲侯亦可矣○傳言無敢懷貳心○正義曰言無敢則是軍衆之人不敢也泰誓上曰予有臣三千惟一心故傳以無貳爾心爲衆人無敢懷貳心即左傳所謂同心同德是也○箋臨視也女女武王也至伐紂必克無有疑心○正義曰臨視釋詁文閟宮云致天之屆于牧之野無貳無虞上帝臨汝彼汝無貳之文在臨汝之上是戒武王使無貳心此文與彼大同明亦戒武王言伐紂必克無有疑心也伐紂之事本出武王之心詩人反言衆人之勸武王見其勸戰之甚太誓曰師乃鼓譟前歌後舞格於上天下地咸曰孜孜無怠是樂勸武王之事

牧野洋洋檀

車煌煌駟騵彭彭洋洋廣也煌煌明也騵馬白腹
曰騵言上周下殷也箋云言其
戰地寬廣明不用權詐也兵車鮮明馬又強則暇
且整○洋音羊檀徒丹反煌音皇騵音原駵音留維師尚
父時維鷹揚涼彼武王師大師也尚父可尚可父
鷹揚如鷹之飛揚也涼佐
也箋云尚父呂望也尊稱焉鷹鷙鳥也佐武王者爲之上將
○涼本亦作諒同力尚反韓詩作亮云相也大音泰鷙之利
反將子肆伐大商會朝清明肆疾也會甲也不崇朝
原反○而天下清明箋云肆故
今也會合也以天期已至兵甲之強師率之武故今伐殷合
兵以清明書牧誓曰時甲子昧爽武王朝至于商郊牧野乃
誓○肆音四師所類反亦作〔疏〕牧野至清明○毛以爲上
率坶音牧本又作牧昧音妹言將戰爲天人所歸此又
述戰時之事言所戰之處牧地之野洋洋然甚寬而廣大於
此廣大之處陳檀木之兵車煌煌然皆鮮明又駕駟騵之壯
馬彭彭然皆強盛維有師尚父者是維勇略如鷹之飛揚身
爲大將時佐彼武王車馬鮮強將帥勇武以此而疾往伐彼
大商會值甲子之朝不終此一朝而伐殺虐紂天下乃大清
明無復濁亂之政○鄭唯下二句爲異言天期已至兵甲之

弥將帥之武故今往伐此大商會合兵衆以朝旦昧爽清明之時伐之也○傳洋洋至下殷○正義曰洋洋文連牧野述戰地之貌故宜爲廣大煌煌言車之鮮故爲明也騵馬白腹曰騵釋畜文郭璞曰駵赤色黑鬣也檀弓說三代乘馬各從正色而周不純赤明其有義故知白腹爲上周下殷戰爲二代革易故見此義檀弓亦言戎事乘騵明非戎事不然因此武王所乘遂爲一代常法夏殷不下其先代之色時王之意異○箋言其至且整○正義曰詩辭所發理不徒然言戰地寬廣必當有意故知明當時不用權詐也少儀曰軍旅思險隱精以虞是設權必依險阻故寬廣之地不用權詐車之鮮明馬之強盛車同馬肥不慮不克則心不忽遠閑暇於事且齊整也成十六年左傳欒鍼說晉國之勇云好以衆整又曰好以暇牧誓注云好整好暇用兵之術是兵法貴閑整也此說武王之師尚父爲佐則牧野之戰不用權詐矣而維師謀說太公受兵鈐之法云踐爾兵革審權矩應詐縱謀出無孔注云踐行也矩法也當視行汝兵革審其權謀之法孔道也應敵之變詐縱已之謀所出無常道善太公知權變者兵法須知彼已當預爲之備所以貴權謀故善太公能審之但武王之伐紂以至聖攻至惡敵無戰心不假權詐以不用權詐故爲美耳若前八德與已同力以相敵當設權詐以取勝何則

與其自敗寧我敗人故僖二十二年宋公及楚人戰于泓左氏以其不用子魚之計至於軍敗身傷所以責襄公也而公羊善之云雖文王之戰亦不是過鄭箴膏肓云刺襄公不度德不量力引考異郵云襄公大辱師敗於泓徒信不知權譎之謀不足以交鄰國定遠疆。也此是譏師敗也公羊不譏違考異郵矣是德均力同當權以取勝也其在軍之士則聽將之命不得縱舍前敵曲爲小仁宣二年宋鄭戰于大棘左傳曰狂狡輅鄭人鄭人入于井倒戟而出之獲狂狡君子曰失禮違命宜其爲禽也戎昭果毅以聽之之謂禮殺敵爲果致果爲毅易之戮也何休以爲狂狡近於古道鄭箴膏肓云狂狡臨敵拘於小仁忘在軍之禮譏之義合於識是軍士當從上命也雖成湯伐桀尚書云爾不從誓言予則孥戮汝明軍士雖爲至德之師不可違命縱敵也○傳師大師至涼佐○正義曰史記齊世家云太公望呂尚者東海上人西伯出獵得之曰吾太公望子久矣故號之曰太公望載與俱歸立爲人師劉向別錄曰師之尚之父之故曰師尚父父亦男子之美號太誓注云師尚父文王於磻谿所得聖人呂尚立以爲太師號曰尚父尊之其言皆可。與。尚父義同尊之爲作此號故維師謀云號曰師尚父是也如此家之文則尚本是名號之曰望而繼師謀云呂尚鈞尾注云尚名也又曰望公七年尚立變名注云變名爲望蓋因所呼之號遂以爲名以其道可尊尚又取本名爲號也孫子兵法曰周之興也呂牙在殷則牙又是其名字也釋詁云亮介尚右也左右亮也轉以相訓是亮爲佐也亮諒義同○箋佐武王爲之上將○正義曰太誓司馬在前王肅曰司馬太公也司馬非上卿而云上將者周司馬主軍旅之戒命故上將爲司馬也○傳肆疾至清明○正義曰釋言云窕肆也郭璞曰輕窕者好放肆左傳云輕者肆焉是肆爲疾之義故以肆爲疾言伐者見清明之速又解會朝清明爲速疾之意言武王陳師會甲日之朝不終一朝而爲天下清明是其疾也王肅云以甲子昧爽與紂戰不崇朝而殺紂天下乃大清明無復濁亂之政傳云會甲肅言甲子昧爽以涖之則傳言會甲長讀爲義謂甲子日之朝非訓會爲甲孫毓云經傳詁訓未有以會爲甲者失毛旨而妄難說耳定本云會甲兵則與會甲子義異○箋肆故至乃誓○正義曰肆故今也釋詁文天期已至即上變伐大商協和五位剪滅有期也兵甲之彊即上檀車四騵與車馬則兵甲可知也師率之武即尚父鷹揚是也故今伐殷其合兵以朝且清明之時言於時殺紂也引牧誓證清明之時是昧爽之義牧誓注亦引此詩交相爲證以明其事同也昧爽者爽明也言其昧之○而初明暝則厤昏旦則清故謂朝旦爲清明古

詩曰淸晨登隴首是淸亦古今之通語也易傳曰以會者遇值之辭言會朝淸明正是會淸明之朝耳詩無甲子之文不當橫爲會甲且淸明與昧爽文協故易之

大明八章四章章六句四章章八句

緜文王之興本由大王也緜彌延反由一本無由字太王也序舊無注本或有注者非。【疏】緜九章章六句至太王。正義曰作緜詩者言文王之興本之於太王也太王作王業之本文王得因之以興今見文王之興本其上世之事所以美太王也經九章上七章言太王得人心生王業乃避狄居岐作寢廟門社是本太王下二章乃言文王興之之事敘以詩爲文王而作故先言文王之興而又追而本之各自爲勢故文倒也。

緜緜瓜瓞民之初生自土沮漆興也緜緜不絕貌瓜紹也瓞瓝也民周民也自用土居也沮水漆水也箋云瓜之本實繼先歲之瓜必小狀似瓝故謂之瓞緜緜然若將無長大時興者喻后稷乃帝嚳之胄封於邰其後公劉失職遷于豳居沮漆之地歷世亦緜緜然至大王而德益盛得其民心而生王業故本周之

興云丁沮漆也○瓜古華反瓞田節反韓詩瓞小瓜也沮七余反漆音七豳蕭剝反長張丈反嚳苦毒反高辛氏帝也冑直又反部他來反王于況反亦如字後王業同

古公亶父陶復陶穴未有家室

古公豳公也古言久也亶父字或殷以名言質也古公處豳狄人侵之事之以皮幣不得免焉事之以犬馬不得免焉事之以珠玉不得免焉乃屬其耆老而告之曰狄人之所欲吾土地吾聞之君子不以其所養人而害人二三子何患無君去之踰梁山邑乎岐山之下豳人曰仁人之君不可失也從之如歸市陶其土而復之陶其壤而穴之室內曰家未有寢廟亦未敢有家室箋云古公據文王本其祖也諸侯之臣稱君曰公復者復於土上鑿地曰穴皆如陶然本其在豳時也傳自古公處豳而下爲二章發○亶都但反父音甫本亦作甫陶音桃復音福注同累土於地上也說文作覆或殷以名言絕何翟音狄屬音燭岐其宜反壞而丈反鑿在洛反爲下僞反

疏

縣縣至家室○正義曰縣縣然不絕者是瓜紹之瓞瓜之本實繼先歲之瓜歲歲相繼恒小於本若將無復長大之時也以稺后稷乃帝嚳天子之冑封爲諸侯後更遷於豳國世世漸微若將無復興盛之時也至於大王其德漸盛得其民心而初始生此王業乃不復爲微

此事在何時乎乃用居於沮漆二水之傍已則然矣居沮漆者復是何人乎乃是我文王之先祖久古之公號爲亶父者以於漆沮之傍其爲宅舍纔作陶復陶穴而居之所以然者以其國土未大人衆不多未敢有其家室故且穴復而居之○傳緜緜至漆水○正義曰緜緜微細之辭故云不絶貌也釋草云瓞瓝其紹瓞舍人曰瓞名瓝小瓜也紹繼謂瓞子漢中小瓜曰瓞孫炎曰瓞小瓜子如瓝其本子小紹先歲之瓜曰瓞然則瓜之族類本有二種大者曰瓜小者曰瓞此則其種別也而瓜蔓近本之瓜必小於先歲之大瓜以其小如瓝故謂之瓞瓞是瓝之別名故云瓞瓝也此時在豳言民周民者此民自豳居周復以周爲代號此述周國之興故以周言之釋訓云由從自也此由訓爲用故自得爲用也土地人之所居故云土居也言沮水漆水者以水非可居之處見其在沮漆之傍舉水以表土耳禹貢雍州云漆沮既從是漆沮但爲水也或言漆沮爲二水名漢書地理志云右扶風有漆縣云漆水在其縣西則漆是一水名與沮別矣孔安國云漆沮一名洛水漆沮爲一蓋沮一名洛水孔連言之○箋瓜之至沮漆○正義曰瓜之本實謂瓜蔓近本之實繼先歲之瓜必小其形狀似瓝故謂之瓞其實瓜之與瓞猶種不同也必言本實小者以其言紹近本之實繼先歲之瓜猶長子之繼父故言

繼也瓜實近本則小今驗信然近本小雖繼先歲之瓜不能大如先歲之瓜猶若后稷封爲諸侯雖繼帝嚳之後不能如嚳爲天子瓜之相繼者歲歲益小若將無長大之時猶后稷之後世世益微若將無興盛之時瓜以年年相承猶人以世世相繼故取喻焉瓜實無長大之時后稷之後則至大王而盛欲言大王之興故言若將無長大之時其實瓜雖益小終亦不能長大也后稷乃帝嚳之胄是嚳爲瓜而稷爲瓞自稷以下祖紺以前皆爲瓞言緜緜不絶則非徒一世故箋歷陳之云封邰遷豳居沮漆之地歷世亦緜緜然是在邰在邠皆緜緜故云歷世也箋言至大王而德益盛舉大王以約之明以前皆是也鄭於生民之箋以姜嫄爲高辛氏之世妃而生后稷經云卽有邰家室周本紀云舜封棄於邰號曰后稷是稷爲帝嚳之胄封於邰也公劉云篤公劉于豳斯館是公劉失職遷於豳也失職者謂失稷官之職不復得在王官也周語云昔我先世后稷以服事虞夏及夏之衰也棄稷不務我先生不窋用失其官而自竄于戎狄之間韋昭云不窋失官去夏而遷於豳豳西近戎北近狄周本紀亦云不窋末年夏氏政亂去稷不務不窋以失其官而奔戎狄之間然則失職遷豳自不窋始矣言公劉遷豳者案公劉之篇說公劉避亂適豳其言甚詳不可得而改而外傳史記皆言不窋奔於戎

狄蓋不窋之時已當失官逃竄豳地猶尚往來邰國未即定居於豳公劉者不窋之孫至公劉而盡以邰民遂往居焉故本紀又云公劉雖在戎狄間復修后稷之業務耕種相地宜百姓從而歸保焉公劉卒子慶節立國於豳是定國於豳自公劉始也豳有漆沮之水故言居沮漆之地公劉以下常居沮漆正斷以太王而德益盛者以下言古公亶父故知得民心生王業自太王爲始周之追王上至太王而止亦以初基王業故也太王之基王業在於岐周始盛故閟宮云居岐之陽實始翦商但在岐始盛由未遷已得民心故云生王業也生者初始之辭故云本周之興自於沮漆也此沮漆謂在豳地但二水東流亦過周地故下傳曰周原沮漆之間是周地亦有漆沮也○傳古公至家室○正義曰以在豳爲公故曰豳公謂之古公言其年世久古後世稱前世曰古公猶云先王先公也太王追號爲王不稱王而稱公者此本其生時之事故言生存之稱也士冠禮爲冠者制字云伯某甫亶亦稱甫故知字也以周制論之甫必是字但時當殷代質文不同故又爲異說或殷以亶甫爲名名終當諱而得言之者以其時質故也中候稷起法云亶甫以字爲號則鄭意定以爲字不從或說也自古公處豳至如歸市皆孟子對滕文公之辭也唯彼云太王居豳此因古公之下即云處豳爲異耳莊子

與呂氏春秋皆云太王亶甫居豳狄人攻之與之珠玉而不肯狄人之求者土地也大王亶甫曰與人之兄居而殺其弟與人之父居而殺其子吾不忍也請免吾乎爲吾臣與狄人臣奚以異也吾聞之不以所養害所養杖策而去人相連而從之遂成國於岐山之下書傳略說云狄人將攻大王亶父召耆老而問焉曰狄人何欲耆老對曰欲得菽粟財貨大王亶甫曰與之每與狄人至不止大王亶甫屬耆老而問焉曰狄人又何欲乎耆老對曰又欲土地大王亶甫曰與之耆老曰吾○不爲社稷乎大王亶甫曰社稷所以爲民也不可以所爲民亡民也耆老對曰君縱不爲社稷不爲宗廟乎大王亶甫曰宗廟吾私也不可以私害民遂杖策而去過梁山邑岐山周人束修奔而從之者三千乘一止而成三千戶之邑與此大意皆同此言不得免焉略說云每與之不止呂氏春秋言不受異人別說故不同耳此言犬馬略說言菽粟明國之所有莫不與之故鄭於稷起及易注皆云事之以牛羊明當時亦與之韓奕箋云梁山在馮翊夏陽縣西北鄭於書傳注云岐山在梁山西南然則梁山橫長其東當夏陽縣西北其西當岐山東北自豳適周當踰之也曲禮下曰國君死社稷公羊傳曰國滅君死之正也則諸侯爲人侵伐當以死守之而公　劉大王皆避難遷徙者禮之所言謂國正法公劉大

王則權時之宜論語曰可與適道未可與權公羊傳曰權者反經合義權者稱也稱其輕重度其利害而爲之公劉遭夏人之亂而被迫逐若顧戀彊宇或至滅亡所以避諸夏而入戎狄也大王爲狄人所攻必求土地不得其地攻將不止戰以求勝則人多殺傷故又棄戎狄而適岐陽所以成三分之業建七百之基雖於禮爲非而其義則是此乃賢者達節不可以常禮格之王制稱古者量地以制邑度地以居民地邑民居必參相得故曰無曠土無遊民而公劉大王得擇地而遷又無天子之命諸侯得舉國擅徙者王制所云平世大法法不恒定世有盛衰王政既亂威不肅下迫逐良善無所控告戎狄內侵莫之抗禦故不待天子之命可以權宜避之以其政亂故有空土公劉大王得擇地而遷焉且古者有附庸附田或可先是附處也既往遷之人居成國後有明王因而聽之也冬官考工記曰有虞氏上陶說文云陶瓦器竈也蓋以陶去其土而爲之故謂之陶也說文云穴土屋也覆地室也則覆之與穴俱土室耳故箋辨之云覆者於地上鑿地曰穴皆如陶然大司徒注云壤亦土也變言耳以萬物自生焉則言土土猶吐也以人所耕而種藝則言壤壤和緩之貌然則上與壤其體雖同壤言和緩則土堅而壤濡九章筭術云穿地四爲壤五爲堅三壤是息土之名覆者地上爲之取土

於地復築而堅之故以土言之穴者鑿地爲之土無所用直去其息土而已故以壤言之釋宫云宫謂之室室謂之宫其內謂之家李巡曰謂門以內也郭璞曰今人稱家義出於此是室內曰家也君子將營宫室宗廟爲先古公在豳之時迫於戎狄國小民少未有寢廟故未敢有宫室以是故覆穴而居也公劉始遷於豳比至古公將歷十世公劉云於豳斯館則豳有宫館也略說稱耆老謂大王曰不爲宗廟乎是豳地有寢廟也而此言未有寢廟室家者此以文王在岐而與上本大王初來之事歎美在岐新立故言在豳未有下云作廟翼翼故此言未有寢廟下云俾立室家故此言未有室家以爲立文之勢耳其實在豳之時亦有宫室也七月云入此室處即豳事也不然豈十世之內常穴居乎但豳近西戎處在山谷其俗多復穴而居故詩人舉而言耳。箋復者至章發。正義曰以此復穴別文大車云死則同穴穴在地下則知復在地上俱稱爲陶故知皆如陶然下乃言至於岐下故知此本其在豳時也本其在豳則是未遷傳自古公處豳而下說大王遷岐之事者爲下第二章發此傳也然則傳不待二章而豫發之者以此言在豳未有室家爲下居岐作室以開原也大王所以走馬至岐乃爲狄人所逐故遂爲之傳以通暢作者之意焉。

古公亶父來朝

走馬率西水滸至于岐下爰及姜女聿來胥宇

率循也滸水厓也姜女大姜也胥相宇居也箋云來朝走馬言其辟惡早且疾也循西水厓沮漆水側也爰於及與聿自也於是與其妃大姜自來相可居者著大姜之賢知也○朝直遥反滸呼五反辟音避亦作避後放此相息亮反知音智

疏 古公至胥宇○正義曰文王之先久古之公曰亶父者避狄之難其來以早朝之時疾走其馬循西方水厓漆沮之側東行而至於岐山之下於是與其妃姜姓之女曰大姜者自來相土地之可居者言大王既得民心避惡早而且疾又有賢妃之助故能克成王業○傳率循至宇居○正義曰率循胥相皆釋詁文滸水厓釋水文此說古公而及姜女則姜女太王之妃周本紀云大姜生季歷故知姜女是大姜也宇者屋宇所以居人故爲居也○箋來朝至賢知○正義曰大王與衆避狄不應早而疾驅假使清朝走馬未是善事詩人言之必有其意故知美其避惡早且疾也上言漆沮此言循滸明是循此漆沮之側也爰於及與聿自皆釋詁文遷都自是人君之事輒言爰及姜女明其著大姜之賢智也○

周原膴膴堇荼如飴爰始爰謀爰契我龜周原沮漆

之閒也膴膴美也堇菜也荼苦菜也契開也箋云廣平曰原周之原地在岐山之南膴膴然肥美其所生菜雖有性苦者甘如飴也此地將可居故於是始與豳人之從已者謀謀從又於是契灼其龜而卜之卜之則又從矣○膴音武韓詩同堇音謹案廣雅云堇藋也今三輔之言猶然藋音徒弔反荼音徒飴音移契苦計反本又作挈音苦結反灼之略反

曰止曰時築室于茲箋云時是茲此也卜從則曰可止居於是可作室家於此定民心也

疏周原至于茲○正義曰上言來相可居又述所相之處言岐山之南周之原地膴膴然其土地皆肥美也其地所生堇荼之菜雖性本苦今盡甘如飴味然大王見其如此知其可居於是始欲居之於是與豳人從已者謀之人謀既從於是契灼我龜而卜之龜卜又吉大王乃告從已者曰可止居於是可築室於此告之此言所以定民之心令止而不復去也○傳周原至契開○正義曰周原在漆沮之閒以時驗而知之述地之良而云膴膴故爲美也荼苦菜釋草文樊光曰苦菜可食也內則曰堇荁枌榆則堇是美菜非苦荼之類釋草又云芨堇草郭璞曰即烏頭也江東人呼爲堇晉語驪姬將譖申生寘鴆於酒寘堇於肉賈逵曰堇烏頭也然則堇者其烏頭乎箋云性苦者皆甘如飴苦是堇荁之堇雖非

周原亦自甘矣明堇是烏頭也契開者言契龜而開出其兆非訓契爲開也春官菙氏掌共燋契以待卜事注云士喪禮曰楚焞置于燋在龜東楚焞卽契所用灼龜也燋謂炬其存火也士喪禮注云楚荆也然則卜用龜者以楚焞之木燒之於燋炬之火旣然執之以灼龜故箋云契灼其龜而卜之旣契乃開出其兆故春官卜師掌開龜之四兆注云開謂出其占書也是旣契乃開之但傳文質略直言契開耳○箋廣平至從矣○正義曰廣平曰原釋地文閟宫云居岐之陽山南曰陽故知周之原地在岐山之南也上言胥宇是相地之辭今言地之美貌故曰大王以此可居於是始與豳人從己者謀也經云爰始爰謀當有二於如箋之言則始下一爰無所用矣王肅云於是始居之於是先盡人事謀之於衆然則箋云始與豳人從己者謀亦謂於是始欲居於是與之謀但箋文少略耳人謀旣從大王於是契其龜而卜又得吉則是人神皆從矣洪範曰汝則有大疑謀及乃心謀及卿士謀及庶人謀及卜筮汝則從龜從筮從卿士從庶人從是之謂大同檢此上下大王自相之知此地將可居是謀及乃心也與從已者謀是謀及卿士庶人也契龜而卜是謀及卜也雖無筮事耳禮將卜先筮之言卜則筮可知故云皆從也○箋卜從至於是○正義曰以文承龜下故云卜從則曰可止居於是

如箋之言則上曰爲辭下曰爲於也

迺慰迺止迺左迺右迺疆迺理

迺宣迺畝自西徂東周爰執事慰安爰於也箋云時耕曰宣徂往也民心定乃安隱其居乃左右而處之乃疆理其經界乃時耕其田畝於是從西方而往東之人皆於周執事競出力也豳與周原不能爲西東據至時從水滸言也○強本亦作彊同居良反注及後放此○

【疏】迺慰至執事○正義曰上告民令止民心既定乃安隱其居乃止定其處乃處之於左乃處之於右言或左或右開地置邑以居民也乃爲之疆場乃分其地理乃教之時耕乃治其田畝從西方往東之人皆在周原於是執事而競出力言築室耕田無不勸樂也○箋時耕至滸言○正義曰以宣在疆理之下乃畝之上疆理既定乃宣於田畝時耕曰宣宣訓爲徧也發也天時已至令民徧發土地故謂之宣慰止左右文在築室之下明其皆是作邑之事乃左右而處之據公宮在中民居左右故王肅云乃左右開地置邑以居其民與鄭同也疆理是一宣畝亦同但作者以乃間之而足句耳故箋通解之云乃疆理理其經界乃時耕其田畝也民性安土重遷離居或有所悔言從西方往東之人皆於周執事競出力明其勸樂於是皆無悔心也豳在周

原西北而經言自西便是從其正西而來故辨之云豳與周原不能爲東西據至周之時從水滸而言也鄭志張逸問豳與周原不能爲東西何謂荅曰豳地今爲栒邑縣在廣山北汧水西有涇水從此西南行正東乃得周故言東西云岐山在長安西北四百里豳又有岐山西北四百里如志此言發豳西南而行從汧水之南然後東行以適周也時耕曰宣無他文也鄭以義言之耳○

乃召司空乃召司徒俾立室家

箋云俾使也司空司徒卿官也司空掌營國邑司徒掌徒役之事故召之使立室家之位處○處昌慮反

其繩則直縮版以載作廟翼翼

言不失繩直也乘謂之縮君子將營宮室宗廟爲先廐庫爲次居室爲後箋云繩者營其廣輪方制之正也既正則以索縮其築版上下相承而起廟成則嚴顯翼翼然乘聲之誤當爲繩也○繩如字本或作乘案經作繩傳作乘箋云傳破之乘字後人遂誤改繩文縮色六反廐音救廣光浪反索桑洛反

【疏】乃召至翼翼○正義曰民既得安止乃立國家宮室於是乃召司空之卿令之營度廣輪乃召司徒之卿令之與聚徒役使之立公卿之室家之位處也營度位處以繩正之其繩則方正而直矣依此繩直之處起而築之以繩縮束

其板板滿築訖則升下於上以相承載作此宗廟翼翼然而嚴正言能依就準繩牆屋方正也○箋司空至之處○正義曰司空之屬有匠人其職有營國廣狹之度廟社朝市之位是司空掌營國邑也司徒之屬有小司徒其職云凡用衆庶則掌其政教是司徒掌徒役之事也以此二卿各有所掌故召之使立室家之位處也位處者卽匠人所謂左祖右社面朝後市之類是也后稷封邰爲上公孟子稱文王以百里而王則大王之時以殷之大國當立三卿其一蓋司馬乎時不召者司馬於營國之事無所掌故也○傳言不至爲後○正義曰傳以繩無不直而云其繩則直者言大王所作宮室不失繩之直也釋器云繩謂之縮孫炎曰繩束築板謂之縮郭璞曰縮者繩束之也然則縮者束物之名用繩束板故謂之縮爾雅復言縮之明縮用繩束之也君子將營宮室以下下曲禮文也引之者證先言作廟之意○箋繩者至爲繩○正義曰傳言不失繩直故言用繩之意繩者營其廣輪方制之正言營制之時當用繩也上下相承而起解載義言其相載傳言繩謂之縮出於釋器釋器作繩而傳作乘故爲聲之誤毛公後人寫之誤耳○

捄之陾陾度之薨薨築之登登削屢馮馮捄虆也陾陾衆也度居也言百姓之勸勉也登

登用力也削牆鍛屢之聲馮馮然箋云捄捊也度猶投也築牆者捊聚壤土盛之以虆而投諸版中○捄音俱呂沈同徐又音鳩陾耳升反又如之反說文云築牆聲也音而度待洛反注同韓詩云塡也薨呼弘反沈呼萌反爾雅云眾也王云亟疾也屢力注反又力未反注同馮扶冰反注同虆力追反沈力戈反字或作樏或作蘲音同劉熙云盛土籠也鍛丁亂反捊薄侯反爾雅云聚也說文云引取土○盛音成○

百堵皆興鼛鼓弗勝

皆俱也鼛大鼓也長一丈二尺或鼛或鼓言勸事樂功也箋云五版為堵興起也百堵同時起鼛鼓不能止之使休息也凡大鼓之側有小鼓謂之應鼙朔鼙周禮曰以鼛鼓鼓役事○堵丁古反鼛音羔勝音升謂之應應對之應小鼓也鼙薄卑反○

疏 捄之至弗勝○毛以為掘土實之於虆謂之捄者眾多陾陾然既取得土送至牆上牆上之人受取而居於板中居之亟疾其聲薨薨然築之者用力登登然牆成削之以牆堅緻土從上下打鍛削之人屢其聲馮馮然其作此牆之時百堵皆同時而起其間欲令之食息擊鼛擊鼓不能勝而止之民皆勸事樂功競欲出力言大王之得人心也○鄭唯以度為投語異意同○傳捄虆至馮馮然○正義曰說文云捄盛土於器也捄字從手謂以手取土虆者盛土之器言捄

蘽者謂捄土於蘽也取土必多故陾陾爲衆王者度地以居民故度爲居也陾陾薨薨皆是衆多之義舉其衆多言百姓相勸勉者築者用力爲多故云用力登登然上言削下言屢馮馮是聲故知削牆下土打鍛是屢之聲馮馮然也礼謂脯爲鍛脩亦言其椎打之。箋捄捊至板中。正義曰以傳文略故足成之說文云捊引取也故以捄爲捊言捊取壤土盛之以蘽仍存蘽字與傳不異也薨薨是投土之聲者若以爲居於薨義不強故云度猶投也。傳鼛大至樂功。正義曰冬官韗人爲皐鼓長尋有四尺八尺曰尋是一丈二尺以其長大故云大鼓也鼓是揔名鼛是鼓之別名今鼛鼓並言則非一物故云云或鼛或鼓又解不勝之義言其勸其事樂其功民欲疾作鼓欲令止二者交競鼓不能勝止人使休是其勸樂之甚也。箋五板至役事。正義曰五板爲堵定十二年公羊傳文鼛鼓不能止之使休息申說不勝之義傳以鼛鼓爲二鼓解有二鼓之意凡大鼓之側有小鼓謂之應鼙朔鼙此經鼛是大鼓也鼓謂鼙也礼法當有二鼓故鼛鼓並言之此言勸樂之甚故知鼛鼓爲二餘文則不然若韗人爲鼛鼓正謂壹鼓耳大射云一建鼓在阼階西南應鼙在其東一建鼓在西階之西朔鼙在其北是大鼓之傍有小鼓也箋謂鼙爲小鼓明其不異於傳引周礼者地官鼓人文彼云鼓役事此

或云止役事以上有止之文
而囙設耳定本云鼓役事○**廼立皐門皐門有伉廼**
立應門應門將將王之郭門曰皐門伉高貌王之正門
曰應門將將嚴正也美大王作郭門
以致皐門作正門以致應門焉箋云諸侯之宮外門曰皐門
朝門曰應門內有路門天子之宮加以庫雉○皐音羔伉本
又作亢苦浪反韓詩作閌云盛貌
將七羊反注同朝直遙反下同○**廼立冢土戎醜攸行**
冢大戎大醜衆也冢土大社也起大事動大衆必先有事乎
社而後出謂之宜美大王之社遂爲大社也箋云大社者出
大衆將所告而行也春
秋傳曰蜃宜社之肉○【疏】廼立至攸行○毛以爲大王於
是之時乃立其宮之郭門後遂
爲天子之皐門此皐門有伉然而高大也乃立其宮之正門
後遂爲天子之應門此應門將將然而嚴正也乃立其國諸
侯之社後遂爲王之大社立此社者爲動大衆所以告之而
行也大王遷得人心制度之美及文王興用之爲天子之法
也鄭唯以皐門應門大社自是諸侯正法爲異其文義則同
○傳王之至應門○正義曰下傳云冢土大社美大王之社
遂爲大社則毛意以大社者天子社名諸侯不得稱大社也
冢土非諸侯之社則皐應非諸侯之門故云王之郭門曰皐

門王之正門曰應門是諸侯之郭門不得名皋門諸侯之正門不得名應門也大王實非天子而以皋應言之者美大王作郭門以致皋門作正門以致應門言大王本作郭門正門耳在後文王之興以爲皋門應門雖遷都於豐用岐周舊制故云致得爲之也此言以致皋門下云遂爲大社致者自小至大之辭遂者從本鄉末之稱皆言大王所作遂爲文王之法也此時大王實爲諸侯其作門社固爲諸侯之制諸侯之法異於天子文王爲天子之法不得同於大王而云致門遂社者大王門社必不得同於天子但以殷代尚質未必曲有等級文王因其制度增而長之以爲天子之制故云致耳毛所以爲此說者蓋以明堂位云庫門天子皋門雉門天子應門魯以諸侯而作庫雉則諸侯無皋應故以皋應爲王門之名也郭門者宮之外郭之門以應門不言宮明與郭門皆爲宮門也正門謂之應門釋宮文孫炎曰謂朝門也毛以諸侯之門不名皋應與鄭別耳而郭門爲宮之外門正門爲朝門亦與鄭不異也伉者極之義故爲高貌將將敞顯而嚴正亦互明之皆高而嚴正耳○箋諸侯至庫雉○正義曰鄭以檀弓云魯莊公之喪既葬而絰不入庫門春秋定二年雉門及兩觀災是魯有庫門雉門也明堂位云庫門天子皋門雉門天子應門是則名之曰庫雉制之如皋應魯以周公之故成

王特褒之使之制二兼四則其餘諸侯不然矣襄十七年傳宋人稱皋門之晳諸侯有皋門也諸侯法有皋應大王自爲諸侯之制非作天子之門矣故云諸侯之宫外曰皋門朝門曰應門文王世子云至於寢門是內有寢門也明堂位云天子皋門天子應門顧命云二伯率諸侯入應門是天子亦有皋應故爲天子之宫加之以庫雉也家語云衛莊公易朝市孔子曰繹之於庫門之內失之矣則衛有庫門魯以周公立庫而衛亦有庫門者家語言多不經未可據信或以康叔賢亦蒙褒賞故也謂應門爲朝門內爲寢門一曰路門以朝位在應門之內路寢在路門之內故繫而名之諸侯三朝皋門之內雖有外朝議大疑詢衆庶乃往不常在焉故不得朝名其君日出所視與羣臣決事之朝在應門之內故以應門爲朝門也○傳冢大至大社○正義曰冢大戎大醜衆皆釋詁文郊特牲云社所以神地之道也禮運云命降於社之謂殺地是社爲土之神也冢既爲大土爲社主故知冢土大社也起大事動大衆至謂之宜皆釋天文爾雅先引此詩二句然後爲此辭以釋之故傳依用焉孫炎曰大事兵也有事祭也宜求見使祐也此文本解戎醜攸行之意言國家起發軍旅之大事以興動其大衆必先有祭事於此社而後出行其祭之名謂之爲宜以行必須宜祭以告社故言戎醜攸行也成

十三年左傳曰國之大事在祀與戎故兵爲大事也春秋昭十五年有事於武宮雜記云有事於上帝皆是祭事故謂祭爲有事以兵凶戰危慮有負敗祭之以求其福宜故謂之宜王制云天子將出宜乎社是也傳以大社者天子社名大王時實諸侯而云乃立冢土以天子之名言之者美此大王之社而遂爲大社言大王立此社文王後取其制以爲天子之社故以冢土言之毛所以爲此說者蓋以祭法云王爲羣姓立社曰大社郊特牲云天子大社必受霜露風雨之氣也以爲大社之名唯施於天子其諸侯不得名大社故也○箋大社至之肉○正義曰鄭以冢土者訓爲大社之義未卽名爲大社諸侯雖不可名大社可以言冢土矣以爲乃立冢土正是諸侯之法大社者出大衆將所告而行以出大衆而告之故謂之大社所告而後行故言攸行也春秋傳曰蜃宜社之肉言此者證宜爲祭社之名三傳皆無此文而言傳曰衍字也閔二年左傳曰帥師者受命于廟受蜃于社成十三年左傳曰成子受蜃於社不敬案地官掌蜃祭祀共蜃器之蜃注云蜃大蛤也飾祭器之屬鄭司農云蜃可以白器令色白然則器以蜃飾之故謂之蜃言受蜃於社非受空器而已明器內有肉是以祭社之肉盛之蜃器而賜之故說者皆以蜃爲宜祭於社之肉箋但取其意言左傳所云蜃者皆是宜社之肉

無曰字也肆不殄厥慍亦不隕厥問柞棫拔矣行道兌矣肆故今也慍恚隕墜也兌成蹊也箋云小聘曰問柞櫟也棫白桵也文王見太王立冢土有用大衆之義故不絕去其恚惡惡人之心亦不廢其聘問鄰國之禮今以柞棫生柯葉之時使大夫將師旅出聘問其行道士衆兌然不有征伐之意。殄田典反慍紆問反隕韻謹反柞子洛反後同棫音域後同王肅云棫即柞也字林于目反拔蒲貝反又蒲蓋反下同兌吐外反又徒外反恚一遂反隊直類反蹊音兮櫟音歷桵如誰反後同去羌呂反惡惡上烏路反下如字脫通外反本亦作兌。混夷駾矣維其喙矣駾突喙困也箋云混夷夷狄國也見文王之使者將士衆過己國則惶怖驚走奔突入此柞棫之中而逃甚困劇也是之謂一年伐混夷太王辟狄文王伐混夷成道興國其志一也。混音昆駾徒對反喙許穢反徐又音尺銳反使所吏反惶怖上音皇下普故反

〖疏〗肆不至喙矣。正義曰以大王立社有用衆之義故今文王不絕其慍恚惡人之心欲征伐無道也亦不墜其聘問之禮欲親人善鄰也言其威德兼行不忝前業不廢其聘問之使於柞棫之木拔然生柯葉矣以此之時將其師旅行於道路兌然

矣言無征伐之心也但所聘之國路近混夷混夷謂將伐己乃驚走而奔突矣混夷逃怖如是維其困劇矣大王則遷居避狄文王則威懼混夷其跡雖殊而興國則一故連而美之也。傳肆故至成蹊。正義曰肆故今隕墜皆釋詁文說文云慍怨也恚怒也有怨者必怒之故以慍爲恚說文云蹊徑也宣十一年左傳曰牽牛以蹊人之田則蹊者先無行道初爲徑路之名皃是成蹊之貌然文王大夫將師旅而出師行當依大道且其衆既多非徒成蹊而已傳言成蹊者以混夷之地野曠人稀雖有舊道當有荒穢故因士衆之過得成蹊徑以無征伐之事故行得相隨成徑與鄭同也帝王世紀云文王受命四年周正丙子混夷伐周一日三至周之東門文王閉門脩德而不與戰王肅同其說以申毛義以爲柞棫生柯葉拔然時混夷伐周然則周之正月柞棫未生以爲毛說恐非其旨驗毛傳上下與鄭不殊。箋小聘至之意。正義曰小聘曰問聘禮文也王制注云小聘使大夫大聘使卿彼對文耳散則聘問通此說文王之美其聘將師而行明據大聘言之當是卿非大夫也釋木云櫟其實梂不言櫟是柞陸機疏云周秦人謂柞爲櫟蓋據時人所名而言之棫白桵釋木文郭璞曰桵小木也叢生有刺實如耳璫紫赤可食陸機疏云玉。蕤說棫即柞也其材理全白無赤心者爲白桵直理易破可為櫝。車。又可為矛戟矜令人謂之白梂或曰白柘此二說不同未知孰是釋詁云肆故今也故者因上之辭是以知接上冡土為義大王立冡土有用衆之義用衆欲以伐人故文王不絕去憲惡惡人之心言將伐之也既有所惡當有所好故亦不廢聘問之禮是言叛者伐之服者柔之定四年左傳云嘉好之事君行師從卿行旅從則臣之出聘止應將旅而已而云師者以其下說混夷畏之則非徒一旅之衆混夷是周之敵讎文王使臣過其傍而聘問遠國明其不敢輕行故師旅並言之。傳駾突喙困。正義曰說文云駾馬疾行貌引詩云混夷駾矣然則馬之疾行即有奔突之義故云突也喙之為困則未詳。箋混夷至志一。正義曰采薇云西有混夷之患故知混夷夷狄之國上文行道兌矣是聘者士衆行於道今言混夷奔突故知見文王之使者將士衆過已國則惶怖驚走而奔突也奔突有所歸入之辭上言柞棫之中而逃亡國甚困劇也文王之聘當與鄰國往來而得使混夷怖懼者殷之末世戎狄內侵所聘之道近於混夷夷狄部落散居素不屯集忽見兵衆謂其伐已故奔入柞棫以逃避之士衆主為聘行實無征伐之意但大衆聚行亦有武備故曰烈烈征師召伯成之明行有威武故混夷見之而驚也是之謂一年伐混夷者謂書傳之文書傳之注亦引此云混夷駾矣交相引證明其同也書傳云四年伐犬夷此云一年者書傳說文王受命七年之內其一年伐犬夷非謂受命元年也案采薇出車說文王之伐西戎出則命將遣役歸則執訊獲醜非爲一聘問之使懼之而已而得以此爲伐混夷者混夷與周相近數來犯周文王不絕恚惡惡人之心有征伐之志混夷見聘而怖終不臣伏故至受命四年而伐之此因混夷之驚遂言其伐之事不謂此卽伐也此文在虞芮質成之上或在受命之前非彼四年之事此詩二章說大王避狄難此章言文王伐混夷故箋申其意云成道興國其志一也大王以國小狄彊戰則民死爲害其民寧棄其地故遷而避之文王所服已廣民衆兵彊足得平彼混夷遏其寇亂故伐而定之皆量時制宜其跡雖異至成周道興邦定國是其志一也故作者代避俱美此章言混夷畏文王而已未是伐事而言文王伐者以因此而在後伐之故言伐耳○虞

芮質厥成文王蹶厥生質成也成平也蹶動也虞芮之君相與爭田久而不平乃相謂曰西伯仁人也盍往質焉乃相與朝周入其竟則耕者讓畔行者讓路入其邑男女異路斑白不提挈入其朝士讓爲大夫大夫讓爲卿二國之君感而相謂曰我等小人不可以履君子之庭乃相讓以其所爭田爲閒田而退天下聞之

而歸者四十餘國。箋云：虞芮之質平，而文王動其緜緜民初生之道，謂廣其德而王業大。○芮，如銳反。蹶，俱衛反。盍，胡臘反。竟音景。挈，苦結反。間音閑。○

予曰有疏附，予曰有先後，予曰有奔奏，予曰有禦侮。

率下親上曰疏附。相道前後曰先後。喻德宣譽曰奔奏。武臣折衝曰禦侮。箋云：予，我也。詩人自我也。文王之德所以至然者，我念之曰：此亦由有疏附、先後、奔奏、禦侮之臣力也。疏附使疏者親也。奔奏使人歸趨之。○先，蘇薦反，注同。後，胡豆反，注「先後」同，本音奔，本亦作奔，注同。奏如字，本亦作走，音同，注同。御，魚呂反，本又作禦，音同。侮，亡甫反。相，息亮反。道音導，本亦作導。折，之設反。衝，昌容反。○

疏 虞芮至禦侮○正義曰：言文王遵太王之道，行善消惡之故，而虞芮二國之君有爭訟事來詣文王，而得成其和平也。虞芮既平，歸周益衆，文王於是動其太王初生之道，言太王始生王業，文王增而長之，使王業益大也。又言文王之德所以至如此者，詩人云我思念之曰：亦由有疏附之臣；我念之曰：亦由有先後之臣；我念之曰：亦由有奔走之臣；我念之曰：亦由有禦侮之臣也。言上承大王之基，下得賢臣之助，故能克成王業，卒有天下。○傳「質成」至「餘國」○正義曰：《釋詁》云：「質、平，成也。」則三字義同，故以質爲成以成爲平言由諳文王而得成其和平也蹶動釋詁文自虞芮之君以下當有成文不知出何書也蓋往歸焉家語作盍盍訓何不也此相勸之辭宜爲盍也入其邑謂入城中也男女異路謂如王制云道路男子由右婦人由左注云以爲地道尊右故也班白謂年老其髮白黑雜也以其年老不自提挈有少者代之也士讓爲大夫大夫讓爲卿爲選大夫爲卿則各以尊爵相讓也家語書傳並有其事與毛傳小異大同由異人別說故也○箋虞芮至業大○正義曰此文王本太王之詩故首尾相屬首章言太王於緜緜之後始得人心而初生王業今言文王動其生故知動彼初生之道令之使大故云廣其德而王業日益大謂大於大王之時也此直增動大王民之初生耳而連言緜緜者明大王於緜緜之中而初生王業今文王又動之見文王所動大於緜緜後之初生故連言之○傳率下至禦侮○正義曰此以臣有四行故解其名之義疏附者此能率其臣下先與君疏者令之親於君上能使親附故曰疏附也先後者此臣能相導禮儀使依典法在君前後故曰先後也奔走者此臣能曉喻天下之人以王德宣揚王之聲譽使人知令天下皆奔走而歸趍之故曰奔走也禦侮者有武力之臣能折止敵人之衝突者是能扞禦侵侮故曰禦侮也以此四行徧該羣臣雖有賢聖

不過此矣直揔言臣有四行而巳不指其臣云某爲疏附某爲禦侮故君奭云惟文王尚克脩和我有夏亦惟有若虢叔有若閎夭有若散宜生有若泰顛有若南宫括注云詩傳說有疏附奔走先後禦侮之人而曰文王有四臣以受命此之謂引此四行以證五臣明非一臣有一行也彼注云不及呂望太師也教文王以大德謙下以自比焉周公謙不自比詩人不當代謙明周召之輩亦在其中所言四行無定人矣書傳說宜生南宫括閎夭三子學須於太公遂與三子見文王於羑里獻寶以免文王乃云孔子曰文王得四臣吾亦得四友自吾得回也門人加親是非疏附與自吾得賜也遠方之士至是非奔走與自吾得師也前有輝後有光是非先後與自吾得由也惡言不至於門是非禦侮與文王有四臣以免虎口丘亦有四友以禦侮如此言則四人人有一行與前說乖者書傳因有四人爲之說耳孔子以巳弟子四人擬彼四行其於文王之臣亦不言人爲一行縱彼四人各爲一行此詩所言不獨指彼四人也○箋予我至趨之○正義曰予我釋詁文箋於此獨言詩人自我者此美文王之德而云我所我之事不明故辯之言文王之德所以至然者是也所以得使虞芮感化至於是者我念之由有此四臣之力故也疏附奔走傳甚未明故特申說之

緜九章章六句

附釋音毛詩注疏卷第十六（十六之二）

黃中栻栞

毛詩注疏挍勘記（十六之二）　阮元撰盧宣旬摘錄

○大明

故云保祐命爾　閩本明監本毛本祐作佑案祐字是也經注作右正義易作祐右祐古今字下同

其徵應炤晳見於天　小字本相臺本同案釋文云炤本或作灼考炤晳卽昭晳灼字非也

不以兩明赫赫之文　閩本明監本毛本上赫作兩案所改是也

周迺之義　閩本明監本毛本迺誤匝下同○按迺匝皆俗字

摯國任姓之中女也　閩本明監本毛本同小字本相臺本之作仲案之字是也正義云仲者中也故言之中女釋文以之中作音是正義釋文本皆作之段玉裁云此當八字爲一句是也此總摯仲氏任一句而發傳以中解經之仲以女解經之氏故錯綜而出之也不得其讀者於國字姓字誤斷句乃改中爲仲以附合於經

不知傳若專釋仲郎不得在任下也考文古本無中字亦誤

所言居河之湄 閩本明監本毛本同案所當作巧

俔磬也 相臺本同閩本明監本毛本同小字本磬作譬考文古本同案磬字是也釋文俔下云磬也正義標起止云傳俔磬作譬者誤

文云譬謦也 補通志堂本盧本文上並有說字案此十行本所附誤脫也六經正誤云今考說文譬喻也作謦誤釋文按勘云謦是喻非說文譬者諭也則不必㬎言譬謦也者譬而謦之者稱美也

賢美配聖人 補案美當作女正義可證

至其光○毛以爲 閩本明監本毛本○下有正義曰三字案所補非也

說文云俔諭也 閩本明監本毛本同案諭上浦鏜云脫譬字是也○按說文言部譬者諭也諭者告也則此俔下云諭也已足作正義者所見乃眞古本不當妄補也

維行大任之德焉閩本明監本毛本同小字本相臺本維作能考文一本同案能字是也正義云故知能行大任之德也是其證

右音祐[補]釋文挍勘記通志堂本盧本祐誤佑案小字本相臺本十行本所附皆作祐不誤六經正誤所載亦是祐字○按右正佑祐皆俗然祐字說文已有

則我皇妣大姜之姪閩本明監本毛本同案浦鏜云妣誤姒是也

辰星始見於也閩本明監本毛本同案浦鏜云於字衍是也

此北水木交際閩本明監本毛本同案浦鏜云東誤此是也

禮記及時作坶野閩本明監本毛本同案山井鼎云時恐詩誤是也

箋臨視也女女武王也至伐紂必克無有疑心閩本明監本毛本作箋臨視至疑心案所改是也

大誓曰師乃鼓譟 閩本明監本毛本同案鼓下當有鼜字見鄭大司馬注引

會甲也 小字本相臺本同案正義云定本云會甲兵則與會甲子義異九經古義云甲者一也古皆以一爲甲毛公以意說詩故訓會朝爲甲朝又云不崇朝而天下淸明崇朝終朝也或以甲爲甲子或爲甲兵皆非毛意考文古本會下有兵字采正義而倒之耳○按詳段玉裁故訓傳三十卷注中

隱精以虞 閩本明監本毛本同案浦鏜云情誤精是也

鄭箴膏育云下同 閩本明監本同毛本育作肓案肓字是也

不足以交鄰國定遠彊也 閩本明監本交誤郊毛本不誤案浦鏜云彊當作疆是也

其言皆可與尙父義同 閩本明監本毛本同案可與二字當倒可尙父者謂傳之可尙可父也

則傳言會甲長讀爲義 閩本明監本毛本讀誤續案浦鏜云下四字疑衍非也長讀民

勞正義可證

其合兵以朝且清明之時閩本明監本毛本同案浦鏜云旦誤且是也

言其昧之而初明晚則塵昏旦則清閩本明監本毛本同案十行本其至晚剜添者一字當是衍下塵字而上有脫故補之也

易傳曰閩本明監本毛本同案浦鏜云曰當者字誤是也

○緜

本由大王也唐石經小字本相臺本同案釋文云一本無由字正義云本之於大王也又云本其上世之事又云是本大王又云而又追而本之是其本無由字譜及旱麓正義皆有本由大王者以義言之耳釋文云序舊無注本或有注者非今各本皆無

自土沮漆唐石經小字本相臺本同案此釋文本也釋文云沮七余反漆音七毛云沮漆二水名正義云於漆

沮之旁又云豳有漆沮之水又云是周地亦有漆沮也又下章云循西方水厓漆沮之側又云上言漆沮此言循滸明是循此漆沮之側也又下章云周原在漆沮之閒以時驗而知之是正義本作漆沮餘亦有作沮漆者後人改之耳六書音均表云從漢書水經注作漆沮

瓜紹也瓞瓝也 小字本相臺本同案段玉裁云傳瓜瓞逗瓜紹也句瓞逗瓝也句此傳之難讀由淺人誤刪瓜瓞二字而以瓜逗紹也句耳

封於邰 小字本相臺本同案釋文以封邰作音是其本無於字也正義云是稷爲帝嚳之胄封於邰也與釋文本不同

古公亶父 唐石經小字本相臺本同案釋文云父本亦作甫正義云號爲亶父者是正義本與釋文同以下多作甫字者以父甫爲古今字易而說之也

狄人之所欲吾土地 閩本明監本毛本同小字本相臺本欲下有者字地下有也字考文古本

同案有者是也

君子不以其所養人而害人　相臺本同閩本明監本毛本同小字本而作者案者字是也

何患無君　閩本明監本毛本同小字本相臺本患下有乎字案有者是也

邑乎岐山之下　相臺本同閩本明監本毛本同小字本乎作于案于字是也

稱君曰公　小字本同閩本明監本毛本同相臺本稱下有其字案有者是也

說文作覆　〔補〕釋文挍勘記通志堂本同盧本覆作𥨍云舊譌覆今從本書正案所改是也

釋訓云　閩本明監本毛本同案浦鏜云詁誤訓是也

我先生不窋　閩本明監本毛本生作王案所改是也

卽云處豳爲異耳　閩本明監本毛本同案處豳當作古公因讀者記處豳於側因誤改正文

也

請免吾乎　閩本明監本毛本同案吾當作居浦鏜云莊子作勉居呂氏春秋作勉處是也免卽勉字

吾不爲社稷乎　閩本明監本毛本同案浦鏜云君誤吾是也

而公○劉大王　閩本明監本毛本不空案所改是也

若顧戀彊宇　補　案彊當作疆毛本不誤

說文云陶瓦器竈也　閩本明監本毛本同案陶當作匋

說文云穴土屋也　閩本明監本毛本同案室誤屋是也

覆地室也　下同　閩本明監本毛本地室誤於地案覆當作𥨊

故箋辨之云覆者　閩本明監本毛本同案覆當作復

爲堅三　明監本毛本三誤土閩本不誤案引九章在商功術謂堅率三也山井鼎考文所載誤以三字

屬下讀

沮漆水側也　小字本相臺本同案詩經小學云晉紀總論李善注引鄭曰漆沮側也今考此章正義漆沮字凡三見是正義本自作漆沮也考文古本作漆沮采正義

至胥宇○正義曰　補　十行本曰字原作言閩本明監本同毛本言作曰案曰字是也今改正

明其著大姜之賢智也　閩本明監本毛本智誤知案智是正義所易今字也

甘如飴也　閩本明監本毛本同小字本相臺本甘上有皆字考文古本同案有者是也

膴音武韓詩同　補　釋文挍勘記通志堂本盧本同案段玉裁云韓詩作膴膴此當有誤膴膴引見魏都賦注

堇荁粉榆　閩本明監本荁作苴毛本初刻同後改荁案所改是也下同浦鏜云枌誤粉是也

廼疆廼理　唐石經小字本相臺本同閩本同明監本毛本疆誤彊十行本正義中字作彊亦誤餘同此

乃爲之疆場閩本明監本同毛本疆誤壃下同案場當作場

幽又有岐山西北閩本明監本毛本同案浦鏜云在誤有是也

乃召司空小字本相臺本同唐石經乃作廼考文古本同案廼字是也下乃召司徒同標起止云乃召當是後改又見公劉

其繩則直唐石經小字本相臺本同案釋文云繩本或作乘後人誤改經文是也

箋云傳破之乘字[補]釋文挍勘記通志堂本同盧本之作爲案爲字誤改也此傳破二字誤倒耳當作破傳陸意謂箋之所云乃破傳之乘字也傳未嘗破經爲乘箋又無此云盧文弨全誤

捄捊也小字本相臺本同閩本明監本毛本捊誤桴下及正義同考文古本同考文古本下作捊○按說文捊引堅也今本堅作取誤○[補]案十行本分作取土二字尤誤又捄音俱呂沈同沈當作悅

以上有止之文而因設耳閩本明監本毛本同案浦鏜云設當誤字之誤是也

無曰字也　閩本明監本毛本同案山井鼎云恐有脫誤非也此申上文曰衍字也之意

其行道士衆兊然　小字本相臺本同案釋文脫然通外反本亦作兊正義云行於道路兊然矣是其本作兊此箋意以兊爲脫之假借直於訓釋中改用脫字以顯之其不云讀爲者省文之例每如此也當以釋文本爲長

欲親人善鄰也　閩本明監本毛本同案此不誤浦鏜云人當仁誤非也正義所用傳文自如此

王蒼說棫卽柞也　閩本明監本毛本同案王當作三

可爲櫝車　閩本明監本毛本同案浦鏜云犢誤櫝是也爾雅疏卽取此車下有輻字此脫

上言柞棫之中而逃亡　閩本明監本毛本同案柞棫下盧文弨云脫拔明入柞棫是也

此因柞棫復出而有誤

盍往質焉　小字本相臺本同案此釋文本也釋文云盍胡臘反正義本是蓋字云家語作盍盍訓何不也

此相勸之辭宜爲盡也考藎盡古同用字耳

斑白不提挈　相臺本同小字本斑作班閩本明監本毛本同案斑字是也古多以班爲斑字

予曰有奔奏　唐石經小字本相臺本同案釋文云本音奔本亦作奔注同奏如字本又作走音同注同正義云我念之曰亦由有奔走之臣又云奔走者云云令天下皆奔走而歸趍之故曰奔走也又云書傳說有疏附奔走又云是非奔走與又云疏附奔走是正義本作奔走也依此唐石經以下各本乃上字合正義下字合釋文當卽釋文所云亦作本耳

奏奔禦侮　閩本明監本毛本同小字本相臺本奏奔倒案奔奏是也

藎往歸焉　閩本明監本毛本同案浦鏜云質誤歸是也

學頌於大公　閩本明監本毛本同案此不誤浦鏜云訟誤頌非也頌讀當爲容卽漢書所云善爲頌者是也字或作訟音同故文王正義引作訟浦意讀訟爲如字誤之甚矣

傳甚未明閩本明監本毛本同案甚當作意

附釋音毛詩注疏卷第十六（十六之三）

毛詩大雅　鄭氏箋　孔穎達疏

棫樸文王能官人也棫雨逼反樸音卜沈又符卜反**芃芃棫樸薪之槱之**興也芃芃木盛貌棫白桵也樸枹木也槱積也山木茂盛萬民得而薪之賢人衆多國家得用蕃興箋云白桵相樸屬而生者枝條芃芃然豫斫以爲薪至祭皇天上帝及三辰則聚積以燎之○芃薄紅反槱音酉字亦作槱弋九反云積木燒也枹音茅反蕃音煩屬之欲反斬一本作斫燎力召反**濟濟辟王左右趣之**趣趨也箋云辟君也君王謂文王也文王臨祭祀其容濟濟然敬左右之諸臣皆促疾於事謂相助積薪○辟音壁注及下同趣七喻反

【疏】芃芃至趣之○毛以爲芃芃然枝葉茂盛者是彼棫木之樸屬而叢生也我農人得析而薪之又載而積之於家使農人得以濟用興德行俊秀者乃彼賢人之叢集而衆多也我國家得徵而取之又引而置之於朝使國得以蕃興既得賢人置之於位故濟濟然多容儀之君王其舉行政此賢臣皆左右輔助而疾趨之

言賢人在官各司其職是其能官人也○鄭以爲芃芃然枝葉茂盛之棫相樸屬而叢生也故使人豫斫而薪之及祭皇天上帝則又聚積而燎之濟濟然其臨祭祀容貌肅敬之君王薪燎以祭之時左右諸臣趍疾而助之言皆助王積薪以供事上帝是其能官人也○傳芃芃至蓄興○正義曰芃芃是棫樸之狀故爲盛貌釋木云樸枹者孫炎曰樸屬叢生謂之枹以此故云樸枹木也伐木析之謂之薪既以爲薪則當積聚槱在薪下故知槱爲積也此詩美其能官人則以木茂喻賢人德盛樸屬喻賢人多薪之似聘取賢人積之似聚置於朝故云山木茂盛萬人得而薪之賢人衆多國家得用蓄興然蓄是在朝之士當以薪濟家用爲喻而文不類是互相足也蓄興者謂蓄殖興盛言國家昌大之意也○箋白桵至燎之○正義曰言樸屬而生者冬官考工記云凡察車之道欲其樸屬而微至注云樸屬猶附著堅固貌也此言樸者亦謂根枝迫迮相附著之貌故以樸屬言之欲取爲薪故言其枝葉茂盛芃芃然薪必乾乃用之故云豫斫月令季冬乃命收秩薪柴以供郊廟及百祀之薪燎則一歲所須槱燎炊爨之薪皆於季冬收之以擬明年之用是豫斫也至祭皇天上帝及三辰則聚積燎之解槱之意也知此爲祭天者以下云奉璋峨峨是祭時之事則此亦祭事槱燎之與大宗伯槱燎文

同故知爲祭天也大宗伯以禋祀祀昊天上帝以實柴祀日月星辰以槱燎祀司中司命風師雨師彼槱燎之文唯施用於司中司命此祭皇天上帝亦言槱之者彼云禋祀實柴槱燎三者皆祭天神之祀俱是燎柴升煙但神有尊卑異其文耳故注云禋之言煙周人尚臭煙氣之臭聞者也三祀皆積柴實牲體焉或有玉帛燔燎而升煙所以報陽也是其禮皆同故得爲槱之也皇天上帝月令文彼注以皇天爲北辰耀魄寶上帝爲五帝則此亦宜然宗伯注昊天上帝冬至於圜丘所祀天皇大帝也昊天上帝猶皇天上帝周禮以爲一而月令分之者以周禮文自相顧司服云王祀昊天上帝則服大裘而冕祀五帝亦如之別言五帝則昊天上帝之中無五帝矣故以爲一月令文無所對宜廣及天帝故分之爲二此亦廣文當同之也春官神仕之職桓二年左傳皆有三辰之文即宗伯所云日月星辰是也此章言祭天之事祭天則大報天而主日配以月可兼及日月而摠言三辰以爲兼及星辰者以其俱在天神皆用柴祭槱文可以兼之故通舉焉此及宗伯月在柴燎之限則月爲天神當以煙祭覲禮云祭天燔柴祭地瘞注云燔柴祭天謂祭日也則祭地瘞者謂祭月也日月而云天地靈之也又以月爲地神而從瘞埋之祭者彼注又云月者大陰之精上爲天使然以天使從天以陰精

又從地故以祭月有二禮月之從埋唯此會同告神一事而已其餘皆從實柴故宗伯定之以爲天神也文王受命稱王必當祭天其祭天之事唯肇禋與是類見於詩其外又中候合符后云文立稷配注云文王受命祭天立稷以配之諸儒皆以爲郊與圜丘異名而實同鄭以圜丘與郊別文王未定天下不宜已祭圜丘所以言稷配蓋郊也何則周公祭禮始禘嚳而郊稷祖文而宗武若文王已具其禮當使誰配之以此知文王之時未具祭天之禮而分皇天上帝爲二者亦以槱文可盡兼天神廣言之耳未必文王已祭天皇大帝也此箋異於傳孫毓云此篇美文王之能官人非稱周地之多賢才也國事莫大於祀神莫大於天必擇俊士與共其禮故舉祭天之事以明官人之義又薪之槱之是燎祭積薪之名非謂萬民皆當槱燎箋義爲長○傳趣趨○正義曰此趣趨之趣義無所取故轉爲疾趨○箋辟君至積薪○正義曰辟君釋詁文以時紂存嫌不祭天故辨之云君王謂文王也文承上槱之之下故知相助積薪也

濟濟辟王左右奉璋半圭曰璋箋云璋璋瓚也祭祀之禮王祼以圭瓚諸臣助之亞祼以璋瓚○璋音章瓚在但反字或作贊祼古亂反

奉璋峨峨髦士攸宜峨峨盛壯也髦俊也箋云士卿士也奉璋之儀

峨峨然故今俊士之所宜○峨本又作俄五歌反髦音毛

【疏】濟濟至攸宜○毛以爲文王能任賢爲官助之行祀濟濟然多容儀之君王其行祀之事則左右之臣奉璋而助行之此臣奉璋之時其容儀峨峨然甚盛壯矣乃是俊士所宜爲臣奉璋是其能官人也○鄭以此章說宗廟之祭賢臣取之言濟濟然其臨祭祀敬美之君王其祭之時親執圭瓚以祼其左右之臣奉璋瓚助之而亞祼奉璋亞祼之時容儀峨峨然甚得其祀此奉璋之事俊士之所宜行也宜以助祭是官得其人也○傳半圭曰璋○正義曰傳唯解璋而不言瓚則不以此爲祭矣斯干傳曰璋臣之職則謂臣之行祀當執璋也王肅云羣臣從王行祀之所奉顧命曰太保秉璋以酢肅以臣之執璋於祀無文故引顧命爲證○箋璋璋至璋瓚○正義曰鄭以臣行祀亦執圭璧無專以璋者祀圭以進君璋以進夫人則圭當統名不得言璋論語說孔子執圭是其事也冬官玉人云大璋中璋邊璋皆是璋瓚也以璋言之故知璋是璋瓚王肅云○本有圭瓚者以圭爲柄謂之圭瓚未有名璋瓚爲璋者王基駁云郊特牲曰灌以圭璋與此云奉璋峨峨皆有明文故知璋爲璋瓚矣祭之用瓚唯祼爲然故云祭祀之祀王祼以圭瓚諸臣助之亞祼以璋瓚卽祭統云君執圭瓚祼尸大宗伯執璋瓚亞祼是也天官內宰職云

大祭祀后祼獻則贊然則亞祼者當是后夫人矣此及祭統
言大宗。者彼注云容夫人有故攝焉攝代王后一人而已言
諸臣者舉一人之事以見諸臣之美耳又天官小宰云凡祭
祀贊祼將之事注云文從太宰助王然則大宰助王祼小宰
又助之是助行祼事非獨一人故言諸臣小宰注云唯人道
宗廟有祼天地大神至尊不祼莫稱焉則此言祼事祭宗廟
也箋亦言祭祀之礼不言廟以言祼則廟可知祭義說宗廟
之祭云孝子慤而趍賓客則濟濟此言濟濟辟王者以孝子
當祭志心念親不事儀飾故言慤而趍見其儀少耳其實祭
是大事非無儀也清廟箋云周公之祭清廟其礼儀敬且和
是有儀矣○傳峨峨至髦俊○正義曰以峨峨是容儀之貌
故言盛壯釋訓云峨峨祭也舍人曰峨峨奉璋之祭鄭以此
璋爲祭合於爾雅毛不爲祭蓋以行礼貌同於祭髦俊釋言
文○箋上卿士○正義曰士者男子之大號以奉璋亞祼是
宗伯之卿故言卿士也○**淠彼涇舟烝徒楫之**淠舟行貌楫櫂也箋云烝衆也淠淠
然涇水中之舟順流而行者乃衆徒舩人以楫櫂之故也興
衆臣之賢者行君政令○淠匹世反沇孚計反涇音經烝之
承反楫音接徐音集方言云楫謂之橈或謂之櫂郭注云楫
橈頭索也所以縣櫂謂之楫說文云楫舟棹也釋名云在傍

撥水曰櫂又謂之楫櫂直教反周王于邁六師及之天子六軍箋云于往邁行及與也周王往行謂出兵征伐也凡千五百人爲師今王興師行者殷末之制未有周礼周禮五師爲軍軍萬二千五百人○

【疏】淠彼至及之○正義曰文王既能官人行其政令言淠淠然順流而行者是涇水之舟船此舟船所以得順流而行者乃由衆徒船人以楫櫂之故也以興隨民而化者是文王之政令也此政令所以得隨民而化者乃由諸臣賢者以力行之故也既有賢臣爲王布政故可以征討有罪周王往行征伐則六師與之而俱進也○傳淠舟行貌楫櫂○正義曰定本及集注皆云舟行則與鄭不異或云舟止者誤也方言楫或謂之櫂則毛以時事名之○箋烝衆至政令○正義曰烝衆釋詁文淠淠爲動之貌故云順流而行以承上章說賢臣之事故爲衆臣之賢者行君政令○傳天子六軍○正義曰瞻彼洛矣云以作六師常武云整我六師皆謂六軍爲六師明此六師亦六軍也○箋周王至百人○正義曰師之所行必是征伐故知周王往行謂出兵征伐也二千五百人爲師夏官序文礼天子六軍諸侯大國三軍今周王不以軍而興師行者殷末之制未有周礼故也若如周礼夏官序云五師爲軍軍万二千五百人也詩爲大雅莫非王法造舟

為梁裸將于京皆是天子之祀而此必為殷末之制者以詩人之作或以後事言之或論當時之實若是當時實事文王未必已備六軍因言師不言軍故為此解耳鄭之此言未是定說鄭志趙商問此箋引常武整我六師宣王之時又出征伐之事不稱六軍而稱六師不達其意荅曰師者衆之通名故人多云焉欲著其大數則乃言軍耳此正荅常武六師而不申此箋之意是其自持疑也又臨碩并引詩三處六師之文以難周禮鄭釋之云春秋之兵雖累萬之衆皆稱師詩之六師謂六軍之師揔言三文六師皆云六軍是亦以此為六軍之意也又易師卦注云多以軍為名次以師為名少以旅為名師者舉中之言然則軍之言師乃是常稱不當於此獨設異端又甘誓云乃召六卿注云六卿者六軍之將公劉箋云部后稷上公之封大國三軍大誓注云六軍之兵東行皆在周禮之前鄭自言有六軍三軍之法何故於此獨言殷末當是所注者廣末及改之耳○

倬彼雲漢爲章于天倬大也雲漢天河也箋云雲漢之在天其為文章譬猶天子為法度于天下○倬陟角反

周王壽考遐不作人遐遠也遠不作人也箋云周王文王也文王是時九十餘矣故云壽考遠不作人者其政變化紂之惡俗近如新作人也

疏 箋周王至作人○正義曰上已有周王何嫌非文王而於此言謂文王者欲因取文王之名以解壽考故於此言之也受命之時已九十矣六年乃稱王此雖稱王後言不妨述受命時事故云九十餘矣作人者變舊造新之辭故云變化紂之惡俗近如新作人也

追琢其章金玉其相

追彫也金曰彫玉曰琢相質也箋云周禮追師掌追衡笄則追亦治玉也相視也猶觀視也追琢玉使成文章喻文王爲政先以心研精合於禮義然後施之万民視而觀之其好而樂之如覩金玉然言其政可樂也○追對回反注同琢陟角反注同彫都挑反相如字一云鄭息亮反研倪延反好呼報反樂音洛下同○

勉勉我王綱紀四方

箋云我王謂文王也以罔罟喻爲政張之爲綱理之爲紀○罟音古

疏 追琢至四方○毛以爲上言文王之表章此又說其有文章之事言治寶物爲器所以可彫琢其體以爲文章者以金玉本有其質性故也以喻文王所以可修飾其道以爲聖教者由本心性有睿聖故也心性有睿聖故修飾以成美言文王之有聖德其文如彫琢其質如金玉以此文章教化天下故歎美之言勉勉然勤行善道不倦之我王以此聖德綱紀我四方之民善其能在民上治理天下鄭以爲申上政教可

美之意言工人追琢此玉使其成文章而後用之以興文王研精此政教合於禮義其出民皆貴而愛之好而樂之如金玉之寶其皆視而觀之言其政得其宜民愛之甚餘同○傳追彫至相質○正義曰毛以此經上下相成所追琢者即此金玉故以追爲彫釋器說治器之名云玉謂之琢是玉曰琢也釋器上文云玉謂之彫金謂之鏤刻金不爲彫言金曰彫者以彼對文爲別散可以相通論語曰朽木不可彫木尚稱彫明金亦可爲彫也以此二句相對章是成文則相是本質故相爲質也王肅云以興文王聖德其文如彫琢矣其質如金玉矣○箋周禮至可樂○正義曰周禮追師掌追衡笄天官追師職文彼注追猶治也王后之衡笄皆以玉爲之唯祭服有衡垂于副之兩傍當耳是衡笄俱首服也以玉爲之而職曰追師故知追爲治玉之名彼注亦引此詩交相爲證也相視釋詁文視者以目觀物從目生名觀者見物看之據彼生稱今言万民之看王政教故又轉爲觀也上言政教之美能變化惡俗故知此述政教可美之事金玉物之貴者故云其好樂之如觀金玉然言政之甚可樂也易傳者以上言作人下言綱紀皆是政教之事則此亦述政教矣聖人體自生知性與道合不當於此輒譽文王美質故易之○箋我王至爲紀○正義曰以我王之文異於上辟王周王故詳之言謂文

王也說文云綱綱紘也紀別絲也然則綱者綱之大繩故盤庚云若網在綱有條而不紊是其事也以舉綱能張網之目故張之爲綱也紀者別理絲縷故理之爲紀以喻爲政有舉大綱赦小過者有理微細窮根源者

棫樸五章章四句

旱麓受祖也周之先祖世脩后稷公劉之業大王王季申以百福干祿焉旱戶但反麓音鹿本亦作鹿○【疏】旱麓六章章四句至干祿焉○正義曰作旱麓詩言文王受其祖之功業也又言其祖功業所以有可受者以此周之先祖能世脩后稷公劉之功業謂大王以前先公皆脩此二君之業以至於大王王季重以得天之百福所求之祿焉文王得受其基業增而廣之以王有天下故作此詩歌大王王季得祿之事也受祖者謂受大王王季已前也王季者文王之父而并言祖者以卑統於尊故繫之大王也不言文王受祖者此祖功業後世亦蒙之不言文王見其流及後世周之先祖揔謂文王以前世脩后稷公劉之業者后稷上世賢君功業布於天下公劉能脩后稷之業又是先公之中賢俊者故特顯其名

公劉之前先公脩后稷之業公劉以后之君并脩公劉之業故連言之言周之先祖則大王王季在其中矣而别言大王王季以大王王季道德高於先君獲福多於前世故别起其文見其盛於往前且以結受祖之文明受祖者受大王王季也申者重也今大王福祿益多故言重也以大王言重明前已得焉○祿是敘者要約之旨也福祿一也而言百福干祿焉福言百明祿亦其數多也祿言干明福亦求得之以經有干祿故因取而互之經六章皆言大王王季脩行善道以求神祐是申以百福干祿之事也緜言文王之興本由大王而經有文王之事此言受祖而經皆說祖之得福其言不及文王者詩者志也各言其志故辭不可同生民周公成王之雅也維清執競時邁思文周公成王之頌也其文皆無周公成王之事以其光揚祖業足爲子孫之美故其辭不復及焉○

瞻彼旱麓榛楛濟濟旱山名也麓山足也濟濟衆多也箋云旱山之足林木茂盛者得山雲雨之潤澤也喻周邦之民獨豐樂者被其君德教○榛側巾反字林云木叢又仕人反楛音戸草木疏云楛木莖似荆而赤其葉如蓍上黨人篾以爲筥箱又屈以爲釵也樂音洛下同被皮僞反○

豈弟君子干祿豈弟干求也言陰陽和山藪殖故君子得

以干祿樂易箋云君子謂大王王季以有樂易之德施於民故其求祿亦得樂易○豈弟本亦作愷又作凱苦亥反弟亦作悌徒禮反一音待豈樂也弟易也後豈弟皆同易以豉反下同○疏瞻彼至豈弟○毛以為視彼周國旱山之麓其上則有榛楛之木濟濟然茂盛而衆多是由陰陽和以致山藪殖也陰陽調和是君之所感木猶尚然明民亦得其性故樂易然之君子謂大王王季以此人物得所而求福祿其心樂易然喜民之得所也○鄭說在箋○傳旱山至衆多○正義曰以旱文連麓麓為山足故知旱為山名知麓是山足者以周禮地官有大林麓中林麓小林麓立林衡之官以掌之與山虞連職若斬木林則受法於山虞長木之處在山知為山足也濟濟文連榛楛為木之貌故為衆多周語韋昭注云榛似栗而大楛木名陸機云楛其形似荊而赤莖似蓍上黨人織以為牛筥箱器又屈以為釵故上黨人調曰問婦人欲買赭不謂竈下自有黃土問買釵不謂山中自有楛○箋旱山名至被其君德教○正義曰以下云豈弟君子明是德能養民故為樂易故以此為喻民得豐樂被君子德教也○傳干求至樂易○正義曰干求釋言文周語引此一章○○乃云夫旱麓之榛楛殖故君子得以樂易干祿焉若夫山林匱竭林麓散亡藪澤肆逸民力凋盡田疇荒蕪資用乏匱君

子將險哀之不暇而何樂易之有焉毛依此文以爲義彼韋昭注云王者之德被及榛楛陰陽調草木盛故君子以求祿其心樂易矣用此傳爲說然則此外傳正文而箋易之者以陰陽和山藪殖自然民豐樂矣立君所以牧民美人君之德當以養民爲主不應捨民弗言而唯論草木是必以木既茂盛民亦豐樂外傳引其本經遺其興意毛傳埋雖不謬於作意未盡故箋申而備之云○箋君子至樂易○正義曰以序言受祖祖文未見故辯之云君子謂大王王季也上言民被其德教是有樂易之德施於民也君子行善善亦應之既施樂易於民故求福亦得樂易樂易謂求則得之其心喜樂簡易也○

瑟彼玉瓚黃流在中玉瓚圭瓚也黃金所以飾流鬯也九命然後錫以秬鬯圭瓚箋云瑟絜鮮貌黃流秬鬯也圭瓚之狀以圭爲柄黃金爲勺青金爲外朱中央矣殷王帝乙之時王季爲西伯以功德受此賜○瑟所乙反又作璱黃金所以流鬯也一本作黃金所以爲飾流鬯也是後人所加秬音巨黑黍也鬯敕亮反以黑黍米擣鬱金草取汁而煑之和釀其酒其氣芬香調暢故謂之秬鬯勺上灼反字或作杓○

豈弟君子福祿攸降箋云攸所降下也○降如字又戶江反注同○

【疏】瑟彼至攸降○毛以爲上言大王王

季有德於民此又言有功受賜言王季爲西伯以有功德之故殷王帝乙賜之以瑟然而絜鮮者乃彼圭玉之瓚而以黄金爲之勺令得流而前注其秬鬯之酒爲金所照又色黄而流在於其中也此有樂易之德之君子以有德之故是福祿所以降下而與之天子賜之圭瓚卽是福祿下也○樂以黄流謂鬯酒爲異餘同○傳玉瓚至圭瓚○正義曰瓚者器名以圭爲柄圭以玉爲之指其體謂之玉瓚據成器謂之圭瓚故云玉瓚圭瓚也瓚者盛鬯酒之器以黄金爲勺而有鼻口鬯酒從中流出故云黄金所以流鬯以器是黄金照酒亦黄故謂之黄流也定本及集注皆云黄金所以飾流鬯也若有飾字於義易曉則俗本無飾字者誤也九命然後賜以秬鬯圭瓚其意以爲王季九命受此賜也孔叢羊容問子思曰古之帝王中分天下而二公治之謂之二伯周自后稷封爲王者之後至大王王季文王此爲諸侯矣奚得爲西伯乎子思曰吾聞諸子夏曰殷王帝乙之時王季以九命作伯於西受圭瓚秬鬯之賜故文王因之得專征伐此諸侯爲伯猶周召分陝亦以周召之君爲伯乎毛意當如孔叢之言以王季爲東西大伯故以九命言之也○箋瑟絜至此賜○正義曰以瑟爲玉之狀故云絜鮮貌說文云瑟者玉英華相帶如瑟絃或當然江漢曰釐爾圭瓚秬鬯一卣是賜圭瓚必以秬鬯

隨之故知黃流卽秬鬯也傳以黃流爲黃金流鬯箋直以秬鬯爲黃流者秬黑黍一秠二米者也秬鬯者釀秬爲酒以鬱金之草和之使之芬香條鬯故謂之秬鬯草名鬱金則黃如金色酒在器流動故謂之黃流易傳者以言黃流在中當謂在瓚之中不謂流出之時而瓚中赤而不黃故知非黃金也以此故具言圭瓚之狀以圭爲柄黃金爲勺靑金爲外以朱爲中央矣明酒不得黃也知瓚之形如此者以冬官玉人云大璋中璋九寸邊璋七寸射四寸黃金勺靑金外朱中央鼻寸衡四寸注云射琰出者也鼻勺流也凡流皆爲龍口也衡橫字謂勺徑也三璋之勺形如圭瓚故說瓚之狀以璋狀言之知三璋如玉瓚者以彼上文云祼圭尺有二寸有瓚以祀宗廟更不說瓚形明於三璋之制見之故知同也又春官典瑞注引漢禮瓚槃大五升口徑八寸下有槃口徑一尺則瓚如勺爲槃以承之也天子之瓚其柄之圭長尺有二寸其賜諸侯蓋九寸以下此述大王王季之事故云殷王帝乙之時王季爲西伯以功德受此賜鄭不見孔叢之書其言帝乙之時或當別有所據故譜亦然尚書西伯戡黎注云文王爲雍州之伯在西故謂之西伯則以文王爲州牧故楚辭天問云伯昌號衰秉鞭作牧王逸云文王爲雍州牧此王季爲西伯亦當爲雍州牧也大宗伯云八命作牧則王季唯八命不從

毛爲九命也入命所以亦得圭瓚之賜者宗伯注云侯伯有功德加命得專征伐於諸侯然則以專征當州之內亦當賜之如上公故王季爲西伯得受圭瓚也鄭駮異義引王制云三公一命衮若有功則加賜衮衣之謂與一曰衣服是也鄭之意以九命之外別加九賜案禮緯含文嘉上列九賜之差下云四方所瞻侯子所望宋均注云九賜者乃四方所共見公侯伯子男所希望由此言之七命皆得賜不在九命者彼謂隨命得賜與九命外頓加九賜別九賜者含文嘉云一曰車馬二曰衣服三曰樂則四曰朱戶五曰納陛六曰虎賁七曰斧鉞八曰弓矢九曰秬鬯宋均注云進退有節行步有度賜之車馬以代其步言成文章行成法則賜以衣服以表其德動作有禮賜之納陛以安其體長於教訓內懷至仁賜以樂則以化其民居處脩理房內不渫賜以朱戶以明其別勇猛勁疾執義堅彊賜以虎賁以備非常亢揚威武志在宿衛賜以斧鉞使得專殺內懷仁德執義不傾賜以弓矢使得專征孝慈父母賜以秬鬯以祀先祖是其九賜之事也○鳶飛戾天魚躍于淵言上下察也箋云鳶鴟之類鳥之貪惡者也飛而至天喻惡人遠去不爲民害也魚跳躍于淵中喻民喜得所○鳶悅宣反鴟尺尸反○豈弟君子遐不作

人箋云遐遠也言大王王季之德近於變化使如新作人○疏鳶飛至作人○毛以爲大王王季德教明察著於上下其上則鳶鳥得飛至於天以遊翔其下則魚皆跳躍於淵中而喜樂是道被飛潛萬物得所化之明察故也能化及上下故歎美之言樂易之君子大王王季其變化惡俗遠此不新作人言其近新作人也○鄭上二句別具箋○傳言上下察○正義曰中庸引此二句乃云言上下察故傳依用之言能化及飛潛令上下得所使之明察也○箋鳶鴟至得所○正義曰蒼頡解詁以爲鳶即鴟也名既不同其當小別故云鴟之類也說文云鳶鷙鳥擊小鳥故爲貪殘以貪殘高飛故以喻惡人遠去淵者魚之所處跳躍是得性之事故以喻民喜樂得其所易傳者言鳥之得所當如鸞鳳在梁以不驚爲義不應以高飛爲義且下云遐不作人是人變惡爲善於喻民爲宜禮記引詩斷章不必如本故易之○

清酒既載騂牡既備言年豐畜碩也箋云既載謂已在尊中也祭祀之事先爲清酒其次擇牲故舉二者○騂息營反字林火營反畜香又反**以享以祀以介景福**言祀所以得福也箋云介助景大也○享許丈反徐許亮反介音界後同疏清酒至景福○毛以爲大王王季既成民事乃

以神事有清絜之酒既載而置之於尊中其赤牡之牲既擇而養之以充備有此牲酒以獻之於宗廟以祭祀其先祖以得大大之福祿○鄭以介爲助爲異餘同○傳言年豐畜碩○正義曰言酒見其年豐言牲見其畜碩桓六年左傳曰聖王先成於民而後致力於神故奉牲以告曰博碩肥腯謂其畜之碩大蕃滋也奉酒醴以告曰嘉栗旨酒謂其三時不害而民和年豐也此傳取彼意也○箋既載至二者○正義曰既載載之於器故知已在尊中也此既載既備謂將用之時故郎云以享以祀也又解祭祀之用羞物多矣獨舉酒牲者祭祀之事先爲清酒其次擇牲故舉是二者也信南山箋解清酒揔諸鬱鬯玄酒與五齊三酒此清酒與彼不同者觀經立義所以各別前已具解清酒者冬釀接夏而成其餘不盡然要清酒皆豫作有在三月前者故云先爲清酒也地官充人云掌繫祭祀之牲牷祀五帝則繫於牢芻之三月享先王亦如之又祭義云君召牛納而視之擇其毛而卜之吉而後養之是擇牲在祭前三月次爲酒之後也文十三年公羊傳云周公用白牡魯公用騂犅羣公不毛然則大王王季爲殷之諸侯其牲亦應不毛而云騂牡者不毛者不定用一毛而已其牲皆用純色故此祭用純騂也祭義云擇其毛是諸侯用純色也或者此是作者於後據周所尚而言之○傳言祀

所以得福○正義曰詩文諸云介福者毛皆以介爲大此亦謂之得大我之福**瑟彼柞棫民所燎矣**瑟衆貌箋云柞棫之所以茂盛者乃人熂燎除其旁草養治之使無害也○燎力召反又力弔反說文作尞一云此祭天也又云燎放火也字林同尞力召反燎音力小反熂許氣反芟草燒之曰熂何沈虛刈反**豈弟君子神所勞矣**箋云勞勞來猶言佑助○勞力報反注同來力代反本亦作倈同佑音又○

【疏】瑟彼至勞矣○正義曰上言祭以助福此言得福之事言瑟然衆多而茂盛者是彼柞棫之木也此柞棫所以得茂者正以爲民所熂燎而除其傍草矣傍無穢草故木得茂盛以與得福者乃彼樂易君子也此君子所以得福者王以爲神所勞來去其患害矣既無患害故多獲福言神之勞來君子猶民之燎柞棫也○

莫莫葛藟施于條枚莫莫施貌箋云葛也藟也延蔓於木之枚本而茂盛喻子孫依緣先人之功而起○藟力軌反字又作虆同施以豉反注同枚芒回反蔓音萬**豈弟君子求福不回**箋云不回者不違先祖之道○

【疏】莫莫至不回○正義曰上言蒙先祖之福此言脩先祖之德言莫莫然而延蔓者是葛也

藟也乃施於木之條枝之上而長也以興依緣者此大王王季也乃依緣已之先祖之功業而起也大王王季既依緣先祖則述脩其業是此樂易之君子其求福祿不違先祖之正道言其脩先祖之正道以致之是謂之申以百福干祿焉○正箋葛也而至起○正義曰序言世脩后稷公劉之業此又以葛藟延蔓爲喻故知喻子孫依緣先人之功而起也此經既言依緣先。故知下言不回者是不違先祖之道

旱麓六章章四句

思齊文王所以聖也

言非但天性德有所由成○齊側皆反本作齋齋莊也下同○

疏 思齊四章章六句至以聖○正義曰作思齊詩者言文王所以得聖由其賢母所生文王自天性當聖聖亦由母大賢故歌詠其母言文王之聖有所以而然也經四章首章言大任德行純備故能生此文王是其所以聖也二章以下言文王德當神明施化家國下民變惡爲善小大皆有所成是其聖之事也○箋言非至由成○正義曰論語云天生知之者上也則聖人稟性自天不由於母以大姒之賢亦生管蔡而云德有所由成歸德於母者以其母實賢遂致歌詠

見其歎美之深錄之以爲後法耳○

思齊大任文王之母思媚周姜京室之婦

齊莊媚愛也周姜大姜也京室王室也箋云京周地名也常思莊敬者大任也乃爲文王之母又常思愛大姜之配大王之禮故能爲京室之婦言其德行純備故生聖子也大姜言周大任言京見其謙恭自卑小也○媚美記反後同沈音眉行下孟反見賢遍反

大姒嗣徽音則百斯男

大姒文王之妃也大姒十子衆妾則宜百子也箋云徽美也嗣大任之美音謂續行其善教令○徽許韋反○

【疏】思齊至斯男○毛以爲常思齊敬之德不惰慢者大任也大任乃以此德爲文王之母言其德堪與文王爲母也此大任又常能思愛周之大姜配大王之禮而勤行之故能爲京師王室之婦大任以有德之故爲大姒所慕而嗣續行其美教之德音思賢不妒進叙衆妾則能生百數之此男得爲周藩屏之衛也言大任能上慕先姑之所行下爲子婦之所續是其德行純備故生聖子是文王所以聖也○鄭唯以京室爲地名爲異餘同○傳齊莊至王室○正義曰齊莊釋言文宣三年左傳曰蘭有國香人服媚之如是言服蘭則人愛之媚是愛義也周姜爲大任思愛則是婦之念姑知是大姜也京者京

師故言京室王室王季未爲天子而言京者以其追號爲王
故以京師言之○箋京師周至卑小○正義曰以周京相對
故知是地名言思愛大姜明是愛慕其德思其所爲故知思
其配大王之禮也能爲京室之婦言盡其婦道於京地無愆
過也既能爲婦是德行純備故能生聖子以子聖母賢故知
歎美之周京俱是地名而分配有異故大姜言周大任言京
見大任謙恭自卑小以明其本志也春秋僖二十八年冬公
會晉侯齊侯於溫天王狩於河陽穀梁傳曰會於溫言小諸
侯也以河陽言之大天子也亦此類也○傳大姒至百子○
正義曰定六年左傳大姒之子唯周公康叔爲相時也大姒
爲周公康叔之母是文王之妃也又解大姒一人而有百男
之意以大姒一人有十子不妬忌而進衆妾則宜有百子能
有多男爲國之屏翰是婦人之美事故言爲大姒之德也定
四年左傳曰武王之母弟八人是通武王與伯邑考爲十子也
其名則左傳文云周公爲太宰康叔爲司寇聃季爲司空通
武王伯邑考爲五人又曰五叔無官則其餘五者皆字叔又
曰曹爲伯甸非尚年也則曹叔振鐸是康叔聃季之兄也又
管蔡霍爲三監蔡與衛爭長明其皆母弟也郕於富辰之言
在蔡霍之間五叔者其曹與管蔡郕霍乎史記管蔡世家云
武王同母兄弟十人母曰大姒文王正妃也其長子曰伯邑

考次曰武王發次曰管叔鮮次曰周公旦次曰蔡叔度次曰曹叔振鐸次曰郕叔武次曰霍叔處次曰康叔封次曰聃叔季載其次不必如此其十子之名當然也皇甫謐云文王取大姒生伯邑考武王發次管叔鮮次蔡叔度次郕叔武次霍叔處次周公旦次曹叔振鐸次康叔封次聃叔季載其名與史記皆同其次則異不知謐何所據而別於馬遷也左傳富辰之言曹在衛聃之下不以長幼爲次則其弟無明文以正之

惠于宗公神罔時怨神罔時恫宗公宗神也恫痛也箋云惠順也宗公大臣也文王爲政咨於大臣順而行之故能當於神明神明無是怨恚其所行者無是痛傷其將無有凶禍○恫音通⿰歹凶音凶本又作凶○**刑于寡妻至于兄弟以御于家邦**刑法也寡寡妻適妻也御迎也箋云寡妻寡有之妻言賢也御治也文王以禮法接待其妻至于宗族以此又能爲政治于家邦也書曰乃寡兄勖又曰越乃御事○刑韓詩云刑正也御毛牙嫁反鄭魚據反適丁歷反勖許玉反下同

【疏】惠于至家邦○毛以爲文王以母賢身聖能協和神人言文王之德乃能上順於先祖宗廟羣公以安寧百神故神人無有是怨恚文王者神無有是痛傷文王者明文王能敬事明神蒙

其祐助之又能施礼法於寡少之適妻內正人倫以爲化本復行此化至於兄弟親族之內言族親亦化之又以爲法迎治於天下之家國亦令其先正人倫乃和親族其化自內及外徧被天下是文王聖也○鄭以爲文王雖聖能屈己從衆心不自專乃能順於其尊貴之羣公言其諮訪大臣順而行之以此擧事允當於神明故神明無是怨恚其文王所行者神明無是痛傷其文王所爲者言甚蒙神之福無禍災也文王以順從之政而行之先施法於寡有之賢妻言接待其妻以礼法也以此又至於兄弟之宗族亦令接待其妻以爲政教之本以此之故又能爲政治於天下之家邦是其聖之事也○傳宗公至恫痛○正義曰書序云班宗彝中庸云陳其宗器皆謂宗廟爲宗又下頻言神罔則宗公是宗廟先公故云宗神也恫痛釋言文王肅云文王之德能上順祖宗安寧百神無失其道無所怨痛○箋惠順至凶禍○正義曰惠順釋言文宗者尊也尊而爲公故知大臣言順之故知諮於大臣順而行之論語云無使大臣怨乎不以是人君當順大臣也神者聰明正直依人而行人能行善則神明忻悅文王用臣得人任而順之故能當於神明神明無是怨痛則知其後將無凶禍也易傳曰以左傳傳稱國將興聽於民將亡聽於神聖王先成於民而後致力於神此言文王之聖不應先以順神

爲本又於時宗廟有大王王季若論宗廟當以王統之不當言公且經傳未有以宗廟之神爲宗公者也晉語云文王於是乎用四方之賢良其卽位也詢於八虞度於閎○天而謀於南宫諏於蔡原而訪於辛尹重之以周召畢榮意○寧百神而柔和万民故詩曰惠于宗公神罔時恫彼正論文王之事先言諮訪後言安神乃引此詩以證之則惠于宗公是順臣可知故易之彼注賈逵唐固皆云八虞周八士皆在虞官辛男○尹佚○蔡公原公也案論語有八士鄭以爲周公相成王時所生則不得爲文王所詢如鄭意則別有八士賢人在虞官矣○傳刑法至御迎○正義曰刑法釋詁文無夫曰寡妻今有夫施法於之明寡非無夫之稱故以爲少適妻唯一故言寡也釋詁云迓迎也但書傳諸御字亦得爲迓故毛讀爲迓訓之爲迎王肅云以迎治天下之國家○箋寡妻至御事○正義曰以上言大姒之賢今言寡妻當是賢之意故以爲寡有之妻言其賢也鄭讀御爲馭以御者制治之名故爲治也易傳者言迎於家邦則於義不通若如王肅之言則是橫益治字故鄭讀爲馭訓爲治也以禮法接待其妻明化自近始是正己身以及天下之身正己妻以及天下之妻正己之兄弟以及天下之兄弟天下皆然則無所不治從妻而言至於兄弟爲首尾之次焉以此待妻及兄弟之法又能爲政治於家

邦使之皆如已也言家者謂天下之衆家邦者盡境界之所極也引書乃寡兄勗康誥文周公戒康叔謂武王爲寡有之兄也越乃御事大誥文時周公將東征誥於治事之臣也引此二事證寡爲少有御宜爲治也**雝雝在宫****肅肅在廟**雝雝和也肅肅敬也箋云宫謂辟廱宫也羣臣助文王養老則尚和助祭於廟則尚敬言得祀之宜○辟必亦反下同廱於容反○**不顯亦臨無射亦保**以顯臨之保安無斁也箋云臨視也保猶居也文王之在辟廱也有賢才之質而不明者亦得觀於祀於六藝無射才者亦得居於位言養善使之積小致高大○射毛音亦厭也鄭食夜反射藝斁於豔反下同一本作保安也射斁也非**肆戎疾****不殄烈假不遐**肆故今也戎大也故今大疾害人者不絶之而自絶也烈業假大也箋云厲假皆病也瑕已也文王於辟廱德如此故大疾害人者不絶之而自絶爲厲假之行者不已之而自已言化之深也○烈毛如字鄭作厲力世反又音賴假古雅反瑕音遐遠也鄭古雅反行下孟反下皆同○

[疏]雝雝至不瑕○毛以爲文王之德行雝雝然甚能和順在於室家之宫其容肅肅然能恭敬在於先祖之廟言文王治家以和事神以敬其德如是

豈爲不顯乎言其顯也亦以此顯德而臨之於民上文王既以顯德臨民美其所爲無有厭其德者亦皆安而行之言民安文王之德無厭倦也由人安之如此故今大爲疾害人之行者豈不止絶乎言其止絶也王之功業廣大豈不長遠乎言長遠也以惡人皆消故王業遠大是其聖也○鄭以爲此與下章連上二句先言在宮在廟卒二句又揔結此二事言文王布行善政羣臣化之皆善其羣臣雝雝然尚和順者乃助養老而在辟廱宮也肅肅然尚恭敬者乃助祭在王宗廟也文王之臣養老則和祭祀則敬是得礼之宜矣又言文王之臣所以助養老而和以文王養進之故也文王之在辟廱其羣臣有賢才之質而不明達者亦得臨而觀其礼有德藝之美而無射才者亦得助而居於位是樂人之善養之使成故助養老者皆尚和也文王之在辟廱其德如此天下樂其德而民自化故今大爲疾害於人者不絶之而自絶爲厲惡病害人之行者不已之而自已言感化之深是文王之聖也

○箋宮謂至之宜○正義曰鄭以此章次二句皆有二亦其文如一此二文之下言肆肆訓爲故今是緣上事之辞則此再言亦者行此化之事也而別文陳之是行化有二處矣下言行化有二處則此在宮在廟爲下事之揔目廟是祭祀則宮是養老何者祭祀養老是相對之事故樂記云祀乎明堂

以教諸侯之孝食三老五更於太學以教諸侯之悌也注云文王之廟爲明堂制是相對之事也樂記云養老於太學王制說太學天子曰辟廱則辟廱是養老之宮矣故宮謂辟廱宮也又以下言所化之事明此有所化之人故知爲羣臣助者不是文王之身也養老申慈愛之意故尚和祭祀展肅敬之心故尚敬所施各稱其事故言得禮之宜也此詩美文王之聖而言及羣臣者以臣下感化上能敬和則文王之身敬和可知故舉輕以明重也○傳以顯至無厭○正義曰言以顯臨之反其言以不顯爲顯則是文王之身以顯道臨民也言安無厭也是民安君德無厭倦也上句言君臨下而下句言民化上自相成也定本云保安射厭也○箋臨視至高大○正義曰臨視釋詁文以自保守者是安居之義故云保猶居也箋以此及下章有二肆之文分爲二事是則然矣而必知此爲在宮下爲在廟者以上文在宮在廟先行禮養老輕於祭祀禮射不中者不得與於祭養老則可容之而此言無射亦保故知在辟廱時也以聖人行禮必擇賢而與之不得有愚劣之人故知不顯是有賢才之質而不明者也人性不同固容多品或內敏而外訥或貌懦志強故有賢才之質而不明者亦得觀於禮於六藝之伎射爲其一人之所有不可皆善於六藝無射才者亦得居於位此人行未周備所以令

居位觀社者文王志在養善使之積小以成高大故也行葦亦養老之詩而曰序賓以賢而以射中多少爲次弟此無射才而得居位蓋其位又在少中者之下也且此美文王之養善或當特通許之不必常法觀社居位一也因人之別而異其文耳此言養善以成高大下云使人器之不求備者因此是養老之事故云養之使成祭非長養之名故言使之如器皆是捨短而取長遺惡而收善義亦一也積小致高大易升卦象辭○傳肆故至假大○正義曰肆故今戎大烈業假大皆釋詁文言大疾害人者不絕之而自絕則亦反其言也○箋厲假至之深○正義曰鄭讀烈假爲厲瘕故云皆病也說文云癘惡疾也或作癩瘕病也是厲瘕皆爲病之義也定本及集注皆云厲疫病也不訓瘕字義不得通瑕已釋詁文以厲瘕不瑕與肆戎疾不殄相配故知厲瘕亦是病人之事殄既爲絕則瑕當爲已不然則二文不類且傳以烈假不瑕爲業大大不遠文辭不次故易之也以文王在辟廱行社羣臣和睦雖在外遠人亦隨流而化故病害人者不絕之而自絕爲厲瘕之行者不已之而自已言化之深也此謂在野遠人改惡爲善非謂助行社者改惡行也何則文王之朝豈有病害人者輒得入之而待行社乃變也○

不聞亦式不諫亦入言性與天合也箋云式用

也文王之祀於宗廟有仁義之行而不聞達者亦用之助祭有孝悌之行而不能諫爭者亦得入言其使人器之不求備也○弟音悌亦作悌諫爭爭鬬之爭也○**肆成人有德小子有造**造爲也箋云成人謂大夫士也小子其弟子也文王在於宗廟德如此故大夫士皆有德子弟皆有所造成○**古之人無斁譽髦斯士**古之人無猒於有名譽之俊士箋云古之人謂聖王明君也口無擇言身無擇行以身化其臣下故令此士皆有名譽於天下成其俊乂之美也○斁毛音亦猒也鄭作擇髦俊也一本此下更有古之人無猒於有譽之俊士也此王肅語令力成反乂音刈○

疏不聞至斯士○毛以爲言文王之聖德自生知無假學習不聞人之道說亦自合於法不待臣之諫諍亦自入於道言其動應規矩性與天合以此聖德教化下民故今周國之成人者皆有成德其小子未成人者皆有所造爲言長者道德巳成幼者有業學習也此成人小子所以得然者以古昔之聖人有德之君王皆無猒於有名譽髦俊之此士今文王性與古合亦好之無猒故成人小子皆學爲髦俊也○鄭以爲文王之在宗廟其羣臣有仁義之行而不聞達者亦得用之以助祭有孝悌之行而不能諫諍者亦得使之以入廟是其使

人不求備樂成長也文王之祭宗廟取人如此故聞其化者莫不自勵故令已長而成人者謂其大夫士等皆已有成德矣小子未成人者謂大夫之子弟亦皆勸慕而終必有所成矣言成人小子俱得就也所以得然者古昔之人聖君明王身無所擇謂口無擇言身無擇行也以身化其臣下故能令之有名譽而爲髦俊之士此言文王同於古聖以身化人故成人小子皆有成德也○傳言性與天合○正義曰傳言自性與天合則是說文王之身式訓爲法也王肅云不聞道而自合於法無諫者而自入於道也然則唯聖德乃然故云性與天合若賢智者則須學習不能無過聞人之諫乃合道也○箋式用至求備○正義曰式用釋言文此不聞而得以助祭明有不聞之短而有所行之長故知有仁義之行而不聞不達者亦用之也仁義之行行之美者尚能知其仁義所以得不聞達者仁義行之於心聞達習之於學有人能篤行而學問不長論語子夏說人有四行雖曰未學吾必謂之學矣是有不學而能行仁義也有孝悌之行而不能諫諍者亦孝悌爲長不諫爲短也論語云孝悌而好犯上者鮮矣既不好諫明有不能者矣亦得入廟言使人當如器之各施於一不求備具焉上言賢才之賢○此言仁義之行者質是身內之性行則施仁○之稱事在外內故質行異文此言文王志在長人以善

不責其備言其意通容此人使助行禮耳不謂朝士皆此人也而孫毓云文王選士擇賢但當取不明之人無射才者及不能諫諍令之居位助祭其意謂文王之朝皆是此輩非其難矣毓謂人行不備不得在朝是欲使文王爲小人使人必求備也○傳造爲○正義曰釋言文有爲者謂所習有業不虛廢也王肅云文王性與道合故周之成人皆有成德小子未成皆有所造爲進於善也○箋成人至造成○正義曰箋以此爲助祭所化則成人者助祭之人故爲大夫士也小子是後生未成之名故以爲子弟謂大夫之家子弟也以其因祭而化故爲皆有厚德子弟有造成言其終有所成不謂此時已成也○傳古之至俊士○正義曰此美文王而言古之人則皆謂前世聖君非文王也但文王與之同耳故王肅云言文王性與古合○箋古之至之美○正義曰箋言謂聖君則亦謂古昔之人非文王之身也口無擇言身無擇行孝經文也箋不言字誤則此經本有作懌者也故不破之以身無可擇化其臣下亦使之然臣下亦使之然臣下亦能無擇行擇言自然有名譽成俊士矣

思齊四章章六句故言五章章六句

三章章四句

附釋音毛詩注疏卷第十六（十六之三）

黄中枤栞

毛詩注疏挍勘記（十六之三）

阮元撰盧宣旬摘錄

○棫樸

樸枹木也　小字本相臺本同案釋文云抱木必茅反正義云釋木云樸枹者孫炎曰樸屬叢生謂之枹以此故云樸枹木也是正義本作枹釋文本作抱或毛公讀爾雅字從手當以釋文本爲長也於經中爲苞字釋言所謂苞稹○按抱者枹之譌文枹者苞之或體其實當作包言包裹然舊挍非

豫斫以爲薪　相臺本同閩本明監本毛本同小字本斫作斬案釋文云斬一本作斫正義云故云豫斫又云是豫斫也是其本作斫

乃命取棫薪柴　（補）閩本明監本毛本同案取當作收

奉璋峨峨　唐石經小字本相臺本同閩本明監本毛本峨峨作峩峩注及正義中字同案峨峨是也釋文說文爾雅皆可證

王肅云〇本有圭瓚者閩本明監本毛本〇誤一案此有缺文耳

大宗伯執璋瓚亞祼是也閩本明監本毛本同案伯衍字也當在下錯入於此浦鏜云記文無伯字是也

此及祭統言大宗者閩本明監本毛本宗下有伯字案有者是也十行本錯在上文

舍人曰峨峨奉璋之祭閩本明監本毛本祭誤貌

淠彼涇舟唐石經小字本相臺本同毛本同閩本明監本淠誤渒注及正義中字同

未有周禮周禮五師爲軍小字本相臺本同考文古本亦同閩本明監本毛本誤不重周禮二字

又出征伐之事補毛本出作此

追彫也閩本明監本毛本同小字本相臺本彫作雕下同案釋文雕都挑反正義標起止云追彫是二本不

同也彫雕古同用字

以罔罟喻爲政　小字本相臺本同考文古本同閩本明監本毛本罔誤網

○旱麓

作旱麓詩　閩本明監本毛本同案浦鏜云詩下當脫者字是也

明前已得周祿　閩本明監本毛本同案周字當在明字下

若斬木林　閩本明監本毛本同案浦鏜云材誤林是也

榛以栗而大　閩本明監本毛本同案浦鏜云似誤以大當小字誤以國語注考之是也

織以爲牛筥箱器　閩本明監本同毛本牛作斗按所改是也

箋旱山名　閩本明監本毛本同案名當作之

周語引此一章○乃云　閩本明監本毛本不空案所改非也○當作下

藪澤肆逸民力周盡 閩本明監本毛本同案浦鏜云既誤逸彫誤周考國語浦挍是也

黃金所以飾流鬯也 小字本相臺本同案釋文云黃金所以流鬯也一本作黃金所以飾流鬯也是後人所加正義云定本及集注皆云黃金所以飾流鬯也若有飾字於義易曉則俗本無飾字者誤也段玉裁亦以有者爲長

說文云瑟者 閩本明監本毛本同案此不誤浦鏜云說文作璱無者字非也考說文引詩止作瑟以證璱字從玉瑟正義所見本不誤故但取其如瑟弦之義而云瑟者者字爲下起文殊無取於璱字也釋文瑟下云字又作璱不云說文作璱是矣○按此說甚誤明明引說文玉部璱字下之語安得云瑟者非璱者之誤耶又云說文引詩止作瑟彼亦未見古本有如此者

秬黑黍一秠二米者也 閩本明監本毛本同案此不誤浦鏜云稃誤秠非也此見鄭周禮鬯人注及荅張逸生民正義有明文浦失考之

行步有度　閩本明監本毛本同案浦鏜云止誤步是也

鄭上二句別具箋　閩本明監本毛本白箋字案山井鼎云非是也餘同此見前

一云此祭天也　補通志堂本盧本此作柴各本所附同案柴字是也釋文按勘山井鼎云一字可删考今說文及小字本所附正無一字

而除其傍草矣　閩本明監本毛本傍誤旁案傍者正義所易之今字餘多同此

延蔓於木之枚本而茂盛　小字本相臺本枚作枝閩本明監本毛本本誤木案枝本是也枝條也本枚也考文古本本字不誤

此經既言依緣先　閩本明監本毛本先下有祖字案所補是也

○思齊

爲相時也　閩本明監本毛本同案山井鼎云時恐睦誤也

無是痛傷　小字本同閩本毛本同相臺本傷下有其所爲爲者四字案有者是也沿革例云諸本皆無其所爲者四字唯建大字本有之此相臺本所出也考正義云無是痛傷其文王所爲者與上句正義云無是怨恚其文王所行者正同是正義本自有此四字諸本於其字複出而脫之耳

其將無有凶禍　小字本相臺本同考文古本同閩本毛本凶作殃案釋文云殃本又作凶正義標起止云至凶禍十行本不誤是正義本作凶也毛本改之以合於釋文非

易傳曰　閩本毛本同案浦鏜云曰當者字誤是也

意寧百神　閩本毛本同案浦鏜云億誤意是也

辛男尹侯　閩本毛本同案男當作甲侯當作佚皆形近之譌葺昭云辛辛甲尹尹佚卽本此賈唐注可證也

宮謂辟廱宮也　相臺本同閩本明監本毛本同小字本廱作雝案廱字是也釋文可證

保安無猒也　小字本相臺本猒作厭閩本明監本毛本同案猒字是也釋文云保安無猒也一本作保安也射猒也非正義云言安無猒也云云又云定本云保安射猒也是正義本作安無猒也無上保字考此揔爲經無射亦保一句發傳若分訓射保卽不得保在射上當以正義本爲長考文古本作射猒也采正義釋文非字舊脫今補見後考證

箋云厲假皆病也　小字本相臺本同案此正義本也正義云鄭讀烈假爲厲瘕故云皆病也又云定本及集注皆云厲疫病也不訓瘕字義不得通釋文云烈毛如字業也鄭作厲力世反又音癩病也假古雅反大也於假字下不云毛大也鄭病也是釋文本不訓瘕字與定本集注同也考此箋當云烈假皆病也下箋爲厲假之行者當作爲厲瘕之行者上仍用經字以爲訓下則竟改其字以顯烈假是厲瘕之假借如噫嘻旣昭假爾之箋上仍用經字云假至也下則竟改其字云格于上下也是其例矣隸釋唐公房碑用作厲蠱錢大昕潛研堂金石文跋尾云蠱假聲相近是也此所謂以破引之○按訓病則字當作癘經書癘字多譌厲不可勝正

行此化之事也閩本明監本毛本同案行此當作亦所

上能敬和閩本明監本毛本上作尙案所改是也

言安無猒也閩本明監本毛本同案此不誤浦鏜云也當者字誤非也以正義上云言以顯臨之例之可見矣

以上文在宮在廟先行禮閩本明監本毛本同案先下當有言字

說文云癘惡疾也閩本明監本毛本惡誤疫○按今說文疒部癘惡疾也可知上下文皆當作癘矣

小子其弟子也小字本相臺本同案正義云謂大夫之子弟以下子弟字凡四見是作弟子者倒也考文古本作謂其子弟采正義而并添謂字非也古句中增多之字往往取於正義此不悉出

古之人無斁唐石經小字本相臺本同案此箋云口無擇言身無擇行正義云箋不言字誤則此經本有作

擇者也故不破之釋文云無斁毛音亦猒也鄭作擇考此經字自作斁箋以斁爲擇之假借直於訓釋中竟改其字以顯之其例與可以樂飢箋以樂爲療既臣既勑箋中竟改爲筐之屬同也釋文所說是矣正義不得其例呂氏讀詩記引董氏曰韓詩作擇經義雜記云此竊取鄭箋是也其讀正義有誤見下

古之人無斁於有名譽之俊士　小字本相臺本同案此正義本也正義標起止云傳古之至俊士其以下云云皆解此文也釋文云斁毛音亦猒也髦俊也一本此下更有古之人無猒於有譽之俊士也此王肅語二本不同觀釋文此下更有之語則其本當有斁猒也髦俊也之傳以古之人以下爲王肅申毛如此當有所據也經義雜記不得其理乃以釋文别爲毛作音爲過又以爲正義釋傳亦無此文未詳今本所出皆非也○按髦俊也見上棫樸傳斁猒也卽見本篇三章傳未必此又出傳傳例簡嚴複者甚少陸氏用王氏之述毛者爲之訓耳其云此下者謂此經文之下舊挍非也

上言賢才之賢　閩本明監本毛本同案下賢字浦鏜云質誤是也

行則施仁之稱閩本明監本毛本同案仁當作行形近之譌

化其臣下亦使之然臣下亦使之然臣下亦能無擇行

擇言閩本明監本毛本不重臣下亦使之然六字案此十行本複衍

故言五章章六句閩本明監本毛本同唐石經小字本相臺本章六句上有二章二字考文古本同案有者是也

附釋音毛詩注疏卷第十六（十六之四）

毛詩大雅　鄭氏箋　孔穎達疏

皇矣美周也天監代殷莫若周周世世脩德莫若文王監視也天視四方可以代殷王天下者維有周爾。世世脩行道德維有文王盛爾○皇矣一本無矣字天監代殷莫若周絕句周世世脩德一讀莫若周世絕句周世脩德爲一句一本無下一世字義竝通崔集注莫若周也世世脩德王天下往況反下追王當王同

【疏】皇矣八章章十二句至文王○正義曰作皇矣詩者美周也以天監視善惡於下就諸國之內求可以代殷爲天子者莫若於周言周最可以代殷也周所以善者以天下諸國世世脩德莫有若文王者也故作此詩以美之也定本皇下無矣字莫若周又無於字詩之正經未有言美而此云美者以正詩不嫌不美故不言所美之君此則廣言周國故云美周也此實文王之詩而言美周者周雖至文王而德盛但其君積世行善不獨文王以經有大伯王季之事故言周以廣之也經八章上二章言天去惡與善蒐就於周是莫若文王也三章

四章言大伯王季有德福流子孫是世世脩德也五章以下皆說文王之事首尾皆述文王於中乃言父祖文不次者本意主美文王代殷故先言之欲見世脩其德故上本父祖於下復言文王所以申成上意故不次耳○箋天視至盛耳○正義曰世世脩行道德周自后稷以來莫不脩德祖紺以上公劉最賢公劉以下則不及公劉至大王王季德又益盛今據文王而言世世脩德則近指文王所因不是遠論上世其世世之言唯大王王季耳論語注云周自大王王季文王武王賢聖相承四世是相承不絕唯大王以下大王王季大賢至文王貴聖賢聖相承莫之能及故云唯有文王最盛也湯以孤聖獨興禹則父無令問文王之德不劣禹湯而以承藉父祖始嘗天意者但周以積世賢聖乃有成功欲見尊祖之心美其世世脩德不必實由之也若然此序言世世脩德莫若文王則是文王既聖之後始當天意經云憎其式廓乃眷西顧又是紂惡之後始就文王昔堯受河圖已有昌名在錄嚳卜四妃豫知稷有天下則周之代殷兆彰上世而此詩所述唯此文王何也帝王神器實有大期殷之存亡非無定算但興在聖君滅由愚主應使周興故誕玆睿聖應使殷滅故生此愚主斯則受之於自然定之於冥運天非既生之後方始簡擇比校善惡乃欲迴心但詩人抑揚因事發詠假言天

意去惡與善歸美文王以爲也教耳皇矣上帝臨下有赫監觀四方求民之莫皇大莫定也箋云臨視也大矣天之視天下赫然甚明殷紂之暴亂乃監察天下之衆國求民之定謂所歸就也維此二國其政不獲維彼四國爰究爰度二國殷夏也彼彼有道也四國四方也究謀度居也箋云二國謂今殷紂及崇侯也正長獲得也四國謂密也阮也徂也共也度亦謀也殷崇之君其行暴亂不得於天心密阮徂共之君於是又助之謀言同於惡也○政如字政政教也鄭作正正長也究九又反度待洛反篇內皆同夏戶雅反下文長貝并注同長張丈反篇內皆同共音恭下同行下孟反上帝耆之憎其式廓乃眷西顧此維與宅耆老也廓大也憎其用大位行大政顧顧西土也宅居也箋云耆老也天須假此二國養之至老猶不變改憎其所用爲惡者浸大也乃眷然運視西顧見文王之德而與之居言天意常在文王所○耆巨夷反鄭苦霍反又如字本又作廓眷本又作睠又作劵竝音卷同假戶嫁反本又作暇浸子鴆反〔疏〕皇矣至此維與宅○毛以爲美大矣此在上之

天能照臨於下無幽不燭有赫然而善惡分明也見在下之事知殷紂之虐以民不得定務欲安之乃監視而觀察天下四方之衆國欲擇善而從以求民之所安定也言欲以聖人爲主使安定下民維此夏桀殷紂之二國其政不得於民心言使民不得安定也此桀紂二君政雖不得民心身實居天子之位維四方有道之衆國以天命未改之故於是從之謀於是從之居言皆從紂之惡與之謀爲非道也以此之故在上之天於是疾惡此桀紂之不得民心也又憎其用大位行大政得肆其淫虐殘害下民乃從殷都眷然迴首西顧於岐周之地而見文王天意遂歸於此文王維與之居言天常居岐文王之所使之爲主以定民也此詩之意主於紂耳以紂惡同桀故配而言之○鄭上四句與毛同言天之視下見此殷紂崇侯二國之君其爲下民之長所行暴亂不得於天心維彼密阮徂共之四國於是亦助之謀慮於是亦助之計度言其同惡相黨共行虐政也此殷崇二國政雖不得天心天猶冀其變改故在上之天養而老之二國遂不知變天乃憎其所用爲惡者漸更浸大乃眷然迴首西顧見此文王之德維與之居處也○傳皇大莫定○正義曰釋詁云皇君也君亦大之義故爲大也莫定釋詁文○箋大矣至歸就○正義曰深美其事故云大矣爲美歎之辭監察天下衆國之中選明

君以爲天下之主主明則民定觀其能定民者欲歸就之○
傳二國至度居○正義曰敍言天監代殷則二國當論紂事
一紂而言二國則是取類而言故以二國爲殷紂夏桀也紂
旣喪殷桀亦亡夏其惡旣等故配而言之猶嵩高之美申伯
而及甫侯也二國言此四國言彼此旣爲惡則彼當爲善故
言彼彼有道也桀紂身爲天子明所從者非法○四國故爲四
方有道之國也究謀釋詁文以王者度地居民故以度爲居
也桀紂身爲天子制天下之命雖是有道之國皆服而從之
與之謀爲非道故王肅云彼四方之國乃往從之謀往從之
居其泰亡○家語引此詩乃云紂政失其道而執万乘之勢四
方諸侯固猶從之謀度於非道天所惡焉傳意當然也文王
三分天下有其二所以得有四方之國從紂謀居者此說紂
之初惡文王未興也下云憎其用大位行大政由其諸侯從
之故言政位大耳若天下怨叛之後無復大位大政天意何
以憎之以此知毛氏之意從之謀謂未叛時也孫毓云天觀
衆國之政求可以代殷之人先察王者之後故言商而及夏
夏者夏禹之世時爲二王之後者不得追斥桀也桀亡國六
百餘年何求於將代殷而惡之乎或以毓言爲毛義斯不然
矣天求代殷之人當觀可代之國一姓不再興亡國不再王
先察王者之後欲何爲哉武王伐紂封夏后氏之後於杞則

殷之末年夏後絕矣天安得而觀之周封夏後於杞殷後於宋國名異於代號然處殷世夏後不必稱夏若毛意必爲夏後則何所案據而謂之夏也此以桀配紂其言指以惡紂不惡桀何須校計年世責其追惡桀也若年世久遠不得復言則甫侯穆王時人何當言以配申也○箋二國至於惡○正義曰箋以此詩陳事上下相成七章云以伐崇墉不言崇罪則罪狀於此見之卽不獲是也敘云代殷下言伐崇故知二國謂今紂與崇侯虎也正長釋詁文謂二國之君爲民之長也定九年左傳云得用焉曰獲是獲爲得也五章云密人不恭侵阮徂共也○說文王之伐四國四國謂密阮徂共四國違義見伐則是與紂同謀故知四國謂密阮徂共也度謀釋詁文殷崇之君其行不得於天心四國又助之與謀言其同惡故下章而伐之崇侯乃是人臣而得與紂稱爲二國者紂乃亡國之主可以同之崇侯也何則大誓曰獨夫紂謂紂爲獨夫非復爲天子也書敘云繼公子祿父以祿父爲公子則同紂於國君也平王天命未改黍離列於國風春秋周鄭交質君子謂之二國是紂與崇侯可稱二國也二國四國彼此異文者猶彼有遺秉此有滯穗作者便文无他義也下云密人不恭箋以爲拒義兵而得罪不言與紂同謀此言四國皆助之謀者正以文王舉義密人敢拒亦既拒義不從明其與紂同惡

故助之謀焉。傳耆惡至宅居。正義曰耆者老也人皆惡已之老故耆爲惡也王肅云惡桀紂之不德也肅於此仍連桀紂言以桀紂行同自此以上其文皆可兼桀雖文可兼之意不惡桀也鄘大釋詁文憎其用大位行大政以四方從之謀居是爲大也以西鄉而顧故知西土謂從殷都而望歧周也天氣淸虛本無首目而云西顧者作者假爲與奪之勢託而言之耳宅居釋言文。箋耆老至王所。正義曰以憎已是惡故耆不爲惡祇稱六十曰耆是耆爲老也須待也天以二國雖惡猶待其改悔而閒暇優緩未即憎惡至老猶不變改上天始憎惡之其所用爲惡者正謂暴虐之政也淩大者其惡漸更益甚也天无形可居假稱意耳故云言天意常在文王所也言須暇者多方云天維五年須夏之子孫注云夏之言暇天覬紂能改故待暇其終至五年欲使復傳子孫五年者文王八年至十三年也彼言須暇謂武王時須暇紂而未殺此則須暇而未惡之其意旣同故引以爲說多方及此箋以爲天須暇之我應云作靈臺緩優暇紂以爲文王須暇之者文王知天未喪殷故不伐紂據人事而爲說亦是文王須暇之也文王之時紂實未滅言其須暇可矣崇侯尋卽見伐二國並言須暇者亦雀命云崇孽首則爲惡久矣受命六年始滅亦是天須暇之此須暇者亦設教之言因其未滅假以言之耳作之屏之其菑其翳脩之平之其灌其栵啟之辟之其檉其椐攘之剔之其檿其柘木立死曰菑自斃爲翳灌叢生也栵栭也檉河柳也檿山桑也箋云天既顧文王四方之民則大歸往之岐周之地險隘多樹木乃競刊除而自居處言樂就有德之甚○屏必領反除也菑本又作甾側吏反又音緇韓詩云反草也翳於計反爾雅云木自斃神薉者爲翳郭云相覆薉韓詩作殪云因也因高墳下也神音申灌古亂反栵音例又音列辟婢亦反沈必亦反檉勅丁反椐羌居反字林紀庶反又音舉攘如羊反剔他歷反或作鬄又作梯同檿烏簟反斃婢世反本或作薉必世反栭音而舍人注爾雅云江淮之間呼小栗爲栭栗横去愧反又去軌反何音匱草木疏云節中腫以扶老即今靈壽是也今人以爲馬鞭及杖險於懈反刊苦干反○帝遷明德串夷載路徙就文王之德也串習夷常路大也箋云串夷即混夷西戎國名也路應也天意去殷之惡就周之德文王則侵伐混夷以應之○串古患反一本作患或云鄭音患混音昆瘠在昔反詩本皆作瘠孫毓評作應後之解者僉以瘠爲誤應應對之應下應和同

天立厥配。受命既固配媲也箋云天既顧文王又爲之生賢妃謂大姒也其受命之道已【疏】作之至既固○毛以爲天顧文王而與之居堅固也○於是四方之民大歸往之周地險隘樹木尤多競共刊除以爲田宅其攻作之屏除之者其爲菑木其爲翳木之所也修理之平治之者其爲灌木其爲栵木之處也啓拓之開闢之者其爲檉木其爲椐木之地也攘去之剔翦之者其爲檿木其爲柘木之材也各各刊除材木以自居處是樂就有德之甚也帝所以徙就文王之明德而顧之者以其世世習於常道則得居是大位也天既顧而就之又爲生賢女立之以爲妃令當佐助之內有賢妃之助其受命之道既堅固也言天助自遠非始於今也此作之屏之四等而爲此八文者以其險隘多樹故頻舉木名因此用功之事配之使其義得相通以用功作爲殺木屏去故先言作之屏之殺木之處有其坑坎須修埋平治故言修之平之平治其地必開拓使廣故言啓之闢之畔上更有材木須攘除翦剔故言攘之剔之設文雖別意以相通鄭唯串夷載路爲異以天意徙就周之明德是天去惡與善文王以天之去惡如是其患中國之混夷文王則侵伐之以應天意以天去惡故已亦伐惡以應之餘同○傳木立至山桑○正義曰釋木云立死菑斃者翳李巡曰以當死害生曰菑斃死也郭璞曰翳樹蔭翳覆地者也然則以立死之木妨他木生長爲木之害故曰菑也自斃者生不自倒枝葉覆地爲蔭翳故曰翳也爾雅直云斃者傳以其非人斃之故曰自斃釋木又云灌木叢木李巡曰木叢生曰灌木是灌叢生栵而梩河柳椐樻檿山桑皆釋木文郭璞曰栵樹似槲樕而痺小子如細栗今江東呼爲栵栗陸機疏云葉如榆也木理堅韌而赤可爲車轅某氏云河柳謂河傍赤莖小楊也陸機疏云河傍皮正赤如絳一名雨師枝葉似松孫炎曰樻腫節可以作杖陸機疏云節中腫似扶老今人以爲馬鞭及杖弘農共北山甚有之郭璞曰檿桑柘屬材中爲弓冬官考工記云弓人取幹柘爲上檿桑次之○傳徙就至路大○正義曰毛讀患爲串串習夷常路大皆釋詁文王肅曰天於周家善於治國徙就文王明德以其由世習於常道故得居是大位也○箋串夷至應之○正義曰鄭以詩本爲患患故不從毛采薇序曰西有混夷之患是患夷者患中國之夷故患夷則混夷也出車云薄伐西戎是混夷爲西戎國名也書傳作畎夷蓋畎混聲相近後世而作字異耳或作犬夷犬卽畎字之省也路之爲應更無正訓鄭以義言之耳正以天就文王明德文王則伐混夷是伐混夷者所以應天意故以路爲應也本或誤作瘠孫毓載箋爲應是本

作應也定本亦作應天既去殷之惡文王亦當去惡故伐混夷以應之順帝之則此之謂也此伐混夷則書傳云四年伐畎夷是也文王之伐多矣獨言混夷者作者意所欲言无他義也○傳配媲○正義曰妃字音亦爲配釋詁云妃媲也某氏曰詩云天立厥妃是毛讀配如妃故爲媲也是爲妻之配夫意與鄭合○箋天既至堅固○正義曰此天立厥配與大明天作之合其文相類故知立其配者爲生賢妃謂大姒也天爲生妃卒得其助妻賢夫聖當於天心則上天之命不復移動故受命之道已堅固也

帝省其山柞棫斯拔松柏斯兌兌易直也箋云省善也天既顧文王乃和其國之風雨使其山樹木茂盛言非徒養其民人而已○省昔井反拔蒲貝反兌徒外反易以豉反下施易同

帝作邦作對自大伯王季對配也從大伯之見王季也箋云作爲也天爲邦謂興周國也作配謂爲生明君也是乃自大伯王季時則然矣大伯讓於王季而文王起○大音泰注六伯皆同

維此王季因心則友則友其兄則篤其慶載錫之光因親也善兄弟曰友慶善光大也箋云篤厚載始也王季之心親親而又善於宗族又尤善於

兄大伯乃厚明其功美始使之顯著也大伯以讓爲功美王季乃能厚明之使傳世稱之亦其德也○著珍慮反傳直專反○**受祿無喪奄有四方**喪亡奄大也箋云王季以有因心則友之德故世世受福祿至於覆有天下○【疏】帝省至四方○毛以爲言天顧文王之深乃和其國之風雨善其國內之山使山之所生之木柞棫拔然而枝葉茂盛松柏之樹兌然而材幹易直言天之恩澤乃及其草木非徒養其民人而已旣人物蒙養天又爲之興作周邦又爲之生明君以作其配是乃自大伯王季之時已則然矣旣上本大伯王季因說王季之德維此王季有因親之心則復有善兄弟之友行言其有親親之心復廣及宗族也則以此友兄弟之行尢友善其兄大伯謂善爲周君稱其讓意是善大伯也由其稱兄之故則天厚與其善則光錫之太○位使其子文王王有天下此文王之有天下由王季受此福祿无所喪亡故至其子孫而大有天下之四方也鄭唯下四句爲異言王季尤善於大伯始厚明其大伯之功美始使之讓事顯著言其善於爲君福流後葉令大伯讓功偏得彰顯也以王季有此德之故故能受天福祿无復有喪亡之時至於子孫而覆有天下四方也○傳兌易直○正義曰易直者謂少節目滑易而調直亦言其茂盛也○箋省

善。正義曰釋詁文。傳對配至王季。正義曰傳以言周世世脩德須論王季而已今并言大伯故解其意從大伯之見王季謂見其生聖子而讓之故王季得爲君而修德是以本之於大伯也王肅曰大伯見王季之生文王知其天命之必在王季故去而適吳大王沒而不返而後國傳於王季周道大興故本從大伯讓與王季是解見王季之意也釋詁云妃對也則對是相配之義故爲配也。箋作爲至王起。正義曰作爲釋言文與周國謂使之爲天子之邦生明君謂生文王也國當以君治之故言作配此事乃在大伯王季之時已則然矣實至文王乃興而云大伯時者由大伯讓於王季而文王得起是興國生君在大伯之時也。傳因親至光大。正義曰周禮六行其四曰姻注云姻親於外親是因得爲親也善兄弟曰友釋訓文福慶是善事故爲善光是明大故爲大王肅云王季能友稱大伯之讓意則天厚與之善錫文王之大位也。箋篤厚至其德。正義曰篤厚釋詁文又哉始也哉載義同故亦爲始友者善兄弟之名而言善於宗族者以下言則友其兄是友其親兄明上則友之文可以遠及宗族見王季孝友之心廣也言厚明其功美始使之顯著大伯以王季爲賢故讓之若王季不賢則讓功不顯由王季能稱大伯之心見大伯爲知人達命名傳後世由王季德然故言厚明其功美始使之顯著也如箋之言錫爲與義與之即是使與之故云使也大伯以讓爲功美王季能厚明之使傳之後世共稱誦之此亦其王季之德故說王季之美言其能明大伯也論語稱大伯三以天下讓民无得而稱焉注云王讓之美皆蔽隱不著此言傳世稱之者孔子欲深賢大伯恨世人不知非是舉世皆不知也易傳者以上言大伯此言友兄下即言此二句明還是其兄之事故易之。傳奄大。正義曰釋言云荒奄也孫炎曰荒大之奄是荒奄俱爲大義故云奄大也奄亦是覆蓋之義故箋以爲覆有天下。**維此王季帝度其心貊其德音其德克明克明克類克長克君**心能制義曰度貊靜也。箋云。德正應和曰貊照臨四方曰明類善也勤施无私曰類教誨不倦曰長賞慶刑威曰君。貊本作貊武伯反左傳作莫音同韓詩同云莫定也施始豉反。**王此大邦克順克比**慈和偏服曰順擇善而從曰比。箋云。王君也王季稱王追王也。王如字徐于況反比必里反偏音遍。**比于文王其德靡悔**經緯天地曰文。箋云。靡无也王季之德比于文王无有所悔也必比于文王者德以聖人爲匹**既**

受帝祉，施于孫子。箋云：帝，天也。祉，福也。施，猶易也，延也。○祉音恥。

【疏】「維此」至「孫子」。○毛以爲既言王季明大伯之功，故又言王季之德。言維此王季之身，爲天帝所祐，天帝開度其心，令之有揆度之惠也。又安靜其德教之善音，施之於人，則皆應和。其德又能有監照之明，又能有勤施无私之善，又能教誨不倦，有爲人師長之德，又能賞善刑惡，有爲人君上之度。既有君人之德，故爲君王於此周之大邦，其施教令，能使國人徧服而順之。既爲國人順服，則功德有成，能擇人之善者從而比之，言其德可以比上人也。以此王季之德，比於經緯天地文德之周王，其德无爲人所悔恨者，言文王之德不爲人恨，而王季可以比之。王季賢德之大，能比聖人，以此之故，既受天之祉福，延於後之子孫，福及於後，後故文王得受之而起。○鄭唯「其德靡悔」爲異，言以王季之德比於文德之王，其此王季之德，人无有悔以爲不應比之者，言王季可與聖人爲匹也。餘同。此章文次如此者，以德皆天之所授，先言帝度其心，明以下皆蒙帝文也。德由心起，故先言心。能度物，心既能度，然後能施爲政教，故次貊其德音，言其政教清靜也。爲君所以施政教，故先言政能清靜，乃論身內之德，故後言能明能善。其明與善，還是德音之事，施之於人，有照臨之明，勤施之善耳。心能施而无私可以爲人君長故次克長克君長卽師也學記曰能爲師然後能爲長能爲長然後能爲君故先長後君也既言堪爲人君卽說爲君之事故言王此大邦也既爲大邦之君能使國民順服故次克順也民順功成可以比方上人故次克比也可以比善卽比之文王其德可比文王其澤流及子孫故言帝祉以結之帝祉卽此援以九德令誕生聖人是也重言克明者疊之以足句猶下我陵我泉耳○傳心能至貊靜○正義曰此傳箋及下傳九言曰者皆昭二十八年左傳文彼引一章然後爲此九言以釋之故傳依用焉毛引不盡箋又取以足之此云維此王季彼言唯此文王者經涉亂離師有異讀後人因卽存之不敢追改今王肅注及韓詩亦作文王是異讀之驗心能制義者服虔云心能制事使得其宜言善揆度事也左傳樂記韓詩貊皆作莫釋詁云貊莫定也郭璞曰皆靜定也義俱爲定聲又相近讀非一師故字異也定是靜義故云貊靜杜預云莫然淸靜取此傳爲說也○箋德正至曰君○正義曰德正卽德音政教是音聲號令也服虔云在已爲德施行爲音發號施令天下皆應和之言皆莫然而定无讙譁也照臨四方者服虔云豫見安危也類善釋詁文勤施无私者杜預云施而无私物得其所无失類也教誨不倦者服虔云教誨人以善不解倦言善長人以道德也

賞慶刑威者以賞慶人以刑威物杜預云作福作威君之道也。傳慈和至曰比。正義曰慈和偏服者服虔云上愛下曰慈和中和也爲上而愛下行之以中和天下偏服從而順之擇善而從之者服虔云比方損益古今之宜而從之杜預曰比方善事使相從二說皆不得以解此何者彼唯說文王不言比方他人故服杜觀傳爲說此以王季比文王當謂擇善而從以比方之也。箋王君至追王。正義曰王君釋詁文王字多矣獨解此者以王季未得稱王其實君其國耳故辨之云王季稱王追王以其追號爲王故作者以王言之。傳經緯天地曰文。正義曰服虔云德能經緯順從天地之道故曰文杜預云經緯相錯故織成文然則言德能順從天地如織者錯經緯以成文故謂之文也左傳說此九事乃云九德不愆作事無悔言其動合衆心不爲人所恨公劉傳曰民無長歎猶文王之無悔也則毛取左傳之意謂文王之德不爲人恨不得與鄭同也。箋王季至爲匹。正義曰箋以上陳王季之德而以此於文王即云其德靡悔明是王季之德堪比文王若以比之時人無所悔者必比王季於文王者美王季言其德以聖人爲匹也。

無然畔援無然歆羨誕先登于岸無是畔道无是援取无是貪羨**帝謂文王**

岸高位也箋云畔援猶拔扈也誕大登成岸訟也天語文王
曰女无如是拔扈者妄出兵也无如是貪羨者侵人土地也
欲廣大德美者當先平獄訟正曲直也○援音袁又于願反
鄭胡喚反韓詩云畔援武強也歆許金反羨錢面反誕但旦
反拔蒲末反下同
字或作跋扈音戶
密人不恭敢距大邦侵阮徂共
國
有
密須氏侵阮遂往侵共箋云阮也徂也共也三國犯周而文
王伐之密須之人乃敢距其義兵違正道是不直也○阮魚
宛反共音恭注同毛云徂往
也共國名鄭云徂共皆國名
王赫斯怒爰整其旅以按徂旅以篤于周祜以對于天下
旅師按止也旅
地名也對遂也
箋云赫怒意斯盡也五百人爲旅對荅也文王赫然與其羣
臣盡怒曰整其軍旅而出以却止徂國之兵衆以厚周當王
之福以荅天下鄉周之望○赫虎格反斯毛如字此也鄭音
賜按安旦反本又作遏安葛反此二字俱訓止也祜音戶鄉
本又作嚮許
亮反下同○
疏
帝謂至天下○毛以爲既言文王受福流
及予孫故自此以下復說文王之事言天
帝告謂文王无是叛道而援取人之國邑无是貪求以羨樂
人之土地以是之故能大先天下升於高位因此遂說文王

之不安貪求有密國之人乃不恭其職敢拒逆我大國乃侵我周之阮地遂復往侵於共邑抗拒大國侵其邑境是不恭也密人既不恭如此故文王與其羣臣赫然而盡怒於是整齊其師旅以止此密人往旅地之寇密人侵共復往侵旅故興兵以止其寇也所以必伐密者以厚於周之祜福以遂於天下之心天意福周使興而密人侵之故伐密者所以厚周福也民心皆欲伐密而文王從之是整旅所以遂天下心也言文王上應天意下順民心非爲貪羨妄伐密也○鄭以爲天告語文王曰汝无如是拔扈者妄出兵以征伐汝无如是歆羨者苟貪人之土地汝既不可爲此欲廣大汝之德美者當先平於所欲征者之獄訟獄訟者知彼曲汝直然後伐之文王以此不敢妄出征伐而密須之人乃不恭其職敢拒我大國之徵發其所徵者是侵阮徂共三國之義兵也文王欲侵此三國徵兵於密密人拒而不從是故文王於是赫然與其羣臣怒曰當整其軍旅而出以却止徂國之師旅以此厚於我周家當王之福以此而應荅天下鄉周之望因密人不恭怒而出兵先往伐徂尋亦伐密○傳無是至高位○正義曰一无然之文而傳分爲二无是者以叛是違道援是引取義異故分之爲二鬼神食氣謂之歆故注讀歆爲貪下論征伐則援取貪羨是國邑土地之事也釋丘云重厓曰岸岸是高

地故以喻高位○箋飯援至曲直○正義曰以下用兵征伐此則爲下發端當用兵之事不得爲文王之升位也故言叛援猶拔扈拔扈凶横自恣之貌漢質帝謂梁冀爲拔扈將軍是古今之通語也誕大登成釋詁文小宛云宜岸宜獄相對是岸爲訟也拔扈是淩人之狀故以妄出兵言之歆羨貪欲之言故以侵土地言之凡征伐者當度己之德慮彼之罪觀彼之曲直猶人爭財賄之獄訟君子不伐有辭故欲廣大其德美者當先平獄訟正曲直知彼實曲然後伐之宣十二年左傳曰師直爲壯曲爲老是師行伐人必正曲直也王肅孫毓皆以帝謂文王者詩人言天謂文王有此德非天教語文王以此事也若天爲此辭誰所傳道然則鄭必以爲天語文王者以下云帝謂文王予懷明德是天之自我也帝謂文王詢爾仇方是教人詢謀也爾我對談之辭故知是天之告語若爲天意謂然則文不類也以文王舉必順天故作者致天之意言天謂文王耳豈須有人傳言之哉若是天謂文王有此德復誰告詩人以天意而得知之也帝謂文王必責誰所傳道則上云監觀四方乃眷西顧豈復有人見其舉目迴首之時毛無別解明與鄭同○傳國有至侵共○正義曰以經直云密人故辨之云國有密須氏定四年左傳曰密須之鼓是也○毛以徂爲往故云侵阮遂往侵共以阮共爲周地爲

密須所侵故王肅云密須氏姞姓之國也乃不恭其職敢與兵相逆大國侵周地○箋阮也至不直○正義曰箋以上言四國於此宜爲國名下云徂旅則是徂國師衆故以阮徂共三者皆爲國名與密須而四也四國從紂謀度則竝非文王之黨而言侵阮徂共不是彼自相侵明爲犯周而文王侵之也拒大邦之下卽言侵阮徂共則侵阮徂共卽是密須拒周之狀故知文王侵此三國徵兵於密密人拒其義兵也密須紂黨所以文王得徵兵者杜預云密須今安定密縣則在文其統內書傳云文王受命三年伐密須則阮徂共又在伐密之前四年伐混夷仍以天子之命命將率則文王伐此三國之時叛殷之形未著密須在其統內故得徵兵也密須之君雖不達天命亦是民之先覺者也疑周將叛殷故拒其徵發皇甫謐云文王問太公吾用兵孰可太公曰密須氏疑於我我可先伐之管叔曰不可其君天下之明君伐之不義太公曰臣聞先王之伐也伐逆不伐順伐險不伐易文王曰善遂侵阮徂共而伐密須密須之人自縛其君而歸文王謐雖採摭舊文傅會爲說要言疑於伐者未爲顯叛文王得徵兵而不從叛始彰耳三國犯周而文王伐之是義兵也密須敢拒義兵違其正道是不直也上言天使文王先平曲直密須不直故文王伐三國而亦伐密須也王肅云無阮徂共三國孔

晁云周有阮徂共三國見於何書孫毓云案書傳文王七年五伐有伐密須犬夷黎邘崇未聞有阮徂共三國助紂犯周文王伐之之事皆以爲無此三國故訓徂爲往鄭必以爲皆國名者正以下言徂旅徂有師旅明徂是國故知三國與密須充上四國之文事在此詩郎成文也於時書史散亡安可更責所見張融云晁豈能具數此時諸侯而責徂共非國也魯詩之義以阮徂共皆爲國名是則出於舊說非鄭之創造書傳七年年說一事故其言不及阮徂共耳書傳亦無玁狁采薇稱玁狁之難復文王不伐之乎鄭之所言非無深趣皇甫謐勤於考校亦據而用之○傳旅師至對遂○正義曰釋詁云旅師俱爲衆也對則爲少多之異散則可以相通故云旅師嫌其止出一旅之人故明之也按止釋詁文彼作按定本及集注俱作按於義是也旅地名則毛意以旅爲周地而言徂者上言侵阮遂往侵共蓋自共復往侵旅以文上不見故於此言之言整師以止密人之往旅地則亦止其往阮共互相見也對遂釋言文王肅云密人之來侵也侵阮遂往侵共遂往侵旅故王赫斯怒於是整其師以止徂旅之寇侵阮徂共文次不便不得復說旅故於此而見焉上曰徂共此曰徂旅又爲周王之所禦其密人亦可知也省煩之義詩人之微意也傳意或然○箋赫怒至之望○正義曰斯盡釋言文

以軍出稱師爲通名今指言旅則唯用一旅之人故云五百人爲旅下箋云小出兵明以德不以衆是鄭意出一旅之人也以對爲荅者以天下心皆嚮已舉兵所以荅之謂荅天下嚮周之望於理爲切故不從遂也

依其在京侵自阮疆陟我高岡無矢我陵我陵我阿無飲我泉我泉我池

京大阜也矢陳也箋云京周地名陟登也矢猶當也大陵曰阿文王但發其依居京地之衆以往侵阮國之疆登其山脊而望阮之兵兵無敢當其陵及阿者又無敢飲食於其泉及池水者小出兵而令驚怖如此此以德攻不以衆也陵泉重言者美之也每言我者據後得而有之而言○疆居良反注同脊井亦反令力成反重直用反

度其鮮原居岐之陽在渭之將萬邦之方下民之王

小山別大山曰鮮將側也方則也箋云度謀鮮善也方猶鄉也文王見侵阮而兵不見敵知已德盛而威行可以遷居定天下之心乃始謀居善原廣平之地亦在岐山之南居渭水之側爲万國之所鄉作下民之君後竟徙都於豐○鮮息淺反又音仙別彼列反

〔疏〕依其至之王○毛以爲上既言興師伐密遂天下之心此

又本密人不義來侵周人怨無之意言密人之來也依止其在我周之京丘大阜之傍其侵自阮地之疆爲始乃升我阮地之高岡周人見其如此莫不怒之曰汝密須之人無得陳兵於我周地之陵此乃我文王之陵我文王之阿無得飲食我周地之泉此乃我文王之泉我文王之池言皆非汝之有不得犯之民疾密須如是故文王遂往伐之征密既勝文王於是謀度其鮮山之傍平泉之地此地居岐山之南在渭水之側背山跨水營建國都乃爲万邦之所法則下民之所歸往言其怒以天下爲心其伐與百姓同欲別起都邑爲万民之王。鄭以爲上言怒而出兵此言征伐之事言文王之所徵發不用多兵但取依据其在京地之衆爲一旅之人以此而往侵自阮國之疆爲始既至阮國乃登我所伐得者阮國之高岡以望之阮國之兵衆纔始望之未嘗交戰而此國之兵莫不驚走無敢當我陵無敢當我阿者無敢飲我泉無敢飲我池者因此而往伐徂共密須皆克之矣既兵不見敵者知已德盛威行可以遷徙都邑安定民心乃始謀居於其善原廣平之地居岐山之南在渭水之側爲万國之所鄉作下民之君王。傳京大阜矢陳。正義曰以密人依之而侵周故爲大阜也釋地云大陸曰阜大阜曰陵李巡曰土地獨高大名阜阜最大爲陵然則大阜爲陵不爲京矣言京大阜者釋

丘曰絕高爲之京李巡曰丘高大者爲京然則京亦土之高
者與大阜同密人之來則云依京周人怒之則云我陵明京
陵一物故以大阜言之也矣陳釋詁文王肅云密人乃依阻
其京陵來侵自文王阮邑之疆密人升我高岡周人皆怒曰
汝无陳於我陵是乃我文王之陵阿也泉池非汝之有勿敢
飲食之○箋京周至而言○正義曰以言依其在京即云侵
自阮疆明以依京之人侵阮故知京周地名陟登釋詁文矣
實陳義欲言威武之盛敵不敢當以其當侵而陳故言矣猶
當也大陵曰阿釋地文周地廣矣獨言依京故知文王但發
其依居京地之衆箋以京爲周地小別名則京是周之所都
之邑以其兵少故唯發近民也上言徵兵於密須乃似盡國
不足今言少發。而足所以前徵兵者蓋以密人疑之故徵兵
以嘗之非爲密。須兵也始侵其境而即登岡故知是望其兵
衆始見登高而望即不敢當陵飲泉而驚。散走也文王之所
伐者混夷歷年始服崇則再駕乃降於此獨得易者敵有强
弱故難易不同○傳小山至方則○正義曰釋山云小山別
大山鮮孫炎曰別不相連也渭是水也居必在傍故以將爲
側論語云且知方也謂知礼法此則亦法也故以方爲則也
○箋度謀至於豐○正義曰度謀鮮善皆釋詁文以其已繫
岐陽不應復言餘山故以鮮爲善也諸言方者皆謂居在他

所人嚮望之故云方猶嚮也必知已德盛威行乃遷居者以威若不行則民情未樂遠方不奏則隨宜而可令威德既行歸從益衆非處廣平之地无以容待四方故知民既復從乃遷居要所也大王初遷已在岐山故言亦在岐山之陽是去舊都不遠也周書稱文王在程作程寤程典皇甫謐云文王徙宅於程蓋謂此也箋嫌此即是豐故云後竟徙都於豐知此非豐者以此居岐之陽豐則岐之東南三百里耳

帝謂文王予懷明德不大聲以色不長夏以革不識不知順帝之則懷歸也不大聲見於色革更也不以長大有所更箋云夏諸夏也天之言云我歸人君有光明之德而不虛廣言語以外作容貌不長諸夏以變更王法者其爲人不識古不知今順天之法而行之者此言天之道尚誠實貴性自然○見賢遍反○

帝謂文王詢爾仇方同爾兄弟以爾鉤援與爾臨衝以伐崇墉仇匹也鉤鉤梯也所以鉤引上城者臨臨車也衝衝車也墉城也箋云詢謀也怨耦曰仇仇方謂旁國諸侯爲暴亂大惡者女當謀征討之以和協女兄弟之國率與之往親親則方志齊心一也當此之時

崇侯虎倡紂爲无道罪尤大也○詢音荀鉤古侯反又古侯反援音爰臨如字韓詩作隆衝昌容反說文作轒轒陣車也墉音容梯他兮反○【疏】帝謂至崇墉○毛以爲天帝告語此文王曰我當歸於明德以文王有明德故天歸之因說文王明德之事不大其音聲以見於顏色而加人不以年長大以有變革於幼時言其天性自然少長若一不待問而自識不由學而自知其所動作常順天之法則以此故天歸之而使伐崇天帝告語此文王曰其伐崇也當詢謀於女匹已之臣以問其伐人之方和同汝之兄弟君臣既合親戚和同乃以汝鉤援之梯與汝臨衝之車以往伐彼崇城言天意歸就文王故文王於是伐崇也○鄭以爲天帝告語文王曰我之所歸歸於人君而有光明之德而不虛廣其言語之音聲以外作容貌之色又不自以長諸夏之國以變更於王法其爲人不記識古事不學知今事常順天之法而行之如此者我當歸之言文王德實能然爲天所歸崇侯反於此道天使文王伐之天帝告語文王曰當詢謀汝怨偶之傍國觀其爲恭亂大惡者而征討之其征之也當和同汝兄弟之國相率與之而往餘同○傳不大至所更○正義曰此傳質略孫毓云不大聲色以加人○毛以言不以長大有所更則以夏爲大王肅云非以幼弱未定長大有所改更言幼而有天性

長幼一行也○箋夏諸至自然○正義曰箋以大爲音聲以
作色忿人長大淫恣而改其本性此則中人以上皆免之矣
不足以美文王下言伐崇討崇之反道則此經當陳人君之
正道不得以夏爲大故以夏爲諸夏虛廣言語以外作容貌
謂色取人而行違虛名而不實也不長諸夏以變更王法者
謂爲諸侯之長自以身居尊位无所畏憚變亂正法也崇侯
與文王俱爲紂之上公是長諸侯也詩意言文无此行則崇
侯有之矣故天命文王使伐人之道貴其識古知今此不識
古不知今爲美者言其意在篤誠動順天法不待知今識古
比校乃行耳不謂人不須知古今也言天之道尚誠實貴性
自然者明此經所陳皆是誠實自然之事也變更王法者若
虢石父導王爲非崇侯虎倡紂爲无道變亂典刑者也而孫
毓以創業改制爲難非其難也○傳仇匹至墉城○正義曰
仇匹釋詁文鉤援一物正謂梯也以梯倚城相鉤引而上援
即引也○箋云鉤鉤梯所以鉤引上城者墨子稱公輸般作雲
梯以攻宋蓋此之謂也臨者在上臨下之名衝者從傍衝突
之稱故知二車不同兵書有作臨車衝車之法墨子有備衝
之篇知臨衝俱是車也說文云城所以盛民也墉城垣也彼
細辨其名耳散則墉亦城也○箋怨偶至尤大○正義曰怨
偶曰仇左傳云○方者居一方之辭故爲傍國之諸侯以當伐

之故皆爲暴亂大惡者紂黨多矣所以獨伐崇者當此之時崇侯虎導紂爲無道之事其罪惡九大故伐之倡紂爲無道我應文注云倡導也**臨衝閑閑崇墉言言執訊連連攸馘安安是類是禡是致是附四方以無侮**閑閑動搖也言言高大也連連徐也攸所也馘獲也不服者殺而獻其左耳曰馘於內曰類於野曰禡致致其社稷羣臣○附附其先祖爲之立後尊其尊而親其親箋云言言猶孽孽將壞貌訊言也執所生得者而言問之及獻所馘皆徐徐以禮爲之不尙促速也類也禡也師祭也無侮者文王伐崇而無復敢侮慢周者○訊音信字又作訊又作誶竝同馘古獲反字又作聝字林截耳則作耳傍獻首則作首傍類如字本或依說文作禷禡馬嫁反搖如字一音羊照反羣神本或作羣臣孽魚列反又五葛反

臨衝茀茀崇墉仡仡是伐是肆是絕是忽四方以無拂茀茀彊盛也仡仡猶言言也肆疾也忽滅也箋云伐謂擊刺之肆犯突也春秋傳曰使勇而無剛者肆之拂猶佹也言無復佹戾文王者○茀音弗仡魚乙反韓詩云搖也說文作忔肆音四拂符弗反王逹

也刺七亦反佹九委反戾也復扶又反【疏】臨衝至無拂○毛以爲文王之伐崇也兵至則服無所用武其臨衝之車閑閑然動搖而已不用之以攻敵崇城言言然高大如無所毀壞既伐崇服之則執其可言問者連連然舒徐盡其情而不逼迫也所以當馘左耳者安安然不暴疾也文王之於此行非直弔民伐罪又能敬事明神初出兵之時於是爲類祭至所征之地於是爲禡祭既克崇國於是運致其社稷羣神而來更存祭之於是依附其先祖宗廟於是國爲之立後文王伐得其罪行得其法四方服其德畏其威是以無敢侮慢文王者也深美其伐重詳其事言文王臨車衝車茀茀然彊盛崇城仡仡然高大於是用師伐之於是合兵疾往於是殄絕之於是討滅之文王德足撫民威足除惡四方服德畏威無敢違拂文王之志者此天所以用文武。伐殷也○鄭唯以臨衝攻城言言言仡仡爲將壞之貌伐爲擊刺肆爲犯突爲異餘同○傳閑閑至其親○正義曰以閑閑是臨衝之狀車皆篤之而往故爲動搖言言是城之狀故爲高大傳唯云言言高大不說其高大之意王肅云高大言其無所壞傳意或然若城無所壞則是不戰而得有訊馘者美文王以德服崇不至於破國壞城耳於時非無拒者故得有訊馘馘獲釋詁文攸所釋言文玉藻云聽鄉任左故。不服者殺而獻其左耳。

耳曰馘罪其不聽命服罪故取其耳以計功也釋天云是類
是禡師祭也王制云天子將出類乎上帝禡於所征之地言
類乎上帝則類祭祭天也祭天而謂之類者尚書夏侯歐陽
說以事類祭之在南方就南郊祭之春官肆師注云類禮依
郊祀而爲之是用尚書說爲義也禡之所祭其神不明肆師
注云禡師祭也祭造軍法者其神蓋蚩尤或曰黃帝是鄭以
無明文故疑之而爲二說也如鄭所說類祭在郊此傳言於
內曰類者以禡於所征之地則是國境之外類之雖在郊猶
是境內以二祭對文故云於內曰類於外曰禡謂境之外內
內非城內也致附承類禡之下則亦是敬神之事故知致者
致其社稷羣神附者附其先祖爲之立後社稷是崇國之所
尊先祖是崇國之所親今使神有所享不絕其祀是文王爲
之尊其尊而親其親也致者運轉之辭附者依倚之義以社
稷於人無親故以致言之先祖則依其子孫故以附言之崇
侯有罪當滅其國所以復得致其羣臣爲之立後者蓋以崇
侯虎身有罪耳其先祖嘗有大功不當絕祀擇其親賢更爲
立後使得奉其宗廟存其社稷也言致則文王致之自近非
復舊國當小於舊耳○箋言言至閑者○正義曰箋以詩美
文王以德服崇若臨衝本所不用則不應言之今詩言衝則
是用以攻城故知言言仡仡皆是將壞之貌碩人言庶姜孽

孽是舉我之容故猶孽孽也徐徐以祇爲之不尚促速明有餘力不急急爲之也僖十九年左傳曰文王聞崇亂而伐之軍三旬不降退修教而復伐之因壘而降則似兵合不戰此云壞城執訊者凡所褒美多過其實此言訊馘必當戰矣葢知戰不敵然後乃降彼左傳子魚欲勸宋公脩德故隱其戰事而言其降耳傳不言類禡是祭故辨之云師祭名也崇是大敵伐即克之故無復敢侮慢周者竟文王之世不復伐國是由無侮故也○傳茀茀至忽滅○正義曰此茀茀亦宜猶上閑閑而云彊盛者以茀茀閑閑文不相類則上言車之動此言車之形故不同也肆與大明肆伐大商文同故以肆爲疾既爲疾疾伐亦不得與鄭同也王肅云至疾乃威有罪則肅意謂伐之疾傳亦或然忽滅者言忽然而滅非訓忽爲滅也○箋伐謂至文王者○正義曰以是伐之文在崇墉之下故伐謂擊之刺之牧誓曰不愆于四伐五伐乃止齊焉是謂擊刺爲伐也肆謂犯突言犯師而衝突之故引春秋傳爲證也案左傳隱九年云使勇而無剛者嘗寇而速去之文十二年左傳云若使輕者肆焉其可其言皆不與此同鄭以輕者與勇而無剛義同故引之而遂謬也

皇矣八章章十二句

十六之四卷終

毛詩注疏挍勘記（十六之四）　阮元撰盧宣旬摘錄

○皇矣

皇矣美周也天監代殷莫若周周世世脩德莫若文王 唐石經小字本相臺本同案此釋文本也釋文云皇矣一本無矣字莫若周絕句又云一讀莫若周世絕句周世世脩德爲一句一本無下一世字義並通崔集注莫若周也世世脩德正義云定本皇下無矣字莫若周又無於字是正義本較多一於字

維有文王盛爾 小字本相臺本同閩本明監本毛本亦同案爾當作耳正義標起止云至盛耳是其證上維有周爾當亦同考文古本皆作耳采正義

殷紂之暴亂 閩本明監本毛本同小字本相臺本殷上有以字考文古本同案有者是也

其政不獲 小字本相臺本同唐石經政作正案釋文云其政於民心是其本亦作政考此箋云正長也正義云其政不得借直於訓釋中改其字以顯之而不言讀爲也例詳前唐石

經依改經文未是經義雜記云唐石經原刻作正依鄭本也後改爲政依肅本也今考石經但小損耳未嘗改爲政又於此經之傳多所删改皆非也此傳本全與鄭異義非由王肅之難其度居也則已見緜傳矣乃云毛公無此訓亦知者之一失

二國殷夏也 小字本相臺本同閩本明監本毛本亦同案釋文以謂夏作音是其本當作謂夏殷也正義云故以二國爲殷紂夏桀也不與釋文本同

耆老也廓大也 閩本明監本毛本同小字本相臺本老作惡考文古本同案惡字是也釋文正義皆可證涉箋文而譌耳

明所從者非法四國 閩本明監本毛本同案法當作徒形近之譌

其秦亡家語引此詩 閩本明監本同毛本秦作泰案皆誤也當作其奏云謂王肅奏也正義凡四引此及賓之初筵生民卷阿是也經義雜記云此三字當爲衍文者失考耳

也說文王之伐四國閩本明監本毛本同案浦鏜云也當此字之誤屬下讀是也

檉河柳也小字本相臺本閩本明監本毛本皆下有椐樻也十行本無按此脫耳

以扶老補釋文按勘通志堂本同盧本以作似云舊譌以案似字是也扶老木名可以爲杖亦竹名似扶老謂似扶老之木也樻與扶老木又有不同處故言似陸機疏正作似扶老

串夷載路唐石經小字本相臺本同案此釋文本也釋文云串夷古患反毛云習也鄭云串夷混夷也一本作患或云鄭音患正義云毛讀患爲串又云鄭以詩本爲患故不從毛采薇序曰西有混夷之患是患夷者患中國之夷故患夷則混夷也是正義本經作患字與釋文所云一本者正同也

路應也小字本相臺本同案此正義本也釋文云路瘠在昔反詩本皆作瘠孫毓評作應後之解者僉以瘠爲誤正義云路之爲應更無正訓鄭以義言之耳又云本或誤作瘠孫毓載箋爲應是本作應也定本亦作應今考路露古同字如露路寢爲路寢華露爲華路之類孟子是率天下而路也音義云丁張並云路與露同凡物之瘠者多

露見故箋云路瘠也謂青削混夷使之瘠也下箋文王則侵伐混夷以應之云應者總說串夷載路之應乎帝遷明德也非以應專釋路字孫毓乃涉之而誤後之解者反僉以瘠爲誤失之矣

天立厥配 唐石經小字本相臺本同案傳云配媲也正義云天立厥妃是毛讀配如妃故爲媲也是爲妻之配夫意與鄭合考正義之說是也箋云又爲之生賢妃謂大姒也此申毛以配是妃之假借字直於訓釋中改其字以顯之也釋文云厥配本亦作妃音同注同其亦作本非也乃依箋字改經耳某氏爾雅注當卽所謂以破引之如引其麞孔有之比段玉裁云古多用妃少用配妃是正字配是假借字也配者酒色也今人云配合周秦人云妃合嘉耦曰妃非專謂男女也經文本作妃毛以配合解之鄭以后妃解之改妃爲配自是後人所爲○按段說是毛用釋詁妃媲也非讀配爲妃也

栵而檉河柳 閩本明監本毛本同案山井鼎云而恐栭誤是也

一名兩師 閩本明監本毛本同案浦鏜云雨誤兩是也

則光錫之大位　閩本明監本毛本光作兄案皆誤也當作天

維此王季　唐石經小字本相臺本同案正義引昭廿八年左傳而云此云維此王季彼云維此文王者經涉亂離師有異讀後人因即存之不敢追改今王肅注及韓詩亦作文王是異讀之驗又左傳正義同段玉裁云樂記注云言文王之德皆能如此所見詩亦是維此文王然禮注言文王詩箋言王季說自不同詳詩經小學考毛氏詩自是王季王肅申毛作文王者非經義雜記辨之是矣○按鄭注禮記多用韓詩不用毛詩左傳作文王與韓詩合是可以證三家詩之皆有所受之也

貊靜也箋云　小字本相臺本同案正義云此傳箋及下傳九言曰者皆昭廿八年左傳文彼引一章然後爲此九言以釋之故傳依用焉毛引不盡箋又取以足之段玉裁云此章詁訓本左氏係箋自舛誤今正衍箋云二字

慈和徧服曰順　小字本相臺本同案釋文以徧復作音是其本服作復以左傳考之復字非也

教誨人以善不解倦 閩本明監本毛本解誤懈案此依服注文而引之也正義自爲文用懈字

畔援猶拔扈也 小字本同相臺本拔作跋閩本明監本毛本同下及正義中字同案釋文云拔字或作跋考拔跋古字通用但釋文不云本或作跋則此箋自用拔字十行本正義中皆作拔是也閩本以下乃誤改耳

按止也 小字本相臺本同案正義云按止釋詁文彼作按定本及集注俱作按於義是也如其所言非爲異本當有誤也今無可考意必求之或正義本字作按釋文云以按本又作遏知正義本必不作遏者以釋詁按遏兩有若作遏卽不得云彼作按也

毛以爲旣言文王受福 閩本明監本毛本同案浦鏜云文王當王季誤是也

箋叛援至曲直 閩本明監本毛本叛作畔案所改是也此標起止仍不易字下故言叛援猶拔扈所改非也

是也○毛以祖爲往閩本明監本毛本同案浦鏜云衍○是也

敢興兵相逆大國閩本明監本毛本同案浦鏜云相當拒字誤是也

要言疑於伐者閩本明監本毛本同案浦鏜云我誤伐是也上文可證

有伐密須犬夷黎邘崇明監本毛本邘誤邗閩本不誤○按作邦作邗皆誤當作邘从邑于聲音況于切今本尚書大傳此字亦誤作邗

爲萬國之所鄉小字本相臺本同閩本明監本毛本鄉誤嚮案嚮乃正義所易之今字釋文鄉周下云本又作嚮下同當非正義本也考文古本悉改作嚮未是

非爲密須兵也閩本明監本毛本同案密須當作須密此須者用也非密須之須不知者誤倒之

而驚散走也閩本明監本毛本同案浦鏜云驚下當脫怖字是也

遠方不奏　閩本明監本同毛本奏作湊案所改是也

我歸人君有光明之德　小字本相臺本同考文古本同閩本明監本毛本歸作謂案我歸者予懷也謂字誤

同爾兄弟　唐石經小字本相臺本同案六書音均表云後漢書伏湛傳作同爾弟兄入韻顧炎武說同考正義云和同汝之兄弟又云當和同汝兄弟之國是其本作兄弟或毛氏詩與伏湛傳所引自不同也

親親則方志齊心一也　毛本同閩本明監本方誤萬小字本相臺本方作多一作壹考文古本同案多字壹字是也

當詢謀汝怨偶之傍國　閩本明監本毛本同案偶當作耦下同

以加人○　閩本明監本毛本同案浦鏜云○衍是也

謂色取人而行違也　閩本明監本毛本人作仁案所改非也正義引論語自如此○按舊挍非

馬融注可按

詩意言又無此行　明監本毛本又作文王二字閩本刓入案所補是也意字當衍

故天命文王使伐人之道貴其識古知今　閩本明監本毛本人之二字互易案所改是也

箋云鉤鉤梯　閩本明監本毛本同案箋當作故

執訊連連　唐石經小字本相臺本同案詩經小學云釋文字又作誶者誤爾雅訊言也說文訊問也正月出車傳采芑及此箋以言辭問訓訊字與誶訓告義別

於野曰馮　小字本相臺本同案正義云故云於內曰類於外曰馮謂境之外內內非城內也此正義專釋傳內字耳於外曰馮當仍是於野曰馮考文古本采之以改傳作外非也

致致其社稷羣臣　小字本相臺本臣作神閩本明監本毛本同案釋文云本或作羣臣正義本是

神字作臣者非也羣神多誤作羣臣如魯語鄭大宗伯注皆然

尊其尊而親其親　相臺本同閩本明監本毛本同小字本無而字案有者是也

說文作忔（補）通志堂本同盧本忔作圪云舊譌忔今改正釋文挍勘云案圪字所改未是也圪是隸省字見九經字樣土部陸但如此作小字本所附作扢扢忔皆形近之譌

此天所以用文武代殷也　閩本明監本毛本同案武當作王此詩無武王也

故不服者殺而獻其左耳耳曰馘　閩本明監本毛本不重耳字案所改是也

故下當補云字

所以復得致其羣臣　閩本明監本毛本臣作神案所改是也

碩人言庶姜孽孽是舉我之容　閩本明監本毛本同案是上當有缺文因孽孽字有複出者而脫去也舉我當爲壞城之誤

附釋音毛詩注疏卷第十六（十六之五）

毛詩大雅　鄭氏箋　孔穎達疏

靈臺民始附也文王受命而民樂其有靈德以及鳥獸昆蟲焉民者冥也其見仁道遲故於是乃附也天子有靈臺者所以觀祲象察氣之妖祥也文王受命而作邑于豐立靈臺春秋傳曰公既視朔遂登觀臺以望而書雲物爲備故也○靈臺杜預注左傳云靈臺在始平鄠縣今屬京兆府所管昆古門反鄭注禮記云明也蟲直弓反本或作虫非冥亡丁反冥冥無知貌字林云幽也又亡定反祲子鴆反陰陽氣相侵漸成祥觀古亂反下觀臺觀同【疏】靈臺五章章四句至昆蟲焉○正義曰作靈臺詩者言民始附也文王受天之所命而民樂有其神靈之德以及鳥獸昆蟲焉以文王德及昆蟲民歸附之故作此詩以歌其事也經說作臺序言始附則是作臺之時民始附也文王嗣爲西伯三分天下而有其二則爲民所從事應久矣而於作臺之時始言民附者三分有二諸侯之君從文王耳其民從君而來其心未見靈德至於作臺之日民心

始知故言始附謂心附之也往前則貌附之耳此言作臺而民始附則其附在受命六年而序追言受命者以民心之附事亦有漸初受命已附至作臺而齊心故繫之受命見附之所由也言民始附首章及二章上二句是也樂其有靈德以及鳥獸昆蟲者二章下二句及三章是也臺囿沼皆言靈是明文王有靈德之義麀鹿獸也白鳥鳥也昆蟲者王制注云昆明也明蟲者得陽而生得陰而藏陰陽即寒溫也故祭統注云昆蟲溫生寒死之蟲然則諸蟄蟲皆是也此經無昆蟲之事而三章言魚魚亦蟲之別名舉潛物以見陸產故言昆蟲以總之經先言獸序先言鳥者作囿主以養獸故先言之序則從其言便故不同也四章卒章言政教得所合樂詳之亦是靈德之事故序略之也○箋民者至備故○正義曰民者冥也孝經援神契文以其冥冥無知其見仁道遲故於是始附解其晚附之意也又解臺之所用天子有靈臺所以觀祲象察氣之妖祥故也四方而高曰臺以天象在上須登臺望之故作臺以觀天也春官眡祲掌十煇之法以觀妖祥辨吉凶一曰祲二曰象三曰鑴四曰監五曰闇六曰瞢七曰彌八曰敘九曰隮十曰想注云妖祥善惡之徵鄭司農云煇謂日光氣也祲陰陽氣相侵也象者如赤鳥也闇日月食也瞢謂日月瞢瞢無光也敘者雲有次敘如山在日上也玄謂鑴

謂日旁氣刺日也監冠珥也彌氣貫日也隮虹也想雜氣有似可形想也此十者皆舉天之異氣視祲之官當在靈臺之上視之故箋取以爲說十煇而唯言祲象者舉其初二事餘從可知也馮相氏保章氏亦云觀天下之妖祥則在臺觀之獨引視祲之事者以視祲爲官名則是仰觀之主故特取之其實馮相保章之所觀者亦在靈臺也又解文王作臺之處故言文王受命而作邑於豐立靈臺也此靈臺在豐邑之都也合神務曰作邑於豐起靈臺易乾鑿度亦云伐崇作靈臺是靈臺在豐邑之都文也所引春秋傳曰者僖五年左傳文引之證臺是觀氣所用彼云以望而書禮也凡分至啓閉必書雲物爲備故此略引之故與彼小異此靈臺所處在國之西郊諸儒以無正文故其說多異○義公羊說天子三諸侯二天子有靈臺以觀天文有時臺以觀四時施化有囿臺觀鳥獸魚鼈諸侯當有時臺囿臺諸侯卑不得觀天文無靈臺皆在國之東南二十五里東南少陽用事萬物著見用二十五里者吉行五十里朝行暮反也韓詩說辟廱者天子之學圓如璧壅之以水示圓言辟取辟有德不言辟水言辟水言辟廱者取其廱和也所以教天下春射秋饗尊事三老五更在南方七里之內立明堂於中五經之文所藏處蓋以茅草取其絜清也左氏說天子靈臺在太廟之中壅之靈沼謂之辟

廱諸侯有觀臺亦在廟中皆以望嘉祥也毛詩說靈臺不足以監視靈者精也神之精明稱靈故稱臺曰靈臺稱囿曰靈囿稱沼曰靈沼謹案公羊傳左氏說皆無明文說各有以無以正之玄之聞也禮記王制天子命之教然後爲學小學在公宮之左大學在郊天子曰辟廱諸侯曰泮宮天子將出征受命於祖受成於學出征執有罪反釋奠於學以訊馘告然則太學卽辟廱也詩頌泮水云既作泮宮淮夷攸服矯矯虎臣在泮獻馘淑問如皋陶在泮獻囚此復與辟廱同義之證也大雅靈臺一篇之詩有靈臺有靈囿有靈沼有辟廱其如是也則辟廱及三靈皆同處在郊矣囿也沼也同言靈於臺下爲囿爲沼可知小學在公宮之左大學在西郊王者相變之宜衆家之說各不昭晳雖然於郊差近之耳在廟則遠矣王制與詩其言察察亦足以明之矣如鄭此說靈臺與辟廱同處辟廱卽天子大學也王制言大學在郊乃是殷制其周制則太學在國太學雖在國而辟廱仍在郊何則囿沼魚鳥所萃終不可在國中也辟廱與太學爲一所以得太學移而辟廱不移者以辟廱是學之名耳王制以殷之辟廱與大學爲一故因而說之不必常以太學爲辟廱小學亦可矣周立三代之學虞庠在國之西郊則周以虞庠爲辟廱矣若然魯是周之諸侯於郊不當有學泮宮亦應在國而禮器注云頖宮

郊之學也詩所謂泮宮也字或爲郊宮不在國者以其詩言魯侯戾止是行往適之故知在郊蓋魯以周公之故尊之使用殷禮故學在其郊也鄭以靈臺辟廱在西郊則與明堂宗廟皆異處矣案大戴禮盛德篇云明堂者所以明諸侯尊卑也外水名曰辟廱政穆篇云大學明堂之東序也如此文則辟廱明堂同處矣故諸儒多用之盧植禮記注云明堂即大廟也天子太廟上可以望氣故謂之靈臺中可以序昭穆故謂之太廟圓之以水似辟故謂之辟廱古法皆同一處近世殊異分爲三耳蔡邕月令論云取其宗廟之清貌則曰清廟取其正室之貌則曰太廟取其堂則曰明堂取其四門之學則曰太學取其周水圜如璧則曰辟廱異名而同耳其實一也穎子容春秋釋例云太廟有八名其體一也肅然清靜謂之清廟行禘祫序昭穆謂之太廟告朔行政謂之明堂行饗射養國老謂之辟廱占雲物望氣祥謂之靈臺其四門之學謂之太學其中室謂之太室總謂之宮賈逵服虔注左傳亦云靈臺在太廟明堂之中此等諸儒皆以廟學明堂靈臺爲一鄭必知皆異處者袁準正論云明堂宗廟太學禮之大物也事義不同各有所爲而世之論者合以爲一體取詩書放逸之文經典相似之語而致之不復考之人情驗之道理失之遠矣夫宗廟之中人所致敬幽隱清靜鬼神所居而使衆學

處爲饗射其中人鬼慢黷死生交錯囚俘截耳瘡痍流血以干
犯鬼神非其理矣且夫茅茨採椽至質之物建日月乘玉輅
以處其中象箸玉杯而食於土簋非其類也如禮記先儒之
言明堂之制四面東西八丈南北六丈禮天子七廟左昭右
穆又有祖宗不在數中以明堂之制言之昭穆安在若又區
別非一體也夫宗廟鬼神之居祭天而於人鬼之室非其處
也夫明堂法天之宮非鬼神常處故可以祭天而以其祖配
之配其父於天位可也事天而就人鬼則非義也自古帝王
必立大小之學以教天下有虞氏謂之上庠下庠夏后氏謂
之東序西序殷謂之右學左學周謂之東膠虞庠皆以養老
乞言明堂位曰瞽宗殷學也周置師保之官居虎門之側然
則學宮非一處也文王世子春夏學干戈秋冬學羽籥皆於
東序又曰秋學禮冬學書禮在瞽宗書在上庠此周立三代
之學也可謂立其學不可謂立其廟然則太學非宗廟也又
曰世子齒於學國人觀之宗廟之中非百姓所觀也王制曰
周人養國老於東膠不曰辟廱養國老於右學養庶老於左
學宗廟之尊不應與小學爲左右也辟廱之制圓之以水圓
象天取生長也水潤下取其惠澤也水必有魚鱉取其所以
養也是故明堂者大朝諸侯講禮之處宗廟享鬼神歲覲之
宮辟廱大射養孤之處大學衆學之居靈臺望氣之觀淸廟

訓儉之室各有所爲非一體也古有王居明堂之禮月令則其事也天子居其中學士處其內君臣同處死生參竝非其義也大射之禮天子張三侯大侯九十步其次七十步其次五十步辟廱處其中今未知辟廱廣狹之數但二九十八加之辟廱則徑三百步也凡有公卿大夫諸侯之賓百官侍從之衆殆非宗廟中所能容也禮天子立五門又非一門之閒所能受也明堂以祭鬼神故亦謂之廟明堂太廟者明堂之內太室非宗廟之太廟也於辟廱獻捷者謂鬼神惡之也或謂之學者天下之所學也揔謂之宮大同之名也生人不謂之廟此其所以別也先儒曰春秋人君將行告宗廟反獻於廟王制釋奠於學以訊馘告則太學亦廟也其上句曰小學在公宮之左太學在郊明太學非廟非所以爲證也周人養庶老於虞庠虞庠在國之西郊今王制亦小學近而太學遠其言乖錯非以爲正也潁氏云公旣視朔遂登觀臺以其言遂故謂之同處夫遂者遂事之名不必同處也馬融云明堂在南郊就陽位而宗廟在國外非孝子之情也古文稱明堂陰陽者所以法大道順時政非宗廟之謂也融云告朔行政謂之明堂夫告朔行政上下同也未聞諸侯有明堂之稱也順時行政有國皆然未聞諸侯有居明堂者也齊宣王問孟子人皆謂我毀明堂毀諸已乎孟子曰夫明堂者王者之堂

也王欲行王政則勿毀之矣夫宗廟之毀非獨王者也若明堂卽宗廟不得曰夫明堂王者之宗廟也且說諸侯而教毀宗廟爲人君而疑於可毀與否雖復淺丈夫未有是也孟子古之賢大夫而皆子思弟子去聖不遠此其一證也尸子曰昔武王崩成王少周公踐東宮祀明堂假爲天子明堂在左故謂之東宮王者而後有明堂故曰祀明堂假爲天子此又其證也竊以準之此論可以申明鄭意大戴禮遺逸之書文多假託不立學官世無傳者其盛德篇云明堂外水名曰辟廱政穆篇稱太學明堂之東序皆後人所增失於事實故先儒雖立異端亦不據爲說然則明堂非廟而月令云天子居明堂太廟者以明堂是祭神之所故謂之明堂太廟者正謂明堂之太室非宗廟之太廟也明堂位云太廟天子明堂自謂制如明堂非太廟名明堂也廟與明堂不同則靈臺又宜別處故靈臺辟廱皆在郊也

經始靈臺經之營之庶民攻之不日成之

神之精明者稱靈四方而高曰臺經度之也攻作也不日有成也箋云文王應天命度始靈臺之基趾營表其位衆民則築作不設期日而成之言說文王之德勸其事忘已勞也觀臺而曰靈者文王化行似神之精明故以名焉○度待洛反下同應應對之應說音悅

【疏】經始

至成之○正義曰言文王有德民心附之既徙於豐乃經理而量度初始爲靈臺之基趾也既度其處乃經理之當表之其位既定於是天下衆庶之民則競攻而築作之不設期日至而已成之民悅其德自勸其事是民心附之也○傳神之至成○正義曰靈是神之別名對則有精粗之異故辨之云神之精明者稱靈則靈之爲稱就神中精者而名也四方而高曰臺釋宫文經度之謂經理而量度之攻作謂庶民築作之不日有成謂不設期日已成功言民心樂爲之也○箋文王至以名焉○正義曰非天子不得作靈臺故本之云文王應天命始度靈臺之基趾也營表其位謂以繩度立表以定其位處也傳唯解靈之名不解名臺爲靈之意故申之此實觀氣祥之臺而名曰靈者以文王之化行似神之精明故以名焉以此言文王之臺故因言文王之化行耳其實天子之臺皆名曰靈臺服虔左傳注云天子曰靈臺諸侯曰觀臺是也若然書傳說武王渡河言觀臺亞者彼謂在臺仰觀之人不得謂其人爲臺故指實言觀也僖十五年左傳云秦伯獲晉侯以歸乃舍諸靈臺秦是諸侯而得有靈臺者杜預云在京兆鄠縣周之故臺也哀二十五年左傳曰衛侯爲靈臺於藉圃言爲則是新造其時僭名之也

經始勿亟庶民子來箋云亟急也度始靈臺之

基趾非有急成之意衆民各以子成父事而來攻之○亟居力反

王在靈囿麀鹿攸伏

囿所以域養禽獸也天子百里諸侯四十里靈囿言靈道行於囿也麀牝也箋云攸所也文王親至靈囿視牝鹿所遊伏之處言愛物也○囿音又徐于目反麀音憂麀牝牝頻刃反處昌慮反

〔疏〕傳囿所以至於囿○正義曰春秋成十八年築鹿囿昭九年築郎囿則囿者築牆爲界域而禽獸在其中故云囿所以域養禽獸也天子百里諸侯四十皆解正禮耳其文王之囿則七十里故孟子云齊宣王問於孟子曰文王之囿方七十里有諸孟子曰書傳有之曰若是其大乎民猶以爲小也曰寡人之囿方四十里民猶以爲大何也是宣王自以爲諸侯而問故云諸侯四十里以宣王不舉天子而問及文王之七十里則以爲文王非天子之制明天子不止七十里故宜爲百里也又解囿稱靈意言靈道行於囿也鄭駁異義云同言靈者於臺下爲囿沼則似因臺爲名其實亦因相近靈道偏行故皆稱靈也釋獸云鹿牡麌牝麀是爲鹿牝也

麀鹿濯濯白鳥翯翯

濯濯娛遊也翯翯肥澤也箋云鳥獸肥盛喜樂言得其所○濯直角反翯戶角反字林云鳥白肥澤曰翯下沃反樂音洛下文於樂注喜樂皆同

〔疏〕傳濯濯至

肥澤○正義曰娛樂遊戲亦由肥澤故也二者互相足

王在靈沼於牣魚躍沼池也靈沼言靈道行於沼也牣滿也箋云靈沼之水魚盈滿其中皆跳躍亦言得其所○沼之邵反牣音刃躍羊略反跳徒彫反

虡業維樅賁鼓維鏞於論鼓鍾於樂辟廱植者曰虡橫者曰栒業大版也樅崇牙也賁大鼓也鏞大鍾也論思也水旋丘如璧曰辟廱以節觀者箋云論之言倫也虡也栒也所以懸鍾鼓也設大版於上刻畫以為飾文王立靈臺而知民之歸附作靈囿靈沼而知鳥獸之得其所以為音聲之道與政通故合樂以詳之於得其倫理乎鼓與鍾也於喜樂乎諸在辟廱中者言感於中和之至○虡音巨樅徐七凶反又音衝衝牙也沈又音子容反賁符云反字亦作鼖鏞音容於音烏鄭如字下於樂於論皆同論盧門反一云鄭音倫下同辟音璧注同植恃職反栒荀尹反縣音玄

【疏】虡業至辟廱○毛以為文王既立靈臺而知民心歸附作沼囿而知鳥獸得所以為音聲之道與政通故作樂以詳之觀已之德行審否故使人設植者之虡橫者之栒上加大版而捷業然又有崇牙其飾維樅然於此虡業之上懸賁之大鼓及維鏞之大鍾然後使人擊之觀其和否於是思念鼓鍾使之

和諧於是作樂在此辟廱宮中是王之靈道行於人物之驗○鄭唯下二句別義俱在箋○傳植者至節觀者○正義曰釋器云木謂之虡孫炎曰虡栒之植所以懸鍾磬也郭璞曰懸鍾磬之木植者名爲虡然則懸鍾磬者兩端有植木其上有橫木謂直立者爲虡謂橫牽者爲栒栒上加之大版爲之飾釋器云大版謂之業孫炎曰業所以飾栒刻板捷業如鋸齒也其懸鍾磬之處又以彩色爲大牙其狀隆然謂之崇牙言崇牙之狀樅樅然有瞽曰設業設虡崇牙樹羽此樅亦交承虡業之下故知樅樅即崇牙之貌樅樅然也賁大也故謂大鼓爲賁鼓冬官韗人云鼓長八尺鼓四尺中圍加三之一謂之鼖鼓詁亦云大鼓謂之鼖是也釋樂云大鍾謂之鏞李巡曰大鍾音聲大鏞大也郭璞曰亦名鑮也水旋丘如璧者璧體圓而內有孔此水亦圓而內有地猶如璧然土之高者曰丘此水內之地未必高於水外正謂水下而地高故以丘言之以水繞丘所以節約觀者令在外而觀也定本及集注鏞大鍾之下云論思也則其義不得同鄭也○箋論之至之至○正義曰以倫理之字宜爲倫故曰論之言倫傳唯言栒虡植橫不言所用故申明之言所以懸鍾鼓也以經有鍾鼓故特言之其磬鑮亦有栒虡也又解上言臺沼此言作樂之意文王知民心歸附鳥獸得所以爲音聲之道與政通故大合諸

樂以詳之言欲詳審已德觀其實允人物之心以否也此在辟廱合樂必行養老之禮但主言樂之得理不美養老之事故言不及焉治世之音安以樂故在辟廱之內與聞之者莫不喜樂是其和之至也

於論鼓鍾於樂辟廱鼉鼓逢逢矇瞍奏公

鼉魚屬逢逢和也有眸子而无見曰矇無眸子曰瞍公事也箋云凡聲使瞽矇為之○鼉徒何反沈又音檀草木疏云形似蜥蜴四足長丈餘甲如鎧皮堅厚宜冒鼓逢薄紅反埤蒼云鼓聲也字作韸徐音豐矇音蒙瞍依字作叟蘇口反亦作瞍說文云無目也字林先幺反云目有眸無珠子也眸莫侯反

疏 傳鼉。魚至公事○正義曰月令季夏命漁師伐蛟。取鼉漁師取魚之官故知鼉是魚之類屬也其書傳注云鼉如蜥蜴長六七尺陸機疏云鼉形似水蜥蜴四足長丈餘生卵大如鵞卵甲如鎧甲今合。樂鼉魚甲是也其皮堅可以冒鼓月令注亦云鼉皮可以冒鼓也美鼓之得理而云逢逢故知為和也矇瞍皆無目之名就無目之中以為等級矇者言其矇矇然無所見故知有眸子而無見曰矇即今之青盲者也矇有眸子則瞍當無故云無眸子曰瞍其瞽亦有眸子矇之小別也故春官瞽矇注鄭司農云無目眹謂之瞽有目眹而無見謂之矇有目而無眸子謂之瞍亦與此傳同也此則對而爲名其摠則皆謂之瞽尚書謂舜爲瞽子外傳云吾非瞽史周頌有有瞽之篇周禮有瞽矇之職是瞽爲摠也周禮瞽矇二字已是爲官名故文不及瞍此言瞍不言瞽各從文之所便外傳稱矇誦瞽賦亦此類也周禮上瞽中瞽下瞽以智之高下爲等級不以目爲次第矣公事釋詁文

靈臺五章章四句

下武繼文也武王有聖德復受天命能昭先人之功焉繼文者繼文王之王業而成之昭明也。復扶又反王業于況反

〔疏〕下武六章章四句至功焉。正義曰經六章皆言武王益有明智配先人之道成其孝思繼嗣祖考之迹皆是繼文能昭先人之功焉經云三后在天王配於京則武王所繼自大王王季皆是矣而序獨云繼文者作者以周道積基故本之於三后言世有哲王見積德之深遠其實美武王能繼唯在文王也大王王季雖脩德創業爲後世所因而未有天命非開基之主不足使武王聖人繼之又此篇在文王詩後故詩言繼文著其功也。大且見篇之次也文王已受天命故言復受爲亞前之辭武王之

受天命白魚入舟是也

下武維周世有哲王武繼也箋云下猶後也哲知也後人能繼先祖者維有周家最大世世益有明知之王謂大王王季文王稍就盛也○哲張列反本又作悊又作喆皆同知音智下同〔疏〕傳武繼○正義曰釋詁文○箋下猶至就盛○正義曰居下世卽是在後故云下猶後也哲智釋言文言後人能繼祖者維周家最大謂大王王季文王稍稍就盛者也王季爲西伯文王又受命是稍盛也不遍數武王者此言哲王卽是下文三后王配之文別在於下故知世有之中不兼武王也

三后在天王配于京三后大王王季文王也王武王也箋云此三后既沒登遐精氣在天矣武王又能配行其道於京謂鎬京也○假音遐已也本或作遐〔疏〕箋此三后至鎬京○正義曰曲禮下云天子崩告喪曰天王登遐註云登上也遐已也上已者若僊去云耳以三后皆號爲王故以天子之禮言之武王居鎬故知配行其道於京謂鎬京也

王配于京世德作求箋云作爲求終也武王配行三后之道於鎬京者以其世世積德庶爲終成其大功〔疏〕箋作爲至大功○正義曰作爲釋言文求終釋詁文世積厚德是當王天下文王未及誅紂卽是王

事未終武王乃終之故云終終成其大功

永言配命成王之孚

箋云永長言我也命猶教令也孚信也此爲武王言也今長我之配行三后之教令者欲成我周家王道之信也王德之道成於信論語曰民无信不立○成王如字又于況反此爲如字

【疏】箋命猶至不立○正義曰此承王配于京是配三后不配天故以命爲教令此篇是武王之詩於此獨云此爲武王言者餘文是作者以已之心論武王之事此則稱武王口自所言故辨之也又解欲成王道所爲多矣獨以信爲言者由王德之道成於信欲使民信王道然後天下順從必伐紂功成然始得耳以民無信不立故引論語以證之

成王之孚下土之式

式法也箋云王道尚信則天下以爲法勤行之

永言孝思孝思維則

則其先人也箋云長我孝心之所思所思者其維則三后之所行子孫以順祖考爲孝

媚茲一人應侯順德

一人天子也應當侯維也箋云媚愛茲此也可愛乎武王能當此順德謂能成其祖考之功也易曰君子以順德積小以高大

永言孝思昭哉嗣服

箋云服事也明哉武王之嗣行祖考之事謂伐紂定天下

【疏】媚茲至嗣

服。正義曰既言武王能法則三后之道故於此歎而美之可愛乎此一人之武王所以可愛者以其能當此維順之德祖考欲定天下武王能順而定之是能當順德又述武王所言而歎美之武王自言長我孝心之所思者此事顯明哉一武王實能嗣行祖考之事伐紂定天下是能嗣祖考也。傳一人至侯維。正義曰曲禮下云天子自稱曰予一人言其天下之貴唯一人而已謂天子爲一人應當釋詁文又云維侯也是侯得爲維也。箋可愛至高大。正義曰序言繼文此云順德故知是順其先人之心成其祖考之德所引易者升卦象辭升卦巽下坤上故言木生地中木漸而順長以成樹猶人順德以成功彼謂一人之身漸積以成此則順父祖而成事亦相類故引以爲證定本作愼德準約此詩上下及易宜°爲順字又集註亦作順疑定本誤。箋服事至天下。正曰服事釋詁文禮記大傳曰牧之野武王之大事故知嗣行祖考之事唯謂伐紂定天下也上言求言配命永言孝思其下句云成王之孚孝思維則亦是武王自言此云昭哉嗣服是作者美武王之辭所以亦與孝思相連者上云永言孝思是武王自言此又述武王之言歎而美之并此孝思之句亦非武王自言得與嗣服相連也

昭茲來許繩其祖武許進繩戒武迹也箋云茲此來

勤也武王能明此勤行進於善道戒慎其祖考所履踐之迹美其終成之○來王如字鄭音賚下篇來孝同

於萬斯年受天之祜箋云祜福也天下樂仰武王之德欲其壽考之言也○祜音戶下同

疏昭茲至之祜○正義曰既言武王能嗣行祖事又美其爲民所樂仰言武王能明此勤行進於善道戒慎其祖考所行之迹而踐行之猶行善不倦故爲天下樂仰皆欲令武王得於萬年之壽且又多受天之福祿言武王行善之故爲民愛之如此○傳許進至武迹○正義曰以禮法既許而後得進故以許爲進繩戒武迹皆釋訓文○箋茲此至成之○正義曰茲此來勤皆釋詁文戒慎祖考踐履之迹謂謹慎奉行故美其終成之○箋祜福至之言○正義曰祜福釋詁文以萬年受福是祝慶之辭故知武王爲天下所樂仰此是欲其得福之言也

受天之祜四方來賀於萬斯年不遐有佐遠夷來佐也箋云武王受此萬年之壽不遠有佐言其輔佐之臣亦宜蒙其餘福也書曰公其以予萬億年亦君臣同福祿也

疏受天至有佐○毛以爲民欲王受福鄭質言其受福之事武王既受得天之祜福故四方諸侯之國皆貢獻慶之又得於此萬年之壽豈不遠有佐助之乎言

有遠方夷狄來佐助之也此乘上章之文故先言所受天之祿因則爲遠近之次故先言四方後言遠夷四方謂中國諸侯也。鄭唯以下句爲異言武王得於此萬年之壽不遠其有輔佐之臣言王親近其臣與之同福。傳遠夷來佐。正義曰言不遠有佐是遠有佐遠人佐天子唯夷狄耳故知遠夷來佐之書敘言武王既勝殷西旅獻獒巢伯來朝魯語曰武王克商遂通道於九夷八蠻肅愼來賀是遠夷來佐之事不遐有佐爲遠夷則四方來賀爲諸夏民勞傳曰四方諸夏是也。箋武王至福祿。正義曰箋以不遐有佐順文自通不當反其言故易之武王既有萬年之壽不遠有輔佐之臣共蒙其福其封爲諸侯則與周升降其仕於王朝則繼世在位是其不與遠之引書曰公其以予萬億年者洛誥云成王告周公言公與我身皆得萬億之年既引其文乃申其意言彼亦君臣同福祿故知此亦武王君臣同受福矣

下武六章章四句

文王有聲繼伐也武王能廣文王之聲卒其伐功也　繼伐者文王伐崇而武王伐紂　疏。文王有聲八章章五句至伐功。正義曰經八章上四章言文

王之事下四章言武王繼之是繼伐首章言文王有聲武王則道廣於文王是能廣文王令聞之聲二章言文王伐崇武王則伐紂以定天下是卒其伐功經雖無武王廣聲卒伐之事於理則有故序言亦以轉互相明也上四章言文王有令聞之聲成名之德作豐邑以追孝心同四方而正法度所爲不止於伐崇也下四章言武王君天下服四方定鎬京而成卜兆傳善謀以安後世所爲不止於伐紂唯以繼伐言之者以其所施之事皆伐之功故言繼伐以揔之此篇八章其末俱言烝哉而四章言武王之謚四章言王后皇王作者變其文見其事有異上四章雖同是文王之事而首章二章言文王令聞成民受命伐罪是文王事之盛者故舉其義謚而稱文王三章言築城大小之事述其所徙之言四章言作豐以王四方施化而爲法度比之前事爲不盛故不舉其謚而變言王后下四章雖同是武王之事五章六章言武王伐紂作邑定居四方歸服於武王之事爲不盛故不舉義謚比文王之事則益大故變言皇王七章言考卜而後居鎬京伐紂以成其占八章言垂功業以爲大事傳順謀以安孫子除虐去殘詒訓後世是武王之事盛者故文舉其義謚而言武王文王之事則盛者居前不盛次之武王之事則不盛在先者見武王不盛之事盛於文王之盛者作者比其事之大小而爲

之章次也文王有聲遹駿有聲遹求遹寧遹觀厥成箋云遹述駿大求終觀多也文王有令聞之聲者乃述行有令聞之聲之道所致也所述者謂大王王季也又述行終其安民之道又述行多其成民之德言周德之世益盛○遹尹橘反又音述駿音峻觀古亂反註同聞音問本亦作問文王烝哉烝君也箋云君哉者言其誠得人君之道○烝之丞反韓詩云美也【疏】文王至烝哉○正義曰此文王乃有令聞之善聲所以有之者以文王從後仰而述行廣大其大王王季所有令聞之善聲所廣大者謂文王又述行終其大王王季安民之道又述行多其大王王季成民之德以此益盛而大有聲也此文王之德信得人君之道哉○箋遹述至益盛○正義曰遹述釋言文駿大求終觀多釋詁文孔子閒居曰三代之王必先其令聞言有善事可以聞於外是爲有聲矣故爲有聲是令聞之聲言述行者是述先聞之辭故知謂述大王王季也聲聞則長之使大令爲已有故云遹駿有聲其安民成民則大王王季有此行但其事未終未多今文王則終之多之皆述行其道而增廣之耳○傳烝君○正義曰釋詁文文王受命有此武功既伐于

崇作邑于豐箋云武功謂伐四國及崇之功也作邑者徙都于豐以應天命○應應對之應文王烝哉【疏】箋武功至天命○正義曰經別言既伐於崇則武功之言非獨伐崇而已受命之後所伐邘者密須混夷之屬皆是也故云武功謂伐四國及崇之功也武功之中既兼伐崇而別言既伐於崇者以其功最大其伐最後故特言之為作邑張本言功成乃作都也言應天命者天既命為天子當立天子之居故言徙都於豐以應天命或以為於豐得命故徙豐應之然則武王於盟津得命不可徙都入河乃遷都於鎬非得命之地矣築城伊淢作豐伊匹匪棘其欲遹追來孝淢成溝也匹配也箋云方十里曰成淢其溝也廣深各八尺棘急來勤也文王受命而猶不自足築豐邑之城大小適與成偶大於諸侯小於天子之制此非以急成從己之欲欲廣都邑乃述追王季勤孝之行進其業也○淢況域反成閒有淢字又作洫韓詩云洫深池亟棘力反下亟同或作[illegible]慾音欲本亦作欲廣古曠反深尸鴆反行下孟反王后烝哉后君也箋云變諡言王后者非其盛事不以義諡【疏】築城至烝哉○正義曰上言作邑于豐此述作豐之制言文王與築豐邑之城

維如一成之淢淢內之地其方十里文王作此豐邑維與相匹言大小正與成淢相配偶是大於諸侯小於天子之制所以纔得伐崇卽作此邑者非以急從已之欲而廣此都邑乃述追王季勤孝之行思進其業故耳此王之爲人后也誠得人君之道哉○傳淢成溝○正義曰冬官匠人云井間有溝成間有淢溝是揔名故云淢成溝謂十里成間所有溝淢洫音同○箋方十里至其業○正義曰申傳淢爲溝之義故云方十里曰成淢其溝也言每方十里之地其外有此溝謂之爲淢此淢廣八尺深八尺匠人云方十里爲成成間廣八尺深八尺謂之洫是其事也棘急釋言文禮記引此詩作匪革其猶革亦急也文王旣已受命當爲天子其意以紂尚在猶不敢自足故築此豐邑之城大小適與賦法十里之成相匹偶是大於諸侯小於天子之制不以急從已之欲欲得廣此都邑乃述追王季勤孝之行以王季勤孝欲早成周道故已早建都邑以進其功業文王所述述大王以來此止言王季者以大王始有王迹勤行其道大王以前未有王迹不得言大王勤孝欲成父功故所追勤孝唯王季也春官典命云上公九命侯伯七命子男五命其國家宮室皆以命數爲節註云國家之所居謂城方也公之城蓋方九里侯伯之城蓋方七里子男之城蓋方五里坊記註云子男之城方五里此二

註皆以公城方九里爲差則天子之城十二里矣故此十里爲小於天子也異義駁云鄭伯之城方五里又以侯伯爲五里者鄭兩解故書傳云古者百里之國九里之城七十里之國五里之城五十里之國三里之城註云玄或疑焉周禮匠人營國方九里謂天子之城今大國九里則與之同然則大國七里之城次國五里之城小國三里之城爲近耳或者天子實十二里之城諸侯大國九里次國七里小國五里是鄭兩解之事也以匠人典命俱是正文故不敢執定典命註每言蓋匠人註云立王國若邦國者皆爲疑辭以見二塗之意也○傳后君○正義曰釋詁文箋以作文有體章類宜同今半謚半否故知變之有義以相比校無謚之章其事皆劣故言非其盛事不以義謚謂不以義理而言其謚也謚者行之成名摠一身之美故事盛者稱之不盛者變名耳

王公伊濯維豐之垣四方攸同王后維翰濯大翰幹也箋云公事也文王述行大王王季之王業其事益大作邑於豐城之既成又垣之立宮室乃爲天下所同心而歸之王后爲之幹者正其政教定其法度○濯直角反韓詩云美也垣音袁翰戶旦反徐音寒

王后烝哉

【疏】王公至烝哉○正義曰既言築作豐城欲又本之前世言此王

述先王之業其事維益大矣卽言大之狀維在豐城之內更築而垣牆之以立宮室而居焉乃爲天下四方之民所共同心而歸之其王君文王維乃爲之楨幹謂爲施法度以行之是王后誠得人君之道哉○傳濯大翰幹○正義曰皆釋詁文○箋文王至法度○正義曰言王事伊大則從小至大非文王之事自爲大也上言遹追來孝此承其下故知是述大王王季之業其事益大上言築城作豐此言維豐之垣則是豐城之內别起垣也故云作邑於豐城之旣成又垣之立宮室謂立天子之宮室宮室旣定萬姓知有所歸故爲天下所同心而歸之幹者築牆所立之木幹與牆爲法故爲之幹者正其政教定其法度

豐水東注維禹之績四方攸同皇王維辟

績業皇大也箋云績功辟君也昔堯時洪水而豐水亦汎濫爲害禹治之使入渭東注于河禹之功也文王武王今得作邑於其旁地爲天下所同心而歸大王爲之君乃由禹之功故引美之豐邑在豐水之西鎬京在豐水之東○辟音璧註及下皆同又音婢亦反法也氾芳劒反字亦作汎濫力暫反大王此及下言大者竝如字

皇王烝哉

箋云變王后言大王者武王之事又益大【疏】豐水至烝哉○正義曰上旣言文王之事故武王繼之今

豐水之得東流注渭入河者是禹之功業言禹決治之其傍得成平地也今文王得作邑於傍武王既成鎬京故爲天下四方所共同心歸之文王武王維於是爲之君而施化焉此大王誠得人君之道哉○傳績業皇大○正義曰績業釋詁文又云皇君君亦大之義故爲大○箋績功至之東○正義曰績功辟君亦釋詁文也功業大同耳據其力之所成則謂之功言其澤及於後則謂之業昭元年左傳劉定公見雒汭之水曰美哉禹之功也此亦見豐水而思禹故易傳以績爲功堯典曰湯湯洪水是堯時洪水此言豐水東注由禹之功故知豐水亦汎濫爲害禹治之也汎濫謂汎長濫決平地有水也禹貢曰導渭自鳥鼠同穴東會于豐入于河是豐水入渭東注於河此章武王之事而并言文王作邑於其傍者以二邑皆在豐傍舉豐而言可以兼及文王欲連言之帝王世紀云豐鎬皆在長安之西南言豐邑在豐水之西鎬京在豐水之東以時驗而知之○箋變王至益大○正義曰此與下章俱言皇王而下有鎬京之事知此皇王爲武王也同不言謚而王后與皇王異文既人異而辭變故知爲武王之事又益大也此與上章皆言四方攸同而言益大者以文王亦武王故亦以四方言之其實同歸之者少於武王也

鎬京辟廱自西自東自南

自北無思不服武王作邑於鎬京箋云自由也武王於鎬京行辟廱之禮自四方來觀者皆感化其德心無不歸服者**皇王烝哉**〔疏〕箋自由至服者○正義曰釋詁云由自也故自得爲由也旣言辟廱卽云四方皆服明由在辟廱行禮見其行禮感其德化故無不歸服也辟廱之禮謂養老以教孝悌也

考卜維王宅是鎬京維龜正之武王成之箋云考猶稽也宅居也稽疑之法必契灼龜而卜之武王卜居是鎬京之地龜則正之謂得吉兆武王遂居之脩三居之德以伐紂定天下成龜兆之占功莫大於此○挈苦計反本又作契或苦結反**武王烝哉**〔疏〕考卜至烝哉○正義曰言稽考其疑灼龜而卜之者維武王所疑而卜者其宅居於是鎬京之地維此所契之龜則出其吉兆以正定之言居此必吉故得天下武王則能成之伐紂以定天下成此龜兆之占是功之大美者此武王誠得人君之道哉○箋考猶至於此○正義曰以洪範有稽疑之言故云考猶稽也宅居釋言文以稽疑之法必契灼其龜而卜之正謂得吉兆龜正定其吉云此地可居卜兆言吉居之而得天下是成龜兆之占伐去虐紂身卽王位功無大於此者伐紂爲成龜兆之吉定

本集注皆云功莫大是也義亦得通禮記引此詩彼註云武王築而成之與此異者引詩斷章多異於本此顧上下之文言武王烝哉是武王之盛事不宜直言其築作而已故以伐紂爲成之

豐水有芑武王豈不仕詒厥孫謀以燕翼子芑草也仕事燕安翼敬也箋云詒猶傳也孫順也豐水猶以其潤澤生草武王豈不以其功業爲事乎以之爲事故傳其所以順天下之謀以安其敬事之子孫謂使行之也書曰厥考翼其肯曰我有後弗弃基○芑音起詒以之反孫王申毛如字鄭音遜傳直專反下同

武王烝哉上言皇王而變言武王者皇大也始大其業至武王伐紂成之故言武王也

【疏】豐水至烝哉○正義曰言豐水之傍有芑菜豐水是無情之物猶以潤澤而生菜爲己事況武王豈不以功業爲事乎言實以功業爲事思得澤及後人故遺傳其所以順天下之謀以安敬事之子孫言武王能得順天下功被來世後人敬其事者則得行之乃安是武王之道令得長世武王誠得爲人君之道哉○傳燕安翼敬○正義曰燕禮所以安賓故燕爲安也翼敬釋詁文○箋詒猶至弃基○正義曰詒訓遺即流傳之義故詒猶傳也傳其順天下之謀者謂聖人所謀之事行之則必順天下之

心安其敬事之子孫言子孫敬事能遵用其道則得安也必言敬事者若子孫不敬則不能行之不能行則不得安故安敬竝言之引書曰者大誥文彼上文以堂屋耕播爲喻言父爲之於前子不循於後其父則嫌責之此假言其父之辭彼注云其父敬職之人其肯曰我有後子孫不廢弃我基業乎引此明後人須因前基故云傳謀以安彼後證翼爲敬彼言父敬此言子孫明敬事者乃能不弃基故引而反以相明

文王有聲八章章五句

文王之什十篇六十六章四百一十四句

附釋音毛詩注疏卷第十六（十六之五）

黃中栻栞

毛詩注疏挍勘記十六之五

阮元撰盧宣旬摘錄

○靈臺

而民樂有其神靈之德閩本明監本毛本同案有其當倒

故其說多異義公羊說閩本明監本毛本同案義上浦鏜云當脫一異字是也

取辟有德閩本明監本毛本同案辟當作璧

不言辟水言辟水言辟廱者閩本明監本毛本不重言辟三字案所刪是也此十行本複衍

說各有以無以正之閩本明監本毛本脫有以二字案說各有以句絕

圜之以水似辟閩本明監本毛本辟作璧案所改是也

袁準正論云毛本準誤准閩本明監本不誤○按舊書準多作准

所以法大道順時政　閩本明監本毛本大作天案所改是也

度始靈臺之基趾　相臺本同閩本明監本毛本同小字本趾作止下同案止字是也止趾古今字正義中字作趾乃易而說之之例不當依以改箋也基止又見抑箋

始度靈臺之基趾也　閩本明監本毛本同案始度當倒

論思也　小字本相臺本同案正義云定本及集注鏞大鐘之下云論思也則其義不得同鄭也釋文云論音盧門反思也一云鄭音倫下同是釋文本亦有段玉裁云論者侖之假借字也說文亼部曰侖思也侖部曰侖理也

義俱在箋　閩本明監本毛本同案浦鏜云具誤俱是也

目有睟〔補〕釋文挍勘記通志本同盧本睟作眹云今從浦挍案考周禮釋文則浦挍是也

月令季夏　閩本明監本毛本同案十行本有釋文八字錯入季字下誤今改正

漁師取漁之官也　閩本同明監本毛本漁作魚案所改是

今合樂鼉魚甲是也閩本明監本毛本同案樂當作藥頍弁正義引今合藥兔絲子是也可作陸疏有合藥語之證

無目眹謂之瞽明監本眹誤眕閩本毛本不誤下同○按正義眹作眹

外傳稱矇誦瞽賦閩本明監本毛本同案浦鏜云瞍誤瞽以周語考之浦挍是也

○下武

著其功也大閩本明監本毛本也作之案所改是也

此三后既沒登遐小字本相臺本同考文古本同閩本明監本毛本遐作假案釋文云假音遐本或作遐正義本是遐字故引禮記亦順經文作遐也作假者依釋文改耳

昭茲來許唐石經小字本相臺本同案九經古義依東觀漢記引許作御疑作許是傳寫之誤詩經小學云廣雅許進也本此傳則毛詩本作許作御者蓋三家詩

戒慎其祖考所履踐之迹　相臺本同閩本明監本毛本同小字本履踐作踐履案踐履是也正義云戒慎祖考踐履之迹可證

洛誥云　閩本明監本毛本同案浦鏜云文誤云是也

同受福矣　閩本明監本毛本無受字福下有祿字案此當作同受福祿矣

○文王有聲

而閒箋言武王之謚　閩本明監本毛本同案浦鏜云武王當文武誤是也

文王烝哉　小字本相臺本同唐石經初刻文誤武後改正

邦者密須混夷之屬　明監本毛本邦誤邦閩本不誤○案此邦亦邦之誤詳皇矣

匪棘其欲　唐石經小字本相臺本同案釋文云匪亟或作棘正義云棘急釋言文是其本作棘

申傳淢爲溝之義　明監本毛本爲下有成字閩本剜入案所補非也爲當作成字耳

欲又本之前世　閩本明監本毛本同案欲當作故

而豐水亦汎濫爲害　閩本明監本毛本同小字本相臺本汎作氾考文古本同案釋文云氾字亦作汎考說文汎浮貌氾濫也當作氾者爲是也正義中字作汎與亦作本同

故知豐水亦汎濫爲之　閩本明監本毛本同案浦鏜云害誤之是也

可以兼及文王欲遠言之　閩本明監本毛本兼誤并案欲當作故

謂養老以教孝悌也　閩本明監本毛本悌誤弟案悌是正義所用今字

上言皇王　小字本相臺本同閩本首有傳字明監本毛本首有箋字案此當脫箋云二字也上箋變謚而言王后者變王后而言大王者與此箋上言皇王而變言武王者相承而下屬之傳者誤也

言武王能得順天下　閩本明監本毛本同案得當作傳

故云傳謀以安彼後　閩本明監本毛本同案彼當作敬

附釋音毛詩注疏卷第十七 十七之一

生民之什詁訓傳第二十四

陸曰自生民至卷阿八篇成王周公之正大雅

毛詩大雅　鄭氏箋　孔穎達疏

生民尊祖也后稷生於姜嫄文武之功起於后稷故推以配天焉。嫄音原姜姓嫄名有邰氏之女帝嚳元妃后稷母也。[疏]生民八章首章十句二章十句三章八句四章五章十句六章八句七章十句卒章八句至配天焉。○正義曰作生民詩者言尊祖也序又言尊祖之意以后稷生於姜嫄而來其文王受命武王除亂以定天下之功其兆本起由於后稷及周公成王致大平制禮以王功起於后稷故推舉之以配天謂配夏正郊天焉祭天而以祖配祭者天無形象推人道以事之當得人爲之主禮記稱萬物本於天人本於祖俱爲其本可以相配是故王者皆以祖配天是同祖於天故爲尊也祖之定名父之父耳但祖者始也己所從始也自父之父以上皆得稱焉此后稷之於成王乃十七世祖也不言姜嫄生后稷者經稱厥初生民時維姜嫄是據后稷本之姜嫄故序亦順經而爲文也言文武之功起於后稷者周語云后稷勤周十五世而興是后稷勤行功業爲周室開基也中候稷起註云堯受河圖洛書后稷有名錄苗裔當王是后稷子孫當王名見圖書也文既因之武亦因之故并言文武之功起於后稷也經八章上三章言后稷生之所由顯異之事是后稷生於姜嫄也下五章言后稷長而有功見其得以配天之意其言推以配天結上尊祖之言於經無所當也○**厥初生民時維姜嫄**生民本后稷也姜姓也后稷之母配高辛氏帝焉箋云厥其初始時是也言周之始祖其生之者是姜嫄也姜姓者炎帝之後有女名嫄當堯之時爲高辛氏之世妃本后稷之初生故謂之生民**生民如何克禋克祀以弗無子**禋敬弗去也去無子求有子古者必立郊禖焉玄鳥至之日以大牢祠于郊禖天子親往后妃率九嬪御乃禮天子所御帶以弓韣授以弓矢于郊禖之前箋云克能也弗之言祓也姜嫄之生后稷如何乎乃禋祀上帝於郊禖以祓除其無子之疾而得其福也能者言齊肅當神明意也二王之後得用天子之禮○禋音因嬪婢人反韣音獨弓衣祓音拂又音廢下同齊側皆反本亦作齋篇末齊敬同○**履帝**

武敏歆攸介攸止載震載夙載生載育時維后稷履踐也帝高辛氏之帝也武迹敏疾也從於帝而見于天將事齊敏也歆饗介大也。止福祿所止也震動夙早育長也后稷播百穀以利民箋云帝上帝也敏拇也介左右也夙之言肅也祀郊禖之時時則有大神之迹姜嫄履之足不能滿履其拇指之處心體歆歆然其左右所止住如有人道感己者也於是遂有身而肅戒不復御後則生子而養長名之曰弃舜臣堯而舉之是爲后稷○敏密謹反歆許金反介音戒震眞愼反見賢遍反齊側皆反又如字【疏】厥初至后稷○毛以爲本其初生此民者誰生之乎是維姜嫄言有女姓姜名嫄生此民也既言姜嫄生民又問民生之狀言姜嫄之生此民如之何以得生之乎乃由姜嫄能禋敬能恭祀於郊禖之神以除去無子之疾故生之也禋祀郊禖之時其夫高辛氏帝率與俱行姜嫄隨帝之後踐履帝迹行事敬而敏疾故爲神歆饗神既饗其祭則愛而祐之於是爲天神所美大爲福祿所依止即得懷任則震動而有身祭則蒙祐獲福之夙早終人道則生之既生之則長養之及成人有德爲舜所舉用播種百穀以利益下民維爲后稷矣本其初生故謂之生民民則人所不識后稷是顯見之號故言是維后稷以結之。○鄭唯履帝以下三句爲異，其首尾則同。言當祀郊禖之時，有上帝大神之迹，姜嫄因祭見之，遂履此帝迹拇指之處，而足不能滿，時卽心體歆歆，如有物所在身之左右所止住於身中，如有人道精氣之感己者也，於是則震動而有身，則肅戒不復御。餘同。○傳「生民」至「帝焉」。○正義曰：此章首言生民，卽后稷也。后稷而謂之民者，本其初生而未有貴位，生與民同，以民言之，故云生民本后稷也。《晉語》云：黃帝以姬水成，炎帝以姜水成，成而異德，故黃帝爲姬，炎帝爲姜。是姜者炎帝之姓，故云姜姓也。言后稷之母配高辛氏帝也，謂爲帝嚳之妃，與嚳相配而生此后稷，以后稷爲嚳之子也。張晏曰：高辛，所興地名。嚳以字爲號，上古質故也。《大戴禮·帝繫篇》：帝嚳卜其四妃之子皆有天下。上妃有邰氏之女曰姜嫄，而生后稷；次妃有娀氏之女曰簡狄，而生契；次妃陳鋒氏之女曰慶都，生帝堯；下妃娵訾之女曰常儀，生摯。以堯與契俱爲嚳子。《家語》、《世本》其文亦然，故毛爲此傳及《玄鳥》之傳，司馬遷爲《五帝本紀》，皆依用焉。其後劉歆、班固、賈逵、馬融、服虔、王肅、皇甫謐等皆以爲然。然則堯爲聖君，契爲賢弟，在位七十載而不能用，必待舜乃舉之者，聖人顯仁藏用，匿迹隱端，雖則自知，故不委任，待衆舉而後用，見取人之大法耳。若稷契，堯之親弟，當生在堯立之前，此至堯崩，百餘歲矣。堯崩之後仍爲舜所勑用者以其並是上智壽或過人不可以凡人促齡而怪彼永命也若稷契即是嚳子則未嘗隔世左傳之說八元云世濟其美者正以能承父業即稱爲世不要歷數世也其緯候之書及春秋命歷序言五帝傳世之事爲毛說者皆所不信○箋厥其至生民○正義曰厥其釋言文初始釋詁文周始祖后稷也周以后稷爲始祖文王爲太祖雍禘太祖謂文王也后稷以初始感生謂之始祖又以祖之尊大亦謂之太祖周語曰我太祖后稷之所經緯是也若文王以受命之大雖得稱太祖不得言始祖也箋必名此經之民爲始祖者以人之爲人皆有始生之時如此詩言初生欲明自此已前未有周家種類周之上元始生於此故言周之始祖解其言厥初之意也以炎帝姓姜故知姜嫄是炎帝之後姓姜而以嫄配之故知有女名嫄婦人不以名行此嫄或當是字但五帝時質未必有名字之別故以名言之鄭信讖緯以命歷序云少昊傳八世顓頊傳九世帝嚳傳十世則堯非嚳子稷年又小於堯則姜嫄不得爲帝嚳之妃故云當堯之時爲高辛氏之世妃謂爲其後世子孫之妃也八世短長無定於是時書又散亡未知其爲幾世故直以世言之其大戴禮史記諸書皆鄭所不信張融云稷契年稚於堯堯不與嚳並處帝位則稷契焉得爲嚳子乎若使稷契必嚳子如史記是

堯之兄弟也堯有賢弟七十不用須舜舉之此不然明矣詩之雅頌姜嫄履迹而生爲周始祖有娀以玄鳥生商而契爲玄王卽如毛傳史記之說嚳爲稷契之父帝嚳聖夫姜嫄正妃配合生子人之常道則詩何故但歎其母不美其父而云赫赫姜嫄其德不回上帝是依是生后稷周曾何殊特立姜嫄之廟乎融之此言蓋得鄭旨但以姜嫄爲世妃則於左傳出濟之文復協故易傳不以爲高辛之妃也○傳禋敬至之前○正義曰釋詁云禋祭也則禋是祭之名又云禋敬也義得相通且祭必致敬故以禋爲敬也大宗伯云禋祀昊天上帝註云禋之言煙周人尚臭煙氣之臭聞者也則鄭以禋者唯祭天之名故書稱禋于六宗鄭皆以爲天神經傳之中亦非祭天而稱禋祀者諸儒遂以禋爲祭之通名王肅云外傳曰精意以享曰禋禋非燔燎之謂也袁準曰禋者煙氣煙熅也天之體遠不可得就聖人思盡其心而不知所由故因煙氣之上以致其誠故外傳曰精意以享禋此之謂也準又稱難者曰禋于文王何也曰夫名有轉相因者周禮云禋祀上帝辨其本言煙熅之禮也書曰禋于文武者取其辨精意以享也先儒云凡絜祀曰禋若絜祀爲禋不宜別六宗與山川也凡祭祀無不絜而不可謂皆精然則精意以享宜施燔燎精誠以假煙氣之升以達其誠故也切以準言爲然鄭於尚

書以文武於明堂配五帝故亦以稱禋是禋名雖施於祭天也傳於此下郎說郊禖之祀郊必祭天則毛亦以此禋爲祭天其餘書傳言禋者則未知毛意與誰同也弗訓爲去必所不欲卽當去之故以弗去謂去無子以求有子也經言禋祀未知所祀之神故云古者必立郊禖焉言此祀祀郊禖也知者以婦人無外事不因求子之祭無有出國之理又禋祀以求子唯禖爲然故知禋祀是祀禖也既言所祀之神因言其祭之禮自玄鳥至之日以下皆月令文所異者唯彼郊作高耳玄鳥燕也燕至在春分二月之中燕以此時感陽氣來集人堂宇其來主爲産乳蕃滋故王者重其初至之日用牛羊豕之太牢祀於郊禖之神蓋祭天而以先禖者配之變禖言禖者神之也其祭之時天子親自身往敬其事故親祭之於時后妃率九嬪從之而往侍御於祭焉天子內官有后夫人也嬪也世婦也女御也而獨言九嬪者以后是內官之主須后妃率之五等則九嬪居中舉中而言明百二十人皆往也未有孕而往者求其早有孕也內官百二十人周之制也高辛之時未有此數因禮之成文而引之耳於祀之時乃以醴酒禮天子所御謂已被幸有娠者也使太祝酌酒飲之於郊禖之庭以神之惠光顯之也既飮之酒又帶以弓韣衣授以弓矢使執之於郊禖之前弓矢者男子之事使之帶弓

衣執弓矢韣其所生爲男也鄭於月令之註其意則然雖高禖異耳故鄭註云高辛氏之世玄鳥遺鳦卵簡狄吞之而生契後王以爲禖官嘉祥而立其祀焉以爲由高辛有嘉祥故稱高禖蔡邕月令章句云高禖祀名高猶尊也禖猶媒也吉事先見之象謂之人先毛於此及玄鳥傳皆依作郊禖則讀高爲郊下傳云從於帝而見於天則此祭爲祭天不祭人先也於郊故謂之郊不由高辛亦不以高爲尊也郊天用特牲而此祭天用太牢者以兼祭先禖之神異於常郊故也鄭於此箋亦云禮祀上帝於郊禖則后稷未生之前已有郊禖之祀矣而月令註以爲簡狄吞鳦卵生契後王以爲嘉祥而立其祀又以契之後王始立此祀二義不同者鄭記王權有此問焦喬荅云先契之時必自有禖氏祓除之祀位在南郊蓋以玄鳥至之日祀之矣然得禋祀乃於上帝也娀簡吞鳦有予之後後王以爲媒官嘉祥祀之以配帝謂之高媒毛傳亦云郊禖者以古自有於郊克禋之義又據祀之成文耳祀天而以先禖配之義如后土祀以爲社此是鄭沖弟子爲說以中鄭義其意言高辛已前祭天於郊亦以先禖配之謂之郊禖至高辛之世以有吞鳦之事以爲禖之嘉祥又以高辛之世禖配此祭故改之而爲高禖故此箋從傳爲郊祀祀解其高義後王以爲媒官嘉祥而立其祀謂立禖以配郊非謂立

郊求子始於後王鄭意或當然也如此爲說可得合詩祀二註耳然祀註爲高辛之世者謂高辛之後世子孫猶號高辛其時簡狄呑鳦卵生契如此得與稷同時爲堯臣耳○箋克能至之祀○正義曰克能釋言文釋詁云祓福也孫炎曰祓除之福周語云祓除其心女巫云祓除釁浴左傳祓社釁鼓檀弓云巫先祓柩皆祓除凶惡義取祓去故云弗之言祓也禮祀上帝於郊禖祓除其無子之疾以得其福雝辭弗字爲異與傳去無子之意亦同也非天子不得祭天此姜嫄是爲高辛氏後世之妃則其夫不爲天子所以得祈郊禖祭天神故辭之云二王之後得用天子之祀故也王者存先代所以通天三統使得行其正朔用天子之祀故祀運曰杞之郊也禹宋之郊也契是二王之後得祭天也下言后稷功成乃封之於邰則此時必有國矣未知其國之名所在之地耳○傳履踐至利民○正義曰諸書傳言姜嫄履大迹生稷簡狄呑鳦卵生契者皆毛所不信故以帝爲高辛氏帝蓋以二章卒章皆言上帝此獨言帝不言上故以爲高辛氏帝也釋訓云履帝武敏武迹也敏拇也傳既依爾雅以武爲迹而不以敏爲拇者毛意蓋謂爾雅不可盡從故也心識速疾謂之敏故訓敏爲疾又辭姜嫄得踐帝迹所由以高辛之帝親行禮祀姜嫄從於帝而往見於天故行在後而踐帝之迹從帝見天

即上傳所云后妃率九嬪御是也踐迹者直謂隨後行耳非必以足躡其踐地之處也將事齊敏者將行也謂行祀天之事齊敬而速疾也鬼神食氣謂之歆故以歆爲饗謂祭而神饗之也介大釋詁文福祿所止謂止於姜嫄之使早有子也震動夙早育長皆釋詁文動謂懷任而身動也昭元年左傳曰邑姜方震大叔哀元年左傳曰后緍方震皆謂有身爲震也早者言其得福之早得福乃有身早文應在震上今在下者見有身而始知得福故先震後夙且以爲韻故姜嫄之配高辛亦應久矣未必生稷之歲始來配之若前已禋祀此年始震則是得福晚矣而言早者作者因事而言以祈即有子故繼所爲是得耳又解此人其名曰棄所以謂之后稷者以其身爲稷官能種百穀以利民故以后稷稱之周本紀云堯舉棄爲農師天下得其利堯典云帝曰弃黎民阻飢汝后稷播時百穀是其利民之事也○箋帝上帝至后稷○正義曰鄭以此及玄鳥是説稷以迹生契以卵生之經文也河圖曰姜嫄履大人迹生后稷中候稷起云蒼耀稷生感迹昌契握云玄鳥翔水遺卵流娀簡吞之生契封商苗興云契之卵生稷之迹乳史記周本紀云姜嫄出野見巨人迹心忻然悅欲踐之踐之而身動如孕者及期而生棄殷本紀云簡狄行浴見玄鳥墮其卵簡狄取吞之因孕生契是稷以迹生契以卵生

之說也。又閟宮云赫赫姜嫄其德不回上帝是依言上帝依姜嫄以生后稷故以帝爲上帝且鄭以姜嫄非高辛之妃自然不得以帝爲高辛帝矣此上帝卽蒼帝靈威仰也長發箋云帝黑帝此不言蒼帝者彼以下有玄王故言黑帝此下有上帝故言上帝各隨經勢而爲文也爾雅引此釋之而以敏爲拇指故依用之云敏拇也孫炎曰拇迹大指處釋詁文○介右也郭璞曰相佑助也孫炎曰介者相助之義如人之左右手故以介爲左右也傳以夙爲早震後言早於事不次故轉之云夙之言肅自肅戒也以緯候及史記諸文故知祀郊禖之時則有大神之迹姜嫄履之也履神之迹直言武足矣而復言拇是先履其跟之迹又移足以就拇既言大迹明不能滿故云足不能滿履其拇指之處履拇之下而卽言歆故知心體歆歆然意動之狀也左右所止住如有人道感已者謂如人夫妻交接之道檀弓曰寡婦不夜哭注云嫌思人道亦謂此也於是遂有身肅戒不復御解載震載夙也大明曰大任有身是爲震爲有身靜女傳曰生子月辰以金環退之婦人有娠則祇當不御故所以自肅戒也後則生子而長養之解載生載育也周本紀云棄之隘巷寒冰後收養之初欲棄之因名曰棄堯與云帝曰弃是名之曰棄文十八年左傳曰高辛氏有才子八人堯不能舉舜臣堯而舉之使布五教於四方堯典注云舉八元使布五教契在八元中稷亦高辛氏之後自然在八元中矣故知舜臣堯而舉之堯典注又云堯初天官爲稷舜登用之年舉棄爲之故云是爲后稷鄭志趙商問此箋云帝上帝又云當堯之時姜嫄爲高辛氏世妃意以爲非帝嚳之妃史記嚳以姜嫄爲妃是生后稷明文皎然又毛亦云高辛氏帝苟信先籍未覺其徧隱是以敢問易毛之義荅曰卽姜嫄誠帝嚳之妃履大人之迹而歆歆然是非眞意矣乃有神氣故意歆歆然天下之事以前驗後其不合者何可悉信是故悉信亦非不信亦非稷稚於堯堯見爲天子高辛與堯並在天子位乎是箋易傳之意也○

誕彌厥月先生如達誕大彌終達生也姜嫄之子先生者也箋云達羊子也大矣后稷之在其母終人道十月而生生如達之生言易也○彌面支反達他末反註同說文云小羊也沈云毛如字易以豉反下同

不拆不副無菑無害言易也凡人在母母則病生則拆拆副菑害其母橫逆人道○拆勑宅反副孚逼反說文云分也字林云判也匹亦反菑音災註同○

以赫厥靈上帝不寧

不康禋祀居然生子赫顯也不寧寧也不康康也箋云康寧皆安也姜嫄以赫然顯

著之微其有神靈審矣此乃天帝之氣也心猶不安之又不安徒以禋祀而無人道居默然自生子懼時人不信也

疏 誕彌至生子○毛以爲上言得福有子此言其生之易言可美大矣姜嫄之孕后稷終其孕之月而生之婦人之生首子其產多難此后稷雖是最先生者其生之易如達之生然羊子以生之易故比之也其生之時不拆割不副裂其母故其母無災殃無患害以此故可美大也天既祐令有身又使之生易是天意以此顯明其有神靈也上天之意豈不降福而安之乎言上天誠降福而安之使母之無病苦子得易生是天安之也姜嫄之身豈不安之於禋祀乎言姜嫄實見安於禋祀則有子生之又易是爲禋祀所安也由爲禋祀所安故得居處怡然無病而生子也○鄭唯下四句爲異言姜嫄履迹有身其生又易以此赫然顯著之徵其有神靈審也此乃上帝精氣姜嫄心不自安以天人道隔而人生天屑故心不自安也非徒生天之屑心不自安又不安其徒禋祀神明無人道交接居處默然而生此子以無夫而生又懼時人不信當棄而異之使人知其異故下所以棄之也○傳誕大至生者○正義曰誕大釋詁文彌終釋言文達生者言其生易如達羊之生但傳文略耳非訓達爲生也又解言先生之意以人之產子先生者多難此后稷是姜嫄之子最

先生者應難而今易故言先生以美之此主言后稷是姜嫄首子而已后稷有同母弟妹以否書亦無文焉○箋達羊至嫄言易○正義曰說文云達小羊也從羊大聲薛琮荅韋昭曰羊子初生達小名羔未成羊曰羜大曰羊長幼之異名以羊子初生之易故以比后稷生之易也大戴禮及春秋元命包皆云人十月而生周本紀云姜嫄踐巨人迹身動如孕者及朞而生子則終一年矣此言終月必終人之常月馬遷之言未可信也○傳言易至人道○正義曰經之所言皆說其生之易故云言易也以摠解一經又解易生所以爲美者以凡常之人在母腹則病其生則又拆堛災害其母以橫逆人道今后稷之生能無坼堛災害故美之也晉語云文王在母不憂是謂未生爲在母坼堛皆裂也禮記曰爲天子削瓜者堛之是堛爲裂也坼堛災害其母皆謂當產之時閟宮云無災無害彌月不遲亦謂生時無災害故彼箋引此解之明其同也然則此經止言生易不言在母病傳言凡人在母母則病者因其生之易從在母而本之見凡人之生不如后稷所以爲美耳橫逆人道謂不由人所生之道也史記楚世家云陸終娶於鬼方氏曰女潰孕三年不乳乃剖其左脇獲三人焉剖其右脇獲三人焉帝王世紀云簡狄剖背生契如此之類是橫逆人道也若然契亦大賢剖背而出則坼堛災害不爲

惡矣此美其無災害者人之賢愚不由母生之難易要人情皆欲其易不欲其難因見稷之生由言之以爲美耳晉語曰大任震文王不變少溲於家牢而得文王不加病焉亦美文王生易與此同矣此言横逆人道謂人所生之道上箋云終人道者謂人在母腹之道如有人道感已者謂人交接之道人道之言雖同三者皆小別耳○傳赫顯至康也○正義曰以赫是明貌故爲顯也天實降福以安后稷美姜嫄實爲因禋祀所安而經乃言不寧不康故皆反其言也王肅云天以是顯著后稷之神靈降福而安之言姜嫄可謂禋祀所安無疾而生子○箋康寧至不信○正義曰康寧皆安釋詁文箋以此章上四章言后稷之生下章言其弃之此經四句文在既生之後弃之之上則是說其弃子之意爲下章張本故易傳也履大迹而有身不由夫而生子是有顯著之徵也既見如此徵驗知其實有神靈故云姜嫄以赫然顯著之徵其有神靈審矣言姜嫄自知此子審是神靈所生也又解上帝不寧之意祀天而見大人迹履之如有感已此感之者乃是天帝之氣人不當共天交接今乃與天生子子雖生訖其心猶不安之也上帝不寧者爲生天之胤故不安不康禋祀者懼時人不信故不安也以此故再言不安徒禋祀而無人道空祀神明而無人道交接故居位默然而得生子懼時人不信其然或

得疑其犯禮奸淫而有此肩以此又復不安姜嫄既有此事不安欲望衆言故棄之以顯其異使衆人知之也異義詩齊魯韓春秋公羊說聖人皆無父感天而生左氏說聖人皆有父謹案堯典以親九族卽堯母慶都感赤龍而生堯堯安得九族而親之禮讖云唐五廟知不感天而生玄之聞也諸言感生得無父有父則不感生此皆偏見之說也商頌曰天命玄鳥降而生商謂娀簡吞鳦子生契是聖人感見於經之明文劉媼是漢太上皇之妻感赤龍而生高祖是非有父感神而生者也且夫蒲盧之氣嫗煦桑蟲成爲己子況乎天氣因人之精就而神之反不使子賢聖乎是則然矣又何多怪如鄭此言天氣因人之精使之賢聖則天氣不獨生人此姜嫄得無人道而生子者言非一端也彼以古今異說言感生則不得有父有父則不得感生偏執一見理未弘通故鄭引蒲盧爲喩以證有父得感生耳必由父也所引吞鳦生契卽是不由父矣又何怪於后稷也稷契等雖感天氣母實有夫則亦爲有父繼父爲親故稱嚳之胄唐堯之親九族立五廟亦猶此也稷契俱是感生契稷不棄契者人之意異耳或者簡狄雖則吞鳦仍御於夫其心自安故不棄之耳馬融之說此詩則異於是矣故云仍御於夫王肅引馬融曰帝嚳有四妃上妃姜嫄生后稷次妃簡狄生契次妃陳鋒生帝堯次妃娵

皆生帝摯摯最長次堯次契下妃三人皆已生子上妃姜嫄未有子故禋祀求子上帝大安其祭祀而與之子任身之月帝嚳崩摯即位而崩帝堯即位帝嚳崩後十月而后稷生蓋遺腹子也雖爲天所安然寡居而生子爲衆所疑不可申說姜嫄知后稷之神奇必不可害故欲棄之以著其神因以自明堯亦知其然故聽姜嫄棄之肅以融言爲然又其奏云稷契之興自以積德累功於民事不以大迹與燕卵也且不夫而育乃載籍之所以爲妖宗周之所喪滅其意不信履大迹之事而又不能申棄之意故以爲遺腹子姜嫄避嫌而棄之王基駁之曰凡人有遺體猶不以爲嫌況於帝嚳聖主姜嫄賢妃反當嫌於遭喪之月便犯禮哉人情不然一也就如融言審是帝嚳之子凡聖主賢妃生子未必皆賢聖能爲神明所稱堯有丹朱舜有商均文王有管蔡姜嫄御於帝嚳而有身何以知其特有神奇而置之於寒冰乎假令鳥不覆翼終疑逾甚則后稷爲無父之子嚳有淫昏之妃姜嫄有污辱之毀當何以自明哉本欲避嫌嫌又甚焉不然二也又世本云帝嚳卜其四妃之子皆有天下若如融言任身之月而帝嚳崩姜嫄尚未知有身帝嚳焉得知而卜之苟非其理前却繫礙義不得通不然三也不夫而育載籍之所以爲妖宗周之所以喪滅誠如肅言神靈尚能令二龍生妖女以滅幽王天

帝反當不能以精氣育聖子以興帝王也此適所以明有感生之事非所以爲難肅信二龍實生褒姒不信天帝能生后稷是謂上帝但能作妖不能爲嘉祥長於爲惡短於爲善肅之乖戾此尤甚焉馬昭曰稷奇見於既棄之後未棄之前用何知焉孫毓云天道微祥古今有之皆依人道而有靈助劉媪之任高祖著有雲龍之恠褒姒之生由於玄黿之妖巨迹之感何獨不然而謂自履其夫帝嚳之迹何足異而神之乃敢棄隘巷寒冰有覆翼之應乎而王傳云知其神奇不可得害以何爲徵也且匹夫凡民遺腹生子古今有之嚳崩之月而當疑爲奸非夫有識者之所能言也鄭說爲長羣賢以鄭爲長長則信矣所言王短短猶未悉何則馬王立說自云述毛其言遺腹寡居必謂得毛深旨案下傳曰天生后稷異之於人欲以顯其靈帝不順天是不明也故承天意而異之於天下是言天異后稷於人帝又承天之意所以棄而異之明示天下安有遺腹寡居之事乎即由天異而棄之何須要在寡居若以寡居爲嫌何以必知其異若使無異可棄竟當何以自明又上傳云帝高辛氏下傳云帝不順天則帝亦高辛之帝安得謂之堯也五章傳云堯見天因郃而生后稷因之曰堯不名高辛益知此帝不爲堯也何以堯知其然聽姜嫄棄之且馬王之說姜嫄爲辛之正妃其於帝堯則君母也此

之後世則太后也以太后之尊欲棄己子足以自專不假堯命何云聽棄之也又堯爲人兄聽母棄弟縱其安忍之心殘其聖父之胤不慈不孝亦不是過豈有欽明之后用心若此哉若以堯知其神故爲顯異則堯之知稷之甚矣初生以知其神纔長應授之以位何當七十餘載莫之收采自有聖弟不欲明揚虞舜登庸方始舉任雖帝難之豈其若此故知王氏之說進退多尤所言遺腹非毛旨矣其解文義傳意或然故采其釋經之辭遺其寡居之說**誕寘之隘巷牛羊腓字之**誕大寘置腓辟字愛也天生后稷異之於人欲以顯其靈也帝不順天是不明也故承天意而異之於天下箋云天異之故姜嫄置后稷於牛羊之徑亦所以異之○寘之豉反下同隘於懈反巷戶降反腓符非反避也○**誕寘之平林會伐平林**牛羊而辟人者理也置之平林又爲人所收取之○**誕寘之寒冰鳥覆翼之**大鳥來一翼覆之一翼藉之人而收取之又其理也故置之於寒冰○藉在夜反○**鳥乃去矣后稷呱矣**於是知有天異往取之矣后稷呱呱然而泣○呱音孤泣聲也尚書云啓呱呱而泣是也〔疏〕誕寘至呱矣○正義曰上言后稷之生此

言棄稷之事言可美大矣棄此后稷置之於狹隘巷中牛羊其避而憐愛之嬰兒未有所知當爲牛羊所踐今乃避而愛之故可美大矣以牛羊避人理之常也又置之平林可美大矣又棄此后稷置之平地林木之中會值有人往伐平林伐木之人見而收取之嬰兒之在林野當爲鳥獸所害乃值人收取是可美大矣又以人之取人乃是常理復置之寒冰可美大矣復棄后稷朝旦於寒冰之上有鳥以翼覆以翼藉之鳥非人類而覆藉人是可美大矣既知有神人往收取鳥乃飛去矣后稷遂呱呱然而泣矣此其有神靈之驗也○傳字愛至天下○正義曰易屯卦云女子貞不字十年乃字是字爲愛之義也知天生后稷異之於人者若其不異不應棄之異之於人謂有奇表異相若孔子之河目海口文王之四乳龍顏之類但書傳不言后稷異狀無得而知之耳言帝嚳若不順天意以顯之則是爲不明則棄之者帝意也以此傳觀之則后稷之生嚳尙存矣不得爲遺腹矣○箋天異至異之○正義曰箋以履迹而得后稷雖與傳禋祀得之不同其於異而顯之之意亦一也故乘傳而釋之也天降精氣以生后稷本欲異之故姜嫄置后稷於牛羊之徑亦以異之亦者亦天也○鄭以姜嫄非帝嚳之妃其棄后稷出姜嫄之意故言姜嫄也步道曰徑以經稱隘巷故以徑言之此詩之意欲顯其

異而棄之周本紀以爲不祥故棄之謬矣○傳大鳥至藉之○正義曰以翼能覆藉嬰兒故知大鳥也以經翼在覆下則上覆下翼明非一翼耳人體忌寒近冰尤甚既奇而覆之明亦愛而藉之故知一翼覆之一翼藉之經因鳥有二翼互其文以見此意耳姜嫄以玄鳥至月而禋祀在母十月而生稷其生正當冰月故得棄之冰也○實覃實訏

厥聲載路誕實匍匐克岐克嶷以就口食覃長訏大路大也岐知意也嶷識也箋云實之言適也覃謂始能坐也訏謂張口嗚呼也是時聲音則已大矣能匍匐則岐岐然意有所知也其貌嶷嶷然有所識別也以此至于能就衆人口自食謂六七歲時○覃徒南反本或作譚訏況于反匍音蒲又音符本亦作扶匐蒲北反又音服本亦作服岐其宜反嶷魚極反說文作嶷云小兒有知長張丈反或如字別彼列反

蓺之荏菽荏菽旆旆禾役穟穟麻麥幪幪瓜瓞唪唪荏菽戎菽也旆旆然長也役列也穟穟苗好美也幪幪然茂盛也唪唪然多實也箋云蓺樹也戎菽大豆也就口食之時則有種殖之志言天性也○蓺魚世反荏菽而甚反叔或作菽音同郭璞云今胡豆是旆蒲具反穟音遂幪

莫孔反麸田節反唪布孔反徐實覃至唪唪○毛以爲
又薄孔反長長如字又張丈反○【疏】上旣言收取后稷此說
其長養之事言后稷實以漸大言差大於呱呱之時也於是
之時其口出音聲則已大矣不復如呱呱時而已又歎之言
后稷可美大矣實始匍匐之時已能意有所知岐然又能
貌有所識岐嶷然以漸有智慧能就人之口取食而啖之纔
始能食卽有種殖之志所種蓺之者是荏菽也此荏菽乃旆
旆然長大種禾則使有行列其苗則穟穟然美好所種之麻
麥則幪幪然茂盛所種之瓜瓞其實則唪唪然衆多是其本有
天性種則美好於後果爲稷官而天下蒙賴於匍匐之上言
誕者爲岐嶷發文美大於匍匐之時能岐嶷也○鄭唯實覃
實訏爲異言適始能坐而覃然適始張口而訏然○餘同○實傳
覃長至嶷識○正義曰釋言云覃延也延引是漸長之義故
爲長也訏大路大釋詁文以岐嶷言克克是其性智之能故
以岐爲有智之意嶷爲有識之貌內有所知乃外能識物故
先岐後嶷○箋實之至歲時○正義曰實覃實訏爲厥聲載
路而言誕實匍匐爲克岐克嶷而設敗。實之爲義不指覃訏
匍匐之體故云實之言適也適覃而訏而聲已大適匍匐而已
能岐嶷爲早慧之勢也定本爲實之言是案集註並爲適又
以上言呱矣謂其泣之聲下言匍匐指其小之體覃訏之文

在其間則亦指小時之實狀故云覃謂始能坐訏謂張口嗚呼儀禮注云禫之言澹澹然安意也則覃亦安意故爲坐也訏音呼字又從言故爲張口嗚呼是時聲音則已大矣謂大於呱呱之時因言張口嗚呼郎説音聲之大且嬰兒既坐而後弄口破坐而後匍匐則智識漸生故於匍匐之下言岐嶷皆爲事之次也所知在於心神故云岐岐然意有所智識別發於耳目故云其貌嶷嶷然有所識別見内外之異也岐嶷皆是其貌故重言之此岐嶷在匍匐之時則其生亦未一年矣就口食之時則已稍大故云以至於能就衆人口自食謂六七歲時也言至於者後此至彼見其間懸遠之意也后稷以上智之資必當早慧六七歲時不應猶就人食鄭言六七歲者以凡人之事準之耳或以爲就口食者謂爲稷官以成就衆人口食案下箋云就口食之時已有種殖之志言天性也若爲稷官之時始有種殖之志不足言其天性且種殖之志非始官居之日指斥居官不得云口食以此知以就口食正謂就衆人之口自取食矣○傳荏菽至多實○正義曰釋草云戎菽謂之荏菽孫炎曰大豆也此箋亦以爲大豆樊光舍人李巡郭璞皆云今以爲胡豆璞又云春秋齊侯來獻戎捷穀梁傳曰戎菽也管子亦云北伐山戎出冬葱及戎菽布之天下今之胡豆是也案爾雅戎菽皆爲大豆註穀梁者亦

以爲大豆也郭璞等以戎胡俱是夷名故以戎菽爲胡豆也后稷種穀不應捨中國之種而種戎國之豆即如郭言齊桓之伐山戎始布其豆種則后稷之所種者何時絕其種乎而齊桓復布之祀有戎車不可謂之胡車明戎菽正大豆是也此荏菽重言者以蓺之之文爲下總目於荏菽配之爲句又分别說其茂之狀故重言之人供役者在於行列禾無在役之義故知役爲列也言其行相當因禾文單故以役配之其旆旆穟穟幪幪皆言生長茂盛之貌因其文異故以長好茂散而承之其實互相通瓜瓞與五穀異苗以其蔓長故不爲菓茂而以唪唪爲多實也定本唪唪多實之上云瓜瓞昀也案集註等並無此四字○箋蓺樹至天性○正義曰樹者種木之名可爲種殖通稱故云蓺樹也上言以就口食此經接於其下故此所陳即是就食時事就口食之時已有此種殖之志言其天性也言其天性善於種殖於後果爲稷官周本紀曰棄爲兒時其遊戲好種殖麻麥美即此是也又曰及爲成人遂好耕農相地之宜宜五穀者稼穡之民皆法之堯聞之舉棄爲農師天下宜其利下章是也○**誕后稷之穡有相之道**相助也箋云大矣后稷之掌稼穡有見助之道謂若神助之力也○相息亮反註同**茀厥豐草種之黃**

茂實方實苞實種實褎實發實秀實堅實好實穎實栗卽有邰家室茀治也黃嘉穀也茂美也方極畝也苞本也種雜種也褎長也發盡發也不榮而實曰秀穎垂穎也栗其實栗栗然邰姜嫄之國也堯見天因邰而生后稷故國后稷於邰命使事天以顯神順天命耳箋云豐苞亦茂也方齊等也種生不雜也褎枝葉長也發發管時也栗成就也后稷教民除治茂草使種黍稷黍稷生則茂好孰則大成以此成功堯改封於邰就其成國之家室無變更也○茀音拂韓詩作拂拂弗也種支勇反注種雜種種種生不雜下嘉種幷注並同褎余秀反穎營井反穗也尚書云唐叔得禾異畝同穎是也邰他來反后稷所封國也今在京兆武功縣○【疏】誕后稷至家室○毛以爲旣言后稷爲兒時好種因此後言其爲稷官時事也可美大矣后稷之教民稼穡若有神明相助之道言種之必好似有神助故可大也又說其若有神助之狀言后稷之教民種殖乃除治而去其茂盛之草旣去其草於此地種之以黃茂而茂盛者謂黍稷之穀也於是此穀旣生實方正而極於壟畝無空缺之地實根本而盡皆均調無稀穊之處謂春生之時也其苗實雍種而肥大實褎褎然而生長謂夏

末時也稍至秋初禾又出穗實盡發於管實生粒皆秀更復少時其粒實皆堅成實又齊好實穗重而垂穎實成就而栗栗然以此此故收入○弘多堯善其功而賜之土宇封之於邰就有邰國之家室焉○鄭以方謂苗生齊等苞謂苗之茂盛種謂田種不雜成功而改封於邰非始有國土唯此爲異其文勢則同○箋大矣至之力○正義曰下言有邰家室言功成之時則此章說爲官時事故云后稷之掌稼穡也助人者唯神耳故知有見助之道謂若神助之力○傳茀治至天命○正義曰茀治釋詁文此說后稷教彼而言種黃則黃色是穀也穀之黃色者唯黍稷耳黍稷穀之善者故云黃嘉穀也以黍稷是民食之主故舉以爲言其實諸種之穀皆種之閟宮言稙穉菽麥尚書稱播殖百穀是所種非獨黃也茂盛則人所美愛故以茂爲美此種之黃茂爲下揔目自此以下皆說嘉穀茂盛故先言黃盛以揔之方者正方之義謂極盡壟畝種無不生地皆方正有苗故以方爲極畝易稱繫于苞桑謂繫之桑本故以苞爲本莊子說木之肥大云擁腫無用故以種爲擁腫謂苗之肥盛也褎者禾長之貌故言長也發者生於苗初發苗生也以上言苗之極畝平均則發者非獨一穗莖發耳故言盡發則褎亦盡長秀穎好栗皆亦盡然舉一以明上下也釋草云華荂榮也木謂之華草謂之榮不榮而實

謂之秀榮而不實謂之英是不榮而實曰秀也李巡曰分別異名以曉人然則彼是英秀對文以英爲不實故以秀爲不榮其實黍稷皆先榮後實出車云黍稷方華是嘉穀之秀必有榮也此傳因彼成文而引之耳說文云穎禾末也禹貢定賦遠近之差二百里納銍三百里納秸註云銍斷去稾也秸又去穎則穎是禾穗之挺書序云唐叔得禾異畝同穎謂挺上合也美其不之成就不當言其有穎而已故云穎垂穎言其穗重而穎垂也要是穀穗成就之穎故云其實栗栗然櫛六年左傳云奉酒醴以告曰嘉栗旨酒服虔云穀之初熟爲栗是栗爲穀熟貌世本云有邰氏女曰姜嫄故知邰是姜嫄之國也傳以此言封之於邰下言祭天之事故解其意云堯見天因邰而生后稷謂使邰國之女生后稷也故國后稷於邰謂封爲邰國之君又特命之使得事天所以顯后稷之神順上天之命故也言國后稷於邰猶文王箋云而國於周后稷以前未有國於此始封之也此邰爲后稷之母家其國當自有君所以得封后稷者或時君絕滅或遷之他所也○箋豐至變更○正義曰釋詁云苞茂豐也故知豐苞皆爲茂也以經已有茂故言亦也經每實之下皆當字成義直言實本則不知何本且爾雅以苞爲茂故易傳也方是方正故言齊等與傳極畝亦同但齊等據苗均極畝據地滿耳以傳言雍

種是肥充之貌禾生雖肥不能至雍種種者繫本初種之稱郎大田既種是也故以種爲生不雜謂不根不莠也傳以褎爲長故申之爲枝葉長也傳以發爲盡發不解發意故云發管時苗之將秀心如竹管穗發中而出故言發發管也傳言其實栗栗止言栗栗是實貌不言所以得然故言成就以足之案集註云栗成意也定本以意爲急恐非也就其成國之室家無所變更者謂郃國先有宮室后稷就而有之所以美后稷也○鄭以姜嫄之夫先爲二王之後是先有國故言改封其封早晚亦無明文中候握河紀云堯即政七十年受河圖其末云斯封稷契皐陶賜姓號注云或云七十二年斯此封三臣止言封號不道其時即封此言成功蓋治水畢後地平天成之時也稷之功成實在堯世其封於郃必是堯之封矣故此箋及傳皆以爲堯周本紀云禹封棄於郃號曰后稷以后稷之號亦起舜時其言不可信也杜預云郃始平武功縣所治釐城是也

誕降嘉種維秬維秠維穈維芑天降嘉種秬黑黍也秠一稃二米也穈赤苗也芑白苗也○箋云天應堯之顯后稷故爲之下嘉種○秬音巨秠孚鄙反亦黑黍也又孚卑反郭芳婢反穈音門爾雅作虋同郭亡偉反赤粱粟也芑音起徐又巨已反郭云白粱粟也稃芳于反字書云麤糠也應應對

之應爲于僞反下天爲巳同。恒之秬秠，是穫是畝。恒之穈芑，是任是負，以歸肇祀。恒，偏。肇，始也。始歸郊祀也。箋云：任猶抱也。肇，郊之神位也。后稷以天爲己下此四穀之故，則偏種之，成熟則穫而畝計之，抱負以歸於郊祀天。得祀天者，二王之後也。○恒，古鄧反，本又作亘。穫，戸郭反。任音王，注同。肇音兆。偏音遍，下同。

【疏】誕降至肇祀。○毛以爲上既言后稷功成受國，堯又命使事天，此言其祭天之事可美大矣。此后稷善能於稼穡，上天乃下善穀之種與之，使得種以此祭祀。天與之穀是可大也。其言善種者，維是黑黍之秬，維是黑黍二米之秠，維是赤苗之穈，維是白苗之芑。后稷既得此善種，乃偏種之以秬以秠，至熟則於是穫刈之，於是畝計之。偏種之以穈以芑，至熟則於是任抱之，於是負擔之，以此秬秠穈芑之穀而歸，始郊祀於上天也。○鄭以后稷先事天，以歸郊兆之處而祀天爲異，餘同。○傳天降至白苗。○正義曰：降者，從上之辭，故知降嘉種者是天降嘉種也。秬，黑黍以下，皆釋草文，唯彼穈作虋，音同耳。李巡曰：黑黍一名秬。郭璞曰：秠亦黑黍，但中米異耳。漢和帝時，任城生黑黍，或三四實，實二米，得黍三斛八斗。則秬是黑黍之大名，秠是黑黍之中有二米者，别名之爲秠，故此經異其文而爾雅釋之君然秬秠皆黑黍矣而春官鬯人注云釀秬爲酒秬如黑黍一秠二米言如者以黑黍一米者多秬爲正稱二米則秬中之異故言如以明秬有二等也秬有二等則一米亦可爲酒鬯人之注必言二米者以宗廟之祭唯祼爲重二米嘉異之物鬯酒宜當用之故以二米解鬯其實秬是大名故云釀秬爲酒爾雅云秠一稃二米鬯人注云一秠二米文不同者鄭志荅張逸云秠即皮其稃亦皮也爾雅重言以曉人然則秠稃古今語之異故鄭引爾雅得以稃爲秠也赤苗白苗者郭璞曰虋今之赤粱粟芑今之白粱粟皆好穀也。箋天應至嘉種。正義曰如此言則功成受封之後始天與之種唯四穀而已而閟宫云是生后稷降之百穀黍稷重穋稙稺菽麥所降多矣非徒四穀又彼下文乃言奄有下國俾民稼穡則是爲稷官之日已得此種與此二文不同者天降種者美大后稷以稷之必獲歸功於天非天實下之也作者意異故先後不同此言祭祀之所用故指陳黍稷閟宫廣言民食故穀多於此孔叢云魏王問子愼曰往者中山之地無故有穀乃云天雨反以亡國何也曰自古及今未聞天下穀與人詩美后稷能大教民種穀以利天下若中山之穀妖怪之事非所謂天降祥也以此而言明非實降之也衆集注及定本於此並無箋云。傳恒徧至郊祀。正義曰以言種之廣多故以恒爲偏定本作恒集注皆作亘字肇始釋詁文上言封之於郊是初爲諸侯故云始歸郊祀下云上帝居歆知此祀爲郊也○○箋任猶至之後○正義曰以任負異文負在背故任爲抱○鄭以后稷二王之後先得祭天非爲始祭故云肇郊之神位言神位之兆肇宜作兆春官小宗伯云兆五帝於四郊是也商頌箋讀肇爲兆此從略之又云得祀天者二王之後申明肇不爲始之意也

誕我祀如何或舂或揄或簸或蹂○釋之叟叟烝之浮浮

揄抒臼也或簸糠者或蹂黍者釋淅米也叟叟聲也浮浮氣也箋云蹂之言潤也大矣我后稷之祀天如何乎美而將說其事也舂而抒出之簸之又潤濕之將復舂之趨於鑿也釋之烝之以爲酒及簠簋之實○舂傷容反揄音由又以朱反說文作舀弋紹反簸波我反蹂音柔叟所留反字又作溲濤米聲也爾雅作溞音同郭音騷烝之丞反浮如字爾雅說文並作烰云烝也抒食汝反蒼頡篇云取出也糠音康字亦作康俗米旁作康非淅星歷反說文云汏也汏音太復扶又反鑿子洛反精米也字林作糳云糲米一斛舂爲八斗也子沃反簠音甫簋音軌

載謀載惟取蕭祭脂取羝以軷載燔

載烈嘗之日涖卜來歲之芟獮之日涖卜來歲之戒社之日涖卜來歲之稼所以興來而繼往也穀熟而謀陳祭而卜矣取蕭合黍稷臭達牆屋先奠而後爇蕭合馨香也羝羊牡羊也軷道祭也傳火曰燔貫之加于火曰烈箋云惟思也烈之言爛也后稷既為郊祀之酒及其米則諏謀其日思念其祀至其時取蕭草與祭牲之脂爇之於行神之位馨香既聞取羝羊之體以祭神又燔烈其肉為尸羞焉自此而往郊○牴都禮反字亦作羝軷蒲末反說文云出必告道神為壇而祭為軷字林同父末反燔音煩後皆同涖音利又音類芟所銜反獮息淺反奠徒練反爇如悅反馨呼丁反傳音附貫古亂反諏足須反○**以興嗣歲**興來歲繼往歲也箋云嗣歲今新歲也以先歲之物齊敬犯軷而祀天者將求新歲之豐年也孟春之月令曰乃擇元日祈穀于上帝○

【疏】誕我至嗣歲○毛以為上言得穀祭天此言將祭之事可美大矣我后稷之祀天其祀如何先以所得秬秠糜芑之粟或使人在碓而舂之或使人就臼而抒之或使人皷揚其穅或使人蹂踐其黍言其各有司存並皆敏疾也既蹂舂得米乃淅之於盆淅而釋之其聲溲溲然言趨疾又炊之於甑爨而烝之其氣浮浮然言升盛也既烝熟乃以為酒食又於先穀熟之時則已謀度所謂穀熟而謀則已思惟

其所祭之祀謂陳祭而卜以秋物之成賴郊祀之福故穀熟則謀更郊所以豫備酒食也至祭之日乃取蕭之香蒿與祭牲之脂膏而爇燒之於行神之位使其馨香遠聞又取羝羊之祀。以爲犯軷之祭其祭軷也取所祭之肉則傅火而燔之則加火而烈之以爲尸之羞既祭神道乃自此而往於郊以祭天也所以用先歲之物齊敬犯軷而祀天者欲以興起來歲使之繼嗣往歲而恒得豐年故也。鄭以舂揄簸蹂爲事之次蹂之言潤既簸去穅或復以水潤濕之將更舂以趍於鑿載謀載惟謂將祭諏謀其日思念其祀非穀熟巳謀以此爲思。又以興嗣歲爲興起新歲餘同。傳揄抒至浮氣。正義曰以揄文在舂下簸上既舂而未簸故知揄爲抒臼謂抒米以出臼也出臼則簸之故或有簸穅者或蹂黍者謂蹂踐其黍然後舂之然則文當在舂揄之上今在下者以蹂亦爲舂而爲之揄簸俱是舂進令與舂相近且退蹂以爲韻也上有糜芑是稷而獨云蹂黍者以祭用黍以爲主故舉黍以言傳每言或者明各有其人俱趍於事不相兼也釋之既在簸之下烝之上故知爲浙米也說文云浙汰米也孟子曰孔子去齊接浙而行謂洮米未炊漉之而去言其疾也釋訓云溞溞浙也烰烰氣也樊光引此詩孫炎曰溞溞浙米聲烰烰炊之氣溞浮與此不同古今字耳傳以洮米則有聲故言溲溲聲烝飯則有氣故言烰浮氣取爾雅之意爲說也○箋蹂之至之實○正義曰以蹂文在或蹴之下不應方言蹂黍以水潤米必當蹂之使濕故云蹂之言潤如何乎者問人之辞故云美而將說其事意欲說之故設辞自問上生民如何亦如此也於此乃注彼從可知春揄之下始云或蹂故知是旣春而採出之又潤濕之將復春以趍於鑿也召旻箋云米之率糲十粺九鑿八侍御七九章箕術粟一石爲糲米六斗春糲一斗爲粺九升又去○爲鑿則八升又春爲侍御則七升言趍於鑿者此承四穀之後一春一鐵始爲糲米又一濕一春猶未至於鑿故言趍於爲漸到之意也米之細者乃窮於御止言趍於鑿者以經傳說祭祀之饌無言用御米者桓二年左傳云粢食不鑿昭其儉也則不儉者有用鑿之處郊天尊於宗廟其祭或當用之故上○言於鑿也桓十四年穀梁傳說宗廟之事夫人親春楚語云天子禘郊之事王后必自春其粢諸侯宗廟之事夫人必自春其盛韋昭云粢盛互文也言春不過如天子躬耕三推而已故傳言或不斥后夫人也楚語又云天子親春禘之盛韋昭云率后春之亦天子親春也酒與食用此米爲之故云釋之烝之以爲酒及簠簋之實孫毓云詩之敘事率以其次旣簸糠矣而甫以蹂爲蹂黍當先蹂乃得春不得先春而後蹂也旣蹂即釋之烝之是其次箋義

爲長集注等皆爲踩黍定本爲踩米者誤也。傳嘗之至曰烈。正義曰傳自嘗之日至來歲之稼皆春官肆師職文也言於秋嘗祭宗廟之日則肆師臨卜問其來歲之芟除草木以種田宜之以否於秋獮當獮之日則肆師臨卜問其來歲之所戒備得無兵寇以否於祭社之日則肆師臨卜問其來歲之所稼種宜之以否以嘗者嘗新穀古之始耕田者芟草以種穀今得新穀芟草之功故於嘗日問芟獮主習兵以戒不虞故獮日問戒社者祭土主稼穡故於社日問稼鄭於彼注其意爲然芟稼俱是田事而異日異問者以嘗新穀而本穀初初莫先於芟草故問芟稼種善否土地之事故祭土之日而問稼也社文在嘗獮之下謂秋獮祭社也嘗在孟秋獮社俱在仲秋取禽而後祭社故先獮後社也嘗社是祭神之事耳因而問卜獮乃秋獮不接神明亦言卜來歲者卜者自問吉凶於龜不由嘗社所祭之神但因用其日而問之耳獮爲習兵故因兵事所以引此三文者欲見今秋穀熟之時卽謀來年郊祭之事似今秋祭社之日豫卜來歲之稼若然必以今秋豫卜來歲者欲令來歲還似今秋是與來繼往之義不云卜郊而言陳祭而卜者以來年郊祭本爲祈穀今社日卜來歲之稼卽是卜郊之義也陳祭而卜謂陳列嘗社祭之日豫卜來年善否若然此載謀載惟於穀熟已謀則其事在於酒食之前當與上四穀相連不可以他事間之謀惟是思念祭事故下之令與祭事相比也又云蕭合黍稷臭達牆屋既奠而後爇蕭合馨香皆郊特牲文彼唯馨作羶注云羶當作馨字之誤也蓋毛時未誤故讀彼從此彼言臭陽達於牆屋此無陽於二字引之略耳彼言宗廟之祭此是將郊爲軷道之祭事不同而引之者證此用蕭之意蕭香蒿也爇燒也言宗廟之祭以香蒿合黍稷欲使臭氣通達於牆屋故記酌於尸已奠之而後燒此香蒿以合其馨香之氣使神歆饗之故此亦用蕭取其馨香也此言祭脂彼不言脂彼言黍稷此不言黍稷皆文不具耳羝羊牡羊者以祭不用牝故知是牡也釋畜云羊牡羒牝牂郭璞曰羒謂吳羊白羝者也是亦以牡爲羝也軷道祭謂祭道神之祭傳火曰燔謂加火燒之商頌曰如火烈烈則烈是火猛之意不可近燒故云貫之加於火上曰烈卽今之炙肉也○箋惟思至往郊○正義曰惟思釋詁文又申明遠火爲烈之意說文云烈火猛也爛火熟也俱是火熟之意故云烈之言爛也以酒則豫釀而成食則臨祭乃作故云后稷既爲郊祀之酒及其米於此仍言其米則上爲烝之釋之正爲酒耳而箋兼言簠簋之實者以彼文有舂軷之事其爲米者非獨爲酒而已故兼言簠簋之實簠簋之實必就郊兆作之故此言其米也祀大夫以上將祭必諏謀

其日日定乃卜之特牲祀云不諏日明大夫以上諏之矣故云諏謀其日彼注云諏謀也載謀是謀其日則載惟是思其祀故云思念其祀正以特牲有諏之文故易傳不以謀爲穀熟而謀取蕭草與祭祀之脂還是羝之脂也以牲爲軷祭而設羝宜與軷同文脂則配蕭而用故先言之爇之於行神之位正謂祭軷之位以軷之所祭卽是七祀行神故言行神之位馨香既聞取羝羊之體以祭神者謂取牲體以祭伏於軷上秋官犬人云凡祭祀供犬牲伏瘞亦如之鄭司農云伏謂伏犬以王車轢之明此用羝亦伏體軷上故言體也犬人伏用犬牲此用羝者蓋天子諸侯異祀彼天子用犬此諸侯用羊祀相變也又燔烈其肉爲尸羞言又者亦用此羝之肉爲之也以七祀之祭皆有尸明軷祭亦有尸其燔炙者事尸之羞故云爲尸羞也此后稷爲諸侯得有尸則天子軷祭亦有尸依聘禮卿大夫軷祭用酒脯則無尸矣郊之兆位在國外故云自此而往郊也○傳興來歲繼往歲○正義曰此一句非祭所用故分而注之以興者是有所起發之意嗣者繼續之言故知爲此祭者欲以追起來歲以繼續往歲使之歲穀恒熟常穫豐年也來歲者據今祭時以未至爲來已過爲往耳非要別年也何則堯命后稷郊天未至定用何月要在歲首爲之所言來歲正謂此年之秋耳○箋嗣歲至上帝○正

義曰箋意定以正月爲郊何則正朔三而改自夏而上推之高辛氏當以建寅之月爲正故堯典云三帛注云高辛氏之後用黑繒是也王者之後自行其祖正朔后稷高辛氏之冑郊必正月既以正月爲郊則嗣歲郊之歲也故云嗣歲今新歲新。歲而謂之嗣者使之繼嗣往年猶嗣子之繼父其意微與毛異大理亦同也孟春以下皆月令文也定本云孟春之令曰無月字元日謂善。日上辛也祈穀卽郊天也引此以證郊祭而云嗣歲之意內。郊天主爲祈穀故也祇器曰祭祀不祈言祈穀者不可私爲已祈而穀者所以養民故言祈也

卬盛于豆于豆于登。其香始升上帝居歆胡臭亶時卬我也木曰豆瓦曰登豆薦菹醢也登大羹也箋云胡之言何也亶誠也我后稷盛菹醢之屬當于豆者于登者其馨香始上行上帝則安而歆享。之何芳臭之誠得其時乎美之也祀天用瓦豆陶器質也○卬五郎反盛音成注同其香一本作馨亶都但反菹莊居反醢音海上時掌反

后稷肇祀庶無罪悔以迄于今迄至也箋云庶衆也后稷肇祀上帝於郊而天下衆民咸得其所無有罪過也子孫蒙其福以至於今故推以配天焉○迄許乞反〔疏〕卬盛至于

今○毛以爲上言將往祭天此言正祭之事我后稷薦醓大
羹之屬盛之於豆又盛之於登以此而往薦祭此豆登所盛
之物其馨香之氣始上行上帝則安居而歆饗之既爲上帝
所歆故反言以美之何有芳臭之誠得其時若此者乎言無
有若此之最善也帝既饗其祭祀降其福祿又述而美之言
后稷受堯之命始爲郊祀其福乃流於天下之衆民令皆得
其所無有罪過而令人悔恨者子孫蒙其餘福以至於今○而
賴之今文王得由之而起今既致太平故推之以配天焉○
鄭唯以肇祀爲郊兆之祀爲異餘同○傳卬我至大羹○正
義曰卬我釋詁文釋器云木豆謂之豆瓦豆謂之登是木曰
豆瓦曰登對文則瓦木異名散則皆名豆故云瓦豆謂之登
冬官瓬人掌爲瓦器而云豆中縣鄭云縣繩正豆之柄瓦亦
名豆也再言於豆者疊之以足句耳經唯言盛於豆傳辨其
所盛之物天官醓人掌四豆之實皆有菹醢是豆爲薦羞菹
醢也公食大夫禮云大羹湆不和實於登是登爲大羹湆者
肉汁大古之羹也不調以鹽菜以質故以瓦器盛之○箋亶誠
至器質○正義曰亶誠釋詁文言盛菹醢之屬者以略不言
羹故言之屬以包之祀天而用瓦豆者以陶器質故也郊特
牲曰埽地而祭於其質也器用陶匏是也定本集注皆云其
馨香始上行俗本作上聞者誤也○傳迄至○正義曰釋詁

文上傳肇爲始此亦當然○箋庶衆至天焉○正義曰庶衆釋詁文抑云庶無罪悔箋以庶爲幸以彼是警戒之辭故爲冀幸之義此既爲上帝所歆不是始爲冀無罪故以庶爲衆后稷爲二王之後一國言耳縱使祭天得所不過福及一國而言天下衆民咸得其所無罪者以祭天而得豐年可以廣及天下且以后稷之教田農天下皆得其利故天下言之

生民八章四章章十句四章章八句

附釋音毛詩注疏卷第十七 十七之二

黃中模栞

毛詩注疏挍勘記十七之一

阮元撰盧宣旬摘錄

○生民

介大也止福祿所止也　小字本相臺本同閩本明監本毛本也作攸案段玉裁云也攸二字皆當有是也

後則生子而養長名之曰棄　閩本明監本毛本同小字本相臺本名之作之名案之名是也讀之字斷句名字下屬正義可證

變禖言禖者　閩本同明監本毛本上禖字作祀案山井鼎云諸本皆非作媒似是是也

吉爭先見之象　閩本明監本毛本同案爭盧文弨改爲事是也

鄭記王權有此問　閩本明監本毛本同案此不誤浦鏜云記疑志字誤非也考鄭記與鄭志非一書鄭記六卷康成弟子撰鄭志十一卷鄭小同撰並見於隋書經籍志浦失考

弃黎民阻飢 閩本明監本毛本弃誤棄下帝曰棄同飢誤饑按引尚書作弃依彼文也○按唐八多以棄中有世字乃悉改爲弃此不畫一者轉寫所致也

釋詁文介右也 閩本明監本毛本同案文當作云

是爲震爲有身 閩本明監本毛本同案山井鼎云上爲恐謂字誤是也

達生也姜嫄之子先生者也 小字本相臺本同案釋文云達毛云生也沈云毛如字正義云達生者言其生易如達羊之生但傳云略耳非訓達爲生也又解言先生之意以人之產子先生者多難此后稷是姜嫄之子最先生者應難而今易故言先生以美之段玉裁云蓋是達達生也先生姜嫄之子先生者也達之言沓言重沓而生此與車攻傳曷達履皆假達爲沓姜嫄之子首生者乃如重沓而生之易然先釋達而後釋先生如白華傳先釋卬烘而後釋桑薪又見詩經小學

不拆不副 小字本閩本明監本毛本同唐石經相臺本拆作坼案坼字是也釋文可證又說文土部坼下引

此詩作圻者形近之譌正義中十行本尙閒作圻明監本毛本盡改爲坼誤甚

說文云達小羊也從羊大聲　閩本明監本毛本同案達當作羍此引羍而不云字異音義同者省耳不知者乃改之

則又坼堛災害其母　閩本明監本毛本同案經注作副正義作堛副堛古今字易而說之也例見前〇按舊挍非堛不與副爲古今字此乃蒙上文坼从土而轉寫誤耳

因見稷之生由　明監本毛本由誤易閩本不誤上文云謂不由人所生之道也生由謂此

少溲於家牢也　閩本明監本毛本同案浦鏜云豕誤家是

此章上四章　閩本明監本毛本同案下章字當作句

欲望衆言　閩本明監本毛本同案浦鏜云信誤言是也

是聖人感見於經之明文　閩本明監本毛本同案浦鏜云感下當脫生字是也

以證有父得感生耳必由父也　閩本明監本毛本同案浦鏜云耳疑非字誤是也

契稷不棄契者　閩本明監本同毛本上契字作棄案所改是也

因之曰堯不名高辛　閩本明監本毛本同案此當云目之曰堯不名爲帝皆形近之譌也

姜嫄爲辛之正妃　閩本明監本毛本辛上有高字案所改非也爲當作高耳

雖帝難之　閩本明監本毛本同案此不誤浦鏜云雖疑惟字誤非也雖字正義自爲耳據尚書者但帝難之三字耳

實之言適也　小字本相臺本同案此正義本也正義云故云實之言適也又云定本爲實之言是按集注並爲適考此箋當依定本頍弁正義云釋詁云實是也實寔義同故實亦爲是也又韓奕箋云實當爲寔此楚茨正義所謂注意趨在義通不爲例者也凡餘經實訓是者視諸此

訏謂張口嗚呼也　小字本相臺本同案沿革例云諸善本皆作嗚余仁仲本作嗚最爲非是今從疏及諸善本作嗚釋文訏下云鄭張口嗚呼也亦淺人改之耳嗚呼古書多作烏呼說文云烏孝鳥也引孔子烏盱呼也取其助气故以爲烏呼

荏菽戎也　閩本明監本同小字本相臺本戎下有菽字考文古本同毛本誤剜入事字案有菽字者是也

穟穟苗好美也　小字本相臺本同閩本明監本毛本同按正義云其苗則穟穟然美好釋文穟穟下云苗美好也是好美當誤倒

幪幪然茂盛也　小字本相臺本同考文古本同閩本明監本毛本茂盛誤倒

敗實之爲義　閩本明監本毛本敗作取案皆誤也當作則形近之譌山井鼎云恐以字誤亦非

訏音呼字又從言　閩本明監本毛本同案音呼二字當旁行細書正義自爲音例如此○按非也

相地之宜宜五穀者 閩本明監本毛本不重宜字案山井鼎云本紀與宋板同

種雜種也 小字本相臺本同案釋文實種下云種雜種正義云莊子說木之肥大云雍腫無用故以種爲雍腫又云傳言雍種是肥充之貌禾生雖肥不能至雍種山井鼎云據疏雜作雍爲是是也釋文涉箋而字譌耳各本依之非也○按釋文本作穙種正義本作雍腫此二本之不同也而陸本爲長穙集也集種者集其善種也猶集義集大成之集傳按非也

栗成就也 小字本相臺本同案此正義本也正義云故言成就以足之按集注云栗成意也定本以意爲急恐非也考文古本作急采正義

尚書稱播殖百穀 閩本明監本毛本同案浦鏜云時誤殖是也

秸又云穎 閩本明監本毛本同案云當作去形近之譌甫田正義同

就其成國之室家 閩本明監本毛本同案浦鏜云家室字譌倒是也

禹封棄於部也閩本明監本毛本同案浦鏜云舜誤禹是

箋云天應堯之顯后稷小字本相臺本同案此正義本也正義云按集注及定本於此並無箋云考此鄭申毛天降嘉種傳也當以正義本爲長

恒之秬秠唐石經同小字本相臺本同案釋文云恒本又作亘正義云定本作恒集注皆作亘字考恒亘是一字

以歸肇祀小字本相臺本同閩本明監本毛本同唐石經肇作肈下同案釋文以肈字作音詩經小學云玉篇支部云肈俗肇字五經文字戈部云肇作肈譌廣韻有肈無肇說文支部有肈字唐後人妄增入無疑凡古書肈字皆當改作肈今考六經正誤云作肈誤是舊本從戈毛居正始誤改之耳

於是負檐之閩本明監本毛本同案此不誤浦鏜云擔誤檐非也檐字見商頌注

降之百穀閩本明監本毛本同案浦鏜云福誤穀考閩宮浦挍是也

故任爲抱〇閩本明監本毛本同案〇當作也

釋之叟叟唐石經小字本相臺本同案六經正誤云作釋誤說文釋从米从睪漬米也云云今考其說非也毛鄭詩作釋乃古字假借故釋文不以釋字作音正義亦不解釋字說文釋下亦不引此詩毛居正依旁字部改變經文不可承用也

或蹂黍者小字本相臺本同案正義云集注等皆爲蹂黍定本爲蹂米者誤也考此傳以米與上穅爲對文當以定本爲長

先奠而後爇蕭閩本明監本毛本同小字本相臺本先作旣考文古本同案旣字是也

羝羊牡羊也小字本相臺本同閩本明監本毛本亦同案上羊字衍文也正義云羝羊牡羊者乃自爲文取以添注者誤

貫之加于火曰烈閩本明監本毛本同小字本相臺本于作於下注當于豆者于登者相臺本作

於案於字是也

后稷旣爲郊祀之酒小字本相臺本同閩本同明監本毛本旣誤卽

齊敬犯軷而祀天者小字本同考文古本同相臺本犯作祀閩本明監本毛本同案犯字是也正義中十行本皆作犯不誤

孟春之月令曰小字本相臺本同案正義云定本云孟春之令曰無月字當以無者爲長

又取羝羊之禮閩本明監本毛本同案禮當作體下文不誤

以此爲思閩本明監本毛本同案思當作異

烰烰氣也閩本明監本毛本同案浦鏜云烝誤氣是也

烝浮與此不同閩本明監本毛本同案浮當作烰此與下互易

故言烰浮氣閩本明監本毛本烰作浮案所改是也此與上互易

又去爲鑿　閩本明監本毛本同案浦鏜云舂誤去是也

故上言於鑿也　閩本明監本毛本同案上當作止

故因兵事　閩本明監本毛本同案因當作問形近之譌

取蕭草與祭祀之脂　閩本明監本毛本同案山井鼎云箋祀作牲浦鏜云牲誤祀是也

未至定用何月　閩本明監本毛本同案浦鏜云至當知字誤是也

故云嗣歲今新歲新歲而謂之嗣者　閩本明監本毛本誤不重新歲二字

內郊天主爲祈穀故也　閩本明監本毛本同案浦鏜云內當由字誤是也

于豆于登　唐石經小字本同閩本明監本毛本同相臺本登作登案六經正誤云作登誤登升之字从癶豆登之字从肉从又云云今考登字此經及爾雅作登儀禮作鐙說文有𢍏字登即鐙𢍏之古字也釋文不以登字作音正義中字亦皆作登其明證矣𢍏字或作𤮊見集韻皆不載於說文毛鄭詩周未嘗用此字毛居正特聽說耳○按舊挍本

所引劉台拱說

其香始升唐石經小字本相臺本同案釋文云香一本作馨正義本未有明文今無可考

上帝則安而歆享之小字本相臺本同考文古本同閩本明監本毛本享作饗案饗字是也正義云上帝則安居而歆饗之可證凡歆饗字皆當作饗享祀字皆當作享二字截然有別宋時寫書乃以享爲饗別體字而亂之

不調以鹽采閩本明監本同毛本采作菜案所改是也

抑云庶無罪悔閩本明監本毛本同案浦鏜云大誤罪是也

附釋音毛詩注疏卷第十七 十七之二 五五

毛詩大雅　鄭氏箋　孔穎達疏

行葦忠厚也周家忠厚仁及草木故能內睦九族外尊事黃耇養老乞言以成其福祿焉九族自己上至高祖下至玄孫之親也黃耇黃髮也耇凍梨也乞言從求善言可以爲政者敦史受之○行葦和鬼反行道也葦草也耇音苟爾雅云壽也梨利知反不利方反方言云凍梨老也敦如字本又作惇同

焉○正義曰作行葦詩者言忠誠而篤厚也言周家積世能爲忠誠篤厚之行其仁恩及於草木以草木之微尚加愛惜況在於人愛之必甚以此仁愛之深故能內則親睦九族之親外則尊事其黃髮之耇以禮恭敬養此老人就乞善言所以爲政以成其周之王室之福祿焉此是成王之時則美成王之忠厚矣不言成王者欲見先世皆然非獨成王故郎言周家以廣之九族是王近親黃耇則及他姓故言內外以別之經八章仁及草木首章是也內睦九族二章盡四章是也

尊事黃耇五章盡卒章上二句皆是也以成其福祿卒章下二句是也三王養老必就乞言故序因而及之於經無所當也首章言葦唯有草耳舉草則木可知故序言以足句耳○箋九族至受之○正義曰親睦九族非直其父祖子孫而已故言上至高祖下及玄孫之親見同出高祖五服之內皆親之文王世子云族食世降一等則天子所燕及者非獨五服之內此唯言九族者言其親親以及遠舉九族以見同姓皆親之黃耇皆是老名故云黃黃髮耇凍梨釋詁云黃髮耇老壽也舍人曰黃髮老人髮白復黃也孫炎曰黃髮髮落更生耇面凍梨色以浮垢也方言云燕代北鄙謂耇爲梨郭璞注梨面色似梨也內則云凡養老五帝憲三王又乞言皆有惇史言五帝直養其氣體而法效之三王亦養而法效之又乞善言皆有惇史故知得善言則惇史受之祝有內外小史大史無惇史正以待接老人擇史之惇厚者掌之惇非官名也故彼注云惇史史之孝厚者也

敦彼行葦牛羊勿踐履方苞方體維葉泥泥敦敦聚貌行道也葉初生泥泥箋云苞茂也體成形也敦敦然道傍之葦牧牛羊者毋使躐履折傷之草物方茂盛以其終將爲人用故周之先王爲此愛之況於人乎○敦徒端反注同泥乃禮反注同張揖作苨苨云

草盛也爲此于僞反注內爲設同〔疏〕敦彼至泥泥○正義曰言周之先王忠厚之至見敦敦然道傍之葦乃禁牧者爾所牧牛羊勿得踐履折傷之何則此葦方欲茂盛方欲成體維其葉泥泥然少而美好以其將爲人用故愛惜之言其葉少美是愛之意周之先王尚愛及草木況於人乎是其忠厚之極也○傳敦聚至泥泥○正義曰周礼以葦好叢生而謂之叢物故言敦聚貌禁其勿踐則生必近路故以行爲道也猶慮牛羊所食故知是葉之初生泥泥然○箋體成至人乎○正義曰成形者謂至秋乃成爲葦此時未成故言方以方爲未至之辭葦之初生其名爲葭稍大爲蘆長成乃名爲葦八月萑葦是其事也此禁牛羊勿踐則是春夏時事而言葦者此先王愛其爲人用人之所用在於成葦作者體其意故經以成形名之葦之初生正是牛羊所食而禁之者以牛羊當有牧處且見先王之意愛之耳

戚戚兄弟莫遠具爾或肆之筵或授之几

戚戚內相親也肆陳也或陳言筵者或授几者箋云莫無也具猶俱也爾謂進之也王與族人燕兄弟之親無遠無近俱揖而進之年稚者爲設筵而已老者加之以几○筵以然反席也鋪陳曰筵藉之曰席稗直吏反〔疏〕戚戚至之几○正義曰言先王有仁恩之

故能誠心親戚其親戚之兄弟無遠無近王俱爾而揖進之與之燕樂於時王心實悅鋪設促遽或有陳之筵席者或有授之以几者是王能親其所親也○傳戚戚至几者○正義曰戚戚猶親親然親其所親起於心內故言內相親也相者兩相之辭族人固當親親王但若王不親族人則族人亦不親王耳今王能降心則族人必親矣故以相言之肆陳釋詁文○箋莫無至以几○正義曰邇是近義謂揖而進之令自近也燕禮曰公降立於阼階之東南南鄉邇卿面北上邇大夫北面少進注云邇近也揖而移之近之是也經直言莫遠而箋言無遠無近者以作者句有所局不得遠近並言舉遠則近可知矣几者所以安身少不當憑几而經筵几別文故知老者加之以几也

肆筵設席授几有緝御 設席重席也緝御躧踖之容也箋云緝猶續也御侍也兄弟之老者既爲設重席授几又有相續代而侍者謂敦史也○緝七習反重直龍反下同躧子六反踖子亦反

或獻或酢洗爵奠斝 斝爵也夏曰醆殷曰斝周曰爵箋云進酒於客曰獻客荅之曰酢主人又洗爵醻客客受而奠之不舉也○用殷爵者尊兄弟也○酢才洛反斝古雅反又音嫁夏戶雅反醆則簡反字或作琖同

疏 ○肆筵至奠斝○毛以爲乘

上肆筵授几之文更申其事言王於族人既爲肆之筵上又設重席其授几之人尊敬老者則有致敬踧踖之容既設筵几族人升堂受燕或乃主人進酒而獻之於賓賓既受卒爵或乃酌而酢答主人主人卒飲又洗爵酢以酬賓賓受而奠此斝不復舉之王與族人燕以異姓爲賓使宰夫爲主人行此獻酢之禮也○鄭以上二句特爲老者設文既爲老者肆筵又重設席授之以几復有惇史相續代而侍之餘同○傳設席至之容○正義曰几既言肆筵上又設席故知重席也不過下筦上簟而已春官司几筵注云筵亦席也鋪陳曰筵藉之曰席然則言之筵席通矣彼以在下爲鋪陳在上人所踏藉故在下者稱筵在上者稱席此當與之同也以授几以優老人故以緝御爲致敬踧踖之容傳以授几之時有踧踖之容則肆筵之文不主於老人當是乘述上文與鄭異耳○箋緝猶至敦史○正義曰緝續者速續之故緝猶續也凡御者皆侍其側故御爲侍也上章已云肆筵授几今肆筵之上復設席則是主於老者異於上章少者或單席矣惇史主侍老人故知續代而侍者謂惇史○傳斝爵至曰爵○正義曰禮主人洗以酬賓賓得而奠之所洗所奠猶一物也而云洗爵奠斝似是異器故辨之云斝爵也爵酒器之大名故儀禮飲觶者亦云卒爵是爵爲揔稱作者因洗奠之别更變其文耳夏

曰醆以下皆明堂位文引之者明斝非周器謂之斝者彼注謂畫禾稼也○箋進酒至兄弟○正義曰此獻酢之法儀禮行事之次爲然知用殷斝爲尊者公羊傳曰周公白牡魯公騂剛禮運云醆斝及尸君非禮也以大夫用之爲僭明先代之物爲尊也此言先王之事或在制禮之前自當正用周爵而知必有異意者此詩成王之時作縱使追述先代當以周制言之不當舉殷之爵故知於時實用之也燕禮諸侯燕其臣子宰夫爲主人則天子亦當然文王世子云公與族人燕則異姓爲賓則賓主皆非兄弟言尊兄弟者賓主爲兄弟行禮而有之其器之設主爲兄弟故也

醓醢以薦或燔或炙嘉殽脾臄或歌或咢以肉曰醓醢臄函也歌者比於琴瑟也徒擊鼓曰咢箋云薦之禮非葅則醓醢也燔用肉炙用肝以脾函爲加故謂之嘉○醓他感反肉醬也鄭注儀禮云醓汁也醢呼改反脾婢支反臄渠略反字或作醵咢五洛反毛云徒歌曰咢爾雅云徒擊鼓謂之咢徒歌謂之謠函胡南反何又戶感反本又作脳同說文云函舌也又云口吹肉也通俗文云口上曰臄口下曰函比毗志反炙者夜反

【疏】醓醢至或咢○正義曰言王燕族人於獻酒之時則用醓醢并非葅以薦進之也又復或燔其肉或炙其肝以

爲羞其正饌以外所加善殽則脾之與臄酒殽旣備又作樂
助歡於是時或比於琴瑟而歌或徒擊鼓而咢以此燕樂族
人是王能內睦之也定本集注經皆作嘉箋以脾臄爲加故
謂之嘉是爲嘉美之加也○傳以肉至鼓曰咢○正義曰釋
器云肉謂之醢李巡曰以肉作醬曰醢天官醢人注云醓肉
汁也蓋用肉爲醢特有多汁故以醓爲名其無汁者自以所
用之肉魚鴈之屬爲之名也以臄爲函蓋相傳爲然服虔通
俗文云口上曰臄口下曰函或當然也經傳諸言歌者皆以
絃和之故云歌者比於琴瑟徒擊鼓曰咢釋樂文孫炎曰聲
驚咢也王肅述毛作徒擊鼓今定本集注作徒歌者與園有
桃傳相涉悞耳○箋薦之至之嘉○正義曰醓所以擩葅祇
籩豆偶有醢必有葅故云非葅則醓醢醢人云朝事之豆非
葅醓醢是也燔炙是正饌以脾函爲加助故謂之嘉**敦弓旣堅四鍭旣鈞舍矢**
旣均敦弓畫弓也天子敦弓鍭矢參亭巳均中蓺箋云舍之言釋也蓺質也周之先王將養老先與羣臣行射
祇以擇其可與者以爲賓○敦音彫注及下同徐又都雷反
鍭音候又音侯矢名鈞規旬反舍音捨注同參七南反中丁
仲反下皆同可與音預下與
爲同一本直云可者無與字**序賓以賢**言賓客次第皆賢孔子射於矍

相之圖觀者如堵牆射至於司馬使子路執弓矢出延射曰
奔軍之將亡國之大夫與爲人後者不入其餘皆入蓋去者
半入者半又使公罔之裘序點揚觶而語曰幼壯孝弟耆耋
好禮不從流俗脩身以俟死者不在此位蓋去者半處者半
序點又揚觶而語曰好學不倦好禮不變耄勤稱道不亂者
不在此位也蓋僅有存焉箋云序賓以賢謂以射中多少爲
次第○矍俱縛反相息亮反圃布古反又音布觀古亂反又
音官堵丁古反奔音奮僨敗也將子匠反點都簟反觶之豉
反爵名容三升語魚據反弟音悌耋徒節反好呼報反下皆
同者不弗武反下同耄莫報反字或作旄同八十曰耄勤音
其。百年曰期頤僅其蘄反

疏

敦弓至以賢○毛以爲自此以下皆說養
老之禮周之先王將欲養老親自射以擇
士其天子所射之畫弓既堅鍭矣其四鍭之矢既鈞停矣其
舍放此既均同而中矣王既射以擇賓莫非賢者賓次序而
爲賓客者以此擇之故而皆是賢人也○鄭唯下句爲異謂
次序羣臣爲賓以射之賢者爲次言以射中多少爲差等餘
同○傳敦弓至中蓺○正義曰敦與彫古今之異彫是畫飾
之義故云敦弓畫弓也冬官弓人爲弓唯言用漆不言畫則
漆上又畫之彼不言畫文不具耳此述天子擇士宜是天子
之弓故言天子敦弓此擇士之射與羣臣共之作者主言天子

之弓而已其諸侯公卿宜與射者自當各有其弓不必盡矣其等級無文以明之也定四年公羊傳何休注云天子彫弓諸侯彤弓大夫嬰弓士盧弓事不經見未必然也又解四鍭之義言鍭是矢參亭者也參亭謂三分矢一在前二在後輕重鈞亭四矢皆然故言四鍭既鈞冬官矢人爲鍭矢參分一在前二在後注云三訂之而平者前有鐵重也矢而謂之鍭者釋器云金鏃翦羽謂之鍭孫炎曰金鏑斷羽使前重也方言云關西曰箭江淮謂之鍭則鍭者鐵鍭之矢名也又解舍矢既均之義言已均中蓺謂所射之質四矢皆均中也案周禮司弓矢鍭矢殺矢用諸近射田獵恒矢痺矢用諸散射鄭注云散射謂禮樂之射此養老即是禮射而用鍭矢者此與賓客私宴不與常射同或云先王用先代法不用周禮○箋舍之至爲賓○正義曰舍釋俱是放義故舍之言釋謂既射放矢也傳言中蓺故又解之云蓺是質即所射之物正鵠之揔名但此說大射當謂鵠也以下章言養老之事而此論射則知射爲養老故云周之先王將養老先與羣臣行射禮以擇其可與者以爲賓禮稱將祭而射謂之大射養老與祭相類而亦射以擇賓則亦爲大射何則禮射有三賓射在朝而射以娛賓燕射因燕而射以爲樂皆無擇士之義樂記云祀於明堂以教諸侯之孝食三老五更於太學以教諸侯之

悌是祭與養老爲相類之事故知此射必大射也王肅以此爲養老燕射案燕射於燕旅酬之後乃爲之不當設文於曾孫維主之上豈先爲燕射而後酌酒也以此知爲毛射之意亦爲大射也○傳言賓至存焉○正義曰言序賓以賢者謂次序爲賓以此擇之而皆賢也然則非賢不得爲賓故言賓客次序皆賢也自孔子射於矍相之圃以下皆射義文彼於圃下云蓋觀者如堵○此引之略也矍相地名樹菜蔬曰圃於矍相之地有此圃孔子射於中以聖人行禮故觀射者衆如垣堵之牆焉將射先行飲酒之禮其禮立一人爲司正使主飲酒之事至於將射則變司正爲司馬故言射至於司馬立司馬是將射之始也於此之時使子路執弓矢出圃外以延進射者令欲射也子路延射則子路爲司射矣執弓矢者明其爲射之事也告觀者曰若嘗爲奔敗軍衆之將謂與人爲將撫御無方致使已軍喪敗或嘗爲亡國之大夫謂與人爲臣不能匡輔令使其國滅亡及與爲人後謂他人已自有後復往奇而後之則是貪財之人若有此行者不得入其餘無此行者皆入子路言此之後蓋去者半入者半子路所陳三事皆是人之惡行者觀者終不半爲此行但見其言畏其義故去者半耳既已半入於圃又使公罔之裘及序點二人揚觶而爲語公罔裘先語於衆曰今射之所取之者唯十年

而幼二十而壯於時能行孝悌之行及六十之耆七十之耋尙能好禮不從流失之俗脩飾己身以待其死而不變者可留於此若無此行者不得在此射位此說既訖所入之人於中蓋又去者半而處留者亦半也序點又揚舉此觶以語說於衆曰今射所取唯是好學不厭倦好禮不變慝至八十九十之耄而能勤行稱舉其道不爲亂者若無此行不得在此射位於是皆去蓋僅有存焉鄭於彼注其意爲然傳言此者見在射位如此爲難故先射擇之則賓客皆賢知子路爲司射者以鄉射云司射袒決遂取弓矢於西階乃告請射事今子路執弓矢延射故知爲司射也司射與司馬別而先自言之明子路延射之節立司馬時也主射一人而已故子路獨出延射語說必須二人故罔裘序點相對而言也必揚觶者將以令衆故執爵以自表也二人語意相類而子路之言全與別者子路出圃外延入令衆人皆入就大衆之內簡去惡者故言惡者不入爲威肅之辭其已入圃則是賓客將欲與之同射故使裘點就衆人之中簡取好者是故二人之言皆陳善事前言好禮而已後令好之不變前言者耋好之後言耄亦不亂是先易後難使彌簡彌精故再言之後蓋僅有存焉蓋者謂語辭也子路言惡事其末當云有此行者不入裘點言善事其末當云無此行者不在此位以意在可知故不

設此言是作文之常勢也孔子此射蓋爲大夫時也大夫射禮有五大射賓射燕射鄉射主皮之射此射先行飲酒之禮則孔子用鄉射禮何則大射自擇其臣非外人得入賓射之則與賓爲之無詢衆之義燕射與所燕者射不得有外人觀之且燕在於寢不當處矍相之圃主皮之射則求中而已不在於禮而此射行禮又非主皮射明孔子此射用鄉射禮矣射義上又云古者天子諸侯將射必行燕禮卿大夫之射必行鄉飲酒之禮其下則說孔子射事明孔子射前飲酒者是鄉飲酒之禮射者卽是鄉射也故地官鄉大夫職云三年則與賢者能者以禮賓之厥明獻賢能之書於王退而以鄉射之禮詢衆庶注引孔子射於矍相之圃使序點揚觶而語衆庶之義引證鄉射明孔子用鄉射之禮也○箋序賓至次第○正義曰投壺數筭云某黨賢於某若干純謂中多者爲賢此射擇之爲賓而云賢明以射中多少爲次故易傳也

敦弓既句既挾四鍭天子之弓合九而成規箋云射禮搢三挾一个言已挾四鍭則已徧釋之○句古豆反說文作彀云張弓曰彀挾子協反又子合反个古賀反亦作介徧音遍**四鍭如樹**言皆中也**序賓以不侮**言其皆有賢才也箋云不侮者敬也其人敬於禮則射多中

【疏】敦弓至不

侮○毛以爲又說擇士爲射之事言王之敦畫之弓既挽其弦而句然既挾此四鍭之矢徧釋之矣其四鍭皆中於質如手就樹之然王既爲此善射以擇賢者爲賓故其次序爲賓者以此擇之故皆不有侮慢者也言爲賓者皆是恭敬之賢人○鄭唯下句爲異言其次序賓以不侮慢多少爲次第餘同○傳天子至成規○正義曰皆冬官弓人文也又云往體寡來體多謂之王弧注云王弓合九而成規弧弓亦然則此敦弓即彼王弧也傳言此者明既句是引滿之時也以合九成規此弓體直今言既句明是挽之說文云彀張弓也二京賦曰彫弓既彀彀與句字雖異音義同○箋射禮至釋之○正義曰射禮搢三挾一个大射禮然也搢者插也挾謂手挾之射用四矢故插三於帶間挾一以扣絃而射也射禮每挾一个今言挾四鍭故知已徧釋之也案大射禮搢三挾一个謂卿大夫若其君則使人屬矢不親挾也

曾孫維主酒醴維醹酌以大斗以祈黃耇 曾孫成王也醹厚也大斗長三尺也祈報也箋云祈告也今我成王承先王之法度爲主人亦既序賓矣有醇厚之酒醴以大斗酌而嘗之而美故以告黃耇之人徵而養之也飲酒之禮曰告於先生君子可也○醹如主反說文厚酒也字林同音女父反斗字又作科

都口反徐又音主三尺謂大斗之柄也醇音淳【疏】曾孫至黃耇○毛以爲賓射既中可以助行養老曾孫成王於是承先王之法度維爲主人矣其爲主人酒醴維醹厚矣故今酌之以大斗而獻之以報養黃耇之老人○鄭以此章始告老人下章乃言其養成王養老爲主人酒醴維醹厚酌以大斗而嘗之以告黃耇將養之也○傳曾孫至祈福○正義曰以信南山經序準之知曾孫爲成王也醹厚謂酒之醇者說文云醹厚酒也大斗長三尺謂其柄也漢禮器制度注勺五升徑六寸長二尺是也此蓋從大器挹之以樽用此勺耳其在樽中不當用如此之長勺也祈訓爲求但從求善言而報養之故以祈爲報也○箋祈告至君子○正義曰祈告釋詁文序言周家忠厚則此篇所陳周之先王與今王皆能親親而敬老也四章以上言親睦九族之事故箋於首章言先王五章以下言養老之事故箋又言先王以明周之先王盡能然也至於此章指言曾孫則是主言成王故云今成王承先王之法度爲主人明先王亦然矣此先王指文王武王以其行天子禮故也若太王王季追王耳未能用天子法上言先王射以擇賓則成王亦然故知即以文王之事接之云亦既序賓矣酌文在祈黃耇之上未告黃耇故知酌者酌而嘗之也飲酒之禮曰告於先生君子可也是鄉飲酒之禮賓賢能

明日之事也彼注云先生大夫之致仕者不以筋力爲禮於是可以來君子國中有盛德者可召唯所欲引此者證祈爲告義言養老之禮亦當豫告老人矣

黃耇台背以引以翼

台背大老也引長翼敬也箋云台之言鮐也大老則背有鮐文既告老人及其來也以禮引之以禮翼之在前曰引在旁曰翼○台湯來反徐又音臺爾雅云壽也鮐湯來反魚名一音夷○

壽考維祺以介景福

祺吉也箋云介助也養老人而得吉所以助大福也○祺音其介音戒毛大也後皆放此

【疏】黃耇至景福○毛以爲成王之養老人也非止一時而已言此黃耇鮐背之老人成王以立長養事之以此常恭敬之由其尊耇老之人故得壽考維有吉慶以受大大之福○鄭以上言告老人此言養之事黃耇鮐背之老人既告之而來成王乃使人以禮在前導引之以禮在傍贊翼之以此故得壽考維吉以助其受大福○傳台背至翼敬○正義曰釋詁云鮐背耇老壽也舍人曰老人氣衰皮膚消瘠背若鮐魚也爾雅作鮐以其似鮐魚而此經作台故箋申之云台之言鮐也大老則背有鮐文是依爾雅爲說也劉熙釋名云九十曰鮐背背有鮐文或當然也引長翼敬釋詁文○箋在前至曰翼○正義曰引者牵引之義故云在前曰

引謂在前相導之翼者如鳥之翼在身之兩傍故云在傍曰翼謂在傍扶持之以此引翼是導引扶持之義則老人於是始求故易傳以上章爲始告此章爲正義○傳祺吉○正義曰釋言文

行葦八章章四句故言七章二章章六句

五章章四句

既醉大○平也醉酒飽德人有士君子之行焉成王祭宗廟旅醻下徧羣臣至于無筭爵故云醉焉乃見十倫之義在意云滿是謂之飽德○大平音泰後大平皆放此行下孟反第四章以下注皆同徧音遍下同見賢遍反【疏】既醉八章章四句至行焉○正義曰作既醉詩者言太平也謂四方寧靜而無事此則平之大者故謂太平也成王之祭宗廟羣臣助之至於祭末莫不醉足於酒猒飽其德既荷德澤莫不自脩人皆有士君子之行焉能使一朝之臣盡爲君子以此教民大安樂故作此詩以歌其事也士者事也言其才可以理庶事人行之成名公卿以下揔稱之濟濟多士文王以寧其文兼公卿也君子者言其德可以君上位子下民一

雖天子亦稱之易乾卦九三君子終日乾乾謂天子是也公卿以下有德者亦稱之言人有德者謂人人皆有德以顯太平之驗經八章首章上二句是醉酒飽德也四章下二句言相攝以威儀五章言君子有孝行是有士君子之行此二事是太平之實故序特言之但醉酒飽德本因祭蒙神福則遠被子孫故作者因言祭而得福祿澤及後世之事非詩所主意故序者略之本或云告太平者此與維天之命敘文相涉故遂誤耳今定本無告字○箋成王至飽德○正義曰以經言祭事故云成王祭宗廟至於旅酬乃以酒次序相酬不遺微賤下徧於羣臣至於無筭爵爵行無數以此故云醉焉酌酒始於旅酬爵行終於無筭以醉必在祭末故先以無筭結之又從祭初至於祭末乃見十等倫理於是志意充滿如食飽足是以謂之飽德也祭統云夫祭有十倫焉見事鬼神之道焉見君臣之義焉見父子之倫焉見貴賤之等焉見親疏之殺焉見爵賞之施焉見夫婦之别焉見政事之均焉見長幼之序焉見上下之際焉此之謂十倫也彼陳目於上又歷說其事於下文多不可盡載略舉其意以爲筵几依神詔室出於祊爲交神明一也君迎牲而不迎尸爲尸在廟門外疑於臣别嫌而迎是明君臣之義二也孫爲王父尸已北面而事子則爲父尸之故此父子之倫三也尸飲五獻卿尸飲七

獻大夫尸飲九獻士與有司是明貴賤四也羣昭羣穆咸在別遠近親疏之序是親疏之殺五也賜爵祿於太廟此施爵賞於六也君在阼夫人在房不相授受酢必易爵此別夫婦爲七也祭末歸俎貴者不重賤者不虛是政事之均八也賜爵昭穆及有司皆以齒是長幼有序九也有畀煇胞狄閽寺君在上而惠下是上下之際十也此十義祭必有之唯爵賞之施或有或無舉其有者而爲十耳若然此十義祭則有之獨言成王之時爲太平事者人有士君子之行自由王化之深實非祭末始然但作者因事見義以祭有飽德之事而臣有士君子之行以爲政由於神化從神感是故因祭祀而美其人有德行以示世之太平耳。

既醉以酒，既飽以德，既者盡其禮終其事。箋云：禮謂旅醻之屬，事謂惠施先後及歸俎之類。○施，式豉反。

君子萬年，介爾景福。箋云：君子斥成王也。介，助。景，大也。成王女有万年之壽天，又助女以大福，謂五福也。

【疏】既醉至景福。○毛以爲成王之祭宗廟，羣臣助之，至旅酬而酌酒，終無筭爵而皆醉，言成王既醉之以酒矣，又於祭末見惠施先後歸俎之事，差次二者之德志意充滿，又是既飽以德矣。君子成王德能如此，當有万年之壽天，又大與汝大福也。○鄭唯以介爲助，餘同。○傳既有至其事。正義曰春秋日食盡者謂之既故解之云既者盡其祀終其事盡祀終事其義一也以經有二事故分之耳。箋祀謂至之類。正義曰以傳解爲二故亦分而申之傳以祀解酒故云祀旅酬之屬言之屬謂下及無筭爵也傳以事解德故云事謂惠施先後謂尸飲五獻卿尸飲七獻大夫以貴賤爲先後也及歸俎者貴者得貴骨賤者得賤骨貴者先而賤者後言之類見理兼十倫故箋略舉以包通之。箋君子至五福。正義曰何知君子非上醉酒飽德之人而以爲成王者以與万年連文六章七章万年之下以祚胤景命接之故知君子万年宜斥成王也六章万年之下云永錫祚胤卽乘之云天被爾祿明永錫者是天錫之也此介爾景福亦在万年之下其文與彼相値明亦大也故云天助汝以大福也此祭宗廟而言天助者以人死魂歸於天雖人鬼所助者皆歸之於天焉少牢嘏辭亦云使汝受祿於天是也福謂五福者洪範云五福一曰壽二曰富三曰康寧四曰攸好德五曰考終命注云康寧人平安也攸好德人皆好有德也考終命考成也終性命謂皆生佼好以至老也此五者皆是善事自天受之故謂之福福者備也備者大順之揔名詩言景福多矣以此篇福事數備於五故就此以明之見諸言景福義皆然也此篇言君子万年是爲壽也天被爾祿是富也室家

之壺是康寧也昭明有融是攸好德也高朗令終景命有僕即考終命也爲下具此五者故箋於是言之明此篇景福之言爲下撝目也

旣醉以酒爾殽旣將

將行也箋云爾女也殽謂牲體也成王之爲羣臣俎實以尊卑差次行之

君子萬年介爾昭明

箋云昭光也○【疏】旣醉至昭明○毛以爲成王之祭宗廟羣臣助之終於無筭爵而皆醉言成王旣醉之以酒矣爾王之殽羞牲體旣差次而行之祀事終備女君子成王當有万年之壽天又光大汝成王與之以昭明之道謂使之政教常善永作明君也○鄭唯以介爲助餘同○箋殽謂至行之○正義曰歸俎者以牲體實之於俎故又謂俎實以尊卑差次行之者謂貴者得貴骨賤者得賤骨是也

昭明有融高朗令終

融長朗明也始於饗燕終於享祀箋云有又令善也天旣其女以光明之道又使之長有高明之譽而以善名終是其長也○

令終有俶公尸嘉告

俶終也公尸天子以卿言諸侯也箋云俶猶厚也旣始有善令終又厚之公尸以善言告之謂嘏辭也諸侯有功德者入爲天子卿大夫故云公尸公君也○俶尺叔反嘏古雅反【疏】昭明至嘉告○毛以爲天旣光大汝成王

以昭明之道甚有長也言與之明道未有極已之時以是之故王德高明而有善終祇莫重於祭饗燕是祇之始祭祀是祇之終言王能善於祭也王之善終又有始言王於饗燕之祇亦善爲之由其終始皆善故於祭之時有諸侯之公與王爲先祖之尸始以善告王使受福也由此祭而使羣臣飽德故因述王之祭祀焉○鄭以爲天既助汝王以光明之道不但一時而已又使之長遠也所以爲長者使王有高明之譽而以善名終是其長也既以善名而終又使之篤厚是故公尸以善言告王也○傳融長至享祀○正義曰融長釋詁文釋言文○明朗也反覆相訓故朗爲明也此言令終下云有俶則是始終相對下云公尸此論祭事祭統曰祇有五經莫重於祭是以祭祇爲重祇終於是故謂之終以事神之祇爲終則與人交接者爲始故以饗燕爲始享祀爲終王者先成民而後致力於神故始於饗燕終於享祀○箋有又至其長○正義曰以說一人之事宜爲相亞故以有爲又令善釋詁文天既助汝以光明之道令其無有窮已是又使之長也光明之道自在已身行之於人則有名譽此高朗令終還述有融之言故云有高明之譽而以善名終是其長也易傳者此昭明還乘上文而申之末有祭事在其間故易之也○傳俶始至諸侯○正義曰俶始釋詁文天子以卿謂以卿爲尸也卿

而謂之公者言此卿之尊此下士諸侯也諸侯稱公故亦謂卿爲公也白虎通引曾子曰王者宗廟以卿爲尸射以公爲耦不以公爲尸避嫌三公尊近天子親稽首拜尸故不以公爲尸然則當時傳記有此説故知宗廟之尸必以卿也卿六命出封則爲侯伯故得以公言之此傳據卿非諸侯者爲説耳若諸侯入爲卿則稱公是常矣○箋俶猶至公君○正義曰箋以此文從介爾昭明以來轉相乘遞則是終有俶亦是介爾之事俱爲神祐受之於天非言王之祭燕行事始終故不從俶爲始以令終已是善名故以俶爲厚釋詁文俶作也作事所以厚生故云俶猶厚也言天祐成王既始使以善名終又使厚之見天意殷勤之至也尸告主人唯嘏辭耳故知公尸嘉告謂嘏辭也傳言以卿爲非諸侯者故又言諸侯入爲卿大夫以申足傳説也諸侯有功德者入爲天子之卿大夫謂侯伯爲卿子男爲大夫五等在國臣皆稱之曰公故言公尸也公君釋詁文明國君而稱公非必公爵也此宗廟宜以卿爲尸但因解公而連言大夫耳祭統云夫祭之道孫爲王父尸所使爲尸者於祭者子行也父北面而事之彼説天子諸侯之法則天子諸侯宗廟之祭其尸用同姓也於同姓之中用其適者故祭統注云必取同姓之適知者士虞記云男男尸女女尸必使異姓不使賤者注云異姓婦也尸配尊

者必使適也雖虞時男女別尸既祔則夫婦共尸惟此爲異其用適則同也曲禮曰爲人子者不爲尸注云然則尸必卜筮無父者然則尸又用適而無父者也非其宗廟之祭則其尸不必同姓石渠論云周公祭天用太公爲尸是用異姓也白虎通又云周公祭太山用召公爲尸蓋天地山川得用公也

其告維何籩豆靜嘉

恒豆之葅水草之和也其醢陸産之物也加豆陸産也其醢水物也籩豆之薦水土之品也不敢用常褻味而貴多品所以交於神明者言道之徧至也箋云公尸所以善言告之是何故乎乃用籩豆之物絜清而美政平氣和所致故也○褻息列反清如字又才性反

朋友攸攝攝以威儀

言相攝佐者以威儀也箋云朋友謂羣臣同志好者也言成王之臣皆有仁孝士君子之行其所以相攝佐威儀之事○好呼報反

【疏】其告至威儀○正義曰案乘上公尸嘉告又問而說之言其此公尸以善言告者維何所爲乎乃由王之所祭籩豆之物絜清而美又其時王之羣臣同志好之朋友皆有士君子之行所以相攝斂而佐助之其所以相攝佐者以威儀之事也由祭饌則絜清而美助者又善於威儀當神之意故公尸以善言告王也○傳恒豆至徧至○正義曰自交於神明以上皆郊特牲文所異者

唯彼和下有氣此略之耳既引其文又云言道之徧至以解其間用水土之意豆謂恒常正祭之豆菹用水草之和氣所生者而爲之若昌本與鳧葵也其醢則用陸地所産之物若麏麇之等也朝事爲正故謂之恒其加豆菹用陸産之物若葵菹與豚拍也其醢則別用水物若蠃與魚謂饋食之豆以其亞朝事故謂之加此籩豆之薦用水土所生之品者以不敢用尋常褻美之味而貴其多品數故加相及所以交接於神明者言道之徧而至於水土故也彼注云此謂諸侯也天子朝事之豆有昌本麋臡茆菹麇臡饋食之豆有葵菹蠃醢豚拍魚醢其餘則有雜錯云也記言恒豆加豆鄭引朝事饋食則以朝事爲恒饋食爲加取其水陸相配與記同者而證之以恒加相亞宜爲朝事與饋食故不爲饋外之加焉其餘錯雜者於天官醢人云朝事之豆有非菹青◦菹非水草也饋食之豆有蜃蚳醢蜃非陸産蚳非水物故言雜錯也此皆言豆而并言籩者籩與豆相配故連言之也此皆天子之亂而引諸侯法者取水土之品是靜加◦之義故引之其雜錯猶自不同也○箋公尸至致故○正義曰維何者問之辭靜嘉者荅之意言政平氣和因解水陸之物得美之意此經意言其告維何由籩豆靜嘉下云其類維何室家之壺其肴維何天被爾殽更自中說類肴之事文勢雖與此異俱問而自說故同

言維何也○箋朋友至之事○正義曰言朋友則非一人論祭事而言攸攝則是羣臣相攝以助之友者同志之名故云朋友謂羣臣同志好者攝者收斂之言各自收斂以相助佐爲威儀之事則祭義所謂濟濟漆漆是也

威儀孔時君子有孝子箋云孔甚也言成王之臣威儀甚得其宜皆君子之人有孝子之行

孝子不匱永錫爾類匱竭類善也箋云永長也孝子之行非有竭極之時長以與女之族類謂廣之以教道天下也春秋傳曰穎考叔純孝也施及莊公○匱求位反道音導施以豉反

【疏】威儀至爾類○毛以爲成王之臣既相攝佐以威儀故威儀甚得其適時之中皆爲君子之人皆有孝子之行既有孝子之行又不有竭極之時能以孝道轉相教化則天長賜汝王以善道矣○鄭雖長與汝之族類爲異餘同○箋孔甚至其宜○正義曰孔甚釋言文時謂時節前事而量度之使已舉措合宜故云威儀甚得其宜賓之初筵箋以時爲心所尊敬意亦類於此也○傳匱竭類善○正義曰匱竭俱是盡之義故以匱爲竭類善釋詁文○箋永長至莊公○正義曰永長釋詁文祭義云大孝不匱言博施備物當謂天子諸侯行孝不匱也此孝子不匱秉上朋友之文亦謂羣臣行孝與彼異也以言羣

臣之孝則知永錫爾類爲長與爾之族類謂轉相教導也各欲○其類則可以偏及天下故云謂廣之教導天下近從朝廷而至於天下是其無竭極之時也所引春秋傳者隱元年左傳文彼言潁考叔之孝延及莊公亦使孝以證有孝行者能轉相教導也純孝者杜預云純猶篤也謂孝之篤厚也○

其類維何室家之壼

壼廣也箋云壼之言梱也其與女之族類云何乎室家先以相梱致已乃及於天下○壼苦本反鄭梱致也梱苦本反致直置反

君子萬年永錫祚胤

胤嗣也箋云永長也成王女有万年之壽天又長予女福祚至于子孫○【疏】其類至祚胤○毛以爲乘上錫王善道故又問而說之天與王以善道者維是云何乎正謂以此善道施於室家之內以此室家之善廣及於天下此所謂長與之也能使善道之廣如此則君子成王當有万年之壽天又長與汝之福祚至於胤嗣之子孫言天深祚之使福及後世也○鄭亦乘上問而說之言羣臣以孝行與其族類者維云何乎使至室家之內皆自先相綴恩親乃後及於天下使皆室家相親是謂與族類也餘同○傳壼廣○正義曰釋宮云宮中巷謂之壼以宮中巷路之廣故以壼爲廣王肅云其善道施於室家而廣及天下周語單靖公之老送叔向叔

向告其老而美畢子引此章乃云壼也者廣裕民人之謂也王肅據彼文以述毛傳彼言壼者廣裕民人故以壼爲廣也○箋壼之至天下○正義曰箋以言室家之壼則壼卽是室家之事若言室家之廣則於文不類故易之云壼之言梱以孝行與族類者室家先以相梱逼而密緻言其相親然後以此相親之道與其族類亦使之室家相親故言乃及於天下也毛據外傳爲說外傳正解此文而箋必易之者箋之此意不從外傳也室家梱緻則可以化天下則是廣裕民人也孝昭皆取此箋以解外傳是其不違矣但不訓壼爲廣與毛異耳

其胤維何天被爾祿祿福也箋云天予女福祚至于子孫云何乎天覆被女以祿位使祿臨天下○被皮寄反注同

君子萬年景命有僕僕附也箋云成王女既有万年之壽天之大命又附著於女謂使爲政教也○著直略反下同

〔疏〕其胤至有僕○毛以爲秉上祚胤問而說之其言祚及後胤者維是云何乎正謂天覆被汝以福祿使之長保王位錄臨天下言既得福祿如此君子成王常有万年之壽大之大命有所附著言常歸於汝傳之子孫也○鄭唯以有爲又餘同○傳僕附○正義曰以僕御必附近於人故以僕爲附傳不訓有爲又故知不與鄭同

其僕

維何釐爾女士釐予也箋云天之大命附著於女云何乎予女以女而有士行者謂生淑媛使爲之妃○釐力之反媛于眷反妃音配又芳非反○釐爾女士從以孫子箋云從隨也天既予女以女而有士行者又使生賢知之子孫以隨之謂傳世也○知音智傳直專反

〔疏〕其僕至孫子○正義曰乘上景命有僕問而說之言其大命所附之事維是云何乎乃與汝以女而有士行者使與汝爲配耦既與汝女而有士行者又隨之以生賢智之子孫使之傳世是得天之大命附著也○傳釐予○正義曰釋詁云釐予賜也俱訓爲賜故釐得爲予○箋天之至之妃○正義曰自六章至此其文有次因孝子之臣化族類以固王室故先言永錫祚胤爲遠之辭但乘其句末而轉之故云其胤維何不言其祚耳其實七章所言天被爾祿景命有僕卽祚也此章云釐爾女子從以孫子是胤也六章舉其目因而分說之○鄭以七章言祚故箋云天覆被汝以祿位天之大命又附著於汝指王之身是解祚也以此章言胤故下箋云使生賢智之子孫以隨之謂傳世指其子孫是解胤也但以理得相因故言其胤維何而以祚荅之見其生賢胤乃可以保國祚故其言相起發也下言釐爾女士從以孫子則孫子是此士女所生故知女

士謂女而有士行者文母爲十亂之一是女而有士行者也
成王之妃書傳無文其子則康王也昭二十六年左傳曰成
王靖四方康王息民
則康王亦明王也

旣醉八章章四句

鳧鷖守成也太平之君子能持盈守成神祇祖
考安樂之也君子斥成王也言君子者太平之時則皆然非獨成王也○鳧音符鷖於雞反蒼頡
解詁云鷖鷗也一名水鴞祇
祁支反樂音洛篇末注同○〔疏〕○鳧鷖五章章六句至樂之○正義曰作鳧鷖詩者言
保守成功不使失墜也致太平之君子成王能執持其盈滿
守掌其成功則神祇祖考皆安寧而愛樂之矣故作此詩以
歌其事也上篇言太平此篇言守成即守此太平之成功也
太師次篇見有此義敘者述其次意故言太平之君子亦乘
上篇而爲勢也王者之馭天下太平是功之所極物極則反
或將喪之成之既難守亦不易故所以美其能守之也執而
不釋謂之持主而不失謂之守持是手執之守是身護之盈
者如器寶滿故言持成者如物積聚故言守持守之義亦相

通也故易注云持一不惑曰守是守亦持也神祇以人爲主故能守成則神祇祖考安樂之矣神者天神祇者地神祖者則人神也經五章毛以爲皆祭宗廟則是祖考耳而兼言神祇者以推心事神其致一也能事宗廟則亦能事天地因祖考而廣言神祇明其皆安樂之也安者神意自安即來燕來寧來宜來處來宗是也樂者謂愛樂主人饗其祭祀降之福祿即來成來爲來下來崇無有後艱是也其持盈守成言神祇所以得安之意於經無所當也鄭於神祇祖考經皆有之三章祭天地是神祇也卒章七祀亦神之別也二章四方百物四章社稷山川於周祀皆地祇也首章宗廟即祖考也不言鬼而言祖考復其文以足句經序倒者序以天地人爲尊卑之次以統其小者經以鳧至爲次故不同也毛於首章傳曰太平則萬物衆多則不以鳧鷖所在與祭處也二章傳曰厚爲孝子則是於祖考也卒章傳曰不敢多祈則是述孝子之情非尸有尊卑也然則毛以五章皆爲宗廟矣鄭以首章祭宗廟二章祭四方百物三章祭天地四章祭社稷山川卒章祭七祀皆以首章一句言正祭次句以下言燕尸宗廟燕尸以祭之明日其餘皆同日也如此爲章次者以鳧鷖水鳥居水是常故先言在涇既以水爲主然後從下而漸至於高鳥不常處或出水傍故次在沙而水中高地鳥亦往焉故次

在渚水外高地鳥又時往故次在深山之絕水鳥往最稀故以爲末因以鳥之所在取其象類爲喻故不依尊卑之次焉

鳧鷖在涇公尸來燕來寧鳧水鳥也鷖鳧屬太平則万物衆多箋云涇水名也水鳥而居水中猶人爲公尸之在宗廟也故以喻焉祭祀既畢明日又設禮而與尸燕成王之時尸來燕也其心安不以己實臣之故自謙言此者美成王事尸之禮備**爾酒既清爾殽既馨公尸燕飲福祿來成**馨香之遠聞也箋云爾者女成王者女酒殽清美以與公尸燕樂飲酒之故祖考以福祿來成女○聞音問或如字

【疏】鳧鷖至來成○毛以爲成王之時天下太平万物衆多莫不得所其鳧鷖之鳥在於涇水之中得其處也既天下太平成王祭宗廟之神以其明日繹而燕尸此時公尸之來與王燕也其來心則安寧不以己實臣之故而不安由王誠心敬之故也其燕之時爾王酒既清絜矣爾王之殽既馨香矣乃用之以公尸燕樂而飲之則爲神所悅以此致福祿而來成汝孝子是爲神所安樂之也○鄭唯上句爲異言鳧鷖在涇水之中以與公尸在宗廟之內餘同○傳鳧水至衆多○正義曰釋鳥鷖沈鳧某氏曰詩云弋鳧與鴈郭璞曰似鴨而小長尾背上有文

今江東亦呼爲鷗陸機疏云大小如鴨青色卑脚短喙水鳥之謹愿者也鷺與鳧俱在涇故知鳧屬蒼頡解詁云鷺鷗也一名水鴞太平則取之以時不妄大殺故万物眾多万物多而獨言鳧者舉鳥之得所則餘者皆然可知○箋涇水至祀其備○正義曰欲言水鳥居中故云涇水名也以凡喻皆取其象故以水鳥之居水中猶人爲公尸之在宗廟故以喻焉此謂正祭故云在宗廟若繹繹祭之祀則郊特牲注云祊當於廟門之外西室繹又於其堂不專在廟門明在廟爲正祭也言公尸來燕則是祭後燕尸非祭時也燕尸之祀大夫謂之賓尸卽用其祭之日今有司徹是其事也天子諸侯則謂之繹以祭之明日春秋宣八年言辛巳有事於太廟壬午猶繹是謂在明日也此公尸來燕是繹祭之事故云祭祀既畢明日又設祀而與公尸燕也其尸以卿大夫爲之於王實爲其臣但孝子以父象事之故其心安不以已實臣之故自嫌由王事之盡敬故不嫌也若人遇已薄則不敢自安今言尸之安明王祀之備也

鳧鷖在沙公尸來燕來宜沙水旁也宜宜其事也箋云水鳥以居水中爲常今出在水旁喻祭四方百物之尸也其來燕也心自以爲宜亦不以已實臣自嫌也○**爾酒既多爾殽既嘉**言酒品齊多而

殽備美○齊才細反

公尸燕飲福祿來爲厚爲孝子也箋云爲猶助也助成王也○爲于僞反注同協句如字

【疏】鳧鷖至來爲○毛以爲時既太平鳧鷖之鳥在於水傍之沙而得其所於此之時成王祭其祖考而明日燕尸公尸之來燕也自以其來爲宜其事不以臣故而自嫌言王事尸之禮備也其燕之時爾王之酒既多矣爾王之殽既善矣王用之以與公尸燕樂而飲之故致福祿來而厚爲孝子也○鄭以鳧鷖在沙喻祭四方百物卽以其日燕尸福祿來助成王以此爲異餘同○傳沙水至其事○正義曰上言在涇此云在沙則在涇水之傍沙也故云沙水傍易需卦九二需于沙注云沙接水者亦是水傍矣說文云沙水中散石也水少則沙見故字從水少耳因以爲宜故知宜其事也○箋水鳥至自嫌○正義曰箋以序言神祇祖考其言徧說諸神則經之所陳盡有之矣非獨祭宗廟而已故以每章各爲一祭而詩之取喻皆以爲象廟中之有神猶涇水之有鳥故以在涇爲喻宗廟今鳥出在水傍猶似神居國外國外之祭祀是四方百物之神矣故云水鳥而居水中爲常今出在水傍喻祭四方百物之尸由四方百物祭在國外故以出水爲喻也大宗伯畐辜祭四方百物言四方則其祭在國之外者各祭其方也言百物則徧祭百種之

神也祭在四方其神百種唯蜡祭耳故注云疈牲胷也辜
磔也疈而磔之謂磔○禳及蜡祭也即引郊特牲曰八蜡以記
四方年不順成則八蜡不通以謹民財也又曰蜡之祭也主
先嗇而祭司嗇也祭百種以報嗇也是八蜡之祭在四方祭
百種也言百種者舉成數耳郊特牲曰蜡也者索也歲十二
月令聚万物而索饗之注云万物有功加於民者神使為之
故祭以報焉既言百種又言万物是其徧祭天下羣神也而
謂之八蜡者以蜡者主於為田報祭其八者於田功尤多故
以為主耳其祭非徒八神而已其神雖衆摠而祭之郊特牲
又曰伊耆氏始為蜡注又云造者配之蓋諸神共立一尸而
以伊耆氏配也曾子問云嘗禘郊社尊無二上注云神雖多
猶一一而祭之此得摠祭羣臣者彼據常法故一一祭之蜡
之與祫皆有以而然故為摠祭然蜡以先嗇為主祫以后稷
為主亦尊無二上也郊特牲說蜡之辭曰土反其宅水歸其
壑昆蟲無作草木歸其澤注云此蜡祭祝辭也若辭同則同
處可知是諸神摠祭之事也郊特牲又曰順成之方其蜡乃
通則四方方為一祭故謂之四方也此箋言祭四方百物之
尸謂正祭時也來燕來宜者謂祭末燕尸也上箋宗廟之祭
言明日又設禮而與公尸燕此及下章皆不言明日有事祭
義曰周人祭日以朝及闇既言終日有事明其即燕尸矣春

宮神士職曰以冬日至致天神人鬼以夏日至致地祇物魅注云蓋用祭天地之明日既別有事明其不復燕尸故知燕尸卽以其祭之日也天地尙以其日明其餘諸神亦以其日也故箋於此及下章皆不言明日也其心自以爲宜爲宜與來寧意同故云亦不以已實臣之故自嫌也○傳言酒至備美○正義曰鄭於周禮差之雖大事於太廟備五齊三酒毛於此義雖爲宗廟之祭其大事與時祭不明但言品齊多耳未必五齊三酒皆俱也殽稱既嘉可言美而已矣而傳兼言備者見苟可薦者莫不咸在之義箋以此章爲蜡祭則言多者以其神多故也○傳厚爲孝子○正義曰言此福祿之來厚爲孝子而其意亦與箋同以爲助之也但不以爲宗廟之祭不得言孝子故變言成王也

鳧鷖在渚

公尸來燕來處渚沚也處止也箋云水中之有渚猶平地之有丘也喻祭天地之尸也以配至尊之故其來燕似若止得其處○渚之與反沚音止

爾酒既湑爾殽伊脯公尸燕飲福祿來下箋云湑酒之泲者也天地之尸尊事尊不以褻味泲酒脯而已○湑息汝反泲子禮反字又作醑同

【疏】鳧鷖至來下○毛以爲時既大平鳧鷖之鳥來在水中之渚得其常處於此之時成王祭

其宗廟而明日燕尸公尸之來燕也其來似若止得其處其燕之時爾王之酒既湑然而沛之爾王之殽維是脯矣王用此酒脯與尸燕樂而飲之爲神所饗福祿來下而與之○鄭以鳧鷖在渚喻祭天地之神於丘即以其口燕尸爲異餘同○箋水中至其處○正義曰喻取其象水中高地謂之渚渚之高於水猶丘之高於地故云水中之有渚猶平地之有丘喻祭天地之尸也春官大司樂曰冬日至於地上之圜丘奏樂六變則天神皆降夏日至於澤中之方丘奏樂八變則地祇皆出是祭天地之神皆在丘也天地之祭雖二至在丘耳其夏正郊天與迎氣四郊及北郊祭地爲壇而祭不於丘也此以渚爲喻雖喻二至之祭其文不及郊也尸爲神象故公尸配至尊上云來寧來宜此言來處義亦同也上言其來心安心安宜據尸意爲說此云似若止得其處謂外人觀之彼言其心此據其貌爲異耳定本云以若止其處集注云似若止得其處集處是也○箋湑酒至而已○正義曰箋以上言酒多殽美今酒言湑變殽言脯明其因文立義故知天地之尸尊事尊者不敢以褻美之味直以所沛之酒及乾脯而已因此示義舉酒脯爲言其實天地之祭更有殽饌也

鳧鷖在潨公尸來燕來宗潨水會也宗尊也箋云潨水外之高者也有瘞埋之

象喻祭社稷山川之尸其來燕也有尊主人之意○潨在公反說文云小水入大水也徐云鄭音在容反水外之高者也瘞於例反埋亡皆反字亦作薶同

既燕于宗福祿攸降公尸燕飲福祿來崇

崇重也箋云既盡也宗社宗也羣臣下及民盡有祭社之禮而燕飲焉爲福祿所下也今王祭社又以尸燕福祿之來乃重厚也天子以下其社神同故云然○降戶江反重直龍反下同○

［疏］鳧鷖至來崇○毛以爲時既太平鳧鷖之鳥在於潨水之會得其常處於此之時成王祭宗廟明日而與尸燕公尸之來燕也其來有尊敬孝子之心既來與王燕於宗廟則福祿從此尸所而下與王也於時王與公尸燕樂飲酒故致福祿而來重與王也○鄭以爲鳧鷖之鳥在水外之潨喻公尸之居在瘞埋之祭謂祭社稷山川之神至其祭畢而燕尸公尸之來燕也其來有尊主人之意於此天子祭社稷之時羣臣下及衆民盡至而燕飲於其社宗爲福祿所下而與之此時天子用酒殽而與公尸燕樂而飲之故致福祿之來乃重而厚也自天子至於庶人同得社之福祿故言重也○傳潨水會宗尊○正義曰潨音如叢叢則叢是聚義且字從水衆知是水之會聚之處說文云潨小水入於大水也廟以尊重稱宗廟故宗爲尊也王

肅云言尊敬孝子也○箋深水至之意○正義曰箋以水會亦在水中與在涇無異不宜別文其義既別則深非水矣此詩之次從水而次沙次渚則是漸嚮高地此承渚下則亦是地矣渚既是水中高地深當是水外之高地此深者地高之貌水外之地深然而高蓋涯涘之中復有偏高之處以爲瘞埋之象喻祭社稷山川釋天云祭地曰瘞埋李巡曰祭地以玉埋地中曰瘞埋孫炎曰瘞者翳也既祭翳藏地中然則瘞埋牲者其上以土覆之微高於平地故以深爲喻也爾雅以祭地爲瘞埋祭法云瘞埋於泰折祭地也春官司巫凡祭事掌守瘞注云瘞謂若祭地祇有埋牲玉者守之然則瘞埋者雖謂祭地耳此以瘞埋爲祭社稷山川者上以渚喻上其文可以兼天地則此非地之大祇當是地之別神耳大宗伯社稷山川皆在地神之條則其祭亦埋與祭地同也若無大宗伯云以血祭祭社稷五嶽以埋沈祭山林川澤注云不言祭地此皆地祇祭地可知也陰祀自血起貴氣臭也祭山林曰埋川澤曰沈順其性之含藏如彼之注雖山用埋爾社稷與川似不用埋而此言社稷山川皆瘞埋者鄭志張逸問曰以血祭祭五嶽以埋沈祭山川不審五嶽亦當埋否荅曰五嶽尊祭之從血腥始何嫌不埋如鄭此言祭五嶽有埋明社稷亦埋矣然則川澤曰沈蓋亦沈而復埋何者釋天云祭山曰庪

懸不言埋張逸亦引以問而鄭荅曰爾雅之文雜非一家之注不可盡據以難周禮雖不可盡據而於校人玉人之注有庪沉之言是鄭意亦以祭山有庪縣之法鄭雖不解庪懸之義要庪縣似非埋也祭山得庪懸而復埋明祭川亦得沉而復埋故以社稷山川皆言埋也李巡以埋爲埋玉而禮運云瘞繒帛注云埋牲曰瘞則牲玉幣帛皆埋之也孫炎曰既祭埋之鄭於司巫注云守瘞者以祭禮未畢若有事然祭禮畢則去之矣卽是初卽埋之非祭畢始埋也社稷山川其神不卑於四方百物云有尊主人之意者尸以主人盡禮故尊重之而以已卑之故尊主人也毛意正以爲宗廟之祭亦言尊敬孝子○傳崇重○正義曰釋詁文○箋既盡至云然○正義曰以下文云公尸燕飲則此未爲燕訖故以既爲盡上箋云社稷山川則此章所祭非獨社耳禰以宗爲社宗者以下言公尸燕飲謂王與尸燕則既燕于宗則非王燕尸矣此非王燕而言盡燕者周悉之辭故知既燕于宗謂羣臣下及民庶因祭而燕也此在社稷山川之章則羣臣所祭之神亦此等神耳但諸侯之於山川在其地則祭之非其地則不祭國君尙然則羣臣民庶必不得祭山川矣臣民得與天子同祭者唯社稷耳故知既燕于宗唯指社宗以社是尊神耳故言社宗猶廟稱宗廟也月令仲春命民社祭法云大夫以下成

羣立社郊特牲曰唯爲社事單出里是羣臣下及民庶盡有
祭社之禮而燕飲焉臣民所祭不必有尸所云燕飲因祭而
與其祭之人自燕飲耳郊特牲曰社者神地之道也又曰社
祭土而主陰氣天子諸侯下及庶民雖廣狹不等俱土神因
言天子祭社其辭遂及於民故文辭重疊異於餘章箋又言
天子以下其神社同故云然是解詩人置辭被及民庶之意
也公尸燕飲文在臣民之下以民得福君又得福
故云來重以民之獲福亦君之福也故於君爲重 鳧鷖在
亹公尸來止熏熏 亹山絕水也熏熏和說也箋云亹之言門也燕七祀之尸於門戶之外故
以榆其來也不敢當王之燕禮故變言來止熏熏坐不 旨
安之意○亹音門熏許云反說文作醺云醉也說音悅
酒欣欣燔炙芬芬公尸燕飲無有後艱 欣欣然樂也芬
芬香也無有後艱言不敢多祈也箋云艱難也小神之尸卑
用美酒有燔炙可用褻味也又不能致福祿但令王自今無
有後艱而已 〔疏〕 鳧鷖至後艱○毛以爲時既大平鳧鷖之
○令力呈反 鳥在山絕水之亹得其常處於此之時成
王祭其宗廟以明日燕尸公尸之來止燕坐熏熏然其又和說而得
其宜於是行旨美之酒欣欣然歡樂薦燔炙之羞芬芬然馨香王

用之以與公尸燕而飲之致其無復有後日之艱難孝子之意不敢多所故變文不言福祿以見之○鄭以鳧鷖爲之鳥在於絕水之亹喻公尸之居在於王宗廟之門謂祭七祀之神燕其尸於廟門之外也公尸之來止處自以神卑之故熏熏然坐而不安於是有旨酒欣欣然美燔炙芬芬然香用之以與公尸燕樂而飲之致其無復有在後之艱厄神卑不敢致福止令無艱而已○傳亹山至和說○正義曰傳以潀者水中地是土當水之流潀者水會之處是土障水令聚令變文言亹非復土也故以爲山絕水謂山當水路令水勢絕也所云石絕水曰梁亦此之類蓋石是小石此則大山爲異耳以宗廟之尸尊者自得故爲熏熏和說也○箋亹之至之意○正義曰箋以上四章隨類取喻已有天地宗廟社稷山川四方百物諸神略欲盡矣其所未見唯七祀耳而上言鳧鷖所在於祭皆有所類唯此山絕水之亹於七祀之祭事無其象則是假取其名以爲其義故云亹之言門燕七祀之尸於門戶之外故取此門名以爲喻焉祭法曰王爲羣姓立七祀曰司命曰中霤曰國門曰國行曰大厲曰戶曰竈是七祀之名也諸侯以下則有降差此言天子之事故云七也案中霤礼唯祭五祀皆先薦於奧祀戶則設主於戶內祀中霤則設主於牖下此二者在戶內也祀門則設主於門左樞在門內也

祀竈則設主於陘祀行則設主於軷上竈在廟門外之東行在廟門外之西此二者在門外也尸主當相依附五祀正祭之時戶與中霤在戶之內門在門之內竈行在門之外司命大厲雖無文亦不過廟門之外內也宗廟正祭在奧繹在門況七祀之祭有本在門外者也明其燕尸皆在門之外矣故云於門戶之外也上四章皆以發首一句喻正祭則此鳧鷖在門亦當喻正祭矣各以尸在門故取亹名爲喻則首句經喻燕事與上不類者以七祀之祭祭非一處而正祭有在門者燕尸又皆在於門故言門亦可以見正祭也七祀之神神之卑者而來止熏熏文異於上故知其來不敢當王之燕禮故變言來止熏熏是坐不安之意○傳欣欣至多祈幾○正義曰飲美酒而言欣欣故爲樂謂尸之樂也芬芬是香之氣故爲香謂燔炙香也二事不類者以人飲酒而後知味食炙而後知香指體而言雖爲小異自人而發意亦同也無有後艱守成而已非神加之福見孝子之意不敢多祈也禮稱祭祀不祈則皆亦不祈言不敢多者此非孝子口所自祈言神纔令如此見孝子不敢多祈耳不敢更復望福是所謂能持盈也○箋小神至而已○正義曰七祀神之小者故云小神祭法注云小神祭法注云小神居人間伺察小過作譴告者是也月令孟冬臘先祖五祀聚祭之則周之七祀雖四時別

祭於臘亦聚祭之義也。此詩所云未必七神並祭，作者於後揔言之耳。因其神卑而變其文，用美酒有燔炙以其神卑，可用褻美之味。神又自以爲卑，不敢致福主人，但令王自今以去無有後難而已。

鳧鷖五章章六句

附釋音毛詩注疏卷第十七　十七之二

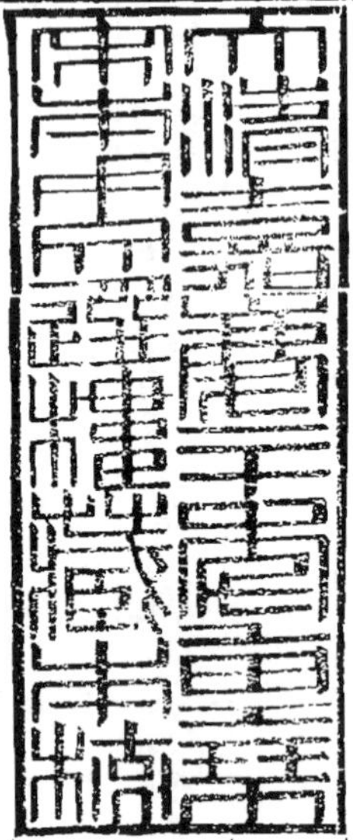

黃中栻栞

毛詩注疏挍勘記（十七之二）

阮元撰盧宣旬摘錄

○行葦

敦史受之　小字本相臺本同案釋文云敦本又作惇同正義本是惇字

不利方反　[補]通志堂本盧本不作又方作分案不字方字誤也

燕伐北鄙　閩本明監本毛本同案山井鼎云爾雅疏伐作岱皆非也浦鏜云代誤伐是也

敦敦然道傍之葦　閩本明監本毛本同小字本相臺本傍作旁案旁字是也傍乃正義所易今字

故經以成形名之　閩本明監本毛本同案浦鏜云經疑徑字誤是也

或陳言筵者　閩本明監本毛本同小字本相臺本言作設考文古本同案設字是也

王俱爾而揖進之　閩本明監本毛本同案爾當作邇下文皆作邇可證也經注作爾正義作邇爾邇古今字易而說之也例見前

迺卿面南北上 閩本明監本毛本同案浦鏜云西面誤面南是也

迺大夫北面少進 閩本明監本毛本同案北面當作皆分爲二字而誤也山井鼎云儀禮元文作大夫皆少進正義引略大夫者不備耳

客受而貧之不與也 相臺本同閩本明監本毛本同小字本無也字

嘉殽脾臄 唐石經小字本相臺本同案正義云定本集注經皆作嘉箋以脾臄爲加故謂之嘉是爲嘉美之加也依此是正義經當作加字考此箋之意以嘉殽之文與脾臄相連明爲一事不與他經單言嘉殽者同故用加殽爲說以加訓嘉者詁訓之法也若經字作加則箋無庸云故謂之嘉矣當以定本集注爲長

徒擊鼓曰咢 小字本相臺本同案釋文云毛云徒歌曰咢正義云王肅述毛作徒擊鼓今定本集注作徒歌者與園有桃傳相涉誤耳考歌字當爲鼓之誤王肅有擊字與今爾雅文同或毛讀爾雅無

鄭注儀禮云醓汁也 補通志堂本同盧本醓汁作醯汁云醯舊作醓考六經正誤云醓海也海

字誤潭建本皆作汁興國本作醢案儀禮第八聘禮云其南醓醢屈鄭注云醓醢汁也是解醓乃醢之汁也監本誤合醢汁二字爲海字諸本亦各漏一字故不可曉也今考此當作醢汁也爲是小字本所附亦誤作醢汁

又云口吹肉也【補】通志堂本盧本吹作裏小字本所附同案今注疏所附裏作次吹當次字形近之譌段玉裁云次是說文谷口上阿也从口上象其理然則非口裏可知口次猶口邊也

是爲嘉美之加也 閩本明監本毛本同案加當作嘉與下互換而誤

服虔通俗文云 閩本明監本毛本同案山井鼎云又恐文誤是也

故謂之嘉 閩本明監本毛本同案嘉當作加與上互換

以擇其可與者 小字本相臺本同案釋文云一本直云可者無與字正義本有

言賓客次第皆賢 閩本明監本毛本同小字本相臺本第作序考文古本同案序字是也

觀者如堵牆 小字本相臺本同案此釋文本也正義云皆射義文彼於圃下云蓋觀者如堵此引之略

也是正義本無此一句釋文云觀者古亂反如堵丁古反是釋文本有也此亦合併之未檢照者故經注正義舛互

又使公罔之裘序點揚觶而語曰 小字本相臺本同案此傳曰字上當有公罔之裘揚觶而語八字因複出而脫去也正義云又使公罔之裘及序點二人揚觶爵而爲語公罔裘先語於衆曰是其證各本皆誤

耄勤稱道不亂 小字本相臺本同案釋文云勤音其正義云而能勤行稱舉其道是正義如字讀考鄭射義注云旄期或爲旄勤此乃本之異者勤字不得讀爲期釋文所音非也

勤音其 補釋文挍勘記通志堂本盧本同案六經正誤載此云期音其是宋監本勤字作期也今考此傳正義本是勤字如字讀之釋文本亦是勤字但讀勤爲期故云音其也集韻七之其絣下有勤字即本於此其實鄭射義注所云旄期或爲旄勤者期勤各如其字讀之此正義長於釋文也宋監本改勤爲期亦由謂勤不得音其耳但非陸意□按陸本必是本作期音其此與往近王肅本作王近同

又解四鍭之義閩本明監本毛本鍭誤鏃案山井鼎云下除金鏃鐵鏃外皆同是也

孫炎曰金鏑閩本明監本金作者毛本倒之案山井鼎云兩誤是也

以此知爲毛之意亦爲大射也閩本明監本毛本同案十行本此至之剜删者一字誤也當作以此知爲大射毛意亦爲大射也

蓋觀者如堵閩本明監本毛本同案堵下浦鏜云墻字脫是也

而先自言之閩本明監本毛本同案浦鏜云自疑目字誤是也

鄉大夫之射也閩本明監本毛本同案浦鏜云卿誤鄉是也

說文作㲉補通志堂本盧本㲉作彀案彀字是也

二京賦曰彫弓既彀閩本明監本毛本同案浦鏜云斯誤既是也又云二當作東非也李善文選注引楊泉物理論曰平子二京是通稱二京矣

先生大夫之致位者閩本明監本毛本同案浦鏜云仕譌位是也

故得壽耇補案耇當作考形近之譌毛本正作考

以受大夫之福補閩本夫作大案大字是也明監本毛本誤人

釋詁文鮐背耇老壽人也補閩本明監本毛本文作云案云字是也浦鏜云人衍字

以爾雅考之浦挍不誤

皮膚消瘠閩本明監本毛本同案浦鏜云消誤涓是也爾雅疏引即取此正作消

則老人於是始求閩本明監本毛本同案求當作來形近之譌

□既醉

大平也小字本相臺本同唐石經大上有告字案正義云本或云告大平者此與維天之命敘文相涉故遂誤耳今定本無告字釋文以既醉大平作音是正義本釋文本皆無告字考維天之命在頌故序云告謂以其成功告於神明

此既醉在雅序本不云告或作本誤譜正義引既醉告大平即出於或作本也

在意云滿閩本明監本同小字本相臺本在作志云作充毛本同案在字云字誤也

既醉八章章四句[補]案當衍一章字毛本不誤

此施爵賞於六也閩本明監本毛本於作爲案所改是也

事謂惠施先後小字本相臺本同閩本明監本毛本惠施倒案倒者誤也釋文正義皆可證

天既其女以光明之道小字本相臺本其作助考文古本同閩本明監本毛本其作與案助字是也正義云鄭以爲天既助汝王以光明之道可證

俶終也閩本同小字本相臺本終作始明監本毛本同案始字是也釋文正義皆可證

祭祀是禮之終閩本明監本毛本同案浦鏜云享誤祭是也

釋言文明朗也[補]案文當作云毛本不誤

釋詁文俶作也閩本明監本毛本同案浦鏜云文當云字誤是也

恒豆之菹小字本相臺本同考文古本同閩本明監本毛本菹作俎十行本初刻作菹後剜作俎案剜者誤

乃由主之所祭閩本明監本毛本主作王案所改是也

恒豆謂恒常正祭之豆閩本明監本毛本同案十行本正至豆剜添者一字

若羸與魚閩本明監本毛本同案浦鏜云嬴誤羸下同是也

故加相及所以交接於神明者閩本明監本毛本同案相及當作恒豆

有韭菹青菹也閩本明監本毛本同案浦鏜云菁誤青是也

是靜加之義〔補〕案加當作嘉毛本不誤

春秋傳曰潁考叔純孝也小字本同閩本同相臺本潁作穎明監本毛本同案穎字是也

廣韻云潁又姓左傳有穎考叔潁卽潁之別體俗字

各欲其類　閩本明監本毛本同案欲當作敎

壼之言梱也　小字本相臺本同考文古本同閩本明監本毛本梱作捆案梱字是也正義中字十行本皆作梱致同又見鴟羽

使至室家之內　閩本明監本毛本同案至當作在

孝昭皆取此箋　閩本明監本毛本同案浦鏜云韋誤孝是也

使祿臨天下　小字本同相臺本祿作錄閩本明監本毛本臨誤福案錄字是也以錄解祿是爲訓詁孝經援神契云祿者錄也引見樛木正義錄臨者今文尙書所謂大錄考文古本作莅臨不得其解而臆改之耳

謂使爲政敎也　閩本明監本毛本同小字本相臺本無也字

此章云螽爾女子　補案子當士字之譌毛本正作士

○鳧鷖

神祇祖考　明監本毛本祇誤祗閩本以上皆不誤

祖者則人神也　閩本明監本毛本同案浦鏜云考誤者是也

經序例者　閩本明監本毛本同案山井鼎云例恐倒誤是也

涇水名也　小字本相臺本同案段玉裁云此篇涇沙渚潨亹一例涇水中也誤作水名也下云水鳥而居水中又云水鳥以居水中爲常承上爲言爾雅直波爲徑釋名作涇涇徑字同謂大水中流徑直孤往之波故云涇水中也詳詩經小學今考正義云欲言水鳥居中故云涇水名也此名字或是後改正義本當未誤

不以己實臣之故自謙　毛本同小字本相臺本謙作嫌閩本明監本同案嫌字是也下箋亦不以已實臣自嫌也不誤

爾者女成王者　閩本明監本毛本同小字本相臺本下者作也考文古本也字同案者字誤

大宗伯畐辜閩本明監本同毛本畐作疈案所改是也當與下疈而磔之互易見下

故注云疈畐牲胷也閩本明監本同毛本畐作疈案所改非也畐當作副經作疈古文也注轉爲副而說之所以曉人今周禮注盡作疈者不知者所改也此正義所引自不誤但副壞爲畐又互易其一處遂不可讀今正之

疈而磔之閩本明監本毛本同案此疈當與上大宗伯畐辜互易副之壞字也見上

謂桀禳及蜡祭也閩本明監本毛本同案浦鏜云磔誤桀是也

此得揔祭羣臣者閩本明監本毛本同案浦鏜云神誤臣是也

此蜡祭祀辭也閩本明監本毛本同案浦鏜云祝誤祀是也

未必五齊三酒皆俱也閩本明監本毛本同案俱當作供形近之譌

但不以爲宗廟之祭閩本明監本毛本同案但下當有箋字

集處是也　閩本明監本毛本同案浦鏜云處當注字誤是也

有瘞堙之象　[補]案堙當作埋形近之譌釋文可證

故以潦爲喻也　閩本明監本毛本潦誤衆下章正義衆者水會之處亦潦之誤也

若無大宗伯云　閩本明監本毛本同案浦鏜云無當然字譌是也

唯山用埋爾　閩本明監本毛本用誤而案爾當作耳

褊以宗爲社宗者　閩本明監本同毛本褊作偏案所改是也

其神社同故云然　閩本明監本毛本同案浦鏜云社神字誤倒是也

故以喻　閩本明監本毛本同小字本相臺本喻下有焉字考文古本同案有者是也

但令王自今無有後艱而已　小字本同閩本同相臺本艱作難明監本毛本今誤安案難字是也正義云但令王自今以去無有後難而已可證

傳欣欣至多祈幾閩本明監本毛本幾作也案所改非也此衍字

祭法注云小神祭法注云小神閩本同明監本毛本無下祭至神六字案所删是也此複衍

於臘亦聚祭之義也閩本明監本毛本同案浦鏜云義當衍字是也

附釋音毛詩注疏卷第十七（十七之三）

毛詩大雅　鄭氏箋　孔穎達疏

假樂嘉成王也（假音暇）【疏】假樂四章章六句○正義曰作假樂詩者所以嘉美成王也經之所云皆是嘉也正詩例不言美以見爲經之正因訓假爲嘉故轉經以見義且乘上篇爲文以其能守成功故於此嘉美之也

假樂君子顯顯令德宜民宜人受祿于天（假嘉也宜民宜人宜安民宜官人也箋云顯光也天嘉樂成王有光光之善德安民官人皆得其宜以受福祿於天）保右命之自天申之（申重也箋云成王之官人也羣臣保右而舉之乃後命用之又用天意申勑之如舜之勑伯禹伯夷之屬○右音又助也注同重直用反）【疏】假樂至申之○正義曰言上天嘉美而愛樂此君子成王也以其有光光然明察之善德宜於民而能安之宜於人而能官之以此能受其福祿於天是天嘉樂之也官人之事王政尤重故又更申說之言王所以能官人者待羣臣相保安素相委知乃自佑助而共舉之成

王乃後命用之既用之爲官又用天意申重戒勑之此其所以官人得其宜也○傳假嘉至官人○正義曰假嘉釋詁文民人散雖義通對宜有別皐陶謨云能安民能官人安民則惠黎民懷之其文與此相類故知宜民宜人是宜安民宜官人也○箋顯光至於天○正義曰顯光釋詁文下言受祿于天則嘉樂者是天嘉樂之故云天嘉樂成王有光光之善德光光雖爲摠辭安民官人即亦善德之事也天不能自治下民立君以治民治民得宜則天降之福故云皆得其宜以受福祿於天○傳申重○正義曰釋詁文也○箋成王至之屬○正義曰官人之事王政尤重上文既言宜人故云成王之官人羣臣保佑而舉之保安也佑助也謂能相委知乃相助薦舉成王得其所所舉乃命用之又用天意申勑之堯典云舜曰咨四岳有能奮庸熙帝之載使宅百揆僉曰伯禹作司空帝曰俞汝往哉帝曰咨四岳有能典朕三禮僉曰伯夷帝曰俞咨伯汝作秩宗既命羣官其下摠云帝曰咨汝二十有二人欽哉惟時亮天功是舜勑伯禹伯夷之事也僉曰是保佑也俞往是命之也亮天功是用天意申勑之也其事與此相類故云如舜之勑伯禹伯夷之屬彼所命者猶有垂益夔龍之等引之不盡故言之屬以包之

干祿百福子孫千億穆穆皇皇

宜君宜王宜君王天下也箋云干求也十萬曰億天子穆穆諸侯皇皇成王行顯顯之令德求祿得百福其子孫亦勤行而求之得祿千億故或爲諸侯或爲天子言皆相勗以道○且君且王一本且並作宜字勗香玉反

不愆不忘率由舊章箋云愆過率循也成王之令德不過誤不遺失循用舊典之文章謂周公之禮法○愆起連反

【疏】干祿至舊章○正義曰言成王能行光光之善德宜安民官人以此求天之祿則得百種之福子孫亦勤行善德以求天祿則得千億言其多無數也子孫以勤行得祿之故所以穆穆然皇皇然宜爲諸侯之君宜爲天子之王言其相勉以德上天福之常作人主保其邦國也又言成王所以蒙天之德澤及子孫者以其有光光善德勤行之不過誤不遺忘志唯循用舊典之文章言能遵用周公禮法故得福流子孫○傳宜君王天下○正義曰君王別文傳并言之者以其俱有宜文故揔而釋之言宜君者宜君天下宜王者宜王天下君則諸侯也亦以天下言之者以其與此天下之民爲君其國亦在天下之中故同言之○箋干求至以道○正義曰干求釋言文十万曰億古數然也天子穆穆諸侯皇皇下曲禮文也求祿者必行善求之以文承上章故知成王行顯顯令德求祿得百福也知非

子孫之數有千億者以此美成王能行善德不美其子孫衆多上言百福是福之衆多故知千億亦福之多數也宜君宜王文承千億之下故箋以勢接之言得祿故或爲諸侯或爲天子明得爲天子諸侯卽是千億之祿也又解得祿之由言皆相助勉力行道故福祿降之○箋愆過至禮法○正義曰愆過釋言文率循釋詁文以不愆不忘卽是令德之事故本於上章言成王之令德也循用舊典之文章是用之以治天下也上章言宜民宜人則是王已涖政而遵用舊章事在制禮之後故知是周公之禮法也以其一代大典雖則新制亦爲舊章也周禮六官所存者五天地夏秋四官皆以正月之吉懸其所掌之法於象魏使萬民觀之哀三年左傳曰魯災季桓子至御公立于象魏之外命藏象魏曰舊章不可忘是謂周公之制六典之法爲舊章也

威儀抑抑德音秩秩無怨無惡率由羣匹 抑抑美也秩秩有常也箋云抑抑密也秩秩清也成王立朝之威儀致密無所失教令又清明天下皆樂仰之無有怨惡循用羣臣之賢者其行能匹耦已之心○惡烏路反又如字注同朝直遙反緻直致反本或作致行下孟反

受福無疆四方之綱 疆居良反下篇同

〔疏〕威儀至之

綱○毛以爲言成王立朝之威儀抑抑然而美也其道德教令之音秩秩然而有常也以此之故爲天下愛樂無有咎怨之者無有憎惡之者又能循用羣臣之匹耦己志者謂臣有賢行能與己爲匹則取其謀慮而依用之以此之故受天之福祿無有疆境常爲天下四方之綱言常爲君王統領天下○鄭以爲正立朝之威儀抑抑然密緻無遺失其教令之德音秩秩然清明無所壅滯故爲天下樂仰餘同○傳抑抑至有常○正義曰抑抑傳亦抑抑爲密則是密審故所以爲美也釋訓文秩常也故以秩秩爲有常○箋抑抑至之心○正義曰抑抑密秩秩清皆釋訓文以此詩美成王之德下云四方之綱則是爲政之事故知謂立朝之威儀也緻密無失謂舉止詳悉事無非禮教令清明謂下民寧靜無幽不燭有儀可愛有德可慕故天下皆樂仰之其行能匹耦己心者謂舉事允當與己志合也

之綱之紀燕及朋友朋友羣臣也箋云成王能爲天下之綱紀謂立法度以理治之也其燕飲常與羣臣非徒樂族人而已○樂音洛

【疏】傳朋友羣臣○正義曰此美王能官人又言天子燕及故知朋友是羣臣尚書武王曰我友邦冢君亦是稱臣爲朋友也○箋成王至而已○正義曰綱紀者以結綱喻爲政故知謂立法度以理治之言燕及則時復及之

非常燕也禮有族食族燕則王燕族人爲常臣則有功乃燕是燕臣爲非常今美王恩之隆而云燕及朋友則是以族人之恩及之故云燕飲常與羣臣非徒族人而已

百辟卿士媚于天子不解于位民之攸塈

塈息也箋云百辟畿內諸侯也卿士卿之有事也媚愛也成王以恩意及羣臣羣臣故皆愛之不解於其職位民之所以休息由此也○辟音壁注同媚眉備反注同解佳賣反注同塈許器反

【疏】傳塈息○正義曰釋詁云呬息也某氏曰詩云民之攸塈郭璞曰今東齊呼息爲呬則塈與呬古今字也○箋百辟至有事○正義曰烈文云百辟其刑之對四方其訓之則百辟非四方故爲畿內諸侯以此百辟卿士文相對故分之爲二烈文唯有百辟無卿士之文則百辟兼卿士矣故彼箋以卿士解百辟明百辟之中可以兼之也月令仲夏雩祀百辟卿士云百辟卿士古者上公以下若句龍后稷之類亦以其文具足故言以下明古之王朝之臣有功於民者皆可以祀之非獨上公意亦與此同也

假樂四章章六句

公劉，召康公戒成王也。成王將涖政，戒以民事，美公劉之厚於民，而獻是詩也。公劉者，后稷之曾孫也。夏之始衰，見迫逐，遷於豳，而有居民之道。成王始幼少，周公居攝政，反歸之。成王將涖政，召公與周公相成王，爲左右。召公懼成王尚幼稚，不留意於治民之事，故作詩美公劉，以深戒之也。○公劉，王云：公，號；劉，名也。尚書傳云：公，爵；劉，名也。王基云：公劉字也。召，本亦作邵，上照反，後皆同。涖，音利，又音類，力洎反。夏，戶雅反，下夏人同。少，時照反。相，息亮反。【疏】公劉六章，章十句。至是詩。○正義曰：作公劉詩者，召康公所作，以戒成王。武王既崩，成王幼弱，周公攝政七年而反歸之。今成王將欲涖臨其政，召公以王年尚幼，恐其不能留意於民，故戒之以治民之事，美往昔公劉之愛厚於民，欲王亦如公劉，而獻是公劉之詩以戒成王。此與泂酌、卷阿俱是召公所作，而爲此次者，厚民之事，人君之急務，故先作公劉。非有道德則不能愛民，故又作泂酌，言皇天親有德、饗有道，欲王之脩德行道也。君雖有德，不能獨治，又作卷阿，戒王使求賢用士也。案卷阿末句云「矢詩不多，維以遂歌」，自言作意，是揔結之辭，則三篇次第元是召公作之先後，編者如其意而次之，敍亦以其一時之事故於此詩之言成王將涖政而獻是詩明下兩篇亦是將涖政之時俱獻之也獻者卑奏於尊之辭召公臣也故言獻國語曰使公卿至於列士獻詩是也鴟鴞序云以貽王者周公自達已意欲使遺傳至王非已情所獻見故文與此異也公劉之厚於民經六章皆是也言成王將涖政戒以民事序其作者之意於經無所當○箋公劉至戒之○正義曰周本紀云后稷生不窋不窋生鞠陶鞠陶生公劉是后稷之曾孫也后稷本封於邰非有所迫不應去國適豳公劉有道之君天子不應見逐故知以夏之衰始見迫逐而遷於豳也譜云公劉以夏后太康時失其官守竄於此地則夏之始衰謂太康時也去中國而適戎狄則是不爲天子所助下箋以爲夏人迫逐蓋是王朝之人以時衰政亂疾惡有道故逐之也案譜以公劉當太康之時韋昭之注國語以不窋當太康之時不窋乃公劉之祖不應共當一世夏氏之衰太康爲始太康禹之孫不窋之子計不窋宜當太康公劉應在其後豳譜欲言遷豳之由遠本失官之世不窋以太康之時失稷官至公劉而竄豳其遷豳之時不必當太康也又外傳稱后稷勤周十五世而興周本紀亦以稷至文王爲十五世計虞及夏殷周有千二百歲每世在位皆八十許年乃可充其數耳命之短長古今一也而使十五世君在位皆八十許載子必

將老始生不近人情之甚以理而推實。據信若使此言必非虛誕則不𦊆之與公劉獨是不共世太康之後有羿浞之亂此至少康之立幾將百年蓋太康始衰之時不𦊆失官少康未立之前而公劉見逐也而有居民之道經之所陳皆是也成王始幼少周公居攝政者鄭以金縢之注差約之以爲武王之崩成王年十歲除喪年十三是其幼少也攝政元年成王年十五及。王歸之成王年二十一成王將涖政其年二十有二召公與周公相成王爲左右謂作上公爲二伯分陝而治周公右。書序云周公爲師召公爲保召公不悅作君奭與此同時也鄭不辨公劉是名是字王肅云公號也劉名也王基云周人以諱事神王者祫百世召公大賢出自姬姓稱揚先祖盛德之君而舉其名不亦遠於禮乎其意以爲公劉必是字也計虞夏之時世代尚質名字之別難得而知世本史記不應皆沒其名而盡書其字以之爲名未必非矣鄭以姜嫄爲名詩人亦得稱之何獨公劉不可言其名也周人自以諱事神於時未有諱法祫祭之及毀公未能重於先妣何當許姜嫄而怪公劉王基雖述鄭未必然也王肅以公爲號猶可焉何則后稷至於大王十有餘世唯三人稱公何故三君特以公號豈餘君不爲公也若爲名單而以公配則古公祖紺者復二名而加公矣

篤公劉匪居

匪康迺埸迺疆迺積迺倉迺裹餱糧于橐于囊思輯用光○篤厚也公劉居於邰而遭夏人亂迫逐公劉公劉乃辟中國之難遂平西戎而遷其民邑於豳焉迺埸迺疆言脩其疆埸也迺積迺倉言民事時和國有積倉也小曰橐大曰囊思輯用光言民相與和睦以顯於時也箋云厚乎公劉之爲君也不以所居爲居不以所安爲安邰國乃有疆埸也乃有積委及倉也安安而能遷積而能散爲夏人迫逐已之故不忍鬬其民乃裹糧食於囊橐之中棄其餘而去思在和其民人用光大其道爲今子孫之基○埸音亦裹音果餱音侯食也字或作糇糧本亦作粮音良糇也橐他洛反囊乃郎反說文云無底曰囊有底曰橐輯音集又七立反難乃旦反積子智反委於僞反爲夏于僞反又如字

弓矢斯張干戈戚揚爰方啓行戚斧也揚鉞也張其弓矢秉其干戈戚揚以方開道路去之豳蓋諸侯之從者十有八國焉箋云干盾也戈句矛戟也爰曰也公劉之去邰整其師旅設其兵器告其士卒曰爲女方開道而行明已之遷非爲迫逐之故乃欲全民也○戚七歷反鉞音越從才用反又如字盾字又作楯順允反又音允句音鉤卒尊忽反下餘卒士卒皆同爲于

僞反下非爲爲公劉皆爲同

疏

篤公劉至啟行○毛以爲厚於民事乎此公劉也乃能匪以所居爲居匪以所安爲安言不顧己之安居唯以利民爲意又言其不顧安居之事公劉之在邰國乃有畛埸乃有疆界言其有田疇之業乃有委積乃有囷倉言其有穀食之資有田有食深可安居乃以不忍鬬其民人之故遂棄此疆埸積倉乃裹此糧食於此囊橐之中委其餘而去是其不以安居爲安居也公劉所以必爲此事者思使民人相與輯睦不欲戰鬬以殺傷之用此以光顯己德於其時故爲民而不愛物也其發邰國之時弓矢於此張之又秉其干戈戚揚之兵器整其師旅而出乃告其士卒曰我爲汝方開道路而行其民以此之故而徙之至豳是其愛厚於民也王今當念此公劉厚民之事而留意治之○鄭唯以用光爲光大其道爲子孫之基大意亦與毛同○傳篤厚至於時○正義曰篤厚釋詁文后稷封於邰至公劉而始遷豳云公劉居於邰也夏人亂迫逐公劉當太康之後少康之前未能定其年世也以其時當夏世而被逐去國明因王政之亂而有人逐之不知逐者是何人也言公劉乃避中國之難遂平西戎而遷其民邑之於豳者言其遷之所由也豳地雖亦與狄鄰而近戎爲多故云遂平西戎平之者謂與之交好得自安居耳公劉不忍鬬民而去不與戎戰

爭而平之也豳於漢屬右扶風爲栒邑縣則是中國之地言西戎者雍之西境與戎接連爲夏爲戎隨時變易公劉之未居之前則爲戎大王既來之後復爲狄良由地居疆場故一彼一此也乃場乃疆謂民各有地言脩其疆場謂民脩之乃積乃倉謂官之積倉也此倉積所有出於疆場而來故云言民事時和國有積倉謂稅民而得之也地必民所耕故舉民之疆場欲見公劉不恊故舉官之積倉官倉出於民田故先言疆場也槖囊俱用裹糧而異其文明有小大之別故云小曰槖大曰囊宣二年左傳稱趙盾見靈輒餓食之又爲之簞食與肉寘諸槖以與之囊唯盛食而已是其小也哀六年公羊傳稱陳乞欲立公子陽生盛之巨囊而內可以容人是其大也釋詁云輯和也是思和其民不鬬其民即是相與和睦民能和睦則時人顯知君德故云於時也○箋厚乎至之基○正義曰此篇言篤猶生民之言誕以公劉君厚愛其民歎其能厚故每章言篤以冠公劉之上箋云厚乎公劉之爲君揔釋諸章皆云篤公劉之意也居之與安所以爲異者居謂田宅是人之所處止即疆場是也安謂資財是人所利用積倉是也正言部國乃有委積及倉者美其已聚之物而能散之故其言不及疆場也安安而能遷積而能散曲禮文也言安此之安以愛民故而能遷往他所以自有積聚散而棄之以其

意與彼同故引以爲說又申說遷散之意正爲夏人迫逐己之故不忍鬬其民愛重民命故棄其安居也既有積倉裹糧食故知棄其餘而去也以名公追而美之以戒成王不述他姓之人唯陳己之父祖以此知應輯用光之言意在感今追昔故易傳以爲光大其道爲今子孫之基○傳戚斧至八國焉○正義曰廣雅云鉞戚斧也則戚揚皆斧鉞之別名傳以戚爲斧以揚爲鉞鉞大而斧小太公六韜云大阿斧重八斤一名天鉞是鉞大於斧也牧誓云武王左杖黃鉞孔安國云黃鉞以黃金飾斧也以其特言黃鉞故云以金飾然則不言黃者未必皆金飾也以弓矢言張是人張之故知干戈戚揚爲人秉之也夏人迫逐則是有兵圍繞爲之阻難故云方開道路而去之爾也蓋諸侯之從者十有八國當是亦爲夏人政亂爲鄰國所侵以公劉賢君爲可師長故與之俱遷也毛自言蓋爲疑辭不知出何文也○箋爰曰至全民○正義曰爰曰釋詁文言爲汝開道而行示其無所畏難明己之遷非爲迫逐之故力不能拒乃欲保全其民無令損害故也告之以此使民知遷意也

篤公劉于胥斯原既庶既繁既順迺宣而無永歎胥相宣徧也民無長歎猶文王之無悔也○箋云于於也廣平曰原原厚乎公劉之於相

此原地以居民民既衆矣既多矣既順其事矣又乃使之時耕民皆安今之居而無長歎思其舊時也○歎他安反字或作嘆徧音遍相息亮反下相此皆同

陟則在巘。復降在原。何以舟之。維玉及瑤。鞞琫容刀。

巘小山別於大山也舟帶也瑤言有美德也下曰鞞上曰琫言德有度數也容刀言有武事也箋云陟升降下也公劉之相此原地也由原而升巘復下在原言反覆之重居民也民亦愛公劉之如是故進玉瑤容刀之佩○甗本又作巘魚輦反又音言又音魚偃反又音彥毛云小山別於大山也與爾雅異復降音服又扶又反注復下同瑤音遙鞞必頂反琫必孔反別彼列反反覆本亦作覆同方福反

【疏】篤公劉至容刀○正義曰公劉既至豳國先相地居民厚乎公劉之爲君也於是相此原地以居其民民既衆矣既多矣既順其事矣又乃使之徧而時耕其田於是民皆樂業安今之居而無悔恨長歎思其舊時者也又覆說相原之事公劉升則在巘山之上觀其形勢復下而在原察其處所用心反覆重民若是以此之故亦爲民愛其時之民皆云我今有何物而可與公劉帶之維有美玉及瑤并有鞞琫容飾之刀可以爲之佩耳言居民相愛其情若此故能保全家國澤及子孫王豈得不

念之而留意治民乎○傳胥相至無悔○正義曰胥相釋詁文宣徧釋言文乃宣之文在既順之下順謂順事則宣謂徧耕意亦與鄭同王肅云徧謂廬井毛意未必然也民無長歎是喜其來遷不恨公劉故云猶文王之無悔言文王之德不爲人恨與此同以此傳知彼不與鄭同○箋于於至舊時○正義曰于於釋詁文廣平曰原釋地文李巡曰廣平謂土地寬博而平正也衆多一也丁寧言之耳順其事矣謂順爲生之事築室之類皆是也乃宣之文與緜乃宣乃畝同故亦以爲時耕也○傳巘小至武事○正義曰小山别於大山者釋山云重甗隒郭璞曰謂山形如累兩甗甗甑山狀似之上大下小因以爲名西京賦曰陵重巘是也與皇矣小山曰鮮義别彼謂大山之傍别有小山也言何以舟之卽說玉瑶容刀刀玉是所佩之物故知舟是帶也傳解下之所以進上多矣雖言玉瑶容刀者君子所以比德今進之瑶言公劉有美德也。瑶是玉之别名舉瑶可以兼玉故不言玉也鞞者刀鞘之名琫者鞘之上飾下不言其飾指鞞之體故云下曰鞞上則有飾可名故云上曰琫桓二年左傳曰袞冕黻珽帶裳幅舃昭其度也藻率鞞鞛鞶厲游纓昭其數也夫德儉而有度登降有數此鞞琫在昭數之中以表人之有數故云言有度數意取左傳故并度言之刀所以斷割故云言有武事

篤

公劉逝彼百泉瞻彼溥原迺陟南岡乃覯于京溥大覯見也箋云逝往瞻視溥廣也山脊曰岡絕高爲之京厚乎公劉之相此原地也往之彼百泉之間視其廣原可居之處乃升其南山之脊乃見其可居者於京謂可營立都邑之處○京師之野于時處處于時廬旅于時言言于時語語是京乃大衆所宜居之也廬寄也直言曰言論難曰語箋云于於時是也京地乃衆民所宜居之野也於是處其所當處者廬舍其賓旅言其所當言語其所當語謂安民館客施教令也○廬力居反論難魯困反下乃旦反館客一本作館舍〔疏〕篤公劉至語語○正義曰上既相地居民此又說相立都邑言厚乎公劉之爲君也乃往之彼百泉之間就下地而仰望彼廣大之原覯見可居之處也乃又升彼南山岡脊之上乃見其可居而爲都邑者於京之地也此京地乃是大衆所宜居之野故於是處其所當處者於是又爲館舍以寄其賓旅既立都邑乃宣布號令公劉於是言其所當言語其所當語謂施政教於民也公劉厚民如此王亦當留意治民也○傳溥大覯見○正義曰皆釋詁文王肅云往之彼百泉之地乃視彼大原乃見是京而

居之可以避水禦亂也○箋逝往至之處○正義曰逝往瞻視皆釋詁文以原是廣平之地故以溥爲廣其義亦與傳大同也山脊曰岡釋山文絶高爲之京釋丘文彼下即云非人爲之丘京與丘相對且言爲之丘則是人爲之矣孫炎郭璞皆云人力所作而此詩說公劉依京築宫王肅言可以禦亂則京是大丘非人爲矣李巡曰丘之高大者曰京是京有二等若戰勝取尸築爲京觀者則人爲之此言京者則是上之高大非人爲也相原地而往之百泉之間者上已升巘觀之是登高以臨下此往百泉之間自下而望高且慮下濕故往之泉處前既升巘今復陟岡反覆審觀之下言于京斯依故知京是可營立都邑之處○傳是京至曰語○正義曰春秋言京師者謂天子所居公劉非天子不得謂所居爲京師此文連上乃覯于京則此京還是上京也師者衆也故云是京乃大衆所宜居之野以衆必大故言大衆非是京之訓也地官遺人治國野之道以待賓客云十里有廬廬有飲食則廬是居舍之名賓客寄舍其中故云廬寄也衛戴公廬於曹亦謂寄在曹地也直言曰言謂一人自言荅難曰語謂二人相對對文故别耳散則言語通也定本集註皆云論難曰語

篤公劉于京斯依蹌蹌濟濟俾筵俾几箋云蹌蹌濟濟

士大夫之威儀也俾使也厚乎公劉之居於此京依而築宮室其既成也與羣臣士大夫飲酒以樂之羣臣則相使爲公劉設几筵使之升坐○蹌七羊反○

既登乃依乃造其曹執豕于牢酌之用匏

賓已登席坐矣乃依几矣曹羣也執豕于牢新國則殺禮也酌之用匏儉以質也箋云公劉既登堂負扆而立羣臣適其牧羣搏豕於牢中以爲飲酒之殽酌酒以匏爲爵言忠敬也○依毛如字鄭於豈反箋云或扆字造七報反匏步交反殺所戒反搏音博沈又音付

食之飲之君之宗之

爲之君爲之大宗也箋云宗尊也公劉雖去邰國來遷羣臣從而君之尊之猶在邰也○

〔疏〕篤公劉至宗之○毛以爲上既言處止於京此又言宮室既就饗燕羣臣焉厚乎公劉之爲君也既爲邑於京地於此依之而築宮室宮室既成則饗燕羣臣其威儀蹌蹌之士及濟濟之大夫將來君所公劉則使人爲之設筵使人爲之設几賓來就燕既登席矣乃依几矣公劉乃使人造適其羣牧執其豕於牢中以爲飲酒之殽其飲此酒酌之用匏匏以酌之言其新爲邦國儉而禮合也又說公劉其於羣臣設饌以食之設酒以飲之已身與之爲君與之爲大宗也言公劉之厚於羣臣如此欲成王之法

效之○鄭上二句與毛同言公劉築室既成與羣臣飲食以樂之其爲如此蹌蹌濟濟之威儀者謂公劉之朝士大夫者則相使爲公劉設筵相使爲公劉設几欲使公劉升扆而坐也公劉既登堂矣乃負扆而立其羣臣乃造其羣牧執豕於牢以爲飲酒之殽得殽乃飲遂酌之之用匏以進於公劉於此之時羣臣之於公劉也獻酒以飲之進食以食之從而君敬之從而尊重之言雖去舊國見尊如本國由愛厚其民故下不失敬欲成王之厚於民以見敬○箋蹌蹌至升坐○正義曰曲禮下云凡行容大夫濟濟士蹌蹌是蹌蹌濟濟大夫士之威儀也俾使釋詁文上京師之野于時處處謂衆民處處此言于京斯依則是公家之事故云公劉之居此京依而築宫室以宫室新成則有落之之禮下執豕用匏是飲酒之事故知既成與羣臣士大夫飲酒以落之也落室之禮則是公家所爲筵几酒豕當是公家之物而云羣臣相使爲公劉設几筵使之升坐者爲禮之物實出於公但使掌供辦羣臣之職若使心不愛君則苟從而已雖有所掌不必促遽今言羣臣相使見其愛君之意耳○傳賓已至以賓○正義曰以上言筵几此言登依則是登筵依几故云賓已登席矣乃依几矣以傳此言則知上筵几者毛意以公劉爲羣臣設之饗燕之禮立一人爲賓對主以行禮揔而言之則非主者皆曰賓

此賓即上踖踖濟濟之人宜爲攝矣左傳之說饗禮云設几而不倚此言依几者此文攝言於臣之禮不辨饗燕之異下云飲之食之或亦兼食燕矣故得依几也行葦說燕宗族之禮箋云老者加之以几則羣臣之中當有無几者據有者言之耳周語曰民所曹好漢書每云吾曹曹者輩類之言故爲羣也饗禮當亨大牢以飲賓此唯用豕者秋官掌客曰凡禮賓客國新殺禮公劉新至豳地殺禮也匏是自然之物故云儉且質也定本云儉以質也燕禮羹定乃納賓此賓升乃執豕者其實執豕在登席之前欲使賓事與殽酒各自相近故也○箋公劉至忠敬○正義曰釋宫云牖戶之間謂之扆明堂位云天子負斧依南鄉而立此云既登乃依事與彼同故知是公劉既登堂負扆而立也明堂位注云負之言背也斧依爲斧文屏風於戶牖之間然則斧者是屏風之名扆則戶牖之間地耳郭璞云扆窻東戶西也禮有斧扆形如屏風畫爲斧文置於扆地因名爲斧扆是也言天子負斧扆則諸侯之扆有斧以否無明文也此公劉負扆而立謂在朝之時其飲則坐於席故上箋云使之升坐謂設几筵擬飲時非負扆時也適其羣牧謂牧豕之羣處也晉語曰大任溲於豕牢即牢是養豕之處故云搏豕於牢中言忠敬者攝解執豕用匏之事備其殽酒酌以進君道公劉之臣忠而且敬也○傳爲之

君爲之大宗○正義曰傳以君之宗之其意爲一也板傳曰。王者天下之大宗然則此以諸侯爲一國之所尊故云爲之大宗也○箋公劉至在部○正義曰夷險易情人之恒事國君不能得其社稷乃逃竄遠夷於此之時臣多辭體而能見尊如此所以可尚易傳者孫毓云此篇主稱公劉之厚於民列其始遷於豳此章言羣臣之愛敬上下之有禮無饗燕尊賓之事且饗之禮設几而不倚何有賓已登席依几之義又國君不統宗故有大宗小宗安得爲之君復爲之大宗乎箋說爲長

篤公劉既溥既長既景迺岡相其陰陽觀其流泉既景。乃岡考於日景參之高岡箋云厚乎公劉之居豳也既廣其地之東西又長其南北既以日景定其經界於山之脊觀相其陰陽寒煖所宜流泉浸潤所及皆爲利民富國○相息亮反注同煖況袁反又乃管反浸子鴆反

其軍三單度其隰原徹田爲糧三單相襲也徹治也箋云部后稷上公之封大國之制三軍以其餘卒爲羨今公劉遷於豳民始從之丁夫適滿三軍之數單者無羨卒也度其隰與原田之多少徹之使出稅以爲國用什一而稅謂之徹魯哀公曰二吾猶不足如之何其徹也○單音丹度待洛反注及下

同。羨音賤，又音衍，下同。

度其夕陽，豳居允荒。

山西曰夕陽。荒，大也。箋云：允，信也。夕陽者，豳之所處也。度其廣輪，豳之所處信寬大也。○廣，古曠反。

【疏】篤公劉至允荒○毛以爲厚乎公劉之爲君，初至於豳，既廣其土地之東西，既長其境界之南北，既以日影定其經界，乃復登彼山脊之岡而視其陰陽寒煖所宜，又觀其流泉浸潤所及，知天氣宜其禾黍，地利足以生物，乃居處其民焉。又其從邰往豳，未得安定之時，其爲軍也，分老弱婦女爲三等之陳而單營之。初來未有宅舍，且居其隰原之地，治其豳國之田以爲久住之糧，然後始得營室安居，乃居其山西夕陽之地，此豳國之居信寬大矣。美其居民得所，闢境廣大，欲王法效之也。○鄭唯下五句爲異，言公劉初至於豳，丁夫寡少，其軍有三，唯單而已，無羨卒也。量度其陽與原田之多少，徹稅其田之所收，以爲國之糧。庶其豳之所處夕陽之地，觀其廣輪，則豳之所居信寬大矣。○傳既景至高岡○正義曰：以此句同事別，故特解之。考於日影，即上既溥既長以日影考之也。參之高岡，即下相其觀其是登岡視之。先影後岡，故稱及也。定本影皆爲景字。○箋既廣至富國○正義曰：既廣既長，謂正定疆界，故以土地言之。公劉自邰往遷豳之時，尺土皆非己物，故美公劉能廣長之也。夏殷之世大國百里雖云廣長亦不是過也日影定其經界者民居田畝或南或東皆須正其方面故以日影定之居山之脊觀其陰陽則觀其山之南北也大名則山南爲陽山北爲陰但廣谷大川有寒有暖寒暖不同所宜則異故相之也流泉所以漑灌故知觀其浸潤所及相寒煖視浸潤欲民擇所宜而種之逐浸潤而耕之皆所以利民富國故公劉殷勤審之也○傳三單相襲徹治○正義曰重衣謂之襲三單相襲者謂三行皆單而相重爲軍也此謂發部在道及初至之時以未得安居慮有寇鈔故三重爲軍使強壯在外所以備禦之也嵩高及此傳皆云徹治則訓徹爲治非稅法之通名也言治田爲糧謂旣至豳地以爲久住之糧非在道之糧也何則發部之日尚委棄積倉不假言治田爲道路之糧矣王肅云三單相襲止居則婦女在內老弱次之強壯在外言自有備也徹治也居其民衆於襲與原治其田疇以爲糧是也○箋部后至其徹○正義曰知后稷上公之封者公羊傳曰王者之後稱公后稷本是二王之後以有大功而改封於部明爲大國公爵公劉是其曾孫耳故知仍爲大國當作三軍地官小司徒云凡起徒役無過家一人以其餘爲羨羨謂家之副丁也今言其軍三單則是單而無副故知公劉遷豳民始從之其衆未多丁夫適滿三軍之數無復羨卒故稱單也以周禮言之三

軍三万七千五百人然則從公劉之遷其家不滿此數故通取羨卒始滿三軍也言度其隰原是度量土地使民耕之也下即云徹田爲糧明是徹取此隰原所收之粟以爲軍國之糧也且徹與孟子百畝而徹文同故知徹之使出稅以爲國用孟子說三代稅法其實皆什一故云什一而稅謂之徹引論語曰明徹是稅法其證爲什一也如孟子之言夏曰貢周曰徹徹乃周之稅法公劉夏時諸侯而言徹者名公以周之世上論公劉遂以周法言之以其俱是什一其名可以相通故也大國三軍亦是周制而謂公劉之時已作三軍者以三代損益事多相因甘誓云大戰于甘乃召六卿王曰嗟六事之人是夏時天子六軍之將亦命卿其法與周同也於時大國亦立三卿則知亦作三軍而周制因之耳夏殷大國百里周則大國五百里大小懸絕而軍數得同者周之軍賦皆出於鄉家出一人故鄉爲一軍諸侯三軍出其三鄉而已其餘公邑采地不以爲軍若夏殷之世則通計一國之人以爲軍數故此言丁夫適滿三軍是通一國之人揔計之大國百里爲方一里者万爲田九万夫田有不易一易再易通率二而當一半之得四万五千家以三万七千五百家爲三軍尚餘七千五百舉大數故得爲三軍也次國七十里爲方一里者四千九百爲田四万四千一百夫半之得二万二千五十家

二軍當用二萬五百人少二千九百五十人以羨卒充之舉大數亦得爲二軍也以小國五十里爲方一里者二千五百爲田二万二千五百夫半之得一萬一千二百五十家以万二千五百人爲軍少一千二百五十人不滿一軍舉大數亦得爲一軍也如此計之夏殷國地雖狹亦得爲三軍矣易傳者此詩主美公劉之遷首章言去邰二章已言至豳無宜此文方說在道去夏入戎則戎地無寇至豳之日無所用兵三軍相襲復何禦哉且上言棄其積倉裹糧而行至豳無糧必須稅斂徹是稅名糧從田出徹田爲糧稅事明矣故知三單是三單之無副徹田是徹民而取糧所以不從傳也○傳山西至荒大○正義曰山西曰夕陽釋山文孫炎曰夕乃見日然則陽即日也夕始得陽故名夕陽釋言云荒奄也孫炎曰荒大之奄也則荒奄俱是大義故爲大也皇矣傳以度爲居此章二度傳意皆應爲居王肅云居其夕陽之地豳國之居信廣大也○箋夕陽至寬大○正義曰夕陽者總言豳人一國之所處也其界在山之西不知是何山也譜云豳在岐山之北書傳說太王去豳踰梁山注云梁山在岐山東北然則豳國之東有大山者其唯梁山乎大司徒注云輪從也馬融云東西爲廣南北爲輪量度其東西南北之所處信寬大矣豳譜所云原隰之野謂此○篤公劉于豳

斯館涉渭爲亂取厲取鍛館舍也正絶流曰亂鍛石也箋云鍛石所以爲鍛質也厚乎公劉於豳地作此宮室乃使人渡渭水爲舟絶流而南取鍛厲斧斤之石可以利器用伐取材木給築事也○厲本又作礪鍛本又作碫丁亂反說文云碫厲石字林大喚反材木一本作林木○止基迺理爰衆爰有夾其皇澗遡其過澗皇澗名也遡鄉也過澗名也箋云爰曰也止基作宮室之功止而後疆理其田野校其夫家人數日益多矣器物有足矣皆布居澗水之旁○夾古洽反又古協反澗古晏反遡音素過古禾反注同鄉本又作嚮許亮反文與卷阿篇注同校音教○止旅乃密芮鞫之卽密安也芮水厓也鞫究也箋云芮之言內也水之內曰隩水之外曰鞫公劉居豳既安軍旅之役止士卒乃安亦就澗水之內外而居脩田事也○芮本又作汭如銳反鞫居六反涯五佳反亦作厓隩於六反又於報反字或作奥○

【疏】篤公劉至之卽○正義曰上言量度國境此言安置民居厚乎公劉之爲君也於此豳地令民作此館舍將作之時先使人涉渡於渭乘舟絶水爲亂而過取其礪石取其鍛具所以鍛礪斧斤利其器用伐取材木乃爲宮室言其勸

導有法豫事省功也宮室既備民得居處公劉止此宮室之基乃疆理民之田畝言其先營民居次理民田又校數夫家人數見其人物衆多公劉乃言曰人民衆多矣器物有足矣又徧觀民宅見其有夾其皇澗而處者謂在澗兩邊也見有遡其過澗而處者謂開門鄉澗也公劉見其布在水傍各服田畝又止其軍旅之役乃安息其士卒令此士卒於彼芮鞫之就也芮水內也鞫水外也謂止其在官之役使就水營田也言公劉之愛民如是王豈得不法效之乎○傳館舍至鍛石○正義曰亂有公館私館館者宮室之名爲館所以止舍其中故云舍也正絶流曰亂釋水文孫炎曰直橫渡也然則水以流爲順橫度則絶其流故爲亂俱是渡謂取礪礪既是石則知鍛亦石也○箋鍛石至築事○正義曰鍛者冶鐵之名非石名也傳言鍛石嫌鍛是石名故明之云鍛石所以爲鍛質者質椹也言鍛金之時須山石爲椹質故取之也礪者磨刀劒之名亦非石名也言取礪者亦取其爲礪之石耳公劉之君民豳地作宮室謂作民宮室非公宮也公宮則上云于京斯依者是也鍛礪所由施於斧斤故知取鍛礪斧斤之石所以利器用也材木由器而取築作用斫故云取材木給築事也○傳皇澗至澗名○正義曰以皇過與澗共文故知皆澗名也夾者在其兩傍故知遡者鄉也謂開門鄉之大率民

民以南門爲正此蓋皇澗縱在兩傍而夾之過澗横故在北而嚮之王肅云或夾或嚮所以利民也○箋爰曰至之傍○正義曰爰曰者公劉之言也公劉疆理田疇巡行廬井見民多器足而發此言故云曰也作宮室之功止謂民之宮也上云既順乃宣謂初至先及時耕田既耕乃營宮室也上既言耕則民已得地於此復疆之者前來急於趨時未善部分且有後來之衆皆須得田故止宮室之功乃疆理之亦既疆理其田自然須校人數周禮稱夫家者謂男女也校此其國内男女之數而授之田公劉歎其衆故曰益多矣有之爲言與多不類上言鞞琫是民之器物故知有者器物有足矣經陳二澗故云皆布於澗水之傍○傳密安至鞫究○正義曰釋詁文密康靜也康安也轉以相訓是密得爲安芮是水厓之内故云水厓也釋言云鞫究窮也俱訓爲窮故轉鞫爲究此鞫是水厓之名言其曲水窮盡之處也故傳解其名鞫之意○箋芮之至田事○正義曰芮鞫皆是水厓之名鞫是其外則芮是其内故云芮之言内謂厓内隩隈之處故卽引爾雅以釋之釋丘云隩隈也厓内爲隩外爲鞫李巡曰厓内近水爲隩其外爲鞫孫炎曰内曲裏也外曲表也是水之内曰隩水之外曰鞫也經言芮不言隈則經爲互也内則芮以明鞫爲外外有鞫名則内亦有汭名以此見其芮爲隩也公劉初

至之時居處未安須有防衛今言止旅則是宮室已安可以自固乃止之故云公劉居豳既安軍旅之役止士卒乃安上言夾澗鄉此芮鞫爲水之內外故知就澗水之內外在居民居主於治田故云脩田事也此以水內爲芮則是厓名非水名也夏官職方氏雍州其川涇汭注云汭在豳地詩大雅公劉曰芮鞫之即以此芮爲水名者蓋注禮之時未詳詩義故爲别解○

公劉六章章十句

洞酌召康公戒成王也言皇天親有德饗有道也

洞音迥○【疏】洞酌三章章五句至有道○正義曰尊者莫德故戒王使脩行之天言皇天者以尊稱名之重其事也道德相對則在身爲德施行爲道故中候云皇道帝德爲內外優劣散則通也親饗者謂親愛其人饗其祭祀亦爲相接成也經三章皆上三句言薄物可以薦神是親饗之也下二句言與民爲父母是有道德也

洞酌彼行潦挹彼注兹可以餴饎

洞遠也行潦流潦也餴餾也饎酒食也箋云流潦水之薄者也遠酌取之投大器之中又挹之注之於此小器而可以沃酒食之餴者以有忠信之德齊絜之誠以薦之故也春秋傳曰人不易物惟德緊物○潦音老挹音揖又音邑餴甫云反又作饙字書云一蒸米也饎尺志反字林充之反餾力又反又音留爾雅饙餾餁也孫炎云蒸之曰饙均之曰餾郭云餴熟爲餾齊側皆反本又作齋緊於兮反

豈弟君子民之父母

樂以強教之易以說安之民皆有父之尊有母之親○樂音洛易羊豉反說音悅

【疏】洞酌至父母○正義曰言使人遠往酌取彼道上流潦之水置之於大器而來待其清澄又可挹彼大器之水注之此小器之中以灌沃米餴以爲饎之酒食以此祭祀則天饗之此此薄陋之物皇天所以饗之者以此設祭者是樂易之君子能有道德爲民之父母上天愛其誠信故歆饗之然則爲人君者安可以不行道德而作民父母故言此以戒王○傳洞遠至酒食○正義曰洞遠釋詁文行者道也潦者雨水也行道上雨水流聚故云流潦也釋言云饙餾稔也孫炎曰蒸之曰饙均之曰餾郭璞曰今呼餐音脩飯爲饙饙均熟爲餾說文云饙一蒸米也餾飯氣流也然則蒸米謂之饙饙必餾而熟之故言饙餾非訓饙爲餾饎酒食釋訓文○箋流潦

至緊物○正義曰隱三年左傳曰潢汙行潦之水可薦於鬼神可羞於王公雅有行葦洞酌明忠信也其意以行潦爲薄物由忠信之故而可以祭神箋取彼意爲說故言流潦水之薄者也言投之大器者以言挹彼注茲是從器挹之而注於此器故知遠酌取置之大器挹來乃注於小器蓋以潦水泥濁置之大器以澄之挹小器而用之所以轉經二器也沃酒食之饙謂爲饋之時以此水沃潤之也引春秋傳者僖五年左傳文也服虔注云緊發聲也言黍稷牲玉不易無德薦之則不見饗有德則言饗言物爲有德用也○傳樂以至之親○正義曰皆孔子閒居之文也彼引此詩以爲此言以釋之故傳依用焉樂者人之所愛當自彊以敎之易謂性之和悅當以安民故云悅安之一人之云父母故云有父之尊有母之親

洞酌彼行潦挹彼注茲可以濯罍濯滌也罍祭器○罍音雷滌徒厤反**豈弟君子民之攸歸**〔疏〕傳濯滌罍祭器○正義曰說文云滌洗也濯浣也則濯滌俱是洗浣之名故云濯滌也特牲注云濯漑也則漑亦是洗名下傳云漑淸也謂洗之使淸絜皆是洗器之名也春官司尊彝云四時之祭皆有罍是罍爲祭器也卷耳云我姑酌彼金罍則饗燕亦有罍以此論祭事故言祭耳

泂酌彼行潦挹彼注茲可以濯溉溉清也○溉古愛反清才性反又如字

豈弟君子民之攸塈箋云塈息也

泂酌三章章五句

附釋音毛詩注疏卷第十七（十七之三）

武寧盧氏宣旬校定

皇清嘉慶二十年重栞宋本用文選樓藏本校

黃中栻栞

毛詩注疏挍勘記（十七之三）

阮元撰盧宣旬摘錄

○假樂

宜君宜王　唐石經小字本相臺本同案釋文云且君且王一本且作宜字正義云君王別文傳并言之者以其俱有宜文故揔而釋之言宜君者宜君天下宜王者宜王天下是正義本作宜字與一本同段玉裁云作宜爲俗本也詳詩經小學

曰舊章不可忘　閩本明監本毛本同案浦鏜云亡誤忘是也

不解于位　唐石經小字本相臺本同案釋文以匪解作音或其本不作匪今通志堂仍作不詳後考證正義本未有明文今無可考考文古本作匪當是依公劉箋中不字經中匪字而爲之耳

詩云民之攸塈　閩本明監本毛本同案塈當作呬見詩經小學○按此古假借字

○公劉

反歸之閩本明監本毛本同小字本相臺本反作及案反字是也正義云而反歸之可證

以深戒之也閩本明監本毛本同小字本相臺本無也字

作公劉詩者閩本明監本毛本同案浦鏜云作字當衍是也

欲使遺傳至王非己情所獻見閩本明監本毛本同案十行本遺至王剜添者一字此情所當作所奏句末衍見字下衍上脫補而未去者也

去中國而適戎其閩本明監本毛本同案浦鏜云其當狄字誤是也

不窋之子閩本明監本毛本不上有公劉二字案此誤補也當云不窋稷子稷字誤作之耳

以理而推實據信閩本明監本毛本實下有雖字案所補是也

及歸之成王年二十一閩本明監本毛本同案浦鏜云反誤及是也

分陝而治周公右閩本明監本毛本右誤古案此用樂記文也當作周公左召公右因公字

複出而脫去三字

迺場迺疆　小字本相臺本同閩本明監本同唐石經場作埸毛本同案唐石經誤也釋文云埸音亦可證注及正義中字十行本盡作場亦誤

戈句矛戟也　小字本同閩本明監本毛本同相臺本矛作子考文古本矛字亦同案矛字誤也釋文以句子作音可證鄭考工記注廣雅皆作子方言作舒子舒字一耳

欲見公劉不忲　閩本明監本毛本同案浦鏜云怯誤忲是也

囊唯盛食而已　閩本明監本毛本同案浦鏜云櫜誤囊是也

以自有積聚散而棄之以其意與彼同　閩本明監本毛本同案十行本而至其剜添者一字當衍自上以字也

以此知應輯用光之言　閩本明監本毛本同案應當作思

而無永嘆 唐石經小字本相臺本同案釋文云歎字或作嘆正義中字皆作歎是其本與釋文同考文古本作歎采正義釋文

猶文王之無悔也 相臺本同小字本悔作侮案正義云故云猶文王之無悔言文王之德不爲人恨與此同是其本作悔字段玉裁云謂皇矣末章四方以無侮也誤作無悔非是且其德靡悔毛詩言王季非言文王見詩經小學

陟則在巘 唐石經小字本相臺本同案釋文云甗本又作巘毛云小山別於大山也與爾雅異正義云小山別於大山者釋山云重甗隒郭璞曰謂山形如累兩甗甗甑山狀似之上大下小因以爲名西京賦曰陵重巘是也與皇矣小山曰鮮義別彼謂大山之傍別有小山也依此是正義本亦作甗字與釋文本同故引重甗以釋之也今正義中巘字及標起止云傳巘小當是合併以後改之釋文云與爾雅異者謂爾雅作鮮爲異不以此當重甗隒也其實鮮巘字異義同經中用字例不盡一如逝噬罔輾墳汾訧尤郵之屬是其比矣唐石經以下作巘當出於又作本

言居民相愛　閩本明監本毛本愛誤土案浦鏜云居疑君之誤是也

雖言玉瑤容刀者　閩本明監本毛本雖誤惟案此當作唯

瑤言公劉有美德也　閩本明監本毛本同案也下脫者字

乃覯于京　小字本相臺本同唐石經乃作迺案此經迺場迺疆迺積迺倉迺裹迺宣迺陟乃覯乃依乃造迺岡迺理乃密凡十三見十行本四字作乃九字作迺小字本相臺本乃密作迺為異餘同唐石經盡作迺考釋文以迺裹迺覯乃依乃造作音凡五見而三迺二乃則二文錯亂久矣傳中亦迺乃互有箋有乃無迺當是經本作迺傳箋轉為乃而說之故正義中亦悉用乃字也或遂以注改經耳當從唐石經也山井鼎云古本迺乃二字參差不同是因其錯亂又從而互易之

論難曰語　小字本相臺本同案正義云荅難曰語又云定本集注皆云論難曰語釋文云論難魯困反下乃旦反是其本作論字

謂安民館客　小字本相臺本同案釋文云館客一本作館舍正義本未有明文今無可考

且言爲之上也　閩本明監本毛本同案浦鏜云京誤上是也

飲酒以樂之　閩本明監本毛本同小字本相臺本樂作落案正義云則有落之之禮又云落室之禮是其本作落字釋文不爲樂字作音其本或與正義本同合併時所取經注本字作樂與斯干注同不合於此正義也

儉以質也　小字本相臺本同案此定本也正義云故云儉且質也定本云儉以質也是其本作且字

公劉既登堂負扆而立　小字本相臺本同案此箋易傳以依爲扆字之假借不云讀爲直於訓釋中改其字以顯之也釋文云鄭於豈反箋云或扆字者言箋意耳非載箋文也○按徑云箋云或扆字似陸所據有此語

羣臣適其牧羣　閩本明監本毛本同小字本相臺本臣下有乃字考文古本乃字同案有者是也

飲食以樂之閩本明監本毛本樂作落案所改是也食當作酒

但使掌供辨羣臣之職閩本明監本毛本辨作辦案所改是也然古辨辦無二字俗人分別耳

天子負斧衣南鄉而立明監本毛本同閩本鄉誤饗案浦鏜云依誤衣是也

適其羣牧閩本明監本毛本同案浦鏜云牧羣二字誤倒是也

故云搏豕於牢中閩本明監本毛本同案搏當作捕以七月無羊例之當釋文本作搏正義本作捕也

國君不能得其社稷閩本明監本毛本同案得當作保形近之譌

既景乃岡考於日景小字本相臺本同案此定本也正義云定本影皆爲景字是其本二字皆作影考影爲景之俗字論詳顏氏家訓傳不應用之當以定本爲長

量度其陽與原田之多少閩本同明監本毛本陽作隰案所改是也

其證爲什一也閩本明監本毛本同案其當作且形近之譌

出其三卿而已閩本明監本毛本卿作鄉案所改是也

當用二萬五百人明監本毛本同閩本人作千案百當作千閩本誤改下字餘文多不誤浦鏜所改皆非

取厲取鍛小字本同閩本同唐石經鍛作鍛相臺本毛本同案鍛字是也釋文云鍛本云作碫丁亂反說文云碫厲石也字林大喚反詩經小學云今本說文誤作碫乎加反此誤與彼同也又說文云厲本又作礪正義本是礪字考文古本作取礪取碫采正義釋文

鍛石也小字本相臺本同案釋文鍛下云鍛石也段玉裁云傳鍛鍛石也鄭申之云鍛石所以爲鍛質也今本傳中脫鍛字考正義云則知鍛亦石也又云傳言鍛石嫌鍛是石名是其本已無下鍛字

伐取材木 相臺本同閩本明監本毛本同小字本材作林考文古本同案材字是也正義可證釋文云一本作材末

材末一本作林末 補通志本林末作材末盧本作林木云舊譌材末今改正足利本作林木案所改是也此十行本所附作林末末乃木字之譌小字本所附作林木一本作材木順正文而易之耳山井鼎所云古本材作林者采諸此

校其夫家人數 小字本相臺本同案校當作挍釋文云挍其音教詳青衿

俱是渡謂取礪 閩本明監本毛本同案浦鏜云渭誤謂取礪疑而取之誤是也

公劉之君民囿地作宮室 閩本明監本毛本同案君當作居衍民字作下脫此字

築作用所 閩本明監本毛本同案浦鏜云用所字當誤倒是也

大率民民以南門爲正 閩本明監本毛本不重民字案所刪非也下民字當作居耳

則內亦有汭名閩本明監本汭作內案此當作芮

上言夾澗嚮閩本明監本毛本同案澗嚮二字當倒

故知就澗水之內外在居閩本明監本毛本同案在當作布形近之譌此正義自爲文注作而

未詳詩義故爲別解閩本明監本毛本爲別解三字誤作也字

○泂酌

下三句閩本明監本毛本同案浦鏜云二誤三是也

樂以強教之小字本同閩本明監本毛本同相臺本強作彊案彊字是也當讀平聲正義云當自彊以教之是其證也表記釋文云彊其良反徐其兩反依上一音字亦當作彊徐音字乃作強與正義本此傳不同也

民皆有父之尊有母之親小字本同相臺本母上有有字閩本明監本毛本同十行本初

刻無剜改有案無者是也此傳本禮記而略去下有字者以意自足也正義仍依禮記文而說之耳相臺本有乃沿革例所謂以取疏中字徵足其義者也當從小字本及十行本初刻也

今呼餐音脩飯爲饋　閩本明監本毛本音誤者案山井鼎云宋板音脩二字白書是也此正義自爲音不入正文也○按此則文義難讀必須分別者

饋均熟爲餾　閩本明監本毛本同案山井鼎云均字衍文非也今爾雅注脫耳

以爲此言以釋之　閩本明監本毛本同案上以字當作而

附釋音毛詩注疏卷第十七（十七之四）五七

毛詩大雅　鄭氏箋　孔穎達疏

卷阿召康公戒成王也言求賢用吉士也吉猶善也○卷音權曲也篇內同阿大陵曰阿【疏】卷阿十章上六章章五句下四章章六句至吉士○正義曰說文云賢堅也以其人能堅正然後可以爲人臣故字從臣吉者善也吉士亦是賢人但序者別其文以足句亦因經有吉士之文故也經十章皆言求賢用吉士之事○

有卷者阿飄風自南興也卷曲也飄風迴風也惡人被德化而消猶飄風之入曲阿也箋云大陵曰阿有大陵卷然而曲迴風從長養之方來入之興者喻王當屈體以待賢者賢者則猥來就之如飄風之入曲阿然其來也爲長養民○票避遙反本亦作飄被皮寄反長張丈反下同猥烏罪反爲于僞反

豈弟君子來游來歌以矢其音矢陳也箋云王能待賢者如是則樂易之君子來就王游而歌以陳出其聲音言其將以樂王也感王之善心也○樂易音洛下樂王同

易音以豉反後樂易皆放此○【疏】有卷至其音○毛以爲有卷然而曲者是大陵之阿也此阿以曲之故使迴旋之飄風從南而入之無不消散以興有美者是大德之化此化以美之故使凶悖之惡人隨政而順之皆得其息止也惡人旣消則賢者樂進故此樂易之君子於是來而就王游來而就王歌以陳出其音聲言其將以樂王感王之善○鄭以爲有卷然而曲者之阿則飄風從南長養之方來入之以興王有降屈之意則賢者懷其撫養之德來就之阿以岸曲而來風猶王以體屈而致賢也下三句與毛同○傳卷曲至曲貌阿○正義曰檀弓稱原壤歌曰執女手之卷然則卷是曲貌也釋天云迴風爲飄李巡曰迴風旋風也風必有道然後得去阿之曲者風無去路故入阿則消善政消惡亦復如此○箋大陵至養民○正義曰大陵曰阿釋地文以此詩勸王求賢求之必當降意下言君子之來此當言王待之狀且舜舉皐陶不仁者遠矣是得賢然後消惡非惡消然後賢來故易傳以曲阿喻王之體屈也屈體者謂降尊就卑接以恩意使賢者感恩而樂來也以飄者風之狀故言猥來以對之猥者多而疾來之意飄風之來非有定所而以自南言之明其取南爲義故知以南是長養之方喻賢者有長養之德故云其來爲長養民也檜風云匪風飄兮何人斯篇云其爲飄風彼

皆不言自南故以爲惡此言從長養之方故爲喻善與取一
象不得皆同此言賢人疾來故以疾風爲喻○傳矢陳○正
義曰釋詁文○箋王能至善心○正義曰以言歌復言音則
音爲歌之音聲故云陳出其聲音言其將以樂王也王能爲
賢有所樂是感王之善心也以此知上經喻王之屈
體矣若其不然止致賢人之來何能使之歌樂乎**伴奐**
爾游矣優游爾休矣伴奐廣大有文章也箋云伴奐
自縱弛之意也賢者旣來王以
才官秩之各任其職女則得伴奐而優自休息也孔子曰無
爲而治者其舜也與恭已正南面而已言任賢故逸也○伴
音判徐音畔奐音喚徐音換施本又作弛同書氏反任音壬
或如鴆反治直吏反下爲治同與音餘共音恭本亦作恭○
豈弟君子俾爾彌爾性似先公酋矣彌終也似嗣
也酋終也箋
云俾使也樂易之君子來在位乃使女終女之性命無困病
之憂嗣先君之功而終成之○酋在由反又子由反又在幽
反【疏】伴奐至酋矣○毛以爲言王若能用周道伴然而德
廣大奐然而有文章可使賢者於汝王所來游矣則
此賢人皆來就王優游然於汝王所休息矣王欲廣大有文
章以來致賢人又言賢人益王之意此樂易之君子者若得

來在爵位以輔佐王則使汝王得終汝王之性命無困病之憂又嗣其先君之功汝王能終之矣言得賢人則可以保全已之性命又終成先君之功戒王不可不求之也○鄭以上二句言勸王求賢之意若得賢爲官任之以事則伴奐然汝王得自游縱矣又優游矣汝王得休息矣是任賢則逸不可不求餘同○傳伴奐廣大有文章○正義曰傳以伴奐爲廣大文章則是勸王使爲此也來游者謂王能如此則賢人來游故王肅云周道廣大而有文章故君子得以樂易而來游優游而休息傳之此言以二字分而爲義蓋伴爲廣大奐爲文章故孔晁引孔子曰奐乎其有文章伴乎其無涯際是分之也則毛當讀爲伴奐不得如徐音徐音自爲鄭讀也○箋伴奐至故逸○正義曰伴奐之言與優游相類故爲自縱弛之意人情莫不惡勞而好逸迫於不得已耳任賢可以優游故以此辭勸之求逸在於能官能官在於任職則君得優游故云賢者既來王以才官秩之各任其職汝則伴奐而優游自休息也才官秩之謂論才然後官之居官然後秩之也引孔子之言又解其意言任賢故逸以明名公言此之意亦勸王欲使如舜也王肅奏云周公著書名曰無逸而云自縱弛也不亦違理哉孫毓云忠臣戒君而發章令自縱弛非直方之義斯皆未達勸戒之要旨也何則周公之言無逸者心也名

公之言優游者事也心常戰兢無時可逸事若無爲自然逸矣子之燕居申申如也是縱弛之狀無爲而治其舜也與是自逸之事書傳稱成湯之間刑措不用雖欲不逸何所爲乎名公教其求逸勸使任賢此則達者之格言萬世所不易何以爲違理之談非直方之義也周公之戒成王云君子所其無逸卽云知稼穡之艱難乃逸亦是教王使求自逸其爲勸戒與此正同孔晁又云一人戒無逸一人勸使縱弛事相反戾乃天之與地何其疏實而發爭訟也○傳彌終似嗣酋終○正義曰彌終釋言文似先公是繼嗣先君故似爲嗣遒終釋詁文彼遒作酋音義同也○箋樂易至成之○正義曰礼運云政也者君之所以藏身之固也然則賢人在位卽行善政可以保全性命無他患禍故云使汝終汝之性命無困病之憂也若使臣無可任每事勞心則是傷年夭命不得終矣成王之所繼嗣者先王也而云先公公是君之別名故云嗣先君之功而終成之謂守其王位成就先君之功也

爾土宇昄章亦孔之厚矣昄大也箋云土宇謂居民以土地屋宅也孔甚也女得賢者與之爲治使居宅民大得其法則王恩惠亦甚厚矣勸之使然○昄徐符版反孫炎郭璞方滿反字林方但反又方旦反

豈弟君子俾爾彌爾性百

神爾主矣 箋云使女爲百神主謂羣神受饗而佐之

〔疏〕爾土至主矣○正義曰勸王若得賢者與之爲治使之教民則汝之土地居宅之民大得其禮法文章矣下民蒙其德澤皆荷王者之恩則爲王之恩惠亦甚之厚矣王何以不求之乎此樂易之君子既來在王位以德助汝使汝得終汝之性命百神皆以汝爲主矣言其愛而饗祐之○傳昄大○正義曰釋詁文○箋土宇至使然○正義曰賢者所以養民故以土宇謂居民。土地屋宅也以教之故民有所法則王而下得其恩故云王恩惠亦甚厚言甚者王恩已厚臣又益之○箋使女至佐之○正義曰祭法云有天下者祭百神則爲天子者固自爲百神主矣今言百神爾主謂神意以之爲主不欲使他人主之故謂之羣神受饗而祐助之○

爾受命長矣茀祿爾康矣 茀小也箋云茀福康安也女得賢者與之承順天地則受久長之命福祿又安女○茀沈云毛音弗徐云鄭音廢一云毛方味反鄭芳沸反○

豈弟君子俾爾彌爾性純嘏爾常矣 嘏大也箋云純大也予福曰嘏使女大受神之福以爲常

〔疏〕爾受至常矣○毛以爲王得賢者與之承順天地則所受天之性命得久長矣非徒大福佑助王身

其細小之福祿亦於汝汝而安之矣此樂易之君子既來在王位以德助汝終汝之性命德大天之福於汝汝爲常矣言能任賢者則福常助之○鄭唯以茀爲福嘏爲嘏辭爲異餘同○傳茀小○正義曰福之大者莫過未年命長已是大福則茀福宜爲小福故以茀爲小福故以茀爲小言小尚安之則大者可知○箋茀福至安女○正義曰茀之爲福爲小皆無正訓以其與祿共文宜爲福爾上言百神爲主命則天地所授天無悔怒壽命則長故云得賢者與之承順天地則受以長之命既得長命又爲福祿所安謂使之四方無虞常主天下也○傳嘏大○正義曰釋詁文○箋純大至爲常○正義曰純大釋詁文詩之有嘏字者皆是祭祀之事少牢特牲之祀尸嘏主人皆予之以福故云予福曰嘏受福以爲常言其終常得之未嘗闕失也

有馮有翼有孝有德以引以翼

有馮有翼道可馮依以爲輔翼也引長翼敬也箋云馮馮几也翼助也有孝斥成王也有德謂羣臣也王之祭祀擇賢者以爲尸尊之豫撰几擇佐食廟中有孝子有羣臣尸之入也使祝贊道之扶翼之尸至設几佐命入助之尸者神象故事之如祖考○馮符冰反注同本又作憑饌士戀反又士轉反具也本亦作撰道徒報反本亦作導○

豈弟君子四

方爲則箋云則法也王之臣有是樂易之君子則天下莫不放傚以爲法○放方往反

【疏】有馮至爲則○毛以爲上章勸王求賢以自益此則指賢人之行以戒王言有善行可以爲憑依者有藝能可以爲輔翼者有至孝可以爲感化者有大德可以爲軌訓者王當以此長尊之以此恒敬之若王得此四等是樂易之君子若來在王位可與四方爲法則矣以此故不可不求之○鄭以爲王所得爲百神之主受大嘏之福者由敬神所致故祭祀則宜擇賢爲尸而尊事之當有豫設所憑之几有豫擇佐食之人而宿戒之也其在廟中當有孝子之主人有德行之羣臣共行祭祀及尸之來至而以祝使祝導引之以祝使祝扶翼之既至神坐共尊而事之以致神福故不可不求賢也餘同○傳有馮至翼敬○正義曰傳以此求賢不言祭故皆以爲賢人之德憑翼是施用之名孝德是成行之稱揔而爲名皆是道也以憑翼義隱故特釋之言道可依憑以爲輔翼則孝之與德亦爲道也憑者可以委杖翼者可以輔助憑重於翼故先憑後翼孝者德之本故亦先孝後德俱是賢人之行分之異名耳引長翼輔皆釋詁文○箋馮馮几至祖考○正義曰顧命云成王憑玉几又曰皇后憑玉几道揚末命是憑施於几故以憑爲憑几皐陶謨曰庶明勵翼又曰予欲左右有民汝翼是翼

謂佐助故以翼爲助曲禮下曰內事曰孝王某主人稱孝故知有孝斥成王有孝既是主人則有德宜謂助祭故以有德謂羣臣不解以引以翼從行葦而略之上言百神爾主純嘏爾常皆言神福主人神福由祭祀而來此詩爲求賢而作故知此章說王之祭祀擇賢者以爲尸以尊之故豫撰几擇佐食撰几解有憑擇佐食解有翼以下句乃言以引以翼謂來至導引之則有憑有翼未是尸之來至故爲豫也撰謂供置之與擇相類但几則取而置之故言撰佐食則衆中簡之故言擇耳此本或云豫饌食者誤耳孫毓載箋唯言撰几擇佐食是也定本亦作譔字非也少牢尸未入之前云司宮筵于奥祝設几于筵上特牲尸未入之前云祝筵几於室中東面是豫撰几也少牢云佐食升牢佐食遷肵俎特牲云宗人遣佐食與執事盥出皆其下始言迎尸是擇佐食亦在尸未至之前故俱言豫也知翼爲佐食者以翼者助也祭禮之有助名者唯佐食耳特牲注云佐食賓佐尸食者佐助也故知翼爲佐食言廟中有孝子有羣臣謂祭時也然則凡與佐食亦在廟中用之別言廟中有孝子者凡與佐食祭時自在廟中其撰擇之時則在廟外以孝子不迎尸故以廟中爲主設孝德之文於引翼之上見尸未入之前已有祭事故也言尸之入使祝贊導之扶翼之者行葦箋云在前曰引在傍曰翼此與彼

同故以引爲贊導也少牢云祝出迎尸于廟門之外主人降立于阼階東西面祝先入門右尸入門左是祝在前導之也導謂在前則贊謂在後少牢又云祝延尸尸升自西階入祝從注云由後詔相之曰延延進也特牲亦云至於階祝延尸尸入升祝先主人從是在後贊之也故此兼言贊焉特牲少牢亦無在尸傍之時而言扶翼之者已有在其前後亦當或在其傍特牲注引禮器詔侑無方是前後左右無常也又言尸至設几佐食[illegible]之明上豫設至此用之又解所以令王尊尸如此者尸神象故當事之如祖考

顒顒卬卬如圭如璋令聞令望

顒顒溫貌卬卬盛貌箋云令善也王有賢臣與之以禮義相切瑳體貌則顒顒然敬順志氣則卬卬然高朗如玉之圭璋也人聞之則有善聲譽人望之則有威儀德行相副○顒魚恭反卬五剛反聞音問本亦作問望如字叶韻音亡磋七何反或作瑳論魯困反行下孟反

豈弟君子四方爲綱

箋云綱者能張衆目

【疏】顒顒至爲綱○正義曰上既勸王敬賢又言敬賢之盡意言王者若得賢人與之以禮義相切瑳則能令王體貌顒顒然溫和而敬順其志氣卬卬然充滿而高朗以玉之成器如圭然如璋然有善聲譽爲人所聞知有善威儀爲人所觀望非

徒有益於王此樂易之君子能與天下四方爲綱紀王何得不求之乎○傳顒顒至盛貌○正義曰傳亦以顒顒爲體貌故爲溫卬卬爲志氣故爲盛其意與箋同○箋令善至相副○正義曰令善釋詁文以圭璋是玉之成器切瑳是治玉之名故云王有賢臣與之以禮義相切瑳也顒顒是覩其形狀故以爲體貌敬順敬順卽溫和也卬卬是見其適逸故以爲志氣高朗高朗卽盛壯也既體貌敬順志氣高朗則可以比玉故如玉之圭璋高朗則行聞於遠故有善聲譽敬順則貌無情容故有善威儀貌善名彰是德行相副也釋詁云顒顒卬卬君之德也孫炎曰顒顒體貌溫順也卬卬志氣高遠也取此箋傳爲說

鳳皇于飛翽翽其羽亦集爰止鳳皇靈鳥仁瑞也雄曰鳳雌曰皇翽翽衆多也箋云翽翽羽聲也亦與衆鳥也爰于也鳳皇往飛翽翽然亦與衆鳥集於所止衆鳥慕鳳皇而來喻賢者所在羣士皆慕而往仕也因時鳳皇至因以喻焉○翽呼會反說文云羽聲也字林云飛聲也口外反瑞垂僞反

藹藹王多吉士維君子使媚于天子藹藹猶濟濟也箋云媚愛也王之朝多善士藹藹然君子在上位者率化之使之親愛天子奉職盡力○藹於害反爾雅云臣盡力

也說文作譪譪云臣盡力之美也朝直遙反【疏】鳳皇至天子○毛以爲成王之時有鳳皇之瑞召公以爲用賢所致故陳之以成王言鳳皇之往飛翽翽然者是其羽翼之聲亦集止於其所宜止之處今所以致此瑞者以其藹藹然王朝之上多善士也此善士等維君子人賢之所命使率化之使媚愛於天子矣令皆奉職盡力○鄭以爲鳳皇往飛之時翽翽其羽爲聲亦與衆鳥集於所止鳳皇所在衆鳥慕而從之故鳳皇亦與之同止於與賢者來仕之時亦與衆羣士集於君朝賢者所在羣士慕而就之故賢者亦與之同朝得大賢而致羣士猶鳳皇飛而來衆鳥王安得不求之乎其餘同毛○傳鳳皇至衆多○正義曰禮運云麟鳳龜龍謂之四靈皇亦鳳類故俱云靈鳥言此鳥有神靈也言仁瑞者五行傳及左氏說皆云貌恭體仁則鳳皇翔言行仁德而致此瑞毛此意用臣之仁以致南方鳳昭二十九年左傳云水官廢矣故龍不生。彼言臣脩水職致東方龍則毛意與左氏說同以用臣所致者皆脩母致子應也釋鳥云鶠鳳其雌皇是雄曰鳳雌曰皇也說文云鳳神鳥也天老曰鳳象麟前鹿後蛇頸魚尾龍文龜背燕頷。喙五色備舉出於東方君子之國翱翔四海之外過崑崙飲砥柱濯羽弱水暮宿風穴見則天下大安寧字從鳥凡。聲鳳飛則羣鳥從以萬數故鳳古作朋守山海經曰丹穴之山有鳥焉其狀如鶴五采而文名曰鳳首文曰德翼文曰順背文曰義膺文曰仁腹文曰信是鳥也飲食自歌自舞見則天下大安寧京房易傳曰鳳皇高丈二漢時鳳皇數至漢書云高五六尺郭璞云小之形未詳翽翽與其羽連文則是羽聲也言衆多者以鳳鳥多故羽聲大皐陶謨云鳳皇來儀注云儀匹言其相乘匹中候握河紀云鳳皇巢阿閣讙樹言讙讙在樹是鳳必羣飛白虎通云黃帝之時鳳皇蔽日而至是來必衆多也毛意不言衆鳥則唯是鳳事而言亦者以鳳事自相亦也故王肅云鳳皇雖亦高飛傳天而亦集於所宜止故集止以亦傳天亦集止今能致靈鳥之瑞者以多士也欲其常以求賢用吉士爲務也○箋翽翽至喻焉○正義曰以傳言衆多解爲聲之意故又明之云翽翽羽聲也以此與求賢當此鳳而言亦集則意取於亦故云亦集衆鳥也鳳與衆鳥俱集所止猶賢與羣士俱在王朝衆鳥慕鳳以羣士慕賢故以爲喻明王之朝無人不賢而云慕者以賢有等級言小善之慕大善耳君奭云者造德不降我則鳴鳥不聞又太平必致四靈故知因時鳳皇至故以喻焉○傳藹藹猶濟濟○正義曰釋訓云藹藹濟濟止也俱爲容止故猶之釋訓又云藹藹萋萋臣盡力也則此爲美容又盡力矣○箋王之至盡力○正義曰以左傳言維命者皆

謂受其節度聽其進止此經既云多吉士即云維君子使則吉士受此君子之命使也媚于天子文承其下明是君子使此吉士受天子矣故云君子在上位者率化之謂若公卿之率化大夫士也臣之愛君唯當盡心力奉職事故云奉職盡力意取爾雅爲說也

鳳皇于飛翽翽其羽亦傅于天箋云傅猶戾也○傅音附

藹藹王多吉人維君子命媚于庶人箋云命猶使也善士親愛庶人謂無擾之令不失職○令力呈反下欲令同〔疏〕箋親愛至失職○正義曰撫擾皆安養之義耕墾原隰以種禾黍治其絲麻以爲布帛皆民之職也愛庶人者清靜爲政不亂在下安養之使不失此職耳

鳳皇鳴矣于彼高岡梧桐生矣于彼朝陽梧桐柔木也山東曰朝陽梧桐不生山岡太平而後生朝陽箋云鳳皇鳴于山脊之上者居高視下觀可集止喻賢者待禮乃行翔而後集梧桐生者猶明君出也生於朝陽者被溫仁之氣亦君德也鳳皇之性非梧桐不棲非竹實不食○梧音吾被皮寄反棲音西

菶菶萋萋雝雝喈喈梧桐盛也鳳皇鳴也臣竭其力則地極其

化天下和洽則鳳皇樂德箋云菶菶萋萋喻君德盛也雝雝
喈喈喻民臣和協○菶布孔反又薄孔反又薄公反萋七西
反喈音皆【疏】鳳皇至喈喈○毛以爲上既言鳳皇由吉人
鳳皇鳴也所致此又揔而結之以告戒於王言今鳳皇
鳴矣於彼高岡之上又梧桐生矣於彼朝陽之地其梧桐之
生則菶菶萋萋而茂盛其鳳皇之鳴則雝雝喈喈而和協是
太平之實驗矣○鄭以爲鳳皇之將出則先鳴矣於高山之
春居高視下觀可集止見其梧桐生矣於彼山東之朝陽乃
往集之以興賢者之將仕也則相時待禮擇可歸就見其明
君出矣於彼仁聖之治世乃往仕之梧桐之生則菶菶萋萋
而茂盛以興明君亦德盛也鳳皇之鳴也則雝雝喈喈然音
聲和協以興民臣亦和協也○傳梧桐至朝陽○正義曰梧
桐可以爲琴瑟是柔韌之木故曰柔木釋木云櫬梧郭璞曰
今梧桐又曰榮桐木郭璞云則梧桐也然則梧桐一木耳山
東曰朝陽釋山文孫炎曰朝先見日也言梧桐不生山岡太
平而後生朝陽者山岡與朝陽一也以經有岡故以山言之
但梧桐柔脆之木若時未太平地不極化則不生山岡朝陽
之地若太平則生山岡之朝陽山頂之東皆早朝見日但是
山東之岡春揔曰朝陽不云鳳鳴處所者以時不太平鳳至
不見故不須言鳴之處所○箋鳳皇至不食○正義曰箋以

上二章興求賢人故此亦以鳳皇興賢者梧桐自是鳳之所棲不必太平乃有不得爲太平之事因鳳所集故以興明君焉以鳳鳴而言在岡故知居高視下觀可集止言賢者待禮者明君能以禮名人故以喻焉梧桐可使鳳皇集之則大樹非始生矣而言梧桐生者喻明君出也既以梧桐比君不言生於他處而云生於朝陽者以其早見日陽被溫仁之氣溫仁者亦君之德也故以朝陽之梧桐喻之非梧桐不棲非竹實不食莊子文也然莊子所說乃言鵷鶵鵷鶵亦鳳皇之別白虎通云黃帝之時鳳皇蔽日而至止於東園食常竹實棲常梧桐終身不去且諸書傳之論鳳事皆云食竹棲梧箋言此者解經既言鳳皇即言梧桐之意也○傳梧桐至樂德○正義曰言梧桐盛解菶菶萋萋鳳皇鳴解雝雝喈喈臣竭其力以下更覆解此鳳鳴木盛之意由臣能竭其力以助於君故使地亦極盡其化生之德生此梧桐使之菶菶萋萋也由臣竭其力故使天下和洽故使鳳皇樂德而來其鳴雝雝喈喈也知臣竭其力爲二事之總者以此言太平由臣之力明天下和洽亦臣竭力矣萬物草木天之所生言地極其化者以梧桐生在地是地能化之釋訓云藹藹萋萋臣盡力也舍人曰藹藹賢士之貌萋萋梧桐之貌孫炎曰言衆臣竭力則地極其化梧桐盛也是用此傳爲說釋訓又云噰噰喈喈民

協服也不爲鳳皇鳴此傳與爾雅異者毛意以爲由萬民物
服故鳳聲雝和亦得合爾雅也○箋菶菶至和協○正義曰
菶菶萋萋梧桐之貌也箋於上經以梧桐喻明君故以梧桐
盛喻君德爾雅言臣盡力與此箋不同者以君有盛德則能
使臣盡其心力亦與爾雅合也雝雝喈喈鳳皇之聲上以鳳
皇比賢者其鳴似賢者之政教故以鳳皇聲聞於人人聞之
而知其雝和以喻政教加被於民民應之而相
與和協爾雅言民協服者彼言所喻之意也○**君子之車**
既庶且多君子之馬既閑且馳上能錫以車馬行中節馳中法也箋
云庶衆閑習也今賢者在位王錫其車衆多矣其馬又閑習
於威儀能馳矣大夫有乘馬有貳車○中丁仲反下同乘承
證反**矢詩不多維以遂歌**不多多也明王使公卿獻詩以陳其志遂爲工師之歌焉
箋云矢陳也我陳作此詩不復多也欲今遂爲樂
歌王日聽之則不損今之成功也○復扶又反○〔疏〕君子至遂
歌○毛以爲成王實能用吉士已致大平但名公欲令守其
成功故自言作詩之意言今君子賢者來在王位王賜之車
馬其所賜君子之車既衆且又能多矣所賜君子之馬既閑
習於威儀且又能馳矣是王能用賢不須規戒今我陳作此

詩豈不多乎言其實煩多也正以中心不已恐王惰慢故作此詩遂爲樂人之歌冀常求賢士亦爲鑒戒不損今日成功也○鄭唯以不多爲作此詩不復多爲異餘同○傳上能至中法○正義曰言上能賜以車馬謂成王於時已能賜之行中節解既閑也馳中法解且馳也言閑馳者美其中節度合祇法○箋庶衆至貳車○正義曰以經言既是王賜之故云今賢者在此位王賜其車衆多矣庶多一也丁寧以足句耳馳者是馬走之名馬既能走今言且馳明是馳合於法故云其馬又閑習於威儀能馳矣車不獨賜駕必以馬車言衆多則馬亦多矣但馬有御之威儀故別言閑馳以美之馬既別文故衆多者唯言車耳言大夫有乘馬有貳車者解其言多之意以車則人有副貳所賜又非一人故言多也言大夫者自大夫以上皆有此不必專指大夫也祇士無貳車又止得兩馬本或有士者衍字定本云大夫士有乘車貳車非也○傳不多至歌焉○正義曰傳反其言以不多爲多者王既能用賢不復須戒故以作詩爲煩多也又解名公獻詩及言遂歌之意以明王使公卿獻詩以陳其所作之人志意遂爲工師之歌故也國語亦云使公卿至於列士獻詩與此同也春秋之師職掌九德六詩之歌工者樂師之揔名即大師是也○箋矢陳至成功○正義曰箋以忠臣諫王其言雖多猶恨

心之不盡不當自謂已言已爲多也且順文自通不宜反之故易傳以爲作此詩不復多言其意猶以爲少也樂人之歌常在君側故云王日聽之則不損今之成功。

卷阿十章六章章五句四章章六句

民勞召穆公刺厲王也厲王成王七世孫也時賦斂重數繇役煩多人民勞苦輕爲姦宄彊陵弱衆暴寡作寇害故穆公以刺之。民勞如字從此至桑柔五篇是厲王變大雅斂力豔反數音朔繇本亦作傜音遥宄音軌本亦作軌

［疏］民勞五章章十句。正義曰經五章上四句言民勞之須安次四句言寇虐之當止下二句言王當行善政以安民皆是刺王之事。箋厲王至刺之。正義曰世本及周本紀皆云成王生康王康王生昭王昭王生穆王穆王生恭王恭王生懿王及孝王孝王生夷王夷王生厲王凡九王從成王言之不數成王又不數孝王故七世也左傳服虔注云穆公召康公十六世孫然康公與成王同時穆王與厲王竝世而世數不同者生子有早晚壽命有長短故也注述詳略不必有例而商頌列祖箋云中宗殷王大戊也湯之玄孫玄鳥箋云高宗殷王武丁也中

宗玄孫之孫是則以詩相繼因而明之此以厲王之詩承成王詩後故本之於成王也其文武成及厲宣幽若王風之平桓莊皆父子相繼中間無隔故不假言之小雅之序無成王之文故六月不以宣王繼成王十月之交推之而知是厲王耳而序文不爲厲字故就此以明世數也郊特牲云天子失禮自夷王以下注云夷王周康王玄孫之子繫之康王者以記文事雜上無所據文武成康俱爲明王失禮是初衰之始故繫於明王之最末者言之此以天子事皆因有所隔而詳其世數國風雖有隔絕皆不明言詳天子而略諸侯亦尊卑之義也序略言刺王箋明其刺意賦斂重數繇役煩多使民勞苦卽五章皆上四句是也輕爲姦宄以彊陵弱以衆暴寡作爲寇害五章皆次四句是也故穆王以此刺之也五章下二句皆敎王爲善政以安止之非勞虐之實事故箋略之

民亦勞止汔可小康惠此中國以綏四方汔危也中國京師也四方諸夏也箋云汔幾也康綏皆安也惠愛也今周民罷勞矣王幾可以小安之乎愛京師之人以安天下京師者諸夏之根本○汔許一反說文巨乞反夏戶雅反下同幾音祈下同罷音皮

無縱詭隨以謹無良式遏寇虐憯不畏

明詭隨詭人之善隨人之惡者以謹無良愼小以懲大也憯曾也箋云謹猶愼也良善式用遏止也王爲政無聽於詭人之善不肯行而隨人之惡者以此勑愼無善之人又用此止爲寇虐曾不畏敬明白之刑罪者疾時有之○詭俱毀反遏於葛反慘七感反本亦作憯

柔遠能邇以定我王柔安也箋云能猶伽也邇近也安遠方之國順伽其近者當以此定我國家爲王之功言我者同姓親也○揉音柔本亦作柔能徐云毛如字鄭奴代反伽檢字書未見所出廣雅云如若也均也義音相似而字則異舊音如庶反義亡難見鄭注尚書云能恣也與此不同

【疏】民亦至我王○毛以爲穆王諫王言今周民亦皆疲勞止而又危耳近於喪亡王可以小省賦役而安息之愛此中畿之國京師之人以安天下四方諸夏之國若安此勞民當糾察有罪無得聽縱其詭人之善隨人之惡者以此無阿縱之法故以勑愼其爲無善之人亦用此法以止其爲寇虐之行曾不畏敬明白之刑罰者當用正法刑罰而禁止之令民得無勞也所以令王先愛京師以及四方者以王之政欲安遠方之國當先順伽其近王當行之以此定我周家爲王之功恐其不能安定而喪失之○鄭唯以汔爲幾云此民亦皆已勞止王幾可以小安之爲異餘同○傳汔危至

諸夏○正義曰以汔之下即云小康明是由危須安故以汔爲危也中國之文與四方相對故知中國謂京師四方謂諸夏若以中國對四夷則諸夏亦爲中國言各有對故不同也○箋汔幾至根本○正義曰傳以汔之爲危既無正訓又小康者安此勞民直以勞民須安不當更云危也釋詁云譏汔也孫炎曰汔近也郭璞曰謂相摩近反覆相訓是汔得爲幾也昭二十年左傳引此詩杜預云汔期也然則期字雖別皆是近義言其近當如此史記稱漢高祖欲廢太子周昌曰臣口不能言然臣期知其不可陛下雖欲廢太子臣期不奉詔言期者意亦與此同也康綏皆安惠愛皆釋詁文又云愛京師得安四方之意由京師者諸夏之根本根本既安枝葉亦安京師王之所專王若安之則四方諸侯亦皆效王安之○傳詭隨至憯曾○正義曰詭戾人之○善隨從人之惡以其故爲此惡情不可原是故不得聽縱之也此詭隨無良寇虐但是惡行但惡有大小詭隨小惡無良其次寇虐則大惡也詭隨未爲人害故直云不得縱之無良則爲小惡已著故謹勑之寇虐則害加於民故遏止之然則三者各自爲罪而云無縱詭隨以謹無良以爲相須之意故傳解之云謹愼其小以懲創其大以無良之惡大於詭隨詭隨者尚無所縱則無良者謹愼矣至於寇虐則不可以謹故別云式遏謂加之大

罪也慘曾釋言文爾雅本或作憯。曾音義同。箋謹猶至有之。正義曰謹慎俱是敕戒之言故言謹猶慎以傳言慎小故申足之式用釋言文遏止釋詁文此無縱之文爲下揔目無良寇虐蒙之故云又用此止爲寇虐曾不畏敬明白之刑罰者言又用者亦用此無縱之事不畏明白之刑即以與寇虐爲一故長讀之穆公諫王無縱明實有其人故云疾時有之。傳柔安。正義曰釋詁文。箋能猶至姓親。正義曰尚書無逸云柔遠能邇注以能爲恣則此云伽者與恣同謂順適其意也邇近釋詁文安遠方之國當先順伽其近者即論語所謂悅近來遠是也此與上文相成能邇謂惠中國柔遠即綏四方也厲王身爲王矣而云以定我王故知以定我周家爲。之功若廣論天下之事雖則異姓可以稱我今指王身而文稱我是共王有周家之辭故云我者同姓親也

民亦勞止汔可小休惠此中國以爲民逑休定也逑合也箋云休止息也合聚也。逑音求。**無縱詭隨以謹惛怓式遏寇虐無俾民憂**惛怓大亂也箋云惛怓猶讙譁也謂好爭。者也俾使也。惛音昏說文作惽。云怓也釋交惛亦不憭也怓女交反鄭云猶讙譊也說文云怓亂也讙音歡

又許元反譊女交反本又作譁音花好呼報反爭爭鬬之爭○**無棄爾勞以爲王休**休美也箋云勞猶功也無廢女始時勤政事之功以爲女王之美述其始時者誘掖之也○休許蚪反掖音亦【疏】民亦至王休○毛以爲今周民亦皆疲勞止而又危耳近於死亡王可以小安定止息矣當愛此中畿之國以爲諸夏之民使得會聚王若施善教當糾察有罪無得縱此詭人之善隨人之惡者以此務慎其讙譁爲大惡者又用此無縱之事止其寇虐之善無使有遭此寇虐之憂又誘王言其始時有善勸今終之無棄爾王始時之政事之功以爲王政之美○鄭唯汔幾爲異餘同○傳休定逑合○正義曰釋詁云休息也定止也息亦定之義故以休爲定逑合詁文箋云休之爲定於義止雖通而未是正訓故以休爲止息合爲合聚所以申足毛義○傳惛怓大亂○正義曰惛怓者其人好鬬爭惛惛怓怓然故箋以爲猶讙譁謂好爭訟者是其言語爲大聒亂人故云大亂非是爲大禍亂也○傳休美○正義曰釋詁文○箋勞猶至掖之○正義曰勞力然後有功故云勞猶功也知汝勞爲汝始時勤政事之功者以云無棄明其先有而不棄也厲王暴虐初則然矣而述其始以有功者誘掖之耳誘掖之言出衡門之序謂誘導而扶掖之以小人貪功闔已先有

善或將勉力故誘之民亦勞止汔可小息惠此京師以綏四國息止也○無縱詭隨以謹罔極式遏寇虐無俾作慝慝惡也箋云罔無極中也無中所行不得中正○慝吐得反○敬慎威儀以近有德求近德也○近附近之近注同民亦勞止汔可小愒惠此中國俾民憂泄愒息泄去也箋云泄猶出也發也○愒起例反徐丘罽反泄以世反又息列反無縱詭隨以謹醜厲式遏寇虐無俾正敗醜衆厲危也箋云厲惡也春秋傳曰其父為厲厲○壞也無使先王之正道壞戎雖小子而式弘大戎大也箋云戎猶女也式用也弘猶廣也今王女雖小子自遇而女用事於天下甚廣大也易曰君子出其言善則千里之外應之況其邇者乎出其言不善則千里之外違之況其邇者乎是以此戒之○應應對之應○

〔疏〕民亦至弘大○毛以為民亦疲勞止又危耳可以止息之先愛此中國之京師使諸夏之民其憂寫泄而去又當無縱詭隨之人以此勑

慎衆爲危殆之行者又用此止其寇虐之害無使王之正道敗壞也所以須然者在王之大位者雖小子而用事甚大大不可不慎故須息勞民而止寇虐也○鄭以汔爲幾厲爲惡戎汝弘廣爲畀餘同○傳愒息泄去○正義曰愒息釋詁文云泄漏也然則泄者閉物漏去之名故以爲去箋以爲憂泄者是憂氣在腹而發出故云出也發也其意亦與毛同月令是謂泄天地之氣是發出之義也○傳醜衆厲危○正義曰醜衆釋詁文易之言厲者皆危之義乾九三夕惕若厲之類皆是危也故以爲危醜厲謂衆爲惡行以爲人者也○箋厲惡至道壞○正義曰箋以言人之惡當指其惡狀危非惡之名故以厲爲惡秋官司厲注云犯改爲惡曰厲是也所引春秋傳曰襄十七年左傳云衛孫蒯田于曹隧飲馬于重丘毀其瓶重丘人閉門而訽之曰親逐而君爾父爲厲是之不憂而何以田爲以厲爲駡辭明是惡矣故引之以證厲爲惡釋詁云壞毀也敗亦毀損之名故以爲壞言正敗是正者敗故云無使先王之正道壞言寇虐之人能壞先王正道也○傳戎大○正義曰釋詁文王肅云在王者之大位雖小子其用事甚大也○箋戎猶至戎之○正義曰以下已有大故訓戎爲汝弘復爲大則大文太重故弘猶廣廣亦大之義耳小子無知之稱故抑曰於乎小子未知臧否言雖小子故知自遇

如小子居天子之位故用事廣大引易曰盡遹者乎皆上繫辭也出言善否千里之外違之應之是其用事廣大出言不易是以穆公以此言戒之必易傳以戒爲汝者孫毓云戒之爲汝詩人通訓言大雖小子於文不便箋義爲長

民亦勞止汔可小安惠此中國國無有殘賊義曰殘箋云王愛此京師之人則天下邦國之君不爲殘酷無縱詭隨以謹繾綣式遏寇虐無俾正反繾綣反覆也○繾綣上音遣下起阮反字或作卷覆芳服反○王欲玉女是用大諫箋云王者君子比德焉王乎我欲令女如玉然故作是詩用大諫正女此穆公至忠之言○令力呈反

〔疏〕傳賊義曰殘○正義曰孟子云賊仁曰賊賊義曰殘言是賊敗仁義之事○傳繾綣反覆○正義曰昭二十五年左傳繾綣從公無通外內則繾綣者牢固相著之意非善惡之辭但施於善則善施於惡則惡耳此云以謹繾綣是人行反覆爲惡固義○不捨常爲惡行也

民勞五章章十句

板，凡伯刺厲王也。凡伯，周同姓，周公之胤也。入爲王卿士。○板音版。【疏】板八章，章八句。○箋凡伯至卿士○正義曰：僖二十四年左傳曰：凡、蔣、邢、茅、胙、祭，周公之胤也。知爲王卿士者，以經云我雖異事，及爾同寮，是爲王官也。以其伯爵，故宜爲卿士。瞻仰凡伯之刺幽王，春秋隱七年天王使凡伯來聘，世在王朝，蓋畿內之國。杜預云：汲郡共縣東南有凡城。共縣於漢屬河內郡，蓋在周東都之畿內也。

上帝板板，下民卒癉。出話不然，爲猶不遠。板板，反也。上帝以稱王者也。癉，病也。話，善言也。猶，道也。箋云：猶，謀也。王爲政反先王與天之道，天下之民盡病。其出善言而不行之也，此爲謀不能遠圖，不知禍之將至。○卒，子恤反。僤，本又作癉，當但反，沈本作𤺺。出如字，徐尺遂反。話，戶快反，說文云：會合善言也。

靡聖管管，不實於亶。管管，無所依繫。亶，誠也。箋云：王無聖人之法度，管管然以心自恣，不能用實於誠信之言，言行相違也。○亶，丁旦反。行，下孟反。

猶之未遠，是用大諫。猶，圖也。箋云：王之謀不能圖遠，用是故我大諫王也。【疏】上帝至大諫○毛以爲尊比上帝之王者，其爲政教反又反也。既反於先王，又反於天道以此之故天下之民蒙其惡政盡皆困病矣假使王出嘉善話言則不肯是而用行之如此則王之所爲之道不能長遠唯趨於淺近不知禍之將至也又王之所爲惡無重聖人之法管管然以心自恣無所依據不能用實於誠信之言既不依聖人之法不實誠信之言以此圖事不能至遠我以王所圖之事未能及遠恐王將有禍難以是之故用大諫正王○鄭唯以猶皆爲謀爲異餘同○傳板板至猶道○正義曰釋訓云板板僻也邪僻即反戾之義故爲反也上帝以稱王者謂假上帝之尊稱之以比王者若實指上天則天無所反故知以斥王也癉病話善言猶道皆釋詁文彼猶作繇義同也○箋猶謀至將至○正義曰猶謀釋詁文以言不遠則無不能深知遠事故易傳以猶爲謀以重言反反則反有二事故云王爲政反先王與天道王者爲政當遵用先王上承天意故知所反有二事反先王與天也以其先違舊章乃失天意故後言天也其出善言不行之謂王自出而不行也小人之言雖不盡善亦知愛其善時復言之但言之易行之難不能行之耳知非他人爲王說善言則王不能行者他人之言則是諫諍經不得言出也不用他言則是不從箋不得言不行也以此知是王自出言不能行之人必深謀遠慮乃能預防患禍王之爲謀不能遠圖是不知禍之將至也○傳管管

至亶誠○正義曰以管管與靡聖同文既無聖法故知無所
依繫亶誠釋詁文○箋王無至相違○正義曰以無聖而言
管管是違法任情故知以心自恣不能用實於誠信之言謂
意欲爲善終不能行是於言爲虛故云不能用實於誠信之
言有言不行是言行相違也此不實於亶還是上出話不然
也下言猶之未遠還是上爲猶不遠也作者反覆重言耳○
傳猶圖○正義曰釋言文圖卽謀也箋言王之謀者
申傳意耳言大諫謂其諫之深自此以下是大遠也天之
方難無然憲憲天之方蹶無然泄泄憲憲猶欣欣也蹶動也泄泄
泄猶沓沓也箋云天斥王也王方欲艱難天下之民又方變
更先王之道臣乎女無憲憲然無沓沓然爲之制法度達其
意以成其惡○憲許建反蹶俱衞反泄徐以世反爾雅
云憲憲泄泄制法則也說文作呭云多言也爲于僞反辭
之輯矣民之洽矣辭之懌矣民之莫矣輯和洽合懌說
莫定也箋云辭辭氣謂政敎也王者政敎和說順於民民則民
心合定此戒語時之大臣○輯音集又七入反繹音亦本亦
作懌說音悅下同語魚庶反○〔疏〕天之至莫矣○正義曰王之爲惡侵亂
下民則有諂佞之臣助爲惡政此又責

以王之尊此於上天故謂王爲天言王之方行暴虐之政以艱難天下之民汝臣等無得如是欣欣然喜樂而勸之王之方欲動變先王之道而行邪僻之政汝臣等無得如是沓沓㱏隨從而助之戒之使無得爲王制作法度以通達其意使王成惡故又言已之意所以不欲令臣制作法度者以國之安危在於出令王者若出教令其辭氣之和順矣則下民之心相與合聚矣其辭氣之悅美矣則下民之心皆得安定矣言民合定在於王教故汝臣等不得爲王制虐政以亂下民也○傳憲憲至沓沓○正義曰釋訓云憲憲泄泄制法則也李巡曰皆惡黨爲制法則也孫炎曰厲王方虐諸臣並爲制作法令此但解詩人言此之意而不解其狀故傳解憲憲泄泄之義憲憲猶欣欣喜樂貌也謂見王將爲惡政而喜樂之泄泄猶沓沓競進之意也謂見王將爲惡政競隨從而爲之制法也蹶動釋詁文○箋天斥至其惡○正義曰戒臣不令助之故天斥王非斥上天也方者未至之辭故言方欲謂將爲教令之時也難是困苦之事故知艱難天下之民動爲變改之事故知變更先王之道以下云及爾同寮故知是責臣之辭達其意者謂君意始發往通達其心與之合和爲作法以成其惡也定本集注皆作達其意俗爲逢者誤也○傳輯和至莫定○正義曰輯和洽合莫定釋詁文又云懌悅樂也

俱訓爲樂故以懌爲悦○箋辭辭至大臣○正義曰論語云出辭氣故以此辭爲辭氣也此辭加于下民故知謂政教也知此大臣者以凡伯卿士而云與已同寮且非大臣不得與王制法故知是戒語時之大臣也

我雖異事及爾同寮°我卽爾謀聽我嚻嚻寮官也嚻嚻猶謷謷也箋云及與卽就也我雖與爾職事異者乃與女同官俱爲卿士我就女而謀反忠告以善道女反聽我言謷謷然不肯受○僚字又作寮力彫反嚻五刀反謷五報反道音導下牖道道民皆同

我言維服勿以爲笑先民有言詢于芻蕘芻蕘薪采者箋云服事也我所言乃今之急事女無笑之古之賢者有言有疑事當與薪采者謀之匹夫匹婦或知及之況於我乎○芻初俱反蕘如謠反說文云蕘草薪也知音智又如字

〔疏〕我雖至芻蕘○正義曰上言戒語大臣而大臣不受此又責之言我雖與汝異其所職之事要乃與汝同其官寮以同官之類當相用其言語我今就汝謀慮告汝以善道而汝聽我言反嚻嚻然不肯受用何也我之所言維是當今急事汝勿以爲非而笑之先世上古之民賢者有善言云我有疑事當詢謀於芻蕘薪采者以樵采之賤者猶當與之謀

況我與汝之同寮。得棄其言也○傳寮官至警警○正義曰寮官釋詁文言同寮者謂同爲王官文七年左傳荀林父謂先蔑曰同官爲寮吾嘗同寮敢不盡心乎是寮爲同官也蹻蹻者是不聽之狀釋訓云蹻蹻傲也謂傲慢其言而不聽之故言猶警警○箋及與至肯受○正義曰及與釋詁文我即爾謀謂往與之謀故知即爲就周禮六官各有所掌故異職而同官也論語說朋友之交云忠告而善道之故知就與之謀是其忠誠之心告之以善道即上章所云勿爲王制法度是也○傳芻蕘薪采者○正義曰言詢于芻蕘謂謀於取芻取蕘之人非謀於草木故云芻蕘薪采者是賤人也說文云薪蕘也蕘即薪也然則芻者飼馬牛之草蕘者供燃火之草蕘是薪耳以薪者亦是采取故連言之○箋服事至我乎○正義曰服事釋詁文知所言是急事者凡伯責其不聽明是事之急切以其惡急故責汝無笑之先民者是古昔之民耳但以其言傳於後世爲人所倣習故知是古之賢者親取薪采則是賤者故云匹夫匹婦或知及之況於我乎中庸云夫婦之愚可以與知焉彼言夫婦即此箋所謂匹夫匹婦也庶人無妾媵唯夫婦相匹故稱匹也

天之方虐無然謔謔老夫灌灌小子蹻蹻謔謔然喜樂灌灌猶款款也蹻蹻驕

貌。箋云：今王方爲酷虐之政，女無譴譴然以讒慝助之。老夫諫女欵欵然，自謂也。女反蹻蹻然如小子不聽我言。○譴，虛虐反。灌，古亂反。蹻，其略反。樂音洛。○**匪我言耄，爾用憂謔。多將熇熇，不可救藥。**八十曰耄。熇熇然熾盛也。箋云：將，行也。今我言非老耄有失誤，乃告女用可憂之事，而女反如戲謔，多行熇熇慘毒之惡，誰能止其禍？○耄，莫報反。熇，徐許酷反，沈又許各反，說文云：火熱也。【疏】「天之」至「救藥」。○正義曰：又責大臣言，此天之王者方爲酷虐之政，將害於民，汝等大臣無得如是譴譴然喜其所爲，而以讒慝助之。我老夫教諫汝，其意乃欵欵然情至意盡，何爲汝等而未知幼弱之小子，反蹻蹻然自驕恣而不聽用我之言乎？汝不用我言，豈不以我爲老也？非我之言爲老耄有所失誤，乃告汝可憂之事，汝何爲反用可憂之事以爲戲謔而慢我？汝既不用我言，反助王爲惡，多行慘毒之惡，熇熇然使惡加于民，不可救止而藥治之。言王之爲惡，皆大臣之由，故責之。○傳「譴譴」至「驕貌」。○正義曰：此言譴譴，猶上憲憲，見王爲惡，如喜樂之，故爲喜樂也。釋訓云：「灌灌、憂無告也。」解其言灌灌之意耳，非解灌灌之義，故云猶欵欵，言已至誠欵實而告之，但彼不受用，即是無所告耳。釋訓又云：「蹻蹻，驕也。」孫炎曰：謂驕慢之貌。○

箋今王至我言○正義曰謔謔直是喜樂之貌而云以讒慝助之者釋訓云謔謔謞謞崇讒慝也舍人曰謔謔謞謞皆盛烈貌孫炎曰厲王暴虐大臣謔謔然喜謞謞然盛以興讒惡也是以讒惡助之事也下云匪我言耄則凡伯老矣故云老夫諫汝欵欵然者是凡伯自謂也小子是幼弱無知之稱以其不可教誨故謂之小子言汝反蹻蹻然如小子不聽我言也○傳八十至熾盛○正義曰八十曰耋曲禮文熇熇是氣熱之氣故爲熾盛也○箋今我至其禍○正義曰老耄老人言多惛忘故云非我言耄有其失誤此爾用憂三字皆言耄之下與謔字共文則是凡伯自言我告汝可憂之事而汝反用此可憂之事而好爲戲謔故箋分之以見此意熇熇是熾盛之貌而言不可救止故知是多行慘酷毒害之惡誰能止其禍如人病甚不可救以藥○天之方懠無爲夸毗威儀卒迷善人載尸懠怒也夸毗體柔人也箋云王方行酷虐之威怒女無夸毗以形體順從之君臣之威儀盡迷亂賢人君子則如尸矣不復言語時厲王虐而弭謗○懠才細反疾怒也夸苦花反復扶又反弭彌耳反止也民之方殿屎則莫我敢葵喪亂蔑資曾莫惠我師殿屎

呻吟也蔑無資財也箋云葵揆也民方愁苦而呻吟則忽然
有揆度知其然者其遭喪禍又素以賦斂空虛無財貨以共
其事窮困如此又曾不肯惠施以賙贍衆民言無恩也○殿
都練反郭音坫說文作唸屎許伊反郭音香惟反說文作吚
呻音申吟如字本又作唫同度待洛反斂力艷反天之
共音恭本亦作恭施式豉反賙音周贍市艷反○疏至我
師○正義曰此又責羣臣言此天之王者方欲威怒行酷虐
之害汝等無得爲此夸毗足恭前却以體從之君既爲惡臣
又從之則上下威儀盡迷亂矣其善人君子則如尸然不復
言語矣故今天下之民方欲愁苦而呻吟矣汝君臣忽然則
莫有察我民敢能揆度知其情者此民又遭虐政之喪禍重
斂之危亂其室空虛無有資財而汝等君臣亦曾莫有肯惠
施我之衆人欲賙贍之者言愁貧並至民困之甚而上無恩
恤故以刺之○傳懠怒至柔人○正義曰懠怒釋言文舍人
曰懠怒聲也釋訓去夸毗體柔也李巡曰屈已卑身求得於
人曰體柔然則夸毗者便僻其足前却爲恭以形體順從於
人故云以體柔人○箋君臣至弭謗○正義曰尸謂祭時之
尸以爲神象故終祭而不言賢人君子則如尸不復言語畏
政故也時厲王虐而弭謗事見周語弭止也止人之謗已者
○傳殿屎呻吟○正義曰釋訓文孫炎曰人愁苦呻吟之聲

也○箋葵揆至無息○正義曰葵揆釋言文民愁苦而呻吟是無所告訴也無有揆度知其然謂君臣並不察民也君行既惡則致天災故民有遭喪禍者政亂則稅民無藝故又責以賦斂也內供喪費外充稅斂故空虛無資財以供其事用也定本集注責以賦斂責字皆作素俗本爲責誤矣素者先也謂先重賦斂故困窮也○**天之牖民如壎如篪如璋如圭如取如攜**牖道也如壎如篪言相和也如璋如圭言相合也如取如攜言必從也箋云王之道民以禮義則民和合而從之如此○壎許元反篪音池攜下圭反和如字又胡臥反**攜無曰益牖民孔易民之多辟無自立辟**辟法也箋云易易也女攜掣民東與西與民皆從女所爲無曰是何益爲道民在己甚易也民之行多爲邪辟者乃女君臣之過無自謂所建爲法也○孔易鄭音亦注易易也上字同又以豉反多辟匹亦反邪也注同立辟婢亦反注同易也以豉反下同㩗本又作掣尺製反與並音餘行下孟反邪似嗟反○【疏】天之至立辟○正義曰自此以上言政惡民困此言可反之使善言天王之導民也如壎然如篪然言民必應君命如壎篪之相和也如璋如圭然言民必同君心如圭

璋之相合也又如往取物如手攜物言其必從君化如攜取之隨人君也若然民之從己如手攜之汝王無曰是何益與勿謂如手攜無益王者之導民甚易言上爲善政民必爲善是甚易也汝當行善以化之令民之所行皆多邪僻乃汝君臣之過汝無自謂所建立者爲法當更改行以化民無得行此惡政也○傳牖道至必從○正義曰牖與誘古字通用故以爲導也壎篪俱是樂器其聲相和以喻民之應君故云相和也半圭爲璋合二璋則成圭以喻民合君心故云言相合也取謂物在他處行往取之攜謂物在地上手舉攜之人所攜取必從手而來故云言必從也壎篪圭璋相類之物故言相也取攜謂人攜取物而物名不見與上不類故變言必從而不言相也○傳辟法○正義曰釋詁文○箋易易至爲法○正義曰以韻當爲改易之易故轉之爲難易之易也上有六如獨言攜者以攜者取處末故乘而反之以比攜民之東西

价人維藩大師維垣大邦維屏大宗維翰价善也藩屏也垣牆也王者天下之大宗翰幹也箋云价甲也被甲之人謂卿士掌軍事者大師三公也大邦成國諸侯也大宗王之同姓之適子也王當用公卿諸侯及宗室之貴者爲藩屏垣幹爲輔弼無疏遠之○价音界說文同鄭作介藩方

元反大師音泰注大師同垣音袁翰胡旦反徐音寒被皮寄反適丁歷反下同遠于萬反**懷德維寧宗**

子維城無俾城壞無獨斯畏懷和也箋云斯離也和女德無行酷虐之政以安女國以是爲宗子之城使免於難遂行酷虐則禍及宗子是謂城壞城壞則乖離而女獨居而畏矣宗子謂王之適子〇難乃旦反

【疏】价人至斯畏〇毛以爲上既令王施法此言立法之事言王當用善人爲官維以爲藩鄣又用太師之大臣維以爲垣牆又用大邦諸侯維以爲屏蔽王又身爲大宗維當施政爲之楨幹又和安汝德以施於民無行酷虐之政維安汝之國矣不但安汝之國亦與汝之宗子維以爲城言其可以蔽身又得蔽子王必常行此德無使宗子之城壞又無得疏遠藩屏之人令王獨居此則王有所畏矣〇鄭以爲當用此被甲卿士之人維爲其藩鄣太師三公之大臣維爲垣牆大大邦成國之諸侯維爲藩蔽大宗同姓之宗適維爲楨幹皆近而任之令爲王用無得疏遠之下四句同唯訓斯爲離〇傳价善至翰幹〇正義曰价善釋詁文藩者園圃之籬可以屏蔽行者故以藩爲屏也垣者小牆之名故云垣牆亦是屏蔽之義也以太師是三公之官大邦是諸侯之國大宗文在其下則是天子之身故云王者天下之

大宗以祀有大宗小宗爲其族人所尊故稱宗子天子則天下所尊故謂之大宗也傳以藩垣屏皆防衛之名幹是施法之稱言以善人及三公諸侯鄣蔽寇難天子居內設法而撫安之价人摠言用善則百官皆是故文在大師之上諸侯非王朝之人故退大邦之文於下翰幹釋詁文○箋价甲至遠之○正義曰箋以詩戒王使親其官人不勸王擇人爲官故不從以价爲善也价者甲之別名故以价爲甲以其身被甲故稱甲人君言宗人宰人也被甲之人謂卿士掌軍事者於周禮司馬之卿也以兵甲之事國之所重且舉司馬以明六卿猶言太師以顯三公也尚書周官曰立太師太傅太保兹惟三公是太師爲三公也以言大邦則不兼小國故知爲成國諸侯也太宗伯云五姓賜則注云則未成國之名又云七命賜國則伯以上爲成國也襄十四年左傳成國不過半天子之軍周爲六軍諸侯之大者三軍可也明堂位注成國之賦千乘則侯地四百里以上始爲成國其伯未成國也此言大邦成國當亦侯以上也以天子諸侯皆絶其宗名且以上文類之不得爲王之身大者衆多之辭宗者與王同族故知大宗王之同姓世適子也此价人大師大邦大宗皆王宜親愛故摠之云王當用公卿諸侯及宗室之貴者爲藩屏垣幹爲輔弼無疏遠之也文次如此者卿雖卑於公而親掌職事

又兵用事重故先公言之大邦非在王朝太宗未爲官職會畢大之也箋以公親於卿故使文而先言公耳○傳懷和○正義曰懷之爲訓思也來也止也思止亦和之義故爲和也○箋斯離至適子○正義曰斯離釋言文以上章刺王酷虐故知懷德維寧謂和汝德無行酷虐之政以安汝國也懷德之下卽言宗子維城明以此懷德爲宗子之城宗子王之適子也有天下者皆欲福及長世恐子孫之不安故言以德爲城使免於患難城可以禦寇難故以城喻焉又解城懷之意若其不和汝德遂行酷虐之政則民不堪命禍及宗子是謂城壞宗子之城既壞則羣臣乖離而汝王獨居而有所畏懼矣以是欲王之親輔弼之臣使不乖離固宗子之城使不傾壞則令已無獨畏之憂也以上言大宗謂同姓之適此言宗子嫌與上同故辨之云宗子謂王之適子也周語曰彘之亂宣王在召公之宫國人圍之召公以其子代宣王是禍及宗子也雨無正曰正大夫離居莫知我勩是君臣乖離也昭二十六年左傳曰至於厲王王心戾虐萬民弗忍居王於彘是獨居而畏也是賢人之言皆有徵矣

敬天之怒無敢戲豫敬天之渝無敢馳驅

戲豫逸豫也馳驅自恣也　箋云渝變也○渝用朱反

昊天曰明及爾出

王昊天曰旦，及爾游衍。王往旦明，游行衍溢也。箋云：及，與也。昊天在上，人仰之，皆謂之明，常與女出入往來，游溢相從，視女所行善惡，可不慎乎？○昊，胡老反。曰，音越，下同。羨，餘戰反，溢也。一音延善反。本或作衍。

疏「敬天」至「游衍」○正義曰：上既勸王和德以安國，故又言當畏敬上天，當敬天之威怒，以自肅戒，無敢忽慢之而戲謔逸豫；又當敬天之災變，以常戰慄，無敢忽之而馳驅自恣也。天之變怒所以須敬者，以此昊天在上，人仰之，皆謂之明，常與汝出入往來，游溢相從，終常相隨，見人善惡。既曰若此，不可不敬慎也。○傳「戲豫」至「自恣」○正義曰：戲豫謂戲而逸豫，馳驅謂馳騁自恣，皆謂非禮而動，反道違天。如此者，則上天罰之，故戒王使敬天也。孔子「迅雷風烈必變」，注云「敬天之怒」，則天之怒者，謂暴風疾雷也。《周禮》「大怪異災則去樂徹膳」，則天之變者，謂大怪異災也。言上天之道有此變怒之時，故常須敬戒，非謂當此變怒之時獨禁逸豫自恣也。○箋「渝變」○正義曰：《釋言》文。○傳「王相至衍溢」○正義曰：以王與出共文，故爲往也。既有出往，則亦有入來，故箋言出入往來。此出王游衍，還是上戲豫馳驅之事，故云游行衍溢，亦自恣之意也。

板八章章八句

生民之什十篇六十五章四百三十三句

附釋音毛詩注疏卷第十七

十七之四

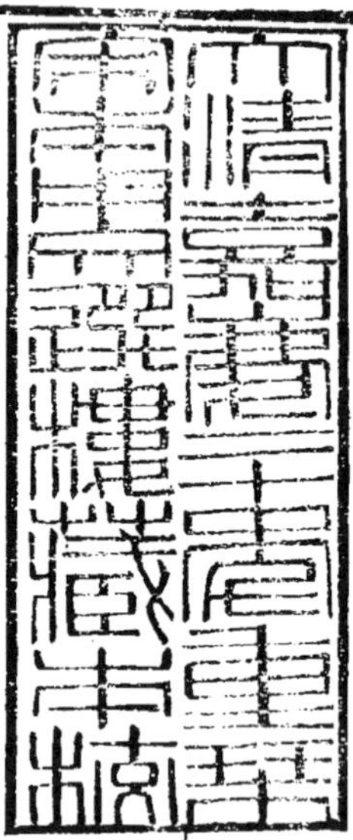

刑部員外南昌黃中栻栞

毛詩注疏挍勘記（十七之四）

阮元撰盧宣旬摘錄

○卷阿

王能爲賢有所樂 閩本明監本毛本同案有當作者形近之譌

自縱弛之意也 閩本明監本毛本同小字本相臺本弛作弛案弛卽弛字也釋文云從本又作縱施本又作弛同正義本是縱弛字

而優自休息也 閩本明監本毛本同小字本相臺本優下有游字考文古本同案有者是也

似先公酋矣 唐石經小字本相臺本同案此釋文本也釋文云酋在由反云云是其證正義云遒終釋詁文彼遒作酋音義同也是其本作遒字標起止云酋終合併以後依經注本所改也郭璞爾雅注引嗣先公爾酋矣或出於三家毛鄭詩非有爾字也箋云嗣先君之功而終成之此無爾字之明證正義云又嗣其先君之功汝王能終之矣乃自爲文耳如何人斯之五章經中三爾字而正義有六汝字板之三章經中二爾字而正義亦六汝字可以知其例矣凡他

書引用不可以爲典要者如此○按正義當本作酋終釋詁文彼酋作遒寫者亂之耳舊按非也

書傳稱成湯之閒 閩本明監本毛本同案浦鏜云湯當康字誤是也

謂居民土地屋宅也以教之故民有所法則王 閩本明監本毛本同案土上浦鏜云脫以字是也王字當衍

德大天之福 閩本明監本毛本福誤性案山井鼎云作得大大之福似是者是也大大正義常語屢見於楚茨以下及賓之初筵旱麓行葦潛等篇

故以茀爲小福故以茀爲小 閩本明監本毛本同案浦鏜云故以茀爲小福六字當衍是也

豫撰几擇佐食 小字本相臺本同案此正義本也正義云此本或云豫餼食者誤耳孫毓載箋唯言撰几擇佐食是也定本亦作餼字非也釋文云饌几士戀反又士轉反具也本亦作撰是釋文與定本同也正義以

或本饌下有食字者爲非則固然矣其以定本字作饌爲非則誤古用饌食字爲撰具字是爲假借撰字不見於說文當以定本釋文本爲長

佐合入助之　閩本明監本毛本合作食小字本相臺本合入作食案此十行本分食爲二字之誤也仍衍入字者非

引長翼輔皆釋詁文　閩本明監本毛本翼輔誤倒案山井鼎云傳作翼敬無輔訓也其說是也爾雅亦有翼敬無翼輔輔當爲敬涉傳上文而誤

佐食遷肵俎特特牲云　閩本明監本毛本不重特字案所删是也浦鏜云肵誤昕是也

然則凡與佐食　閩本明監本毛本同案浦鏜云几誤凡下同是也

少牢又云祝筵尸　閩本明監本同毛本初刻同後改筵作延下祝筵尸同案所改是也

尸入升祝先主人從　閩本明監本主誤生毛本不誤案山井鼎云入升恐升入之誤以特

牲考之其說是也

如圭如璋閩本明監本毛本同唐石經圭作珪小字本相臺本同注同案唐石經是也餘經作圭乃用字不畫一之例此經及正義中字皆作圭當是後人用他經所改考文古本因此每改他經字作珪者亦非○按珪者圭之古文也毛詩不當用古舊按非

以禮義相切瑳閩本同小字本相臺本瑳作磋明監本毛本同案釋文云磋或作瑳已見淇奧谷風瑳字是也正義當用磋字十行本皆作瑳乃依注改也

人聞之則有善聲譽小字本相臺本同案此正義本也正義云有善聲譽為人所聞知又云故有善聲譽是其證釋文云聲論魯困反與正義本不同也山井鼎云譽恐論誤是以釋文本改正義本也殊為失之

鳳皇于飛唐石經小字本相臺本同閩本明監本毛本皇作凰下同案凰俗字不當用於經典

鳳皇靈鳥仁瑞也小字本相臺本同案正義云言此鳥有神靈也又云說文云鳳神鳥也段玉裁

云此傳及說文皆當作禮鳥也麟之趾傳言麟信而應禮騶虞傳言騶虞義獸也有至信之德則應之此傳意謂禮而應仁言禮鳥而應仁德之瑞也所謂詩毛說者如此與左氏春秋說同正義本誤○按召南傳當云麟信獸而應禮各本奪獸字

亦與衆鳥也　閩本明監本毛本同小字本相臺本與作亦考文古本同案與字誤也

因時鳳皇至因以喻焉　小字本同閩本明監本毛本同相臺本下因字作故考文古本同案故字是也

故鳳皇亦與之同止於　閩本明監本毛本同案止於當作於止此說經之爰止也

故龍不生　閩本明監本毛本同案生下浦鏜云得字脫是也

燕領喙五色備舉　閩本明監本同毛本喙作雜案此欲補雜字而誤改喙字耳二字皆當有爾雅疏卽取此正有可證

字從鳥几聲也閩本明監本毛本同案浦鏜云凡誤几是

飲食自歌自舞閩本明監本毛本同案盧文弨云飲食下有自然二字見南山經是也此複出自字而脫

郭璞云小之形未詳閩本明監本毛本同案浦鏜云小上疑脫大字是也

故集止以亦傳天亦集止閩本明監本毛本同案浦鏜云傳天下當脫傳天以三字是也

故云亦集衆鳥也閩本明監本毛本同案集當作亦

以羣士慕賢閩本明監本毛本同案浦鏜云以當似字誤是也

此經旣云多言吉士閩本明監本毛本同案浦鏜云王多誤多言是也

謂無擾之閩本明監本毛本同小字本相臺本無作撫考文古本同案撫字是也

出東曰朝陽　閩本明監本毛本同小字本相臺本出作山考文古本同案出字誤也

由萬民物服　補案物當作協形近之譌毛本正作協

欲今遂爲樂歌　閩本明監本毛本同小字本相臺本今作令考文古本同案令字是也

以車則人有副貳　閩本明監本毛本同案此不誤山井鼎云則恐賜誤非也

春秋之師職掌九德六詩之歌　閩本明監本同毛本秋之作官大案所改是也浦鏜云六誤九是也

○民勞

輕爲姧宄　閩本同小字本相臺本姧作姦明監本毛本同案姧爲僞字釋文以姧宄作音正義中十行本亦作姧

本亦作徭　補釋文挍勘通志堂本同盧本作傜案集韻四宵云傜使也通作繇可見徭乃後來俗譌字耳

穆王與厲王竝世　補案上王字當作公篇內同毛本不誤

憯不畏明　唐石經小字本相臺本同案釋文云慘不七感反本亦作憯會也正義云慘會釋言文爾雅本或作憯會音義同是其本亦作慘字標起止云至憯會當是後改詩經小學云說文朁曾也從曰兓聲詩曰朁不畏明節南山十月之交云雲漢及此憯字皆同音假借是也考釋文十月之交亦作慘以憯作慘猶以訛作詐之誤耳考文古本作摻采釋文而又誤

曾不畏敬明白之刑罪者　小字本相臺本同閩本明監本毛本亦同案正義云曾不畏敬明白之刑罰者又云故云又用此止爲寇虐曾不畏敬明白之刑罰者是罪當作罰

當以此定我國家爲王之功　小字本相臺本同閩本明監本毛本亦同案正義云以此定我周家爲王之功又云故知以定我周家又云是共王有周家之辭是國當作周考文古本作周采正義

傳以汔之爲危　閩本明監本毛本同案傳以當作以傳

正義曰詭戾人之○善　閩本明監本毛本無○案所刪是也

爾雅本或作僭曾　閩本明監本毛本僭作云案山井鼎云僭恐憯誤是也

尚書無逸云　閩本明監本毛本同案浦鏜云舜典誤無逸是也

故知以定我周家爲之功　閩本明監本毛本同案山井鼎云爲下當有王字是也

無縱詭隨　明監本毛本縱誤蹤以上本皆不誤

惛怓猶讙譁也　小字本相臺本同考文古本同閩本明監本毛本脫猶字案此正義本也正義云以此勑慎其讙譁爲大惡者又云故箋以爲猶讙譁是其證也釋文云譊本又作譁此亦取聲音爲訓詁當以釋文本爲長

謂好爭者也　閩本明監本毛本同小字本相臺本爭下有訟字考文古本同案有者是也

說文作惛　〔補〕釋文挍勘通志堂本惛作昏盧本作怋云今挍改案怋字是也小字本所附正作怋字

釋文惛亦不憭也補釋文挍勘通志堂本同盧本釋文惛亦四字作又釋惛云案所改非也當作又云惛不憭也與旱麓燎下又云燎放火也同例釋衍字又誤文云誤亦倒在惛下遂不可讀今特訂正

王若施善救補案救當作政形近之譌毛本正作政

止其寇虐之善閩本明監本毛本同案山井鼎云善恐害字是也

遂合詁文明監本毛本詁上有釋字閩本剜入案所補是也

是其言語無大聒亂人補毛本無作爲案爲字是也

春秋傳曰閩本明監本毛本同小字本相臺本傳作左氏二字案正義云所引春秋傳曰是其本作傳字

厲壞也閩本明監本毛本同小字本相臺本厲作敗考文古本同案厲字誤也

先愛止中國之京師閩本明監本毛本同案山井鼎云止恐此字是也物觀補遺所載云宋板止作此必誤用他章文當之耳

云泄漏也閩本明監本毛本同案浦鏜云一上當有脫字是也

以爲人者也閩本明監本毛本同案山井鼎云爲恐厲誤是也

犯改爲惡曰厲閩本明監本毛本同案浦鏜云政誤改是也

重上人閉門而詢之毛本同閩本明監本詢作詞案詞字是也

固義不捨閩本明監本毛本同案義當作著形近之譌

〇板

不實於亶小字本相臺本同閩本明監本毛本同唐石經於作于案唐石經是也正義云此不實於亶當是易爲今字耳

管管無所依繫閩本明監本毛本同小字本相臺本繫作也考文古本同案也字是也正義云無所依據又云故知無所依繫皆自爲文不當依以改傳〇按廣韻作悹悹

則無不能深知遠事　閩本明監本毛本同案浦鏜云無當爲字誤是也

自此以下是大遠也　閩本明監本下誤不毛本不誤案山井鼎云遠恐諫誤是也

辭之懌矣　唐石經小字本相臺本同案釋文云繹本亦作懌正義本是懌字頍弁釋文云懌本又作繹繹懌同字也考文古本作繹采釋文○按古無懌字以繹爲之釋文是也

此於上天　補　毛本此作比案比字是也

汝臣等無得如是沓沓正隨從而助之　閩本明監本毛本正作莅案皆誤也當作然

及爾同寮　唐石經小字本相臺本同閩本明監本毛本寮作僚案釋文云僚字又作寮正義本是寮字閩本以下依釋文改耳

反忠告以善道　閩本明監本毛本反作及小字本相臺本作欲案欲字是也

告此以善道閩本明監本毛本同案此當作之下文可證

得棄其言也閩本明監本毛本得上有不字案所補是也

言曰至誠款實而告之補閩本明監本毛本同案日當己字之譌

以與讒惡也閩本明監本毛本惡作慝案所改是也

八十曰耄曲禮云閩本明監本毛本同案浦鏜云云當文字誤是也

夸毗體柔人也閩本明監本毛本同小字本相臺本體上有以字考文古本同案釋訓云夸毗體柔也無以字

則忽然有揆度知其然者小字本相臺本同閩本明監本毛本亦同案正義云汝君臣忽然莫有察我民敢能揆度知其情者又云無有揆度知其然是忽然下當有無字考文古本有采正義

又素以賦斂小字本相臺本同案正義云定本集注責以賦斂責字皆作素俗本爲責誤矣素者先也

是正義本作責字

民之多辟 唐石經小字本相臺本同案釋文云多僻匹亦反邪也注同考七月序正義云古避辟譬僻皆同作辟字而借聲爲義是正義本作辟字其正義云皆多邪僻者易爲今字而說之也蕩釋文云辟匹亦反邪也本又作僻注同而於此經獨以僻爲正者以下立辟文連故別之其實毛氏詩經但作辟與下經立辟同字傳云辟法也不更指其何辟猶昔育恐育鞫傳之育長不指言何育也後漢書玉篇文選注引作僻乃以破引之當以正義本爲長考文古本作僻依釋文

摩 ㊣補釋文挍勘記通志堂本盧本同案段玉裁云瘴誤摩是也小字本所附正是瘴字乃出於善本此釋文當本作瘴轉譌從广耳小毖篇同

如攜取之隨人君也 閩本明監本毛本同案君當作者形近之譌

以攜者取處末 閩本明監本取作處毛本末作未案山井鼎云此疏恐有誤字是也者取當作

文最

大宗王之同姓之適子也閩本明監本毛本同小字本相臺本下之字作世案世字是也

維爲藩蔽閩本明監本毛本同案浦鏜云藩當屏字誤是也

君言宗人宰人也閩本明監本毛本同案浦鏜云君疑若字誤是也

五姓賜則閩本明監本毛本同案浦鏜云命誤姓

又兵用事重閩本明監本毛本同案用當作甲形近之譌

及爾游衍唐石經小字本相臺本同案釋文云游羨餘戰反溢也一音延善反本或作衍正義本是衍字

孔子迅雷風列閩本明監本毛本列作烈案所改是也

附釋音毛詩注疏卷第十八（十八之一）

蕩之什詁訓傳第二十五

毛詩大雅　鄭氏箋　孔穎達疏

蕩召穆公傷周室大壞也厲王無道天下蕩蕩無綱紀文章故作是詩也○蕩蕩唐黨反召時照反本又作邵卷內召公召作皆同

【疏】蕩八章章八句至是詩○正義曰蕩詩者召穆公所作以傷周室之大壞也以厲王無人君之道行其惡政反亂先王之政致使天下蕩蕩然法度廢滅無復有綱紀文章是周之王室大壞敗也故穆公作是蕩詩以傷之傷者刺外之有餘哀也其恨深於刺也瞻卬召旻皆云刺幽王大壞此不言刺厲王而云傷周室者幽王承宣王之後父善子惡指刺其身此則厲王以前周道未缺一代大法至此壞之故言傷周室大壞此經八章皆是大壞之事首句言蕩蕩爲下之摠目故序亦述首句以爲一篇之義言天下蕩蕩無綱紀文章綱紀文章謂治國法度聖人有作莫不皆是此經所

傷傷其盡廢之也蕩蕩上帝下民之辟上帝以託君王也辟君也箋云蕩蕩法度
廢壞之貌厲王乃以此居人上爲天下之君言其無可則象之甚○之辟必亦反注同沈云毛音婢益反疾威
上帝其命多辟疾病人矣威罪人矣箋云疾病人者重賦斂也威罪人者峻刑法也其政教又
多邪辟不由舊章○辟匹亦反本又作僻注同斂力豔反駿荀閏反本亦作峻邪似嗟反天生烝民
其命匪諶靡不有初鮮克有終諶誠也箋云烝衆鮮寡克能也天之
生此衆民其教道之非當以誠信使之忠厚乎今則不然民始皆庶幾於善道後更化於惡俗○烝之承反諶市林反鮮
息淺反注同道音導本亦作導〔疏〕蕩蕩至有終○正義曰穆公傷厲王無道壞滅法度言今蕩蕩然廢壞法度者
上帝之君王乃以此無法度而爲下民之君也又言王無法
度之事重賦斂以疾病人峻刑法以威罪人如此者是上帝
之君王又其下政教之命甚多邪僻言其無法度不由舊章
也元本天之生此衆民其使人君爲政化之命以教導之非
欲使之誠信乎言天欲使之誠信今王以邪僻教之故民皆
無復誠信無不有其初心欲庶幾慕善道少能有其終行今

皆化從惡俗是違天生民立教之意故所以傷之也○傳上帝至辟君○正義曰上帝者天之別名天無所壞不得與蕩蕩共文故知上帝以託君王言其不敢斥王故託之上帝也板傳曰上帝以稱王者桑柔傳曰昊天斥王然則王稱天稱帝詩之通義而言託者以下章不敢斥言乃假文王咨商明知此亦不斥故變言託耳其實稱帝亦斥王此下諸章皆言文王曰咨此獨不然者欲以蕩蕩之言爲下章摠目且見實非殷商之事故於章首不言文王以起發其意也辟君釋詁文○箋蕩蕩至之甚○正義曰蕩蕩是廣平之名非善惡之稱若論語云蕩蕩乎民無能名焉洪範云王道蕩蕩言其無復惡事善事廣平是蕩蕩爲善也此序言蕩蕩無綱紀文章言其除去善事知此蕩蕩是法度廢壞之貌釋訓云蕩蕩僻也孫炎曰蕩蕩法度廢壞之僻取此此箋爲說也○箋疾病至舊章○正義曰此申說傳意也人以財貨而生財盡則人困病故知疾病人者重賦斂也君以刑法威人法峻則人得罪故知威罪人者峻刑法也君之於人唯此此而已故知是此二事也峻者高險之名謂重其科禁不可登陟如山之陵阪然其政教又多邪僻不由舊章不依周公所制典禮先王所行舊法也○傳諶誠○正義曰釋詁文○箋烝衆至惡俗○正義曰烝衆鮮寡皆釋詁文克能釋言文言天意欲使人君發

命教民當以誠信忠厚既本天意又傷今政言當今之民皆有始無終是由人君不施忠厚之命而下邪僻之敎故民化於惡俗教之使然以王政不順天故反覆言之民始皆庶幾於善道言民生自有此性後更化於惡俗謂君政令之變改言靡不爲盡然之辭鮮克爲少有之稱文不同者容有君子不改其操故言鮮以見之

文王曰咨咨汝殷商曾是彊禦曾是掊克曾是在位曾是在服 咨嗟也彊禦彊梁禦善也掊克自伐而好勝人也服服政事也箋云厲王弭謗穆公朝廷之臣不敢斥言王之惡故上陳文王咨嗟殷紂以切刺之女曾任用是惡人使之處位執職事也○禦魚呂反掊蒲侯反聚斂也徐又甫垢反好呼報反朝直遙反下朝廷同

天降滔德女興是力 天君滔慢也箋云厲王施倨慢之化女羣臣又相與而力爲之言競於惡○滔他刀反漫也漫亡諫反本亦作慢又作嫚下同一音亡半反倨居庶反○

【疏】文王至是力○正義曰穆公傷王之惡又不敢斥言昔文王以紂政亂數嗟嘆之故穆公假爲之辭以責厲王言文王恨紂始言曰咨咨嗟乎汝殷商之君汝爲人君當任用賢者何曾以是彊梁禦善之人何曾以是矜掊好勝之人

曾任用二者惡人使之在位執職事乎既責其君任非其人又責此臣助君爲惡言比天之王者此倨慢之德化已自惡矣汝等何爲起是氣力而佐助之以其同惡相成故至於大壞所以傷之也○傳咨嗟至政事○正義曰咨是歎辭故言嗟以類之非訓爲嗟也彊禦者任威使氣之貌禦善者見善事而抗禦之是心不嚮善不從教化之人也自伐解掊好勝解克定本倍作掊掊即倍也倍者不自量度謂己兼倍於人而自矜伐論語云願無伐善是也克者勝也已實不能恥於受屈意在陵物必勝而已如此者謂之克也釋詁云服事也且在服與在位對文故知服政事謂非徒備官又委任之也○箋厲王至職事○正義曰民勞亦穆公所作皆斥王惡此以篇獨畏弭謗不斥言者民勞之詩汎論王惡欲王惠中國以綏四方其惡非深不須假託蕩則陳王凶暴將至滅亡號呼沈湎俾晝作夜其言既切故假文王至如家父作誦自著已名凡伯芮伯直言不諱者其人既異所作有殊二章箋獨言厲王者以假託文王咨嗟殷紂不得不言厲王六章以下言殷紂者以小大近喪顚覆滅亡之事故指言殷紂又經之設文須有足句四言曾是其義爲一故箋并言之汝曾任用是惡人使之處位執職事也言曾者謂何曾如此今人之語猶然○傳天君酒慢○正義曰天君釋詁文以言汝興是力責

臣明是人君非上天也虐君所下明是慢人之德故以謟爲慢也○箋厲王至於惡○正義曰此箋言厲王自下單言王省文也在身爲德施行爲化内外之異耳相與而力爲之定本作相與而力爲之

文王曰咨咨女殷商而秉義類彊禦多懟流言以對寇攘式内

對遂也箋云義之言宜也類善式用也女執事之臣宜用善人反任彊禦衆懟爲惡者皆流言謗毀賢者王若問之則又以對寇盜攘竊爲姦宄者而王信之使用事於内○懟直類反攘如羊反宄音軌

侯作侯祝靡屆靡究

作祝詛也屆極究窮也箋云侯維也王與羣臣乖爭而相疑曰祝詛求其凶咎無極已○作側慮反注同本或作詛祝周救反

【疏】文王至靡究○毛以爲文王曰咨咨嗟汝殷商汝秉執政事之臣宜用善人何爲不用善人反更信任彊禦衆懟爲惡之人爲流言以遂成其惡事者又寇盜攘竊爲姦宄之人王信任之使用事於内小人用事數相謗毀遂令君臣乖爭以致相疑維爲是詛維爲是祝求告鬼神令加凶咎無有終極窮已之時置小人於朝以祝詛求言○是綱紀廢滅可傷之甚○鄭唯流言以對爲異言此彊禦衆懟爲惡之人作此流言謗毀賢者若王

問賢人則以此謗毀而對使王不得用之餘同○傳對遂○正義曰釋言文○箋義之至於內○正義曰凡言義者允於事宜故云義之言宜以義爲宜則而爲汝矣類善釋詁文式用釋言文衆懟懟爲惡者懟謂很戾戾非一人故言衆也此彊禦衆懟之人不但很戾而已又皆流言語以謗毀賢者王若問之則又以對謂就此衆懟之人問賢人之行則又以謗毀之言對王令王不用之使賢者黜退也既退賢者乃進其黨類故寇盜攘竊爲姦宄者進在王朝而信之使用事於內也上言執事下言用事於內則執事者亦在內矣但執事者皆在王朝用事者後來之人以小人後至而自外入內故云式內以充之言寇攘者費誓注云寇劫取也因其亡失曰攘盜竊則揔名故箋以盜竊配之○傳作祝至究窮○正義曰作即古詛字詛與祝別故各自言侯傳辨作爲詛故言作祝詛也屆極究窮皆釋言文○箋侯維至極已○正義曰釋詁云維侯也故侯得爲維上言用惡人在官此言詛祝明是王與羣臣乖爭相疑而祝詛也靡屆靡究言其無窮已之時故知日日爲之也詛者盟之細事用豕犬雞三物告神而要之祝無用牲之文蓋口告而祝詛之也皆是情不相信聽以明神若有犯約使加之凶禍故云求其凶咎無極已

文王曰咨咨女殷商女炰烋

于中國斂怨以爲德炰烋猶彭亨也箋云炰烋自矜氣健之貌斂聚羣不逞作怨之人謂之有德而任用之。炰白交反烋火交反亨許庚反逞勑領反不明爾德時無背無側背無臣側無人也箋云無臣無人謂賢者不用爾德不明以無陪無卿無陪貳也無卿士也。陪本又作培蒲回反【疏】文王至無卿。正義曰言文王曰咨咨。汝殷商汝既官不得人
徒彭亨然自矜莊以爲氣健在於中國斂聚此志意不逞好
作怨之人以爲有德而任用之由其任用惡人以爲德故不光
明汝王之德也正由背後無良臣傍側無賢人也故又言汝
王之德所以不光明者以其無陪貳大德之公無幹事明哲
之卿故也王何故聚此小人使之用事。箋炰烋至用之。
正義曰炰烋是人之形狀故言自矜莊氣健之貌與傳彭亨
一也上章言用惡人在官下章言傍無賢人故知斂怨以爲
德謂聚羣不逞作怨之人謂之爲有德而任用之羣不逞襄
十年左傳文逞快也謂志意不快好作怨禍者也。傳無陪
至卿士。正義曰陪貳謂副貳王者則三公也卿士謂六卿
也昭三十二年左傳曰物有陪貳天生季氏以貳魯侯諸侯
以上卿爲貳則知天子陪貳唯三公也冢宰雖亦貳王治事當

從卿士之列也文王曰咨咨女殷商天不湎爾以酒不義從式義宜也箋云式法也天不同女顏色以酒有沈湎於酒者是乃過也不宜從而法行之○湎面善反徐莫顯反飲酒齊色曰湎韓詩云飲酒閉門不出客曰湎既愆爾止靡明靡晦式號式呼俾晝作夜使晝爲夜也箋云愆過也女既過沈湎矣又不爲明晦無有止息也醉則號呼相勑用晝日作夜不視政事○愆本又作諐起連反號戶刀反注同呼火胡反又火故反注同崔本作譁或一本作或號或呼俾必爾反使也本亦作俾後皆同眈本或作湛都南反不爲于僞反疏文王至作夜○正義曰上言任非其人此言其共從行非度文王曰咨咨嗟汝殷商汝君臣何爲眈荒如是天不湎然同汝顏色以酒汝乃自眈此酒使色同耳此乃過誤之事不宜從而法行之汝沈湎如是既已愆過於汝之容止又無明無晦而飲酒不息及其醉也用是叫號用是讙呼使晝日作夜不嘗視事此所以大壞○箋天不至行之○正義曰酒誥注云飲酒齊色曰湎然則湎者顏色湎然齊一之辭故云天不同汝顏色亦謂湎爲同色也湎者人之所爲非天生之物聖人用酒所以祭祀養賢周公作戒使

德將無醉是湎然而醉者人自爲之非天爲之也**文王曰咨咨女殷商如蜩如螗如沸如羹**蜩蟬也螗蝘也箋云飲酒號呼之聲如蜩螗之鳴其笑語沓沓又如湯之沸羹之方熟。蜩音條螗音唐沸方味反蟬市延反字林云蟪蛄蝘音偃蟬屬也草木疏云一名蛁蟟青徐謂之螇螰楚人名之蟪蛄秦燕謂之蛥蚗或名之蜓蚞郭云俗呼爲胡蟬江南謂之螗蛦沓徒荅反**小大近喪人尚乎由行**言居人上欲用行是道也箋云殷紂之時君臣失道如此且喪亡矣時人化之甚倘欲從而行之不知其非。近喪附近之近又如字注同**內奰于中國覃及鬼方**奰怒也不醉而怒曰奰鬼方遠方也箋云此言時人忕於惡雖有不醉猶好怒也。奰皮器反舊音備覃徒南反忕市制反又時設反說文云習也好呼報反

【疏】文王至鬼方。毛以爲文王曰咨咨嗟汝殷商汝君臣飲酒其號呼如蜩之聲如螗之鳴言其讙譁之無次也其笑語如湯之沸如羹之熟言其噂沓無節也王者所行無小無大莫不皆近喪亡以此行居人之上於是猶欲下民用行此道也由君欲民行故天下化之惡及四遠于初奰然不醉而怒在於中國但人皆傚

之此奰然惡行乃延及中國之外至於鬼方之遠鄉言其惡
化之廣也○鄭唯小大近喪謂君臣失道近於喪亡時人化
之甚猶尚於是欲從而行之言舉世皆不知其惡也○傳蜩
蟬螗蝘○正義曰釋蟲云蜩蜋蜩螗蜩舍人曰皆蟬也方語不
同三輔以西爲蜩梁宋以東謂蜩爲蝘楚地謂之蟪蛄楚辭
云蟪蛄鳴兮啾啾是也陸機疏云螗一名蝘蚻字林蚻或作
蟟也青徐人謂之螇螰然則螗蝘亦蟬之别名耳○箋飲酒
至方熟○正義曰文承號呼之下蜩螗多聲之蟲故知號呼
之聲如蜩螗也沸無食名故知唯是沸湯羹熟則停故知其
欲熟以羹湯非蟬之類故以比笑語禮有燕笑語兮但不得
沓沓無節耳○傳言居至是道○正義曰如傳此言則以尚
爲上由爲用言居人上欲用行此道謂欲使天下民從己之行
○箋殷紂至其非○正義曰以言近喪紂實喪亡鬼方殷之
諸侯則其言施於紂世故云殷紂之時以覃及鬼方是化流
於遠故易傳以爲時人化之甚尚欲從而行之不知其非由
人効其非欲從而行之不知其非故惡及遠地爲文之次也
○傳奰怒至遠方○正義曰西京賦云巨靈奰屭以流河曲
則奰者怒而自作氣之貌故爲怒也怒不由醉而云不醉而怒
者以其承上醉事嫌是醉時之怒故辨之焉此雖怒時不醉
乃是醉醒而怒亦由酒醉所致故既言飲酒無節即又責其

奰怒也中國是九州覃及是及遠故知鬼方遠方未知何方也易既濟九三高宗伐鬼方三年乃克象曰憊也言疲憊而後克之以高宗之賢用師三年憊而乃克明鬼方是遠國也

文王曰咨咨女殷商

匪上帝不時殷不用舊箋云此言紂之亂非其生不得其時乃不用先王之故法之所致

雖無老成人尚有典刑箋云老成人謂若伊尹伊陟臣扈之屬雖無此臣猶有常事故法可案用也○扈音戶

曾是莫聽大命以傾箋云莫無也朝廷君臣皆任喜怒曾無用典刑治事者以至誅滅

【疏】文王至以傾○正義曰文王曰咨咨嗟汝殷商汝所以將至滅亡者非爲上帝生之使不得其時乃由汝殷紂自不用先王舊故之法所致耳又言其不用舊故之事今時雖無老成德之人若伊陟之類猶尚有先王常事故法可案而用之汝今君臣皆任喜怒以自專恣曾於是常事故法莫肯聽受用之由此汝之大命以致傾覆而誅滅今王何不以紂爲戒自改悔乎○箋老成至案用○正義曰以殷不用舊章即以殷臣言之故云老成人謂若伊尹伊陟臣扈之屬於厲王則周召毛畢之倫也君奭曰在昔成湯既受命時則有若伊

尹在太甲時則有若保衡在太戊時則有若伊陟臣扈巫咸在祖乙時則有若巫賢在武丁時則有若甘盤注云伊尹名摯湯以爲阿衡以尹天下故曰伊尹至太甲改曰保衡則伊尹保衡一人也伊陟伊尹之子據君奭之文從上言之盡臣扈三人以下猶有巫咸巫賢甘盤故言之屬以包之○箋朝廷至誅滅○正義曰以莫爲撼辥故知朝廷君臣也不用典刑則是自制威福故云皆任喜怒雲漢云大命近止謂民之性命此言大命以傾亦謂君臣性命故云以至誅滅

文王曰咨咨女殷商人亦有言顛沛之揭枝葉未有害本實先撥顛仆。沛拔也揭見根貌箋云揭蹶貌撥猶絕也言大木揭然將蹶枝葉未有折傷其根本實先絕乃相隨俱顛拔喻紂之官職雖俱存紂誅亦皆死○顛都田反沛音貝揭紀竭反撥蒲末反仆蒲北反又音赴拔皮八反又半末反見賢遍反謂樹根露見王如字言可見蹶其厥反洮居衛反一音厥

殷鑒不遠在夏后之世箋云此言殷之明鏡不遠也近在夏后之世謂湯誅桀也後武王誅紂今之王者何以不用爲戒○夏戶雅反注同〔疏〕文王至之世○正義曰文王曰咨咨嗟汝殷商古之賢哲之人亦有遺言

云樹木將欲顛仆傾拔之時其根揭然而見此時枝葉未有折傷之害而根本實先斷絕但根本既絕枝葉亦從而絕以喻王位將欲傾覆喪亡之時而其勢微弱而危此時羣臣未有死亡之害而王身實先誅滅王身既滅羣臣亦隨之而滅汝若不信則殷之所鑒鏡者非遠耳止近在往前夏后之世言桀爲成湯所誅紂惡亦當爲周人所殺汝何以君臣同惡不用典刑也此意欲令厲王以紂爲鑒改脩德教故也○傳顛仆至根貌○正義曰顛是倒頓之名仆是偃僵之義故以顛爲仆謂樹倒也沛者忽遽離本之言此論木事故知爲拔謂樹枝也揭者蹶倒之意故以爲見根貌此顛沛之揭正謂樹將倒拔而已見其根但未絕耳○箋揭蹶至皆死○正義曰傳言見根不辨根之所見故以揭爲蹶貌蹶謂倒也樹倒故根見與傳同撥者撥去之去其餘根故云猶絕也揭實已倒故云蹶貌但倒不至地根猶未盡故枝葉未有折傷本實先絕枝葉乃與根相隨俱拔喻紂未滅之前官職雖俱存紂誅則與之皆死也稱人亦有言者牧誓文亦如此注云以古賢之言爲驗是若其不信故引古以爲證也

蕩八章章八句

抑衛武公刺厲王亦以自警也自警者如彼泉流無淪胥以亡

○抑於力反抑密也警居領反〔疏〕抑十二章上三章章八句下九章章十句至自警○正義曰抑詩者衛武公所作以刺厲王也雖志在刺王亦所以自警戒已身以王之爲惡將致滅亡羣臣隨之已亦淪陷故箋指而言之○箋自警至以亡○正義曰言無如泉水相率俱亡是則已亦恐亡自警之意故以此句當之楚語云昔衛武公年九十有五矣猶箴儆於國曰自卿以下至於師長苟在朝者無謂我耄而捨我於是乎作懿以自儆韋昭云昭謂懿詩大雅抑之篇也抑讀曰懿毛詩序曰抑衛武公刺厲王亦以自警如昭之言武公年耄始作抑詩案史記衛世家武公者僖侯之子共伯之弟以宣王三十六年即位則厲王之世武公時爲諸侯之庶子耳未爲國君未有職事善惡無豫於物不應作詩刺王必是後世乃作追刺之耳正經美詩有後王時作以追美前王者則刺詩何獨不可後王時作而追刺前王也詩之作者欲以規諫前代之惡其人已往雖欲盡忠無所裨益後世追刺欲何爲哉詩者人之詠歌情之發憤見善欲論其功覩惡思言其失獻之可以諷諫詠之可以寫情本願申已之心非是必施於諫往者之失誠不可追將來之君庶或能改雖刺

前世之惡冀為未然之鑒不必虐君見在始得出辭其人已逝即當杜口兩無正之篇鄭為流徙後事既出居政不由已雖欲箴規亦無所及此篇彼意於義亦同以此知韋氏之言為得其實若然自警者羣臣為惡恐禍及已若前人已死則非禍所及而箋所以責厲王之臣為武公自警者以人之得失在於朋儕武公雖非厲王之臣亦是朝廷之士淪胥以敗無出不然冀望遠彼惡人免其患禍雖文刺前朝實意在當代故誦習此言以自肅警侯包亦云衛武公刺王室亦以自戒行年九十有五猶使臣日誦是詩而不離於其側其意亦取楚語為說與韋昭小異

抑抑威儀維德之隅人亦有言靡哲不愚抑抑密也隅廉也靡哲不愚國有道則知國無道則愚箋云人密審於威儀抑抑然是其德必嚴正也古之賢者道行心平可外占而知內如宮室之制內有繩直則外有廉隅今王政暴虐賢者皆佯愚不為容貌如不肖然○喆本又作哲亦作悊陟列反智也下同則知音智

庶人之愚亦職維疾哲人之愚亦維斯戾職主戾罪也箋云庶衆也衆人性無知以愚為主言是其常也賢者而為愚畏懼於罪也

〔疏〕抑抑至斯戾○正義曰此時厲

王弼謗賢者佯愚言人有此抑抑然密審之威儀維爲德之廉隅矣言內有其德則外有威儀與德之爲廉隅也若外無威儀則內無德行是爲愚人矣古之賢人有言曰無道之世無有一哲人而不爲愚者言當時賢哲皆故毁威儀而佯爲愚人也若衆庶凡人之爲此愚亦主由維有疾病故耳今哲人之爲此愚亦維乃畏懼於時之罪戾非性然也由王酷虐濫罰無罪故賢哲之人皆佯爲愚病言王虐之甚也○傳抑抑至則愚○正義曰抑抑密釋訓文舍人曰威儀靜密也隅者角也廉者稜也角必有稜故云廉隅集注定本廉下皆無隅字其義是也哲者智也愚者癡也上智下愚不移之定分而云靡哲不愚故解之云國有道則智國無道則愚論語說甯武子之行爲然也○箋人密至不肖然○正義曰此以屋之外角喻人之外貌由內方而外正故觀外而知內故人能密審於威儀抑抑然是其德必嚴正也緜曰其繩則直是內有繩直也斯干曰如矢斯棘○毛以棘爲稜廉是外有廉隅也宮室可入內而觀之人則不可忖度而知之故言古之賢者可以外占而知內○傳職主戾罪○正義曰皆釋詁文

無競維人四方其訓之

有覺德行四國順之 無競競也訓教覺直也箋云競彊也人君爲政無彊於得賢人得賢

人則天下教化於其俗有大德行則天下順從其政言在上所以倡道○行下孟反注同倡昌亮反道徒報反本亦作導下教道同**訏謨定命遠猶辰告**訏大謨謀猶道辰時也箋云猶圖也大謀定命謂正月始和布政于邦國都鄙也為天下遠圖庶事而以歲時告施之○訏況于反謨莫蒲反沈云本亦作漠音莫為于偽反篇末今我為王同**敬慎威儀維民之則**箋云則法也

【疏】無競至之則○毛以為上言賢人不用毀儀佯愚此言宜用賢者使之慎儀言人君為國無彊乎維在得其賢人若得賢人則國家彊矣所以得賢則彊者以此賢人有德四方之俗有不善者其可使此賢人教訓之此賢人可以教訓者此賢者有正直大德行四方之民得其教化其皆慕仰而順從之四方皆順是為彊也又言施教之法當豫大計謀定其教命為長遠之道而以時節告民施之王之朝廷又當敬慎其舉動威儀維與下民之為法則也言王當如此不得棄賢不用使民無所法也○鄭唯以猶為圖為異餘同○傳無競至覺直○正義曰以得賢則彊而云無競故知反其言也訓教誨之別名故為教也釋詁云梏較直也與覺字異音同○箋競彊○正義曰釋言文○傳訏大至辰時○正義曰訏大謨謀猶道皆釋詁文

惟彼猶作繇耳釋訓云不辰不時也是辰爲時○箋猶圖至施之○正義曰以命旣是道故以猶爲圖旣云謀定而别云時告則謀定時未告也太宰職曰正月之吉始和布治於邦國都鄙乃縣治象之法於象魏使萬民觀治象挾日而斂之小宰職曰正歲帥治官之屬而觀治象之法周禮言正歲者皆謂夏之正月太宰言正月懸之小宰言正歲觀之則是再懸之也故彼注云正月周之正月也吉謂朔日也太宰以正月朔日布王治之事於天下至正歲又書而懸於象魏使萬民觀焉周禮六官其存者五惟春官無此事其餘皆有之惟所主異耳然春官主禮周公所制永爲定法更不改張故不須再懸王之教命不過六典和之告之二時不同與謀定時告相合故以大謀定命謂正月始布政教于邦國都鄙是也爲天下遠圖庶事而以歲時告施之即正歲懸之象魏是也邦國謂畿外諸侯都鄙謂畿內采邑○**其在于今興迷亂于政顛覆厥德荒湛于酒**箋云于今謂今厲王也興猶尊尚也王尊尚小人迷亂於政事者以傾敗其功德荒廢其政事又湛樂於酒言愛小人之甚○覆芳服反下覆謂覆用并注同湛都南反注及下同樂音洛下文及注同**女雖湛樂從弗念厥紹罔敷求**

先王克共明刑紹繼共執刑法也箋云罔無也女君臣雖好樂嗜酒而相從不當念繼女之後人將傚女所爲無廣索先王之道與能執法度之人乎切責之也○共九勇反注同好呼報反嗜市志反傚戶教反索所白反〔疏〕其在至明刑○正義曰上言用賢可使四方順從此言今之不能也其在於今之厲王不能用賢之故而尊尚其小人使迷亂於政教以傾敗其功德荒廢其政事又耽樂於酒是愛小人之甚也汝雖好耽樂嗜酒而相從縱合不慙於今時何故弗念其繼汝之人不慮子孫將效之也汝何故無心欲廣索先王之道及能執守明白法度之賢人而用之乎責其不用賢者而與小人荒耽○箋興猶至之甚○正義曰興謂舉而用之故爲尊尚以覆爲傾敗故云傾敗其功德○傳紹繼至刑法○正義曰皆釋詁文唯彼共作拱耳○肆皇天弗尚如彼泉流無淪胥以亡淪率也箋云肆故今也胥皆也王爲政如是故今皇天不高尚之所謂仿下災異也王自絕於天如泉水之流稍就虛竭無見率引爲惡皆與之以亡戒羣臣不中行者將并誅之○淪音倫夙興夜寐洒埽庭內維民之章洒灑章表也箋云章文章法度也厲王之時不

恤政事故戒羣臣掌事者以此也○洒色解反
注同又所寄反埽素報反廷音庭灑色蟹反脩爾車馬
弓矢戎兵用戒戎作用逷蠻方逷遠也箋云逷當
作剔剔治也蠻方
蠻畿之外也此時中國微弱故復戒將率之臣以治軍實女
當用此備兵事之起用此治九州之外不服者○逷他歷反
沈上益反復扶又反將子
匠反帥所類反本或作率〔疏〕肆皇至蠻方○毛以爲上言
王之耽亂此又乘而責之言
出王耽亂如此故今皇天不高尚王之所爲而下此灾異王
將自絕於天如彼泉水之流稍稍以就虛竭言今王漸漸將
致滅亡也又告語羣臣以自警戒王既爲惡汝當行善無相
牽率爲惡皆以滅亡既不聽爲惡即敎之行善當侵早而起
晚夜而寐洒埽室庭之內勤行政事維與民之爲表憲文章
又戒將帥之臣當脩治汝征伐之車馬及弓矢與戎兵之器
用以此戒備戎兵動作之處當征伐之又用此以驅遠蠻方
之來內侵者當逐令遠去使不得來侵○鄭唯用此以治蠻
方之外不服者爲異餘同○傳淪率○正義曰釋言文○箋
肆故至誅之○正義曰肆故今也胥皆也皆釋詁文天道遠
人道邇言皇天不高尚王當有其狀故知謂仍下灾異也天
之爲灾所以譴告王者冀其改悟若欲養成其惡則不復以

災告之今仍有災異是天未絕於王但王自絕於天如彼泉水之流稍稍就於虛竭也泉之大者則流行無窮小者有時而虛竭故以比王將至於滅亡王既有惡而臣亦同之是相率爲惡武公惜其亡而戒之故知戒羣臣不中行者恐將并誅之也及厲王之出周召共和是不與同惡則不誅○傳洒灑章表○正義曰洒埽者以水灑地而埽之故爲灑謂洒水濕地也章者在人之上爲之表憲故云表也○箋章文至以此○正義曰申傳爲表之義以有文章法度故得爲民之表也戒之使爲民之表章則是戒朝廷大臣非戒洒埽之人令埽地也直以厲王之時不恤政事王綱不振戒之使勤於職事但職事在庭治之故假庭內不埽以見職事不理耳故云戒羣臣掌事者掌事謂六卿也○傳遏遠○正義曰釋詁文○箋當至不服者○正義曰以用戒戎作謂兵戎備之則用遏蠻方謂遠方不服則別治之故知遏當作剔剔謂治毛髮故爲治也周禮九服六服之內爲中國七服以外爲夷狄而第六者大行人謂之要服職方氏謂之蠻服大司馬謂之蠻畿此經有二義用戒戎作爲中國則用剔蠻方爲夷狄且蠻方與彼蠻畿同故知蠻方是蠻畿之外也用兵是將帥之事故知戒將帥之臣以治軍實也掌主兵事唯司馬耳其出師也則六卿皆爲軍將此戒將帥總戒將兵之人不必獨戒司

馬也軍實者卽車馬弓矢戎兵是也弓矢卽戎兵而又言戎兵容戈盾矛戟之類軍之所用皆是隱五年左傳曰歸而飲至以數軍實楚語曰射不過講軍實焉皆謂兵器也言汝當用備兵專之起謂備之於國隨其所須中國起者卽用之也用此治九州之外不服者謂治夷鎭藩三服大行人旣列其服朝見之數乃云九州之外世一見是蠻畿以外爲九州之外也

質爾人民謹爾侯度用戒不虞質成也不虞非度也箋云侯君也此時萬民失職亦不肯趨公事故又戒鄕邑之大夫及邦國之君平女萬民之事愼女爲君之法度用備不億度而至之事○非度待洛反下不億度同○**愼爾出話敬爾威儀無不柔嘉**話善言也箋云言謂敎令也柔安嘉善也○話戶快反○**白圭之玷尚可磨也斯言之玷不可爲也**玷缺也箋云斯此也玉之缺尚可磨鑢而平人君政敎一失誰能反覆之○玷丁簟反沈丁念反說文作、胡鑢音慮同復音服又豐服反本亦作覆【疏】○質爾至可爲○正義曰此又戒鄕邑大夫及邦國之君言汝等當平治汝民人之政事勑汝爲君之法度用此以戒備將來不億度之事謂非常驚急當豫防之既戒臣事畢又復諫王當謹慎爾王所出之教令又當恭敬爾在朝之威儀使敎令威儀無不安審美善言使之皆安善也又言敎令尤須謹慎白玉爲圭圭有損缺猶尚可更磨鑢而平若此政教言語之有缺失則遂往而不可改爲王者安危在於出令故特宜慎之○傳質成至非度○正義曰釋詁云質平成也則質者平治成就之義故傳以爲成箋以爲平其意同也釋言云虞度也不度者非意所億度之事也○箋侯君至之事○正義曰侯君釋詁文詩之所戒隨失而言故知此時萬民失職故令質爾民人也不肯趨公事故令謹爾侯度也鄉邑之大夫謂六鄉與公邑亦可以兼六遂與采地也以所戒者廣故知亦及邦國之君也平汝萬民之事卽敎令是也慎爾爲君之法度卽威儀是也治民卽是爲君故文兼鄉邑大夫亦稱君焉不億度而至之事謂非常寇盜君子安不忘危故常豫戒○箋言謂至嘉善○正義曰以此言人君爲政之事故知是敎令之言此文雖承戒鄉邑邦國之下而與下章無易由言相接以下皆是言王事則此慎話敬威儀是使王身敬慎非戒臣之辭柔安嘉善皆釋詁文○箋王之至覆之○正義曰政教一失誰能反覆謂已往者不可更反論語所謂駟不及舌是也其言改過者謂改將來過耳此經申上慎爾出話之事上文亦言威儀不重述

者以言失爲重故特殷勤之孝經重述法言亦此類也○**無易由言無曰苟矣莫捫朕舌言不可逝矣**莫無捫持也箋云由於逝往也女無輕易於教令無曰苟且如是今人無持我舌者而自聽恣也教令一往行於下其過誤可得而已之乎○易以豉反注同捫音門○**無言不讎無德不報惠于朋友庶民小子**讎用也箋云惠順也教令之出如賣物物善則其售賈貴物惡則其售賈賤德加於民民則以義報之王又當施順道於諸侯下及庶民之子弟○讎市由反徐云鄭市又反售市又反一本作讎此音則與毛同賈加霸反下同**子孫繩繩萬民靡不承**箋云繩繩戒也王之子孫敬戒行王之教令天下之民不承順之乎言承順也○靡一本作是○

〔疏〕無易至不承○毛以爲出言爲政又復戒之言王無得輕易於此言語之教令無得言曰我出言苟且如是矣假有不善人無執持我舌而不聽我言者實無人能執王之舌要王苟且出言不可使之往行於天下往則不可復改故特須慎之必須慎者王之所出無有一言而不爲人用善惡人皆承而用之無有恩德而下不報荅之言王有善德人必

報王故王當施行順道於朋友謂諸侯及卿大夫等下及庶民之子弟小子王皆須以順道敎之王若敎以順道則民皆行之若王之子孫能繩繩然敬戒而行王之敎令則天下之衆民無有不承順而奉行之言皆承順而奉行之勸王使愼敎令爲下民之法施順道爲子孫之基也○鄭唯以讎字爲異餘同○傳捫持○正義曰字書以捫爲摸摸索其舌是手持之也○箋由於至已之乎○正義曰由於逝往皆釋詁文唯彼出作繇音義同釋詁云朕我也自周以前朕爲通言故皐陶曰朕言惠屈原曰朕皇考是也秦始皇既平六國制天子之法號爲皇帝自稱曰朕後代遂遵用之宜十二年公羊傳何休注云天子自稱曰朕以漢法言之也言不可往明爲往不可故云敎令一往行於天下其過誤不可得而故也定本無天字又言過誤可得而已之乎定本是也○傳讎用○正義曰相對謂之讎讎若相與用言語故以讎爲用○箋敎令至子弟○正義曰箋以用非讎之正訓且與報德連文故以爲讎報物價釋詁云讎匹也是匹敵相報故應對物價謂之讎其意言王出敎令民則從其善惡以答王也武王謂諸侯云我友邦冢君是朋友謂諸侯亦可以兼羣臣公卿也小子幼稚之稱故爲庶民子弟庶民猶令及之則以上無不及矣○箋繩繩戒○正義曰釋訓文

視爾友君

子輯柔爾顏不遐有愆輯和也箋云柔安遐遠也今視女。諸侯及卿大夫皆脅肩
諂笑以和安女顏色是於正道不遠有罪過乎言其近也○
輯徐音集又七入反脅本又作脇香及反又虛劫反沈又於
闔反諂勅檢反趙岐注孟子云脅肩竦體也諂笑
强笑也近之附近之近一本無之字近則依字讀相在爾
室尚不愧。于屋漏無曰不顯莫予云覯西北隅謂之屋
漏覯見也箋云相助顯明也諸侯卿大夫助祭在女宗廟之
室尚無肅敬之心不慙媿於屋漏有神見人之爲也女無謂
是幽昧不明無見我者神見女矣屋小帳也漏隱也禮祭於
奥既畢改設饌於西北隅而厞隱之處此祭之末也○相息
亮反注同媿俱位反屋如字或云鄭於角反漏魯豆反覯古
豆反奥烏報反西北隅謂之奥饌仕眷反厞扶味反隱也沈
云許愼几非反神之格思不可度思矧可射思格至也箋云矧況射
厭也神之來至去止不可度知況可於祭末而有厭倦乎○度待洛反注度知同矧由忍反射音亦
【疏】視爾至射
思○正義曰上勸王惠於朋友此言王朋友不忠我今視汝
王之所友諸侯及卿大夫之君子皆不忠正但脅肩諂笑以

和安爾王之顔色以求王愛無能一匡諫王者是於正道不遠其有罪過言其近有罪過矣此臣非但諂佞於王又惰慢於事其助祭於汝王宗廟之室尚無肅敬之心不慙媿於屋漏祭當盡敬尚無媿心其於諸事怠惰明矣因即責此不媿之人汝無得言曰此屋漏幽闇不明之處無有於我云能見之者謂神不見遂爲此慢以神之明必見汝矣何則神之初來至思不可度而知思況於祭之所未可得厭倦之思言若能知其去來則可神去乃倦既不見來亦不知其去何得祭末疑去即厭之也○箋令覯至其近○正義曰此皆以王爲文故爾友爲王之友爾顔爲王之顔也脅肩諂笑口柔之貌也孟子曰脅肩諂笑病于夏畦趙岐云脅肩體竦也諂笑強笑也病極也言其意苦勞極甚於仲夏之月治畦灌園之勤是其事也此正是罪過而言其近者爲文之勢耳○傳西北隅謂之屋漏○正義曰釋宮文覯見釋詁文○箋相助至之末○正義曰釋詁云相助慮也俱訓爲慮是爲助也又云顯光也是顯得爲明也上言友君子有過下句責其厭倦則非王之身故知是諸侯及卿大夫助祭之時無肅敬之心也責令勿道神不我見故知其意言神見汝矣天官幕人職掌帷幕幄帟注云幕以布幄帟以繒爲之雜記云諸侯行而死於道緇布裳帷素錦以爲幄而行皆先言帷幕而後言幄則幄

在帷帟之內帷幕是大有帷幕皆於野張之以亦有之屋漏者室內處謂西北隅也言不媿屋時於屋漏有事之節礼北隅厞隱之處此祭末徹尸薦俎敦設于西北尸降注云厞隱也不知爲幽闇庶其饗之是其云在室不媿屋陋者此之時乃始倦耳因當時人在屋漏之處言在室漏云當室之白日光所不備祭何謂陰厭陽厭厭尸既謖之後改饌於陰厭若庶子不適殤宗子陽厭又此詩不媿于屋從亦同唯上大夫無陽隅鄭注云無陽厭者爲義曰釋詁文○箋剛況

帳則幄爲小帳也漏隱釋言文礼之代宮室其宮內不張幕也帷則室內所之名可以施小帳而漏隱之處正漏則屋漏之處有神居之矣故言祭祭於奧中既畢尸去乃改設饌西之時事也特牲礼尸謖之後云佐食隅几在南屛用筵納一尊佐食闔牖神之所在或者遠人乎尸謖而改饌事也若然當闔戶牖則室中無人而羣臣雖憒非祭初即倦當有事屋漏屋漏有神而責其不媿非謂助祭之者正謂在宗廟中耳爾雅孫炎解屋漏入非鄭義也案礼記曾子問云殤鄭注云祭成人始設奠於奧是謂陰西北隅是謂陽厭若宗子爲殤唯有適殤唯有陽厭案特牲士礼有陰厭漏則天子亦有陽厭以上下言之諸厭故儀礼少牢祭末不徹饌於西北大夫當日賓尸故也○傳格至○正至倦乎○正義曰剛況釋言文射厭

釋詁文凡言況者皆以輕況重此經直言至於尸謖謂神實去矣於此之時乃有惰慢故詩人之意言神來不知其來則尸去神未必去屋漏之處仍有祭事則神猶在矣祭初神實未來尚不敢慢況今祭末神或未去而可有厭倦乎以此故言矧可射思箋申其意故來至去止竝言之不然經止有來不須言去也

辟爾爲德俾臧俾嘉淑愼爾止不愆于儀不僭不賊鮮不爲則女爲善則民爲善矣止至也爲人君止於仁爲人臣止於敬爲人子止於孝爲人父止於慈與國人交止於信僭差也箋云辟法也止容止也當審法度女之施德使之爲民臣所善所美又當善愼女之容止不可過差於威儀女所行不信不殘賊者少矣其不爲人所法○譖本亦作僭子念反注及下我譖同鮮息淺反少也

投我以桃報之以李箋云此言善往則善來人無行而不得其報也投猶擲也○擲直赤反○

彼童而角實虹小子童羊之無角者也而角自用也虹潰也箋云童羊譬皇后也而角者喻與政事有所害也此人實潰亂小子之政亂天子未除喪稱小子○虹戶公反鄭戶江反潰戶對反○

【疏】辟爾至小子○毛以爲王當法

度汝之所爲施行之德則使民善之使臣美之又當善慎汝心之所止使常止仁信不過於汝之威儀令不差貳不殘賊王能如此少矣而不爲人所法則言多爲人所法則人有投擲我以桃者我必報之以李善往則善來無物不報王若以善道施民民必以善事報王也王之所以不善者彼童羊實無角而爲有角自用妄爲觝觸人以喻王后本實無德而爲有德自用横干政事此人實潰亂我王小子之政使爲不善王何以不遠之乎○鄭唯止爲容止爲異餘同○傳女爲至僭差○正義曰傳解辟爾爲德所以能俾臧俾嘉之意由君爲善則民善之辟爾爲德是汝爲善也俾臧俾嘉是則民善也止者所居之名故爲至至是所至之處也爲人君止於仁至止於信皆大學文也彼既爲此言乃引此詩以證之故傳依用焉此說君事唯當言止於仁耳因彼成文而盡引之諸毁人者是差貳之事故云僭差箋言不信義亦同也○箋止容止○正義曰以經言淑慎爾止不愆于儀即是慎其容止得威儀不過耳故易傳以止爲容止○箋此言至其報○正義曰以經之文是爲善來則善往而箋反之者逐便而言耳○傳童羊至虹潰○正義曰言童知是羊者童者未冠之名猶畜之無角其文即云而角明此物之類有有角者有無角者畜之如此者唯羊耳言童而角是無角而爲有角自用也

虹潰釋言文。○箋童羊至小子。○正義曰上文說政事此言而角以潰小子小子是王之稱此人特能潰之則是專恣之人能亂朝政者也人臣則不堪如此此唯王后乃能然故知童羊譬王后也言而角則是用角矣用角觝觸則於物有所害故以喻於政事有所害此人實亂小子之政也定本集注於政事有所害於字皆作喻與其理是也禮天子未除喪稱小子下曲禮文引之以證稱王爲小子之意在喪之稱小子以其未理政事爲無知之辭下言亦聿既耄則厲王非復在喪但欲見王之無知故假在喪之稱以名之民勞云戎雖小子者言王意以小子自遇非臣之稱君故箋不引禮記。○

荏染柔木言緍之絲溫溫恭人維德之基緍被也溫溫寬柔也箋云柔忍之木荏染然人則被之弦以爲弓寬柔之人溫溫然則能爲德之基止言內有其性乃可以有爲德也○荏而甚反染而漸反荏染柔意緍亡巾反共音恭本亦作恭被皮寄反下同忍音刃本亦作○其維哲人告之話言順德之行其維愚人覆謂我僭民各有心話言古之善言也箋云覆猶反也僭不信也語賢智之人以善言則順行之告愚人

反謂我不信民各有心二者意不同○話戶快反說文作詁云詁故言也語魚慮反下音語之同知音智

【疏】荏染至有心○正義曰上既教王行德此言王不可教有荏染然柔忍之木是維可以爲弓之幹我乃緡被之以絲則有弦而成弓可以爲弓明矣亦猶溫溫然寬柔之人是維可以爲德之基我乃教訓之以學則有能而成德可以爲法矣但人性不同有可教以否若其維賢哲之人告之以善言則順其道德之行而行之若其維愚蔽之人告之以善言則反謂我言不信而拒之是爲民之賢愚各自其有本心言王無本性不可教也○傳緡被至寬柔○正義曰釋言云緡綸也綸則繩之別名言緡之絲正謂以絲爲繩被之於木故云緡被不訓緡爲被釋訓云溫溫柔也故爲寬柔○箋柔忍至爲德○正義曰以荏染猶溫溫柔木猶恭人則言緡之絲與維德之基互相足維德之基猶維弓之幹言緡之絲猶言訓之以學二者資於本性故云內有其性乃可以爲德

於呼小子未知臧否匪手攜之言示之事匪面命之言提其耳箋云臧善也於乎傷王不知善否我非但以手攜掣之親示以其事之是非我非但對面語之親提撕其耳此言以教道之孰不可啟覺○於乎上音烏下音

呼凡此二字相連皆放此臧否音鄙注同臧善也否惡也提音啼挈尺世反拽也撕音西**借曰未知亦既抱子**借假也箋云假令人云王尚幼少未有所知亦以抱子長大矣不幼小也○借子夜反注及下同知如字沈音智下夙知亦同令力呈反少詩照反長丁丈反**民之靡盈誰夙知而莫成**莫晚也箋云萬民之意皆持不滿於王誰早有所知而反晚成與言王之無成本無知故也○莫音慕本亦作慕與音餘

【疏】於乎至莫成○正義曰此又言王不可教於乎此小子之厲王其心未能識知於善否我非但以手攜挈之我乃親示以其事之是非庶其觀之而悟也我又非但對面命語之我又親提撕其耳庶其志而不忘言己教導之孰而不可啓悟假令有人言曰王尚幼少未有所知亦既抱子矣已爲人父非復幼少也今萬民之意皆持不滿於王謂才智褊小不能滿足其意望王更益才智晚有所成故解其意誰復早有所知而晚成者也明早知則早成晚知則晚成今王晚亦無知是終無所成也○箋萬民至知故○正義曰王爲天下之主德度當滿民心今王無所知則民意不滿故言萬民之意皆持不滿於王嫌王才度之淺近也上言借曰未知冀其長大有矣此言人意不滿亦望在後更益是冀

王有晚成之意卽又解之誰早有所知而晚有成乎**昊天孔昭我生靡樂視爾夢夢我心慘慘**夢夢亂也慘慘憂不樂也箋云孔甚昭明也昊天乎乃甚明察我生無可樂也視王之意夢夢然我心之憂悶慘慘然愬其自恣不用忠臣○樂音洛注同夢莫空反沈莫登反注同慘七感反愬音素後皆同○【疏】傳夢夢至不樂○正義曰夢夢亂也釋訓文孫炎曰夢夢昏昏之亂也然則夢夢者言王政昏亂之意也釋訓又云慘慘慍也李巡曰慘慘憂怒之慍然則慘慘者憂慍憔悴之貌故爲憂不樂也○箋孔甚至忠臣○正義曰孔甚釋言文釋詁云昭光也故爲明言昊天明察者以其明察庶知己情故以我生訴之也上言其不可教誨下言誨而不入故知訴其自恣不用忠臣○**誨爾諄諄聽我藐藐匪用爲教覆用爲虐**藐藐然不入也箋云我教告王口語諄諄然王聽聆之藐藐然忽略不用我所言爲政令反謂之有妨害於事不受忠言○諄字又作訰之純反又之閏反說文埤蒼竝云告曉之熟藐美角反爾雅云悶也聆音零○【疏】傳藐藐然不入○正義曰藐藐者王不聽受之貌是諫者之言不入王心故言其不入也釋訓云藐藐悶

也舍入曰憂悶也謂王不受之言者憂悶也○借曰未知亦聿既耄耄老也○耄莫報反【疏】傳耄老○正義曰曲禮云八十九十曰耄是耄爲老也箋傳皆不解聿之義爾雅之訓聿爲述也亦爲自也繇箋以聿爲自以此宜從自借曰未知者冀王更有長進詩人解其意言王亦將從此既昏耄矣無有所知昭元年左傳曰所謂老將知而耄及之是耄則無智也○於乎小子告爾舊止聽用我謀庶無大悔箋云舊久也止辭也庶幸悔恨也○天方艱難曰喪厥國箋云天以王爲惡如是故出艱難之事謂下災異生兵寇將以滅亡○曰喪上音越下息浪反韓詩作聿喪○取譬不遠昊天不忒回遹其德俾民大棘箋云今我爲王取譬喻不及遠也維近耳王當如昊天之德有常不差忒也王反爲無常維邪其行爲貪暴使民之財匱盡而大困急○忒他得反遹于橘反邪似嗟反行下孟反匱求位反【疏】於乎至大棘○正義曰自上以來諫王之情已極於此自言諫意以結之於乎可歎傷者小子無知之我王告汝以久故往昔之道止言己所陳皆先世舊章也汝

若聽用我之計謀幸望無大罪責而恨者王何故不用之乎天以王爲惡之故方下艱難之事於王謂使之有災異生兵寇其意言曰當欲喪滅其國我憂王將滅故爲王謀而取譬不爲深遠而難知唯淺近耳王之爲政當如昊天之德寒暑有常不爲差忒王何以不效昊天有常反爲無常而邪僻其德貪暴稅斂而使下民貧財皆盡甚大困急我以是故而諫王也○箋天以至滅亡○正義曰以言曰喪厥國是稱天之意故知艱難謂下災異生兵寇也此曰爲辭故韓詩作聿○

抑十二章三章章八句九章章十句

附釋音毛詩注疏卷第十八（十八之二）

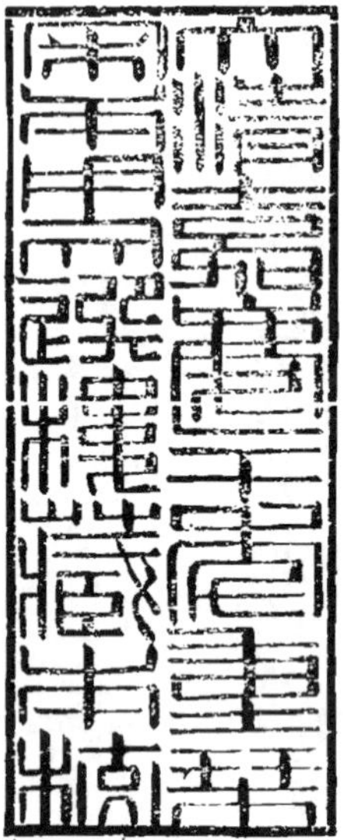

黃中栻栞

毛詩注疏挍勘記（十八之一）　阮元撰盧宣旬摘錄

○蕩

峻刑法也　小字本相臺本同案此正義本也釋文云駿本亦作峻正義云峻者高險之名是其本作峻字

其政教又多邪辟　小字本相臺本同閩本明監本毛本辟誤僻案僻者正義所易之今字耳

曾是掊克　唐石經小字本相臺本同案釋文云掊克蒲侯反聚斂也又自伐而好勝人也徐又甫垢反正義云自伐解倍好勝解克定本倍作掊掊即倍也考自伐而好勝人乃傳義正義所論自矣釋文作掊與定本同以爲聚斂則非

自伐解掊　閩本明監本毛本同案掊當作倍

四言曾是　明監本毛本同案閩本自此曾是起至下以言汝與是力是字止并三行爲二行初刻脫一行而剜添也凡閩本初刻誤而剜添是者依十行本所挍補明監本毛本即不誤矣今多不悉出

曰祝詛求其凶咎無極已 小字本相臺本同考文古本同閩本明監本日作且毛本同又已誤也案曰字是也正義云故知曰日爲之也是其證

以祝詛求言 閩本明監本毛本言作信案所改是也

懟謂很戾 閩本明監本毛本很作狠案浦鏜云當很字誤是也

谷女般商 閩本明監本毛本同案谷字下浦鏜云脫嗟是也

飲酒閉門不出客曰湎 〔補〕通志堂本盧本盧文弨攷證云客宋本作容當從之文選注引韓詩亦作容或有作客者譌也按盧按非是釋文挍勘云閉門不出客者如陳遵投轄井中是也初學記引韓詩曰齊顏色均衆寡謂之沈閉門不出謂之湎下句奪客字魏都賦沈湎千日李善引薛君韓詩章句與初學記同而譌奪不可讀賦文沈字誤爲流注客字誤爲容

式號式呼 唐石經小字本相臺本同案釋文云或一本作或號或呼考正義云用是叫號用是讙呼是正義本

作式字

女既過沈湎矣 小字本相臺本同案釋文云耽湎本或作湛都南反正義云汝君臣何爲耽荒如是又云汝乃自耽此酒是正義本亦作耽下文云汝沈湎如是當是後改也上箋云有沈湎於酒者是乃過也釋文不爲作音或其本但作有湎○按漢人浮沈字作湛今本箋作沈乃淺人所改耳經文載沈載浮亦決非古本

釋蟲云蜩蜋蜩螗 閩本明監本毛本同案螗下浦鏜云脫蜩字是也

顛仆沛拔也 小字本相臺本同案釋文以仆也作音是其本有也字考文古本有閩本明監本拔誤扱毛本不誤

揭見根貌 小字本相臺本同案此正義本也釋文揭下云根見貌又云見貌賢遍反謂樹根露見王如字言可見正義云揭者蹶倒之意故以爲見根貌此顛沛之揭正謂樹將倒拔而已見其根又云傳言見根不辨根之所見標起止云至根貌是正義讀見如字又見在根上與釋文本不同也

○抑

以宣王三十六年卽位 闔本明監本毛本同案浦鏜云三衍字是也

如矢斯棘○ 闔本明監本毛本同案浦鏜云衍○是也

女雖湛樂從 小字本相臺本同唐石經樂下旁添克字案添者誤

洒埽庭內 小字本相臺本庭作廷唐石經初刻庭後改廷案釋文云廷音庭唐石經改依釋文也正義中字皆作庭或其本作庭但未有明文今無可考餘經如著斯干小旻有簪等皆作庭

故復戒將率之臣 小字本相臺本同闔本同明監本毛本率作帥案釋文云帥本或作率明監本毛本依之改也考箋每用率字正義每用爲帥字而說之當以或作本爲長

沈上溢反 補 通志堂本盧本同盧文弨考證云宋本作土溢當是也案小字本所附亦作土不誤

楚語曰射不過講軍實焉 闔本明監本射誤財毛本不誤案浦鏜云榭誤射非也劉

逵注吳都賦引亦作射是其證射古之榭字九經古義論之詳矣

質爾人民唐石經小字本相臺本同案正義云汝等當平治汝民人之政事又云故令質爾民人也是其本人民作民人郭璞注爾雅引詩質爾民人與正義本正合說苑引告爾民人鹽鐵論引誥爾民人皆即此經也當是唐石經誤倒如有狐序之比也

鑢音慮同〔補〕通志堂本盧本無同字案此誤衍也

謂非常驚急閩本明監本毛本同案浦鏜云驚當警字誤是也

教令一往行於下其過誤可得而已之乎小字本相臺本同案此定本也正義云教令一往行於天下其過誤不可得而改也定本無天字又言過誤可得而已之乎定本是也考文古本已作改采正義

物善則其售賈貴小字本相臺本同下同案釋文云則售市又反一本作讎謂讎物價也正義云

故以爲雠報物價與一本同考雠卽售也古今字耳釋文
正義以爲有分別者非考文古本作雠采釋文正義

萬民靡不承　唐石經小字本相臺本同案釋文云一本靡作
是正義云無有不承順而奉行之是其本作靡
字段玉裁云依釋文一本與箋合

今視女諸侯及卿大夫　閩本明監本毛本同小字本相臺
本女下有之字案有者是也

皆脇肩諂笑　相臺本同小字本諂作謟閩本明監本毛本
同案謟字誤也餘同此釋文云脅本又作脇
正義本是脇字

言其近也　小字本相臺本同案釋文云近之也附近之近
一本無之字近則依字讀正義云此正是罪過
而言其近者標起止云至其近是其本與一本同

尚不愧于屋漏　小字本相臺本同明監本毛本同唐石經愧
作媿案媿字是也釋文云媿俱位反正義中
字皆作媿是其證箋不慚媿於屋漏有神唯毛本譌作愧耳
何人斯經用愧字此不畫一之例

而厞隱之處小字本相臺本同案𢈈當作厞說文五經文字皆在厂部爾雅不誤此釋文亦誤為𢈈詳後考證正義中厞字十行本皆未誤

𢈈扶味反補釋文挍勘記通志堂本同盧本𢈈作厞案所改是也字書此字皆從厂釋文當本如此作寫者轉譌耳

此言王朋友不思補案思當忠字之譌毛本正作忠

相助慮也俱訓為慮閩本明監本毛本同案山井鼎云慮當作勴是也清廟及雝二正義引皆作勴可證

不僭不賊唐石經小字本相臺本同案釋文云不譖本亦作僭子念反差也注及下我譖同正義云譖毀人者是差貳之事故云僭差箋言不信義亦同也是正義本亦作譖許字今標起止及其餘僭字皆合併後依經注本所改也考譖僭古通用字此借譖為僭耳不必如正義所說也巧言云僭始既涵瞻卬云譖始竟背桑柔云朋友已譖及此不譖我

譜箋皆云不信也毛巧言傳云僭數也乃以僭爲譖之假借瞻仰無傳者同彼爲數也桑柔無傳者同此爲差也又那傳云不僭不濫者賞不僭刑不濫也意亦同此爲差鄭不異毛合而觀之可得其證矣桑柔釋文譖本亦作僭瞻仰釋文同耳

女所行不信不殘賊者 小字本相臺本同考文古本同閩本明監本毛本信誤僭案不字當重僭不信也不不信不僭也脫去一不字遂又誤改信字

彼童而角 毛本角誤覺明監本以上皆不誤

童羊譬皇后也 閩本明監本毛本同小字本相臺本皇作王考文古本同案王字是也正義可證

此人實賓亂小子之政 補案賓當作濆正義可證

故以喻於政事有所害 閩本明監本毛本同案十行本故至於剜添者一字當是云字誤剜作以喻也

忍音刃本亦作〇 補通志堂本盧本〇作刃案刃字是也

告之話言　唐石經小字本相臺本同案段玉裁云當作告之詁話詳下

話言古之善言也　小字本相臺本同案釋文告之話言下云話言古之善言段玉裁云當作詁話詁話古之善言也前愼爾出話傳云話善言也此云詁話古之善言也一篇之內依字分訓而相蒙如此釋文云說文作詁蓋說文稱毛詩告之詁話陸氏所據說文詁字未誤而話字亦已誤爲言矣

語賢智之人　閩本明監本毛本同小字本相臺本智作知案知字是也

於呼小子　唐石經小字本相臺本呼作乎閩本明監本毛本同案呼字誤也

此言以教道之孰　小字本相臺本同閩本明監本毛本孰誤熟正義中字同山井鼎云似屬下句讀者誤

亦以抱子長大矣　小字本相臺本同考文古本同閩本明監本毛本以作已案所改是也

不幼小也　閩本明監本毛本同小字本相臺本小作少案少字是也

皆持不滿於王　閩本明監本毛本不作無誤

冀其長大有失　補案失當識字之譌毛本作識

我心慘慘　唐石經小字本相臺本同案釋文云慘慘七感反慘慘正義云釋訓云慘慘慍也是釋文本正義本皆作慘慘與唐石經同也此以韻求之當作懆懆見白華

匪用爲教　唐石經小字本相臺本同閩本明監本毛本用爲誤倒

附釋音毛詩注疏卷第十八 十八之二

五九

毛詩大雅　鄭氏箋　孔穎達疏

桑柔芮伯刺厲王也 芮伯畿內諸侯王卿士也字良夫○芮如銳反國名 〔疏〕桑柔十六章上八章章八句下八章章六句○箋芮伯至良夫○正義曰書序云巢伯來朝芮伯作旅巢命武王時也顧命同召六卿芮伯在焉成王時也桓九年王使虢仲芮伯伐曲沃桓王時也此又厲王之時世在王朝常爲卿士故知是畿內諸侯爲王卿士也書敘注云芮伯周同姓國在畿內則芮伯姬姓也杜預云芮國在馮翊臨晉縣則在西都之畿內也顧命注芮伯入爲宗伯畿內而言入者入有二義若對畿內則畿外爲入衛武公入相於周是也若對在朝無封爵者則有國者亦爲入畢國亦在畿內顧命注亦云畢公入爲司馬是也文元年左傳引此云周芮良夫之詩曰大風有隧且周書有芮良夫之篇知字良夫也

菀彼桑柔其下侯旬捋采其劉瘼此下民 興也菀茂貌旬言陰均也劉爆爍而希也瘼病也箋云桑之柔濡其葉菀然茂盛謂

蠶始生時也人庇○陰其下者均得其所及已捋采之則葉爆
爍而疏人息其下則病於爆爍興者喻民當被王之恩惠羣
臣恣放損王之德○菀音鬱注同又於阮反旬如字又音荀
捋力活反注同瘼音莫陰於鴆反本亦作蔭下同爆本又作
爍○同音剝下同爍本又作樂或作落同音洛郭盧角反
濡而轉反庇必寐反又音祕本亦作芘同被皮寄反　**不**
殄心憂倉兄塡兮倉喪也兄滋也塡久也箋云殄絕也
民心之憂無絕已喪亡之道滋久長
○倉初亮反注同兄音況
注同本亦作況塡音塵　**倬彼昊天寧不我矜**昊
天
斥王者也箋云倬明大貌昊天乃倬然明〔疏〕菀彼至我矜
大而不矜哀下民怨愬之言○倬陟角反○毛以爲菀
然而茂者彼桑也其葉稚而柔濡故菀然茂盛於此之時人
息其下維均得蔭皆無暑熱之患及其捋而采之其枝之葉
劉然爆爍而稀疏不復能蔽蔭炎日則病此其下所息之民
矣以興王有明德天下之民均得其恩若有羣臣放恣損王
之德則困苦天下之民矣今厲王之臣皆以放恣損王之○告
下民故使天下之民不能絕已其心中之憂民所以不絕者
以民之喪亡之道滋益久長兮言上行虐政不已是民之亡
道益長所以心憂不復絕又告王而愬之倬然而尊大譬彼

昊天之王者汝居民上爲民之父母寧不於我而矜哀之何爲忍之而行此喪亡之政乎○鄭唯俾彼昊天爲怨之上天爲異餘同○傳旬言至瘼病○正義曰釋言云旬均也某氏引此詩李巡曰洵徧之均也則旬是均之義故云言蔭均也釋詁云毗劉爆爍也舍人曰毗劉爆爍之意也木枝葉稀疏不均爲爆爍郭璞曰謂樹木葉缺落蔭疏爆爍也劉者葉之稀疏爆爍之意故云爆爍而稀也瘼病釋詁文○箋桑之至之德○正義曰箋以菀彼捋采爲異時之事故以柔濡謂蠶始生時爆爍謂過蠶之後均得其所謂俱蒙蔭覆病於爆爍謂苦於炎熱也捋采是其人采之非蔭先薄故以喻羣臣恣損王非王本惡也然厲王之惡實出本心非必臣能損之初時亦無所善作者以君臣一體助君爲惡故歸咎於臣以刺君耳○傳倉喪至塡久○正義曰倉之爲喪其義未聞況訓賜也賜人之物則益滋多故況爲滋也釋言云烝塵也孫炎曰烝物久之塵則塵爲久義古者塵塡字同故塡得爲久○箋殄絕至久長○正義曰殄絕釋詁文民心之憂憂此喪亡之道有時而遇則民憂可與絕已之期今茲益久長故憂不絕已此喪亡之道正謂君之虐政虐政方行不止是喪亡之道滋益久長也○傳昊天斥王者○正義曰傳以蕩蕩上帝皆斥君王故以此亦斥王者○箋俾明至之言○正義曰箋

以倬爲明大之貌此厲王暗亂不得稱倬然彼昊天故易傳以天爲上天此是下民怨訴上天之言**四牡騤騤旟旐有翩亂生不夷靡國不泯**騤騤不息也鳥隼曰旟龜蛇曰旐翩翩在路不息也夷平泯滅也箋云軍旅久出征伐而亂日生不平無國而不見殘滅也言王之用兵不得其所適長寇虐○騤求龜反旟音輿旐音兆偏音篇本亦作翩泯面忍反又名賓反徐又音民隼荀允反適長上丁歷反下丁丈反**民靡有黎具禍以燼**黎齊也箋云黎不齊也具猶俱也災餘曰燼言時民無有不齊被兵寇之害者俱遇此禍以爲燼者言害所及廣○黎力奚反藎才刃反本亦作燼同**於乎有哀國步斯頻**步行頻急也箋云頻猶比也哀哉國家之政行此禍害比比然○比毗志反又如字下同廣雅云頻比也

【疏】四牡至斯頻○毛以爲上文以喪亂憂心此言可憂之事厲王無道妄行征伐乘四牡之馬騤騤然建旟旐之旆有翩翩然在於道路常不息止王本用兵欲以除亂但伐不得罪而亂日生不復能平之王既不能平之諸侯自相攻伐無有一國而不見殘滅民悉被兵今民或死或生無有能齊一平安者假有存者俱是遭禍災以爲餘

滅燼耳言其時民衆死多於生以此故歎而傷之於乎有是可哀痛哉國家行此困急於民之道是可哀痛也○鄭唯以黎爲不齊言其時之民無有不齊被兵寇者又以頻爲比言國家行此禍害比比然言其行之不已也餘同○傳騤騤至泯滅○正義曰騤騤馬行之貌言其常行則是不息也鳥隼曰旟龜蛇曰旐春官司常文旐是旟旐行而舒張之貌故重言翩翩也旟旐止則納之弢中言其行而翩翩是在路不息以旟馬事異故再言不息曲禮云在醜夷不爭夷是齊等之言故爲平也○釋詁云泯滅盡也俱訓爲盡故泯得爲滅○箋軍旅至寇虐○正義曰四牡旟旐是軍行之物亂生國滅是加兵之辭故知此言軍旅久出征伐也王既不能平亂則徧殘諸國諸侯彊弱相陵小者滅亡大者殘破無國而不見殘滅也言王之用兵不得其所適所以益長寇虐也○傳黎齊○正義曰黎衆也衆民皆然是齊一之義○箋黎不齊至及廣○正義曰箋以黎爲不齊但義勢當然言無有不齊被兵寇加者耳燼是燃燭既然之餘以比兵寇災害民之餘故云災餘曰燼言其時之民得存性命者皆死亡之餘天下之民齊皆如此言其害之所及者廣也○傳步行頻急○正義曰步者人舉足故爲行也事有頻頻而爲者皆急速故爲急也○箋頻猶至比比然○正義曰頻頻正是次比之義故云猶

比上言喪亡之道滋益久長此斯頻副成上文故爲行此禍害比比然○傳疑定○正義曰疑音凝凝者安靖之義故爲定也

國步滅資天不我將靡所止疑云徂何往 疑定也箋云蔑猶輕也將猶養也徂行也國家爲政行此輕蔑民之資用是天不養我也我從兵役無有止息時今復云行當何之往也○蔑音滅疑魚陟反復扶又反下不復考愼同

君子實維秉心無競誰生厲階至今爲梗 競彊厲惡梗病也箋云君子謂諸侯及卿大夫也其執心不彊於善而好以力爭誰始生此禍者乃至今日相梗不止○梗古杏反好呼報反爭爭鬭之爭下同

〔疏〕傳梗病○正義曰言其誰生厲階明是病於此惡故以梗爲病箋云相梗不止亦謂爲病不已耳

憂心慇慇念我土宇我生不辰逢天僤怒自西徂東靡所定處 宇居僤厚也箋云辰時也此士卒從軍久勞苦自傷之言○慇於巾反樊光於謹反爾雅云憂也僤都但反本亦作亶同卒尊忽反

多我覯痻孔棘我圉 圉垂也箋云痻病也圉當作禦

多矣我之遇困病甚急矣我之禦寇之憂心至我圉。事。瘽武巾反，一音昏，注同。圉，魚呂反。【疏】毛以爲上言不知所往此言在役而憂我既不得還歸故皆懷憂其心殷殷然顧念我之鄉土居宅也既不得歸故自傷我之生也不得時節正逢天之厚怒使我從西而往於東無所安定而居處是逢天怒時故遭此勞役也又自歎傷多矣我之所遇之痻言遇貧困之病多也甚急矣我之在於邊垂言已守邊之勞甚也。鄭唯圉爲禦寇爲異餘同。傳宇居僤厚。正義曰屋宇所以居人故宇爲居僤亶音相近義亦同釋詁云亶厚也某氏曰詩云俾爾亶厚是僤亶同也。箋此土至之言。正義曰既是土卒自傷則念土宇者自念已之鄉土居宅也王肅云乃念天下居土之不安其意以爲詩人廣念天下傳既無說箋意不然。傳圉垂。正義曰釋詁文舍人曰圉拒邊垂也孫炎曰圉國之四垂也此是行役所傷自傷在邊垂也。箋痻病至之事。正義曰痻字從病而以昏爲聲是昏忽之病箋讀圉爲禦者若守邊垂不得爲無所定處且云我垂於文不足故以爲禦寇之事。

爲謀爲毖，亂況斯削。毖，慎也。箋云：女爲軍旅之謀，爲重慎兵事也，而亂滋甚，於此日見侵削，言其所任非賢。○毖音祕。削，相畧反。

告爾憂恤，誨爾

序爵誰能執熱逝不以濯濯所以救熱也禮亦所以救亂也箋云恤亦憂也逝猶去也我語女以憂天下之憂教女以次序賢能之爵其爲之當如手持熱物之用濯謂治國之道當用賢者○濯直角反語魚據反

其何能淑載胥及溺箋云淑善胥相及與也女若云此於政事何能善乎則女君臣皆相與陷溺於禍難○難乃旦反下患難同

［疏］爲謀至及溺○正義曰此以王無賢輔欲教之用賢言觀汝王爲軍旅之謀爲重慎兵事雖心欲重慎而謀慮不長更使亂亡滋甚於此日見侵削皆由所任非賢行之失理故也故令告汝以憂天下之憂誨汝次序賢能之爵但能用賢人則無憂可矣所以然者誰能執火熱之物而去之不以水濯手者乎言以水濯手則可以止熱以興誰能處危亂之國而治之不用賢人行禮者乎以禮任賢則可以止亂汝若謂我此言其於政事何能善乎則汝君臣皆相與陷溺於禍難矣以其拒諫無謀故當至於滅亡○傳毖慎○正義曰釋詁文○箋女爲至非賢○正義曰以承上軍旅之事故知謀爲軍旅之謀慎爲重慎兵事也厲王謀則失機師出多敗爲人所陵故爲亂滋甚日見侵削言其所任非賢也○傳濯所至救亂○正義曰襄三十一年左傳引此詩乃云禮之

於政如熱之有濯也濯以救熱何患之有是以濯救熱喻以禮救亂也必賢人乃能行禮故箋云治國之道當用賢以申足傳意也○箋女若至禍難○正義曰王肅以爲如今之政其何能善但君臣相與陷溺而已如此理亦可通箋不然者以此文承上告教之言宜爲不受之勢故以爲假設拒已之辭示之不可之狀以相者非一人之言故以爲君臣俱陷於禍難

如彼遡風亦孔之僾民有肅心荓云不逮好是稼穡力民代食遡鄉僾唈荓使也力民代食代無功者食天祿也箋云肅進逮及也今王之爲政見之使人唈然如鄉疾風不能息也王爲政民有進於善道之心當任用之反却退之使不及門但好任用是居家吝嗇於聚斂作力之人令代賢者處位食祿明王之法能治人者食於人不能治人者食於人禮記曰與其有聚斂之臣寧有盜臣聚斂之臣害民盜臣害財○遡音素僾音愛荓字又作迸音普耕反徐補耕反本或作拼同逮音代一音大計反好呼報反注但好同家王申毛音駕謂耕稼也鄭作家謂居家也下句家穡惟寶同穡本亦作嗇音色王申毛謂收穡也鄭云吝嗇也尋鄭家嗇二字本皆無禾者下稼穡卒痒始從禾鄉本又作嚮同許亮反下同唈烏合反令力呈反食

不能治人者食於人。音嗣

稼穡維寶，代食維好。

箋云：此言王不尚賢，但貴吝嗇之人與愛代食者而已。

【疏】「如彼」至「維好」。○毛以爲王不任賢，政教暴虐，此傷而戒之。言王之爲政，使人見之，如彼嚮於疾風之時，亦甚可爲之唈然，使人傷氣而不能息。言王政之虐，逆於人心之甚也。此由王不任賢，故又陳而戒之。民有進於善道之心，王當任用，反郤退之，使去不得及門，而維任小人，甚可傷也。又教王用人之法，當愛好是知稼穡艱難之人有功於民者，使之代無功者食天祿。如此，則王政善矣，民心樂之。所以然者，此知稼穡之事者，維爲國之寶也，使能者代不能者食祿，維使政之好也，王何不維擇任之乎？○鄭唯下四句爲異。王既退賢者，使不及門，但好任是居家吝嗇及聚斂作力之人，令代賢者處位食祿。又言王愛小人之甚，王見此居家吝嗇之人，維以爲寶，使此作力之人代賢者食祿，維以爲好。以此故使政亂而民憂。○傳「優唈」至「天祿」。○正義曰：優唈，釋言文。孫炎曰：「心唈也。」郭璞曰：「嗚唈，短氣也。」莽使，釋詁文。夏官司勳云：「治功曰力。」則力民謂善人有力功加於民者也，故知力民代食，謂使代無功者食天祿也。祿是君之所授，而謂之天者，以上天不自治人，立官以治之，居官乃得食祿，是祿亦天之所與，故謂之天祿矣。力民代食，傳既如此，則好是稼穡亦異於鄭當謂好是知稼穡艱難之人也論語曰禹稷躬稼而有天下無逸云先知稼穡之艱難乃逸是君上之美事故勸王好之也王肅云當好知稼穡之艱難有功力於民代無功者食天祿是也○箋肅進至害財○正義曰肅進逮及皆釋詁文咆者風咆人氣故云使人不能息息謂喘息論語云屏氣似不息者是也民有肅心是民之善者責王不能用善故知莽云不逮者是使之不得及門也以仕進者得人君門故謂不居位者爲不得及門論語云從我於陳蔡皆不及門者是其事也鄭以文勢莽云不逮是退賢則好是家嗇爲進惡故以家嗇爲居家吝嗇箋不言稼當爲家則所授之本先作家字也孔子曰如有周公之才之美使驕且吝其餘不足觀也已若家吝嗇爲人之惡行不宜好之也聚斂作力之人而用心作力也直言力民不言作力之事而知於聚斂之事作力者論語曰季氏富於周公而求也爲之聚斂而附益之非吾徒也小子鳴鼓而攻之可也是孔子大疾聚斂之臣也禮記云與其有聚斂之臣寧有盜臣是聚斂之臣臣之惡行者也只爲王貪而重賦斂故知所愛力民其爲已作力於民爲君作力於人雖聚斂耳故知力民代食是使聚斂作力之人代賢者食祿也明王之法能治人者食於人謂君官受祿取食於人也不能治人者出於人謂出其賦稅養食賢

人也此文孟子有其事言此者解惡人不宜代賢人食祿之意也所引礼記者大學文也盜者避忌主人有時而竊聚斂則恃公作威微責不已故與其有聚斂之臣寧有盜臣何者聚斂之臣則害民盜臣則止害財財輕於民斂甚於盜然則聚斂之臣王政之大害而樂記云君子聽笙竽簫管之聲則思畜聚之臣復思得之者彼謂在官主掌畜積受納輸稅若載師倉人之類非冉求之輩橫斂下民且樂記云畜聚不言聚斂與此異也○箋此言至而已○正義曰重舉此文明是責王之貪好之也傳於上文既異於鄭則此亦不同矣王肅云能知稼穡之事唯國寶也使能者代不能者食祿則政唯好傳意當然

天降喪亂滅我立王降此蟊賊稼穡卒痒

箋云滅盡也蟲食苗根曰蟊食節曰賊耕種曰稼收斂曰穡卒盡痒病也天下喪亂國家之灾以窮盡我王所恃而立者謂蟲孽爲害五穀盡病○蟊莫侯反說文作蟊音牟孽魚列反說文作蠥云衣服謌謠草木之怪謂之妖禽獸蟲蝗之怪謂之蠥

哀恫中國具贅卒荒靡有旅力以念穹蒼

贅屬荒虛也穹蒼蒼天箋云恫痛也哀痛乎中國之人皆見係屬於兵役家家空虛朝廷曾無有同力諫諍念天所爲下

此災。同音通本又作恫贅之芮反又拙稅反穹起弓反朝直遙反下皆同與音餘下所行者惡與同

【疏】降天至穹蒼○正義曰言天以王貪酷之政故下此死喪亂國之災以滅盡我所恃立以爲王者之物謂災害五穀也又說災害之事降此蟊賊殘食苗稼之蟲食民所斂種之稼穡莫不盡被病害是滅我立王也既天災如此以致兵亂可哀痛哉今中國之人俱見繫屬於兵役家一家盡皆空虛是深可哀矣何謂汝之朝廷羣臣無有欲衆力一心共諫爭王以念止此穹蒼上天所下之災者乎○箋滅盡至盡病○正義曰滅盡釋詁文蟲食根曰蟊食節曰賊釋蟲文卒盡痒病亦釋詁文以此經文勢相接於滅我立王之下即言蟲災病穀則知滅我立王者是滅穀也故箋辨之窮盡我王所恃而立者正謂蟲災爲害五穀盡病以言盡故知摠五穀也○傳贅屬至蒼天○正義曰贅猶綴也謂繫綴而屬之長發云爲下國綴旒襄十六年公羊傳曰君若綴旒然是贅綴同也孟子曰太王屬其耆老書傳云贅其耆老是贅爲屬漢書謂男子在婦家爲贅壻亦此義也穹蒼蒼天釋天文李巡曰古時人質仰視天形穹隆而高色蒼蒼然故曰穹蒼是也○箋恫痛至此災○正義曰恫痛釋言文以贅是繫屬故民所繫屬唯兵耳故知繫於兵役家家盡空虛矣言悉從行也旅訓衆也故知靡

有旅力責朝廷曾無衆同力諫爭念天所爲下此災也衆力
則非一人所能故揔之而云靡有者責其無有發此心者○
維此惠君民人所瞻秉心宣猶考慎其相相質也箋
云惠順宣徧猶謀慎誡相助也維至德順民之君爲百姓所
瞻仰者乃執正心舉事徧謀於衆又考誠其輔相之行然後
用之言擇賢之審○相毛如字鄭息亮反徧音遍下
同行下孟反下荼毒之行悖逆之行民之行皆同**維彼**
不順自獨俾臧自有肺腸俾民卒狂箋云臧善也彼不施
順道之君自多足獨謂賢言其所任之臣皆善人也不復考
慎自有肺腸行其心中之所欲乃使民盡迷惑也彼是又不
宜猶○肺本又作胇芳廢反【疏】維此至卒狂○毛以爲上責王不任賢
此言不能任意維此至德順民之君爲
百姓民人之所瞻仰者乃執正其心徧謀於衆又稽考誠信
用其賢明之有美質者以爲臣維彼不施順道於民之君自
獨用已心謂已所任使之臣皆爲善人不復詳考善惡更施
順道於民之君自獨用已心謂已所任使之臣皆爲善人不
復詳考善惡更求賢人自以已有肺腸行心所欲不謀於衆
人任用惡人乃使下民化之盡皆迷惑如狂人是不謀於衆

無可瞻仰也○鄭唯考誠其輔相之行爲異餘同○傳相質○正義曰傳讀相如金玉其相故以爲質謂大賢之人有美質質者其考慎之義亦當與箋同○箋惠順至之審○正義曰惠順宜徧釋言文慎誠釋詁文以相爲相導之相故爲助也秉訓爲執猶訓爲謀君之用臣必謀之朝廷故云執正心舉事必謀於衆假使衆雖同舉或言非誠信又當考察誠信其輔相之行知其實善然後用之言其擇賢之審謂順民之君能如此也○箋臧善至宜猶○正義曰臧善釋詁文此經之順猶上惠也上言惠君知此不順者不施順道之君也獨者自以巳身獨有才智謂衆人之所不及故云自多足獨謂賢言此人自多其事以巳爲足無所假人獨自謂巳賢若皇父孔聖是也身實不賢專巳自任則所迷於是非不知善惡所使實非善人信其諂諛之語即言之所任使之人皆爲善人不如惠君考慎也肺腸五臟之物言之以表其心故云自有肺腸行其心之所欲但所欲不得於道以之行化使之迷惑如狂是又不如惠君宜猶之也言又者對不考慎爲文也上先宜猶而後考慎此反上文而倒者以此二者經文大小不類上云民人所瞻此當有民人不瞻之意此云俾民卒狂不應有上使民得理之意文既不同故互相先後臣實不善而謂之爲善是不考慎自行所欲不謀於衆是不宜猶故箋隨文所反

而引以譬之故與上文倒也

瞻彼中林，甡甡其鹿。朋友已譖，不胥以穀。甡甡，眾多也。箋云：譖，不信也。胥，相也。以，猶與也。穀，善也。視彼林中，其鹿相輩耦行，甡甡然眾多。今朝廷羣臣皆相欺，皆不相與以善道，言其鹿之不如。○甡，所巾反。聲類云聚貌。譖，子念反，本亦作僭。相輩，一本作相配。背音佩。卒章同。

人亦有言，進退維谷。谷，窮也。箋云：前無明君，却迫罪役，故窮也。○罪役，一本作罷役。罷音皮。

〈疏〉瞻彼至維谷○正義曰：此責臣不相信，合百姓困窮。言視彼中林之處，乃見甡甡然眾多者，是其羣鹿。鹿乃走獸，猶以其類相善，輩偶而行。以喻朝廷羣臣亦當以善相與，共處官位，何爲今汝羣臣朋友，皆以此僭差情不相信，不肯相告以善道者，是乃鹿之不如也。既政惡如此，上下有害，古之賢人亦有言曰：無道之世，其民前無明君，却迫罪役，其進與退維皆困窮。此即今時是也。○傳甡甡眾多○正義曰：甡即詵字，詵詵，羣聚之貌，故爲眾多也。○箋譖不至不如○正義曰：譖、僭是僞妄之言，故爲不信也。胥，相，釋詁文。以猶與者，解以穀之義也。穀，善，亦釋詁文。事有相對，勢有相反，言朋友不信，不相與善道，則鹿之甡甡者爲相親善矣。故言鹿相輩類偶匹爲相親善之意，羣臣皆相欺背不相與善是則不能甡甡故言鹿之不如○傳谷窮○正義曰谷謂山谷墜谷是窮困之義故云谷窮○箋前無至故窮○正義曰人君是施政之本民心所向故以爲前罪役是既施之後民心所畏故以爲却以此故進退有窮也王肅云進不遇明君退不遇良臣維以窮箋不然者以臣之佐君共成其惡不宜分之爲二故以施政本末爲進退**維此聖人瞻言百里維彼愚人覆狂以喜**瞻言百里遠慮也箋云聖人所視而言者百里言見事遠而王不用有愚闇之人爲王言其事淺且近耳王反迷惑信用之而喜○覆芳服反下及注除覆蔭字皆同狂王居况反鄭求方反爲于僞反**匪言不能胡斯畏忌**箋云胡之言何也賢者見此事之是非非不能分別皂白言之於王也然不言之何也此畏懼犯顏得罪罰○別彼列反皂在早反

【疏】維此至畏忌○正義曰此又言王親愚遠聖而賢者不敢言之維此聖而遍知之人其所觀視而言者乃遠知於百里之事而王不寵用之維彼愚而蔽闇之人其所觀視而言者乃遠不過知於分寸之理今王反迷惑以歡喜用之賢者見王如是實能辯其善惡非是言之不能其實能辯言之而不肯言之者何乎此乃畏懼犯顏得罪故不敢言

之刺王寵愛愚人虐而拒諫

維此良人弗求弗迪維彼忍心是顧是復迪進也箋云良善也國有善人王不求索不進用之有忍爲惡之心者王反顧念而重復之言其忽賢者而愛小人○迪徐徒歷反索音色〔疏〕傳迪進○正義曰釋詁文○箋國有至小人○正義曰王不求索者謂不肯求訪搜索而覓之假得又不肯進用之故分爲二也顧念謂初即見顧眷而念愛之既用爲官又復重而昇進之故亦分爲二維顧小人不求進賢者言其忽賢者而愛小人

民之貪亂寧爲荼毒箋云貪猶欲也天下之民苦王之政欲其亂亡故安爲苦毒之行相侵暴慍恚使之然○荼音徒慍紆運反〔疏〕箋貪猶至之然○正義曰貪欲皆是意之所思故云貪猶欲也民性本好安寧今所以貪欲亂亡者以疾苦王者之政欲使天下之亂得喪滅此王也荼苦葉毒者螫蟲荼毒皆惡物故此惡行天下之民苦王之政民欲其亂亡故安然而爲此惡行以相侵暴謂强陵弱衆暴寡也此非民之本性乃由慍恚王者使之然也

大風有隧有空大谷隧道也箋云西風謂之大風大風之行有所從而來必從大空谷之中喻賢愚之所行各由其性○大毛

如字鄭音泰隧音遂**維此良人作爲式穀維彼不順征以中垢**中垢言闇冥也箋云作起式用征行也賢者在朝則用其善道不順之人則行闇冥受性於天不可變也○垢古口反

【疏】大風至中垢○正義曰上言王用惡人此又云惡有本性不可變改言大風所從之來自有其道乃從彼有空大谷而來也以喻賢愚所爲之行亦自有其本乃由彼有稟天性而然由善惡自有本性所行各依其本維此善德順道之人其所起爲之事皆用其善道行昭明之德維彼反道不順之人其所行作之事皆不以其善用闇冥之行是各受天性不可改移刺王用此不移之惡使行政亂民○傳隧道○正義曰隧者道之別名襄二十五年左傳曰當陳隧者井堙木刊謂當陳道也○箋西風至其性○正義曰西風謂之大風釋天文彼大作泰孫炎曰西風成物物豐泰也以下文說良人與不順之人性行故知喻賢愚各由其性○傳中垢言暗冥○正義曰垢者土處中而有垢土故以中垢言暗冥也

大風有隧貪人敗類聽言則對誦言如醉類善也箋云類等夷也對荅也貪惡之人見道聽之言則應荅之見誦詩書之言則冥臥如醉居上位而行此人或效之

○敗伯邁反注同應應對之應

匪用其良，覆俾我悖。

覆，反也。箋云：居上位而不用善，反使我爲悖逆之行，是形其敗類之驗。○悖，蒲對反。

〔疏〕「大風」至「我悖」。○毛以爲大風之來也有道，以喻貪人之所爲也有性。貪人有此惡行，敗於善道。又言其敗善之事，見彼道聽之言則應荅之，見誦詩書之言則瞑卧如醉。居上而爲此行，令使下民效之，非能聽用其言，反使我下民效之爲悖逆之行，是以惡行敗善也。○鄭唯類爲等夷爲異，餘同。○傳「類，善也」。○正義曰：釋詁文。○箋「類等」至「傚之」。○正義曰：箋以貪者惡行自然，反善不宜言敗善也。類者比類，故爲等夷，謂尊卑齊平，朝廷之人。禮記注引四皓曰「陛下之等夷」，亦謂尊卑等也。聽言與誦言相對，誦言是誦習詩書之言，則聽言并典法之言，故以爲道聽之言，即論語所謂「道聽塗說」者也。貪人之識不能鑒遠，闚淺近之言合其志意，則應荅之；見誦詩書之言，非心所解，則瞑卧如醉。樂記魏文侯自言「端冕而聽古樂，唯恐卧」，史記稱商鞅說秦孝公以帝道，孝公睡而弗應，皆是心所不悟，如醉然也。民之所爲，皆效君上，故云居上位而行此，人或效之。言或者，容其不必盡然。○箋「居上」至「之驗」。○正義曰：居上位而不用善，即上誦言如醉是也。由其不能用善，竝皆用惡，此惡行以教下民，令民效之，是使我爲悖逆之行詩人善此事者是以形見其敗類之驗也敗類者謂敗其朝廷等類此使民爲惡行則非其等類而以此爲敗類驗者以善人與惡人爲類善人欲教人爲善今惡人教人爲惡是善者敗也故爲敗驗

嗟爾朋友予豈不知而作如彼飛蟲時亦弋獲

箋云嗟爾朋友者親而切瑳之也而猶女也我豈不知女所行者惡與直知之女所行如是猶鳥飛行自恣東西南北時亦爲弋射者所得言放縱久無所拘制則將遇伺女之間者得誅女也○間如字又音閑

既之陰女反予來赫

赫○炙也箋云之往也口距人謂之赫我恐女見弋獲既往覆陰女謂啟告之以患難也女反赫我出言悖怒不受忠告○陰鄭音蔭覆蔭也王如字謂陰知之赫毛許白反光也與王赫斯怒同義本亦作嚇鄭許稼反莊子云以梁國嚇我是也難乃旦反

【疏】嗟爾至來赫○正義曰上既言貪人敗善故又責此貪人嗟乎汝朋友謂朝廷臣等我豈不知汝之所行者爲惡與言已知其惡也爲惡不已如彼飜飛之蟲恃其羽翮之力自恣東西南北有時亦爲弋者所獲言貪人恃此詐僞之智自恣侵害良善有時亦將爲所誅恐汝見誅之故既以善言往覆蔭汝謂告之患難使之改行汝何爲反於我來嚇

然而拒我也言其不受忠告必將誅滅○箋嗟爾至誅女○正義曰此言朋友還是上之貪人貪人非詩人所親而謂之朋友者意欲親而切瑳之故以朋友言之經言飛蟲箋言飛鳥者爲弋所獲明是飛鳥蟲是鳥之大名故羽蟲三百六十鳳皇爲之長是鳥之稱蟲者也放縱久無所拘制謂侵害善人作惡不已則將有人伺汝之閒暇誅汝謂知其間隙發揚其罪告王使誅之也○傳赫炙○正義曰來赫者言其拒已之意故轉爲嚇嚇與王赫斯怒義同是張口瞋怒之貌故箋以爲口拒人謂之嚇定本集注毛傳云赫炙也王肅云我陰知汝行矣乃反來嚇炙我欲有以退止我言者也傳意或然俗本誤也

民之罔極職涼善背涼薄也箋云職主諒信也民之行失其中者主由爲政者信用小人工相欺違○涼毛音亮鄭音亮下同爲民不利如云不克箋云克勝也爲政者害民如恐不得其勝言至酷也○酷口毒反民之回遹職競用力箋云競逐也言民之行維邪者主由爲政者逐用彊力相尚故也言民愁困用生多端○邪似嗟反

疏民之至用力○毛以爲上既爲不善政使民俗亦敗言下民之爲此無中和之行主爲偷薄之俗唯善於相欺背之事是由上行惡政故

使之然在上行政爲民所不利者如云恐畏不勝其人者然言其盡力爲酷唯恐不勝也上以虐政臨下下則姦巧避責令下民之行皆邪僻矣主爲競逐用力言民皆以力相陵由上化然也○鄭以爲民之無中正者主由在上信用小人之工善於相欺背者下二句言民之所以邪僻主由爲政競逐用力唯以强力相尚務勝其民故下民愁苦皆爲邪僻也餘同○傳涼薄○正義曰涼者薄之别名莊三十二年左傳曰虢多涼德謂虢君薄德是涼爲薄也○王肅云民之無中和主爲薄俗善相欺背傳意當然此傳以涼爲薄職謂民所主爲則下云職競職盜皆是民之所主不得與鄭同○箋職主至欺違○正義曰職主諒信皆釋詁文箋以民之爲惡由政不善則所言職者皆主由君政不宜爲民意所主故易傳以諒爲信由爲政者信用小人之工相欺違者以此故下民皆無中正學相欺違也善其事曰工故以工解善○箋競逐至多端○正義曰釋言云競逐强也俱訓爲强故競得爲逐逐用强力相尚者謂有强力能威服下民者則尊尚之以此相尚則在位者皆競爲强故下民愁困用此之故各生多端多端即邪僻是也○毛以職競用力爲民所主爲則是民主相與競用力爲邪僻也故王肅云今民之爲邪僻乃主相與競用力爲之是也

民之未戾職盜爲

寇戾定也箋云爲政者主作盜賊爲寇害令民心動搖不安定也○令力呈反涼曰不可覆背善詈箋云善猶大也我諫止之以信言女所行者不可反背我而大詈言距已諫之甚○詈力智反雖曰匪予既作爾歌箋云予我也女雖觝距已言此政非我所爲我已作女所行之歌女當受之而改悔○觝距都礼反距或作拒○

〔疏〕民之至爾歌○毛以爲由上非理化民故下民之心未能安定矣今民心皆主作盜賊相爲寇害是未得安定矣以民之不定故我以信言諫王曰汝所行者於理不可望王受而用之反背我而大罵詈拒已作此惡事云非已所爲汝雖言曰此惡政非我所爲我知汝實爲之已作汝所爲之歌歌汝之過汝當受而改之○鄭雖上一句爲異餘同○傳戾定○正義曰釋詁云戾定也俱訓爲止是戾得爲定○毛以職盜爲寇爲民所主行則是民自作盜賊相寇害也

桑柔十六章八章章八句八章章六句

雲漢仍叔美宣王也宣王承厲王之烈內有撥

亂之志遇烖而懼側身脩行欲銷去之天下喜於王化復行百姓見憂故作是詩也仍叔周大夫也春秋魯桓公五年夏天王使仍叔之子來聘烈餘也○雲漢天河也自此至常武六篇宣王之變大雅仍而升反撥半末反行下孟反銷音蕭去起呂反復扶又反下注復重并篇末注同見憂竝如字徐憂於救反【疏】雲漢八章章十句至是詩○正義曰雲漢詩者周大夫仍叔所作以美宣王也以宣王承其父厲王衰亂之餘政內有治亂之志遇此旱災而益憂懼側已身以脩德行欲以善政而銷去之天下之民見其如此喜於王者之化復得施行百姓見王所憂矜故仍叔述民之情作是雲漢之詩以美之也必本之於厲王之烈者爲撥亂張本明宣王悼父之非自力爲善已有撥亂之心志遇災而益憂懼見其憂民之情深也撥亂者以前有衰亂欲治理之哀十四年公羊傳曰撥亂世反諸正莫近於春秋何休云撥猶治也其意言春秋撥亂而作欲治此亂世使反諸正道是撥亂爲治亂也遇災謂旱災即經旱既太甚是也側者不正之言謂反側也憂不自安故處身反側欲行善政以消去此災也喜於王化復行者厲王之亂王化不行宣王施布王

化故喜其復行經稱憂其旱災爲之祈禱即是王化行也王之憂旱正爲百姓是天下百姓見被憂矜非百官也宣王遭旱早晚及旱年多少經傳無文皇甫謐以爲宣王元年不藉千畝虢文公諫而不聽天下大旱二年不雨至六年乃雨以爲二年始旱旱積五年謐之此言無所憑據不可依信經八章皆言王之憂旱百姓喜之之事○箋仍叔至烈餘○正義曰仍氏叔字春秋之例天子公卿稱爵大夫則稱字此言仍叔故知大夫也桓五年夏天王使仍叔之子來聘則春秋經也引之者證此仍叔是天子大夫也以史記考之桓之五年上距宣王之崩七十六年至其初則百餘年也未審此詩何時而作爲別人可也何則春秋之世晉之卿氏世稱伯趙氏世稱孟仍氏或亦世稱字叔爲別人可也烈餘釋詁文

倬彼雲漢昭回于天回轉也箋云雲漢謂天河也昭光也倬然天河水氣也精光轉運於天時旱渴雨故宣王夜仰視天河望其候焉○倬陟角反王云著也說文云著大也愒苦蓋反貪也本又作渴苦葛反篇末同

王曰於乎何辜今之人天降喪亂饑饉薦臻薦重臻至也箋云辜罪也王憂旱而嗟歎云何罪與今時天下之人天仍下旱災亡亂之道饑饉之害復重至也○饑音

飢又音機饉其靳反薦在見反臻側巾反重直用反下同與音餘下所因與精誠與殺我與同靡神不舉

靡愛斯牲圭璧既卒寧莫我聽箋云靡莫皆無也言王爲旱之故求於羣神無不祭也無所愛於三牲禮神之圭璧又已盡矣曾無聽聆我之精誠而興雲雨。聽依義吐定反協句吐丁反爲于僞反下爲旱同聆音零

【疏】倬彼至我聽。正義曰於時旱災已甚王憂念下民夜仰視天瞻望雨候見倬然而明大者彼天之雲漢其水氣精光轉運於天未有雨徵王乃言曰於乎可嗟歎我何罪乎我今時之人何罪而爲天所罰乃使上天下此喪亂之災使飢饉之害頻頻重至也何罪故以訴之又言已爲旱之故祈禱明神無有神不求而舉祭之者言其徧祭羣神又無愛於此三牲言其不恡牲物又禮神圭璧既已盡矣言已牲玉不愛精誠又甚何爲諸神曾無於我而見聽聆欲加祐助者而使其旱災若此也。箋雲漢至候焉。正義曰此雲漢與大東天漢爲一故云天河也昭光釋詁文河圖括地象云河精上爲天漢是天河水光之精氣也望其候者謂望天之星辰及風雲之氣冀見雨之徵候也惟言望雲漢者以天河水氣與雨爲類覩天之水氣傷地之無雨宜王意在天河故作者特言焉。傳薦重臻至

○正義曰釋言云荐再也僖十三年左傳曰晉荐饑釋天云仍饑爲荐此薦與荐字異義同故爲重也臻至釋詁文○箋辜罪至重至○正義曰辜罪釋詁文天仍下旱災亂亡之道正謂旱是亂亡之道理也定本集注仍字皆作乃字宣王遭旱非止一年故皇甫謐以爲旱積五年五年之言未知信否要言飢饉薦臻必是連年不熟故云飢饉之害復重至也○箋言王至雲雨○正義曰求於羣神無所不祭即下經所陳上天下地從郊至宮之類也大司徒以荒政十有二聚萬民其有一曰索鬼神注云荒凶年也鄭司農云索鬼神者求廢祀而脩之雲漢之詩所謂靡神不舉靡愛斯牲是也下傳亦云國有凶荒則索鬼神而祭之是遭遇天災必當廣祭羣神神皆用牲祭之故言靡愛斯牲偏祈羣神所祭者廣天地五帝當用特牲其餘諸神或用太牢或用少牢三牲皆用故言無所愛於三牲也祭神又用玉器春官大宗伯以玉作六器以礼天地四方以蒼璧礼天以黃琮礼地以青圭礼東方以赤璋礼南方以白琥礼西方以玄璜礼北方典瑞云四圭有邸以祀天兩圭有邸以祀地祼圭有瓚以祀先王圭璧以祀日月星辰璋邸射以祀山川皆是祭神所用故云礼神之圭璧已盡矣礼神之圭器自有多名言圭璧爲其揔稱以三牲用不可盡故言無愛圭璧少而易竭故言既盡莊二十五年左

傳曰凡天災有幣無牲而此云靡愛斯牲者說文之意各有所主彼因日食大水而發此言天之見異所以譴告人君只欲令改過脩善非爲求人飲食而降此災異於時魯不罪已脩政謂天求飲食而用牲祭之望天不爲咎故傳據正禮諸侯當用幣於社以告請上公伐鼓於朝退以自責不宜用牲於社與之飲食故云有幣無牲謂救止天災告社之法不當用牲也至於水旱荐至禱祀羣神以祈福祥遏止災沴者則不得不用牲也何則司徒荒政索鬼神謂祭祀之也若不以牲祭索之何也祭法曰瘞少牢於泰昭祭時也禳祈於坎壇祭寒暑也王宫祭日也夜明祭月也幽禜祭星也雩禜祭水旱也注云凡此以下皆祭用少牢寒暑不時或禳之或祈之是說祈禱之祭用牲也又春官太祝掌六祈以同鬼神示類造禬禜攻說注云造類禬禜皆有牲攻說用幣而已是天災祈禱有用牲也歲或水旱皆是上天之爲假祭羣神未必能已聖王制此禮者何哉將以災旱不熟必至於死人君爲之父母不可忍觀窮厄固當責躬罪已求天禱神罄忠誠之心爲百姓請命聖人緣人之情而作爲此禮非言祈禱必能止災也徒以民情可矜不得不爲之禱禱而無雨不得不訴於神耳

旱既大甚蘊隆蟲蟲蘊蘊而暑隆隆而雷蟲蟲而熱箋云隆隆而雷非雨雷也

雷聲尚殷殷然○大音泰徐他佐反下大甚竝同蘊紆粉反本又作煴紆文反韓詩作鬱同蟲直忠反徐徒冬反爾雅作爞云熏也郭又徒冬反韓詩作烔音徒東反殷於謹反或如字然一本作雨雷之聲當殷殷然

不殄禋祀自郊徂宮上下奠瘞靡神不宗 上祭天下祭地奠其禮瘞其物宗尊也國有凶荒則索鬼神而祭之箋云宮宗廟也爲旱故絜祀不絕從郊而至宗廟奠瘞天地之神無不齊肅而尊敬之言徧至也○奠徒薦反瘞於例反埋也索色白反齊側皆反本亦作齋徧音遍

后稷不克上帝不臨耗斁下土寧丁我躬 丁當也箋云克當作刻刻識也斁敗也奠瘞羣臣而不得雨是我先祖后稷不識知我之所困與天不視我之精誠與猶以旱耗敗天下爲害曾使當我之身有此乎先后稷後上帝亦從宮之郊○耗呼報反韓詩云惡也斁丁故反說文字林皆作殬

疏 旱既至我躬○毛以爲皆述宣王之辭言天雨不降旱勢已太甚矣其暑氣蘊蘊然雷聲隆隆然熱氣爞爞然酷熱如此無復雨意故我勤於請禱不絕其絜敬之祭既祀天於郊又從郊而往至宗廟之宮以次而祭未嘗絕已其祭之禮則上祭天下祭地而天則奠其禮地

則瘞其物從此以至於百靈無神而不齋肅尊敬之者言皆
尊敬之我精誠如此雨澤不降是先祖后稷不能福祐我也
皇天上帝不能臨饗我也若稷能祐我天意臨我則應助我
以福何故以此旱災耗敗天下王地之國曾使正當我身有
此旱乎○鄭唯不克不臨爲異餘同○傳蘊蘊至而熱○正
義曰蘊蘊暑氣附人之氣故云而暑溫字定本作蘊隆隆是
雷聲不絕之狀故云而雷爞爞是熱氣蒸人之貌故云而熱
以蘊隆貌狀宜重言故復言之也暑熱夫同蘊乎常之熱
蟲蟲又甚熱故暑熱異其文釋訓云爞爞薰也郭璞曰旱熱
薰炙人也○箋隆隆至殷殷然○正義曰以雷雨相將嫌旱
不得有雷故辨之云非雨雷取殷其靁以證之明雷同而事
別也○傳上祭至祭之○正義曰以郊爲祭天即此上也上
既爲天下與之對故知是地也奠謂置之於地瘞謂埋之於
土祀禮與物皆謂爲祀事神之物酒食牲玉之屬也天言奠其
祀見幣其物地言瘞其物亦奠其祀也天地各舉其一互以
相通國有凶荒則索鬼神而祭之即司徒荒政索鬼神是也
言此者解靡神不宗之意○箋宫宗至徧至○正義曰以言
祭事而云宫故知宫爲宗廟也祭郊祭廟不以同日爲之而
云自郊徂宫爲相因之勢者明其不絕之意也靡神不宗與
奠瘞别句則所宗者天地之外其餘百神而箋連其文云奠

瘞天地之神無不齊肅而尊敬之以奠瘞即是尊敬之事明其餘羣臣亦奠瘞之無不者廣及之辭言其祭祀徧至也○傳丁當○正義曰釋詁文毛無破字之理必不與鄭同蓋以克爲能王肅云后稷不能福祐我邪上帝不能臨饗我邪天下耗敗當我身邪傳意或然則能與臨異文者以后稷是已之先祖心必助之但苦其不能耳天則非已之親故云不臨○箋克當至之郊○正義曰以上帝不臨者上帝不視下則后稷不克者當謂后稷不知已故轉克爲刻刻削所以記識故云刻識也洪範云彝倫攸斁斁是毀敗之義故爲敗也不知困苦不視精誠其意亦同正以困苦欲其知精誠欲其見故分屬之耳上云不絕禋祀即云從郊往宮此先言后稷後言上帝與上郊至宮文倒明又見從宮至郊爲不絕之義也

旱既太甚則不可推兢兢業業如霆如雷周餘黎民靡有孑遺

推去也兢兢恐也業業危也孑然遺失也箋云黎衆也旱既不可移去天下困於飢饉皆心動意懼兢兢然業業然狀有如雷霆近發於上周之衆民多有死亡者矣今其餘無有孑遺者言又餓病也○推吐雷反注同兢本又作矜居陵反業如字郭五荅反霆音庭又音挺一音徒佞反孑居熱反去起呂反下同恐

上勇反下同

昊天上帝，則不我遺。胡不相畏，先祖于摧。

摧至也箋云摧當作嗺嗺嗟也天將遂旱餓殺我與先祖何不助我恐懼使天雨也先祖之神于嗟乎告困之辭○相毛如字鄭息亮反摧在雷反又子雷反鄭作嗺子雷反

〔疏〕旱既至于摧○毛以爲宣王言旱熱已太甚矣不可令之移去矣天下困於飢饉心動意懼皆兢兢然而恐怖業業然而憂危其危恐也如有霆之鼓於天如有雷之發於上言其恐怖之甚也疑此故周之民多死亡矣其餘不死之衆民無有孑然得遺漏而不餓病者言死亡之餘又皆飢困也昊天上帝如此酷旱則不於我民使有遺留其意將欲盡殺我民也先祖之神見天如此何不助我畏此旱災使天雨也天若不雨民將餓死先祖之神於何所歸而至乎言民盡餓死則神無所歸欲令先祖助已憂也此胡不相畏責先祖不助已則先祖之文宜在胡不之上但下之與于摧共句耳○鄭唯以于摧爲嗟嘆告困苦之辭爲異餘同○傳推去至遺失○正義曰推是遠離之辭故爲去也釋訓云兢兢戒也以恐怖而後戒懼故爲戒也業業危釋訓云孑然孤獨之貌言靡有孑遺謂無有孑然得遺漏定本及集注皆云孑然遺失也俗本有無字者誤也○箋黎衆至餓病○正義曰黎

衆釋詁文以旱災殺人而言周餘衆民故知餘是死亡之餘既言有餘則是有民存矣而復言靡有孑遺無有孑遺乃是悉盡之言故知無有孑遺謂餓病也其意言死者已死在者又餓無有孑然不餓病者非謂盡死無孑然也○傳摧至○正義曰釋詁文孫毓云我今死亡先祖之神於何所至言將無所歸也今以孫爲毛說○箋摧當至之辭○正義曰箋以先祖于至於辭不安故轉摧爲嗺嗺者咨嗟告困之辭以上言死亡者已死遺餘者復病是天意遂欲餓殺我也解則不我遺之意相訓助也畏是懼也故言何爲不助我恐懼使天雨也責其不助已者責先祖也先言所責之意乃呼之既呼即呼嗟告困故先祖與于嗺共句爲文勢然

旱既太甚則不可沮赫赫沮止也赫赫旱氣也炎炎云我無所大命近止靡瞻靡顧炎炎熱氣也大命近止民近死亡也箋云旱既不可卻止熱氣大盛人皆不堪言我無所庇廕處衆民之命近將死亡天曾無所視無所顧於此國中而哀閔之○沮在呂反炎于廉反本或作惔音同近附近之近芘音祕又必二反本亦作庇廕於鴆反本亦作廕羣公先正則不我助父母先祖胡寧

忍予先正百辟卿士也先祖文武爲民父母也箋云百辟卿士雩祀所及者今曾無肯助我憂旱先祖文武又何爲施忍於我不使天雨○辟音壁下同雩音于祭名

【疏】旱既至忍予○正義曰宣王立旱勢既已太甚則不可止郤之矣故使旱之爲勢赫赫然氣盛炎炎然薰熱其時之人不能堪之皆云我欲避之無庇廕處所是旱熱之甚以此之故令多大衆民之命近將死亡言其去死不遠上天何曾無肯瞻察無肯顧念而哀閔之也既言怨天不顧念又復廣訴明神古者有德之羣公及先世之長官百辟卿士之等何曾不於我民助憂此旱令天降雨也其爲民之父母者先祖文王武王如此聖德應能動天何曾施忍於我不使天雨是欲不爲民之父母棄此民故訴之○傳沮止至死亡○正義曰沮者止壞謀慮之言故爲止也赫赫爍熱之狀故爲旱氣釋訓云炎炎薰也郭璞曰旱熱薰炙人是炎炎爲熱氣也命者人所稟受之度死則謂之命盡今言大命近止言期不遠將斷故爲民近死亡大者多衆之辭故箋以爲衆民之命○傳先正至父母○正義曰正者長也先世爲官之長又與羣公相配故知是百辟卿士也凡在民上皆欲爲民父母但他人稱之唯謂受命安民者也於民則爲父母於周則爲先祖故言先祖文武以其爲民父母故稱父母欲見先祖父母爲一

故先解先祖必知先祖唯文武者以此詩所訴皆所祭之神周立七廟親廟四非受命立功不足徧訴上章巳言后稷明此唯文武耳○箋百辟至天雨○正義曰解其訴先正不助之意由雩祀所及故也月令仲夏乃命百官雩祀百辟卿士有益於民者注云百辟卿士古之上公以下若句龍后稷之類彼以經無羣公之文故鄭注百辟之文兼羣公矣此則羣公與先正別文故以先正爲卿士以下凡有采地皆稱曰君舉衆言之故謂之百辟鄭唯言百辟卿士雩祀所及不言羣公羣公亦是雩祀所及即月令注云上公是也但乘傳而說又據月令成文故不言羣公耳百辟卿士訴其不助我憂旱先祖文武言施忍於我不使天雨二文不同互以相足

旱既太甚滌滌山川旱魃爲虐如惔如焚我心憚暑憂心如熏滌滌旱氣也山無木川無水魃旱神也惔燎之也憚勞熏灼也箋云憚猶畏也旱既害於山川矣其氣生魃而害益甚草木燋枯如見焚燎然王心又畏難此熱氣如灼爛於火言熱氣至極○滌徒歷反魃蒲末反惔音談說文云炎燎也徐音炎焚本又作樊同扶云反憚毛丁佐反韓詩云苦也鄭徒旦反熏本又作燻許云反燎力皎反又力照反燋子消反難乃旦反羣

公先正，則不我聞。昊天上帝，寧俾我遯。箋云：不我聞者，忽然不聽我之所言也。天曾將使我心遯遯慙愧於天下，以無德也。○遯，本亦作遂，徒困反。

【疏】「旱既」至「我遯」。○毛以爲宣王言旱勢已太甚矣，其旱氣乃滌滌然害及於山川，使山無木，川無水也。又熱氣積聚，生此旱魃之神，爲此虐害，旱更益甚也。今草木燋枯，如炎之惔燒，如火之焚燎然也。我王之心又勞於暑熱之氣，憂在於心，如爲火所熏灼於已。以旱熱之極，又告訴明神。羣公先正曾不於我有所聞察而告知其精誠邪，而不使天雨？昊天上帝何曾使我心遯遯慙媿於天下也？以無德不能致雨，故王心所以慙媿。○鄭唯以憚暑皆爲畏懼，此暑爲異，餘同。○傳「滌滌」至「熏灼」。○正義曰：此皆爲旱而言，故知滌滌是旱氣也。旱氣之害於山川者，故爲山無木，川無水。蓋以少而不茂，非全無也。魃字從鬼，連旱言之，故知旱神。《神異經》曰：「南方有人，長二三尺，袒身而目在頂上，走行如風，名曰魃。所見之國大旱，赤地千里。一名旱母。遇者得之，投溷中卽死，旱災消。」此言旱神，蓋是鬼魅之物，不必生於南方，可以爲人所執獲也。焚、燎皆火燒之名，下有「如焚」，故以惔爲燎也。定本經中作「如惔如焚」。「憚，勞」，《釋詁》文。毛讀爲憚，丁佐反，故爲勞也。熏、灼俱焚炙之義，故爲灼也。○箋「憚猶至至極○正義曰箋以暑熱人之所畏故讀爲憚徒旦反憚猶畏也此與上章同言旱事而先輕後重使稍稍益甚故至於此章言害及山川又生魃鬼爲加增於前故箋言而害益甚上言而害益甚上言云我無所直是民無所庇此言王心畏憚似見其甚於前也以天子之尊寒暑有備尚云畏難此言熱氣至極也

旱既太甚黽勉畏去胡寧瘨我以旱憯不知其故箋云瘨病也黽勉急禱請也欲使所尤畏者去所尤畏者魃也天何曾病我以旱曾不知爲政所失而致此害○黽彌忍反又音湎瘨都田反沈又都薦反韓詩作疹恥吝反云重也憯七感反曾也禱丁老反或都報反

祈年孔夙方社不莫昊天上帝則不我虞敬恭明神宜無悔怒悔恨也箋云虞度也我祈豐年甚早祭四方與社又不晚天曾不度知我心肅事明神如是明神宜不恨怒於我我何由當遭此旱也○莫音暮本亦作暮明祀本或作明神怒協韻乃路反度待洛反下同

疏 箋瘨病至此害○正義曰以瘨字從病類故爲病也黽勉者勉力事神是急於禱請承上章旱魃之下故知所尤畏者魃也水旱之災多由政失故言曾不知

爲政所失而致此害。箋我祈至不晚。正義曰月令孟春祈穀于上帝孟冬祈來年於天宗是也祭四方與社卽以社以方是也**旱既太甚散無友紀鞫哉庶正疚哉冢宰趣馬師氏膳夫左右**歲凶年穀不登則趣馬不秣師氏弛其兵馳道不除祭事不縣膳夫徹膳左右布而不脩大夫不食粱士飲酒不樂。箋云人君以羣臣爲友散無其紀者凶年祿餼不足人無賞賜也鞫窮也庶正衆官之長也疚病也窮哉病哉者念此諸臣勤於事而困於食以此言勞倦也。鞫居六反疚音救本或作究又作究同趣七口反趣馬官名秣音末穀馬也說文作䬴施式氏反本又作弛同縣音玄餼許氣反長丁丈反下之長同勞力報反**靡人不周無不能止**周救也無不能止言無止不能也箋云周當作賙王以諸臣困於食人人賙給之權救其急後日乏無不能豫止。賙音周**瞻卬昊天云如何里**箋云里憂也王愁悶於不雨但仰天曰當如我之憂何。卬音仰本亦作仰下同里如字憂也本亦作瘽爾雅作悝並同王曰瘽病也〔疏〕旱既至何里。毛以爲上言訴不得雨此言殺祀救厄宣王言今旱既太甚矣歲凶如此汝羣臣宜且離散無復羣臣朋友之綱紀王者班爵賜祿所以綱紀羣臣今祿饟不足是無綱紀也祿既不足故設辭閔之窮困哉汝眾官之長飢病哉汝冢宰及趣馬師氏膳夫左右之官所以令汝窮困哉汝等諸臣無有一人而不賙救其百姓困急者謂諸臣之中無有自言不能賙救而止不爲者以此分貧恤寡之故使汝等益困也王見羣臣之困如此乃瞻望而仰視昊天訴之云如之何使我如此憂也欲令天知其憂愁得釋○鄭唯靡人不周言我王於汝眾臣無人不且賙給之以權救其急難雖後日乏無不能豫止而不賙○給言王竭其所有欲與羣臣俱困不自畱以爲餘糧也餘同○傳歲凶至不樂○正義曰釋天云夏曰歲周曰年孫炎曰四時一終曰歲取歲星行一次也年取穀一熟也然則歲之與年異名而實同歲凶謂此歲凶也年穀不登登成也謂此年之穀不成熟也此卽凶年之實故言歲凶爲之目於此之時則趣馬之官不以粟秣養其馬師氏之官弛廢其兵而不用所驅馳之大道不使人除治之祭祀之事不懸其樂膳夫之官減徹王之膳食左右之官布列於位不令有所脩造大夫不得食穀米士飲酒之時不得作樂此當先有成文故傳引之以明凶年之禮雖經無其事以類言之其歲凶年穀不登馳道不除祭事不縣大夫不食粱士飲酒不樂下曲禮有其事其餘

不知所出也曲禮又有君膳衣祭肺馬不食穀與此徹膳不秣意同而文異耳左右君之左右摠謂諸臣不脩者無所脩作穀梁傳曰百官布而不制是也歲凶者摠辭而其凶有大小故穀梁傳又曰一穀不升謂之嗛二穀不升謂之飢三穀不升謂之饉四穀不升謂之康五穀不升謂之大侵皆是歲凶也趣馬主馬故言不秣師氏掌使其屬率四夷之隸各以其兵服守王之門外且蹕朝在野外則守列是掌其近王之兵故令弛其兵也大司徒荒政其十有二曰除盜賊注云除之者飢饉則盜賊多不可不除則當用兵此言弛之者弛謂舍力不役之耳其除盜賊之兵不得廢也故春秋僖二十一年旱左傳稱臧文仲慮無道之國因凶加兵勸僖公使脩城郭明凶年盜賊益須防之彼以春秋之世强弱相陵文仲度時而言勸脩城郭不是凶荒之年必須脩城也馳道不除者曲禮注云爲妨民取蔬食故也穀梁傳大侵之禮亦云道不除四穀不升以上道或仍除之地官均人注云人食二釜之歲猶云旬用一日是小凶之年猶有道渠之役也言祭事不懸則有事但不懸樂耳穀梁傳又曰大侵之禮禱而不祀然則此云祭者正謂祈禱之祭不用樂也司徒荒政九曰蕃樂杜子春云蕃謂藏樂器而不作是凶年吉事皆無樂也徹膳者天子日食太牢今減損之也曲禮云君膳不祭肺注云不

祭肺則不殺以人君之於凶年令不殺矣而穀梁大侵之禮又云君食不兼味白虎通云五穀不熟故王者爲之不盡味大戴禮云不備牲言不兼不盡不備是猶有牲肉但不備之耳然則鄭云則不殺者謂不如常法日日殺之耳非是常不殺也其非大侵者大戴禮白虎通皆云一穀不升徹鶉鷃二穀不升去鳧鴈三穀不升去兎四穀不升去囿獸是凶有大小所徹不等也大夫不食粱士飲酒不樂亦明皆飲酒而不樂也○箋人君至勞倦○正義曰尚書武王稱我友邦冢君抑云視爾友君子是人君謂羣臣爲友也君臣之義不可廢而云散無綱紀者由祿饟不足又無賞賜皆困於飢不能如常相紀領故謂之散非即分散去朝也衆官之長者周官三百六十每官各有其長疚病釋詁文經言鞫哉庶正是揔言羣臣又言疚病哉乃歷數其人疚哉之文通及於下冢宰以下亦是庶正故箋揔之云窮哉病哉念此諸臣勤於事而困於食故以此言勞倦之以旱則無食乃病故先窮後病重言爲深閔之辭○傳周救至不能○正義曰以救而念之周備故周爲救也無不能止者無爲不能救人而自止故解其意言朝廷之臣悉皆救人無止而不能者王肅云靡人而不周其急也無不能而止者其發倉廩散積聚有分無多分寡無故有不能而止者言上下同也○箋周當至豫止○正義曰

以周救於人其字當從貝故轉爲賙以上言王之於臣賑餼不足則此言當謂王救羣臣不宜爲羣臣救人故易傳以爲王雖不得如常豐年依法賑賜以諸臣困於食故人人賙給之權時救其人急若言王盡恩於臣也○箋里憂○正義曰釋詁文彼里作悝音義同

瞻卬昊天有嘒其星大夫君子昭假無贏嘒衆星貌假至也箋云假升也王仰天見衆星順天而行嘒嘒然意感故謂其卿大夫曰天之光耀升行不休無自贏緩之時今衆民之命近將死亡勉之助我無棄女之成功者若其在職復無幾何以勸之也○嘒呼惠反假音格沈云鄭古雅反贏音盈幾居豈反

大命近止無棄爾成何求爲我以戾庶正戾定也箋云使女無棄成功者何但求爲我身乎乃欲以安定衆官之長憂其職事○爲于僞反注同

瞻卬昊天曷惠其寧箋云曷何也王仰天曰當何時順我之求令我心安乎渴雨之至也得雨則心安○令力呈反

〔疏〕瞻卬至其寧○毛以爲上閔羣臣同恤此又勸以終之宣王以旱之故遂瞻望仰視於昊天唯見有嘒然光明之衆星以天星炳耀未有雨徵遂感而言曰汝卿大夫之君子

所同恤者當昭見其至誠於天下無敢有私贏而不斂散所以然者多大衆人之命皆近於死亡止汝當救以全之無得贏而不救以棄汝之成功言能救而全之則功成也又云令汝必救之者何止求爲我欲存於民困乎乃以安定汝之所居爲此衆官之長以其爲官之長則與君同憂故勸使救民以自安定王既勸羣臣仍憂民困又瞻望仰視昊天訴之云昊天何時當順我所求其令我心得安寧言求而得雨則心安也○鄭以爲王既賜救羣臣又勸其勉力助已王瞻仰昊天見有嘒嘒然其星順天而行無時止息因而意咸謂羣臣卿大夫之君子此天之光耀升行至極無自贏緩之時令衆民之命近將死亡汝等亦當去天無贏助我求雨無得解怠棄汝成功言天不應盡殺衆民雨將不久若其得雨卽是功成故勸令勉力餘同○傳嘒衆至假至○正義曰以嘒文連星故爲星貌假至釋詁文王肅云大夫君子公卿大夫也昭其至誠於天下無敢有私贏之而不斂散大夫君子所以無私贏者以民近死亡當賑救之以全汝之成功傳意或然觀此文勢上章或亦不同令以毛無別訓遂作同解○箋假升至勸之○正義曰假升釋詁文以承天星之下宜爲天星光耀升行故易傳也仰天見星卽戒大夫君子故知見衆星順天而行意感也以天星升行不休謂人亦當然因此而勸之

言無棄爾爲戒勸之辭故知令勉之助我也又解助已求雨所以得爲成功者以天之生民終無盡殺之理今民命近死若其民當存生復無幾何時必應得雨故以此言勸之○箋使女至職事○正義曰此衆官之長爵位已高體國情深助王憂雨於已職事不能安定今勸令助已亦所以安定其身故云何但求爲我身乎乃欲安定汝衆官之長憂其職事

雲漢八章章十句

附釋音毛詩注疏卷第十八（十八之二）

武寧盧氏宣旬校定

皇清嘉慶二十年重栞宋本用文選樓藏本校

黃中模栞

毛詩注疏挍勘記（十八之二）

阮元撰盧宣旬摘錄

○桑柔

桑之柔需（補）小字本相臺本需作濡釋文云濡而轉反釋文挍勘云通志堂本盧本同案段玉裁云當是本作偄也今考集韻二十八獮云輭亦作需濡通作耎濡字本此凡從耎之字多轉而從需故此釋文以而轉反音濡字也○按耎需之音分別詳段玉裁說文注

箋云桑之柔需（補）小字本相臺本需作濡釋文云濡而轉反段玉裁云當是本作偄也

人庇陰其下者　小字本相臺本同案釋文云庇本亦作芘同考芘字是也采薇箋云腓當作芘雲漢箋云言我無所芘蔭而處是鄭自用芘字也

之害下民（補）閩本明監本毛本同案之當作侵

釋言云旬均也　閩本明監本毛本同案旬當作洵下文引李巡注不誤

今茲益久長 補案茲當作滋

頻猶比也 小字本相臺本同考文古本同閩本明監本毛本比作止十行本初刻比剜改止案止字誤也

以比兵窮災害民之餘 補閩本明監本毛本同案窮當作寇

比比然○傳疑定 閩本同明監本毛本移傳疑定以下至故爲定也二十字於下章中是也

憂心慇慇 唐石經小字本相臺本同案釋文以慇慇作音是其本如此正義云其心殷殷然是其本字作殷考北門經作殷正月經作慇北門釋文云本又作慇同

正義曰瘠字從病 閩本明監本毛本同案浦鏜云病當疒字誤也

亂況斯削 唐石經小字本相臺本同案此況字當作兄上經云倉兄塡兮傳兄滋也箋云喪亡之道滋久長此與無傳箋云而亂滋甚皆承上也倉兄釋文云本亦作況亦下互爲詳略耳唐石經上作兄下作況非也

禮亦所以救亂也 閩本明監本毛本同相臺本救誤悲小字本無亦字案無者是也

如彼遡風小字本相臺本同唐石經初刻作愬後改作遡案初刻非也李善注月賦引作愬當是三家異字石經誤用之耳亦所云字體乖師法也

亦孔之僾毛本孔誤恐明監本以上不誤

好是稼穡唐石經小字本相臺本同案釋文云家王申毛音駕謂耕稼也鄭作家謂居家也下句家穡惟寶同穡本亦作嗇音色王申毛謂收穡也鄭云吝嗇也尋鄭家穡二字本皆無禾者下稼穡卒痒始從禾正義云箋不言稼當爲家則所授之本先作家字也依此是毛鄭詩本作家嗇王申毛乃爲稼穡耳正義每取王爲傳說故其本作稼穡而唐石經以下從之段玉裁云改稼穡者非也見下亦見經義雜記

力民代食代無功者食天祿也小字本相臺本同案詩經小學云傳云力民代食無功者食天祿也鄭申其意而王肅所見之本誤衍一代字因曲爲之說曰有功力於民代無功者食天祿且改家嗇字從禾而不知代無功食天祿語最無理

不能治人者食於人閩本同小字本相臺本無於字毛本同明監本初刻有後剜去案無者是也釋文可證

鄭云吝嗇也補通志堂本吝誤名盧本作吝嗇按嗇字是也

不能治人者出於人閩本出作食明監本同剜去於字毛本無案食人是也十行本出於人剜添者一字

明是責王之貢好之也補毛本貢作貴案貴字是也

滅我立王小字本相臺本同唐石經初刻咸後改滅案初刻誤也

朝廷曾無有同力諫諍小字本相臺本同案釋文朝廷下以者與作音是其本此箋有二字也但其何屬未可考

說文作蟊補通志堂本盧本蟊作蚤盧文弨考證云古本蟊作蝥是也說文乃作蟊今正文作蟊遂妄改

說文案釋文挍勘記云其說誤甚說文䖵部蝨是蟊字非蝨賊字不得云說文乃作蝨也蟊字雖不見說文蟲部蠶字下云蟲食艸根者从蟲象其形其字作蠶轉寫失其形作蝨蟊皆非是

同音通本又作恫補案同當作侗釋文挍勘云通志堂本盧本侗作恫恫作痌案所改未是當是釋文本此經字作侗與唐石經以下各本不同耳小字本所附上恫下侗乃順正文改易耳

滅盡釋詁云補案云當作文

穹蒼蒼天釋天云補案云當作文

故民所繫屬唯兵耳閩本明監本毛本同案浦鏜云故疑衍字是也

愼戒相助也閩本毛本同小字本相臺本戒作誡考文古本同案山井鼎云據下文考誡之語古本似是是也正義云愼誡釋詁文亦可證明監本誤作病

言其所任之臣小字本同閩本明監本毛本同相臺本任下有使字案有者非也正義云謂已所任

使之臣乃自文耳非其本有使字考文古本有亦采正義之誤也

乃使民盡迷惑也彼是又不宜猶小字本相臺本也彼作如狂閩本明監本毛本同案如狂是也

不復詳考善惡更施順道於民之君自獨用己心謂己所任使之臣皆爲善人不復詳考善惡更求賢人閩本明監本毛本不重施順至惡更三十字案所删是也此十行本複衍

郤追罪役小字本相臺本同案釋文云一本作罷役正義本是罪字

譏僭是僞妄之言閩本明監本毛本同案僭當作譖抑正義可證

荼苦葉閩本毛本同明監本葉作茱案浦鏜云茱字誤是也

故此惡行補毛本此作比案比字是也

垢者土處中而有垢土　明監本毛本同案此當云垢者土處垢中而有垢錯誤耳

則寘臥如醉　小字本相臺本同閩本明監本毛本亦同案正義云則眠臥如醉是其本作瞑瞑眠古今字易而說之也考文古本作瞑采正義而爲之

箋類等至傚之　明監本毛本傚誤效閩本不誤案正義上下文皆作效者易字也今各本箋皆作效亦誤

詩人善此事者　閩本明監本毛本同案浦鏜云善疑言字誤是也

親而切瑳之也　閩本同小字本相臺本瑳作磋明監本毛本同案瑳字是也見淇奥十行本正義中字亦作瑳依經注改耳

反予來赫　唐石經小字本相臺本同案釋文云赫本亦作嚇考此但當作赫加口傍者依注義以改字耳

赫炙也　小字本相臺本同案釋文赫下云毛許白反炙也正義云故轉爲嚇又云定本集注毛傳云赫炙也

文云俗本誤也是其本與俗本同作赫赫也標起止云傳赫炙乃後改今考此傳當作赫赫也毛意謂此赫盛字即拒赫字也○按此即北風虛虛也葛屨要要也之例

口距人謂之赫小字本相臺本同案釋文赫下云鄭許嫁反口距人也莊子云以梁國嚇我是也正義云故箋以爲口拒人謂之嚇是其本作嚇考此是申傳赫也之意非箋經中赫字也正義本經作赫傳作赫嚇也箋作謂之嚇可以知其讀矣但其字當本皆作赫

赫毛許白反光也補通志堂本盧本光作炙小字本相臺本所附亦作光釋文挍勘云考此傳正義本作赫嚇也引定本集注作赫炙也今經注各本皆作炙之所自出也釋文本當是赫光也與定本集注正義本又各不同諸本所附得陸氏之舊其作炙字者經後人以經注本字改之耳

則將有人何汝之閒暇誅汝閩本明監本毛本同案暇當作得正義讀閒爲閒隙不爲閒暇

諒信也 閩本明監本毛本同小字本相臺本諒作涼案涼未嘗改其字正義云諒信又云以諒爲信乃易字而說之之例依以改箋者非

互相欺違 小字本同閩本明監本毛本同相臺本互作工考文古本同案工字是也正義可證

遂用彊力相尙故也 閩本明監本毛本同小字本相臺本遂作逐考文古本同案逐字是也

是也○毛以職競用力 閩本明監本毛本同案○當衍下章正義○毛以職盜爲寇同明監本毛本不誤

涼曰不可 小字本相臺本同唐石經涼作諒案唐石經非也釋文云職涼毛音良薄也鄭音亮信也下同詩經小學云所云下同者即此涼曰之涼是也正義因此涼字無傳遂取鄭爲毛說而云故我以信言諫王曰云云不知此涼字毛自與上傳同訓爲薄不訓爲信也然其本亦未必竟改經作諒字唐石經乃始上作涼此作諒失之甚矣當依釋文正之

言詎已諫之甚　小字本相臺本同考文古本同閩本明監本毛本詎作拒案拒字誤也乃正義所易之今字耳

○雲漢

遇烖而懼　唐石經小字本相臺本同閩本同考文古本同明監本毛本烖誤災案正義作灾者易而說之也

烈餘也　閩本明監本毛本此下有注小字本相臺本無考文古本同案山井鼎云此十六字釋文混入於注是也

時旱渴雨　小字本相臺本同案釋文云愒苦蓋反貪也本又作渴苦葛反篇末同正義本未有明文今無可考

薦重臻至也　小字本相臺本同案釋文以重也作音是其本有也字考文古本有

何罪故以訴之　閩本明監本毛本同案何當作無

言其不忮牲物〔補〕毛本忮作忲

其有一曰索鬼神　閩本明監本毛本有一倒案倒者誤也其下當有十字

墠少牢於泰昭〔補〕毛本墠作埋

類造禬禜攻說　閩本明監本毛本攻誤政案山井鼎云下政說用幣宋板同誤亦當作攻是也

藴隆蟲蟲　唐石經小字本相臺本同案正義云温字定本作藴以小宛正義考之當云藴字定本作温正義屢云藴藴是其本作藴之證也釋文云藴紆粉反本又作煴紆文反依紆文反是讀同烟烟煴煴之煴與作温又不同

靁聲尚殷殷然　小字本相臺本同案釋文云一本作雨靁之聲尚殷殷然正義本未有明文今無可考殷其靁正義引與一本正同或其本當爾

爾雅作爞〔補〕通志堂本同盧本作爞云舊譌從蟲今改正釋文挍勘云小字本所附亦作爞不誤

耗斁下土　小字本相臺本同閩本明監本毛本同唐石經耗作秏案秏字是也詳詩小學

貸瘞羣臣而不得雨　小字本同考文古本同相臺本臣作神閩本明監本毛本同案神字是也

十行本正義中誤同

熱氣爞爞然　明監本毛本爞爞誤蟲蟲閩本不誤案以下同唯一處誤爲蟲蟲耳經作蟲蟲正義作爞爞者蟲爞古今字易而說之也例見前

秏敗天下王地之國　補　案王當土字之譌毛本正作土

暑熱夫同　閩本明監本毛本作不同案夫當作大形近之譌

爞蟲是熱氣蒸人之貌　補　案蟲當作爞

蘊平常之熱蟲蟲又甚熱　閩本明監本毛本蟲蟲上衍而字案蟲蟲當作爞爞十行本上句剜去者一字當是因有衍而下句甚下脫於字刪而未補也輒添而字者非

瘞謂堙之於土　補　毛本堙作埋

兢兢業業　唐石經小字本相臺本同案釋文云兢兢本又作矜正義云釋訓云兢兢戒也是其本作兢字考文古本作矜采釋文

靡有孑遺　小字本相臺本同唐石經初刻誤孑後改孑

孑然遺失也　小字本相臺本同案正義云定本及集注皆云孑然遺失也俗本有無字者誤也考此傳本云無孑然遺失也六字一句讀乃摠說靡有孑遺也定本集注非是考文古本采正義有無字而加於遺字上誤甚

狀有如雷霆　閩本明監本毛本同小字本相臺本有如作如有考文古本同案如有是也

疑此故周之民多死亡矣　閩本明監本毛本同案蒲鏜云疑當以字誤是也山井鼎云宋板疑作以其實不然當是剜也

無有孑然得遺滌　閩本明監本毛本同案滌當作漏下文謂無有孑然得遺漏是其證山井

鼎云宋板滌作漏當是剜也

故爲戒也　閩本明監本毛本同案浦鏜云恐誤戒是也

業業危釋訓云　閩本明監本毛本同案浦鏜云文誤云是也

言我無所庇陰處　閩本明監本毛本同小字本相臺本庇陰作芘蔭蔭下有而字考文古本有案有者是也釋文云芘本亦作庇蔭本亦作廕考桑柔箋當作陰正義當作蔭今正義亦作陰依注改耳

正義曰宣王立　〔補〕毛本立作言

如惔如焚　唐石經小字本相臺本同案釋文云如惔音談燎也說文云炎燎也徐音炎正義云定本經中作如惔如焚是正義本經中作如惔如焚也詩經小學云章懷注章帝記引韓詩如炎如焚作炎爲善說文炎燎也傳云惔燎之也蓋毛亦作炎也上文赫赫炎炎本或作惔是其明證

憂心如薰　唐石經小字本相臺本薰作熏閩本明監本毛本同案十行本注及正義中仍作熏釋文以如熏作

音薰字非也考文古本作薰依上正義中引爾雅薰也而爲之耳

焚本又作樊【補】通志堂本同盧本樊作燓云舊譌樊案說文燓燒田也據改正釋文挍勘云燓字是也小字本所附是燓字

毛讀爲憚丁佐反 閩本明監本毛本同案丁佐反三字當旁行細書正義自爲音例如此也

故讀爲憚徒旦反 閩本明監本毛本同案徒旦反三字當旁行細書

故箋言而害益甚上言而害益甚上言云我無所 閩本明監本毛本上而字誤爲案此言而害益甚上六字不當重十行本複衍耳閩本以下改而作爲以遷就之者誤

似見其甚於前也 閩本明監本毛本同案浦鏜云似當以字誤是也

敬恭明神 唐石經小字本相臺本同案釋文云明祀本或作明神正義本未有明文今無可考箋云天曾不度知我心肅事明神如是明神宜不恨怒於我則作明神者是也

師氏㢮其兵　小字本相臺本㢮作弛閩本明監本毛本同正義中同案釋文云施本又作弛同考文古本作施采釋文

人無賞賜也　小字本相臺本同閩本明監本毛本同案正義云又無賞賜是人當作又乃形近之譌又者又上祿餼不足也考文古本作又采正義其云宋板同者必山井鼎誤

所以令汝窮困哉　閩本明監本毛本同案哉當作者

曲禮又有君膳衣祭肺　補　毛本衣作不案不字是也

謂之兼　補　閩本明監本毛本兼作歉非也案兼當嗛字之譌

天子日食太牢　閩本明監本毛本同案此不誤浦鏜云少誤太非也周禮是太牢與玉藻不同鄭志有此問在鴛鴦正義中浦失考

三穀不升去兔　閩本明監本毛本同案去下浦鏜云脫雉字是也

權時救其人急若明監本毛本人誤太閩本不誤案若當作苦形近之譌

令我心安乎小字本相臺本同案釋文以令心作音是其本無我字正義云其令我心得安或自爲文也今無可考

因而意戚毛本同閩本明監本意誤感案戚當作慼此欲改戚字而誤改意字也

汝等亦當去天無羸閩本明監本毛本去誤法按所改是也

傳嚳衆至假至○正義曰閩本重假至以下至曷貌十四字明監本毛本初刻有後剜去案山井鼎云按宋板文當相接非有闕誤是也

令以毛無別補毛本令作今

雲漢八章章十句各本同案此誤脫今補栞

附釋音毛詩注疏卷第十八　十八之三　六十

毛詩大雅　鄭氏箋　孔穎達疏

崧高尹吉甫美宣王也天下復平能建國親諸侯襃賞申伯焉尹吉甫申伯皆周之卿士也尹官氏申國名。崧胥忠反釋名云崧竦也甫本又作父音同後人名字放此後音服又扶又反褒保毛反【疏】崧高八章章八句至伯焉。正義曰崧高詩者周之卿士尹吉甫所作以美宣王也以厲王之亂天下不安今宣王興起先王之功使天下復得平定能建立邦國親愛諸侯而褒崇賞賜申國之伯焉以其褒賞得宜故尹吉甫作此崧高之詩以美之也易比卦象曰先王建萬國親諸侯桓二年左傳云天子建國祭法曰天下有王分地建國建國皆謂天子分割土地造立邦國以封人爲諸侯也雖周禮惟王建國鄭以爲建立王國與此異耳此與易皆親建相對封立謂之建賞勞謂之親建謂立其國親謂親其身也褒賞者錫賚之名車馬衣服是褒賞之物也何休云有土加之曰褒無土建國曰封中候考河命曰褒賜羣臣賞爵有分稷契皐陶益土地然則益之土地褒也此申伯舊國已絕今改而大之據其新往謝邑是爲初建論其舊有國土亦爲褒崇也天下復平能建國親諸侯雖爲申伯發文要是總言宣王之美其褒賞申伯乃叙此篇之意經八章皆是褒賞申伯之事其南國是式式是南邦錫爾介圭路車乘馬是褒賞之實也○箋尹吉至國名○正義曰六月言宣王北伐吉甫爲將禮軍將皆命卿也此美申伯云維周之翰明亦身爲王官故言周之卿士也知非三公必兼六卿故舉卿士言之伊摯尹天下謂之伊尹洪範曰師尹惟日立政云三亳阪尹楚官多以尹爲號左傳稱官有世功則有官族今尹吉甫以尹爲氏明其先嘗爲尹官而因氏焉故云尹官氏外傳有申呂王風云戍申故知申爲國名

崧高維嶽駿極于天維嶽降神生甫及申

崧高貌山大而高曰崧嶽四嶽也東嶽岱南嶽衡西嶽華北嶽恒堯之時姜氏爲四伯掌四嶽之祀述諸侯之職於周則有甫有申有齊有許也駿大極至也嶽降神靈和氣以生申甫之大功箋云降下也四嶽卿士之官掌四時者也因主方嶽巡守之事在堯時姜姓爲之德當嶽神之意而福興其子孫歷虞夏商世有國土周之甫也申也齊也許也皆其苗胄○嶽字亦作嶽○崧息忠反白虎通云嶽者何桷功德也駿音峻

守音狩本亦作狩夏戶雅反下同

維申及甫維周之翰四國于蕃翰幹也箋云申申伯也甫甫侯也皆以賢知入爲周之楨幹之臣四國有難則往扞禦之爲之蕃屏四方恩澤不至則往宣暢之甫侯相穆王訓夏贖刑美此俱出四嶽故連言之○翰戶旦反又音寒蕃方元反知音智本或作哲楨音貞難乃旦反扞戶旦反相息亮反贖音樹一音常欲反【疏】崧高至于宣○正義曰此方美申伯之見賞本其先祖所由之興言有崧然而高者維是四岳之山其山高大上至于天維此至天之大嶽降其神靈和氣以福祐伯夷之後生此甫國之侯及申國之伯以伯夷常掌其神祀故祐助其後使其國則歷代常存子孫則多有賢智維此申伯及此甫侯維爲周之卿士楨榦之臣若四表之國有所患難則往捍禦之爲之蕃屏四方之處恩澤不至則往宣暢之使霑王化是由神所祐故有此賢智也○傳崧高至大功○正義曰崧者山形竦然故爲高貌劉熙釋名云崧竦也亦高稱也山大而高曰崧釋山文李巡曰高大曰崧郭璞曰今中岳。崧高山蓋依此名是也白虎通云岳者何桷也桷功德也風俗通云嶽桷考功德黜陟也然則以四方方有一山天子巡狩至其下桷考諸侯功德而黜陟之故謂之岳。也傳言岳。四岳。謂四方之岳。岳也又解此岳。降神生申甫之意當堯之時有姜氏者爲四方王官之伯掌此四岳之祭祀述其岳。下諸侯之職德當岳。神之意故此岳。降神助其子孫使之歷代有國於周之世則有甫有申有齊有許此四國皆姜氏之苗裔也駿大極至釋詁文又解四國而獨言申甫者岳。降神靈和氣以生申伯甫侯二人有德能成大功是岳。神生申甫之大功故特言申甫也經與羣書多云五岳。此傳唯言四岳。者以堯之建官而立四伯主四時四方之岳。而已不主中岳。故堯典每云咨四岳而不言五也周語説伯夷佐禹云共工之從孫四岳佐之又曰祚四岳國命爲侯伯皆謂伯夷爲四岳此將言伯夷之事故指言四岳也其云五岳者卽此四與嵩高而五也孝經鉤命決云五岳東岳岱南岳衡西岳華北岳恒中岳嵩高是五岳又數嵩高之文也故王肅之注尚書服虔之注左傳鄭於大宗伯注皆然春官大司樂云五岳四鎮崩令去樂注云四鎮山之重大者謂楊。州之會稽青州之沂山幽州之醫無閭山冀州之霍山五岳岱在兗州衡在荆州華在豫州岳在雍州恒在并州司樂宗伯同是周禮而司樂之注不數嵩高者蓋鄭有所案據更見異意也釋山發首云河南華河西岳河東岱河北恒江南衡陳此五山之名不復更言餘山雖不謂此五山爲五岳明有爲岳之理鄭緣此皆以司樂之文連言四鎮五岳幷之正九當九州各取一山以充之而夏官職方氏九州皆云其山鎮曰其山每州曰其大者而其文有岳山無嵩高爾雅河西岳在五山之例取岳山與岱衡恒華爲五岳之數以其餘四者爲四鎮令司樂職方自相配足見一州之內最大山者其或崩圮王者當諱之變容岳山得從五岳之祀故傳會爾雅職方之文以見此意非謂五岳定名取岳山也其正名五岳必取嵩高宗伯之注是定解也或以爲雜問志有云周都豐鎬故以吳岳爲西岳周家定以岳山爲西岳不數嵩高知不然者以宗伯亦是周禮而以華爲西岳安得至於司樂卽云華非西岳也若必據已所都以定方岳則五岳之名無代不改何則軒居上谷處恒山之西舜居蒲坂在華陰之北豈當據已所在改岳祀乎五岳之名隨時變改則都之所在本無方岳尚書之注何云周處五岳之外乎雜問之志首尾無次此言或有或無不可信也且釋山又云泰山爲東岳華山爲西岳霍山爲南岳恒山爲北岳嵩高爲中岳若五岳之山每代一改爾雅何當定此五者永爲岳名乎若然何知此言嵩高非中岳而以嵩爲高貌廣舉四岳者此詩之意言北岳降神祐助姜氏姜氏不主嵩高故知嵩高維岳謂四岳也傳言四岳之名東岳岱南岳衡爾雅及諸經傳多云泰山爲東岳霍山爲南岳者皆山

有二名也風俗通云泰山山之尊一曰岱宗岱始也宗長也萬物之始陰陽交代故爲五岳長王者受命恒封禪之衡山一名霍言萬物霍然大也華變也萬物成變由於西方也恒常也萬物伏北方有常也崧高也言高大也是解衡之與霍泰之與岱皆一山而有二名也若然爾雅云江南衡地理志云衡山在長沙湘南縣張揖廣雅云天柱謂之霍山地理志云天柱在廬江潛縣則在江北矣而云衡霍一山二名者本衡山一名霍山漢武帝移岳神於天柱又名天柱亦爲霍故漢魏以來衡霍別耳郭璞爾雅注云霍山今在廬江潛縣西南別名天柱山漢武帝以衡山遼曠移其神於此今其土俗人皆呼之爲南岳南岳本自以兩山爲名非從近也而學者多以霍山不得爲南岳又言從漢武帝始乃名之如此言爲武帝在爾雅前乎斯不然矣竊以璞言爲然何則孫炎以霍山爲誤當作衡山案書傳虞夏傳及白虎通風俗通廣雅並云霍山爲南岳豈諸文皆誤明是衡山一名霍也周語說堯使禹治水四岳佐之帝嘉禹德賜姓曰姒氏曰有夏祚四岳國爲侯伯氏曰有見此一王四伯韋昭云一王謂禹也四伯謂四岳也爲四岳伯故稱四伯是當堯之時姜氏爲四伯也周語唯云四岳不言名字其名則鄭語所云伯夷能禮於神以佐堯者也言禮於神是掌禮之官舜命羣官使伯夷典禮則

伯夷於堯之時已掌禮也掌禮之官舜時爲秩宗於周則宗伯也宗伯掌天神人鬼地祇之禮揔主諸神故掌四岳之祀堯典注云堯之末年庶績多闕羲和之子則死矣於時分四岳置八伯四岳四時之官主方嶽之事然則堯時四岳内典王朝之職如周之六卿外掌諸侯之事如周之牧伯故又述諸侯之職然述職者述其所主之方耳其掌四岳之祀者則四岳皆掌之由掌四岳故獨得四岳之名伯夷所掌徧掌四岳則此詩所言維嶽降神亦揔謂四岳故傳廣以四岳解之明不徧指一山言岳降神神靈和氣以生申甫者正謂德當神意山神祐之使有賢子孫耳非言山氣憑人以生之也何則神氣之所憑依不由先祖掌祀與乙卵大跡不相類也○箋降下至苗胄○正義曰降下釋言文傳推言掌四岳之祀而不辯官之尊卑故云四岳卿士之官又解其名爲四岳之意掌四時因主方岳巡守之事故稱岳也立四伯既主四時又主方岳蓋因其時而主其方春官主東夏官主南也身在王朝外治岳事及掌天子巡守之事在堯時姜姓爲之謂於四岳之中而爲其一爲四岳之一而獨得四岳之名者雖同爲岳官而又特主岳祀故外傳史記特稱伯夷爲四岳由主岳祀故也傳言姜氏箋言姜姓者姜實是姓對則氏姓有異散則以姓配氏春秋稱夫人姜氏是其事也以伯夷主岳而降

生申甫故知德當岳神之意而福與其子孫故稱使之世有賢才也周語稱大姜之姪逢伯陵爲殷之諸侯史記齊世家云太公望其先祖嘗爲四岳佐禹有功虞夏之際封於呂或封於申是歷虞夏商而世有國土也周語云齊許申呂由大姜言此四國是大姜之宗故知皆是苗胄說文云胄胤也禮謂適子爲胄子言此四國皆四岳之後或是其枝苗或是其適胄也○箋申申伯至言之○正義曰以下章乘此維申文轉之以爲申伯則知申甫並指其人不指其國故云申申伯甫甫侯入爲周之楨榦之臣謂爲卿士也蕃者障蔽寇難故云有難則往捍禦之宣者播揚王澤故知恩澤不至則往宣暢之難則自彼所有從我往屏之恩由王而出就彼宣布之有彼此之異也又解此詩主美褒賞申伯而言及甫侯之意由甫侯佐相穆王以王年老耄荒恐其重行刑罰故教訓王行夏時贖罰之刑功加百姓爲前世賢臣美此甫侯與申伯上世俱出於四岳故連言之甫侯訓夏贖刑即今尚書呂刑之篇是也訓王不以周刑而用夏者以王者用刑世輕世重而周刑重於夏欲矯穆王之太重故舉夏之輕刑以訓之所謂臣救其惡也尚書作呂刑此作甫侯者孔安國云呂侯後爲甫侯詩及禮記作甫尚書與外傳作呂蓋因燔詩書字遂改易後人各從其學不敢定之故也此箋定以甫爲甫侯而

孔子閒居引此詩注以甫爲仲山甫者案外傳稱樊仲山甫則是樊國之君必不得與申伯同爲岳神所生注禮之時未詳詩意故耳

亹亹申伯王纘之事于邑于謝南國是式

謝周之南國也箋云亹亹勉也纘繼于往于於法式也亹亹然勉於德不倦之臣有申伯以賢入爲王之卿士佐王有功王又欲使繼其故諸侯之事往作邑於謝南方之國皆統理施其法度時改大其邑使爲侯伯故云然○亹亡匪反纘祖管反韓詩作踐踐任也

王命召伯定申伯之宅登是南邦世執其功

召伯召公也登成也功事也箋云之往也申伯忠臣不欲離王室故王使召公定其意令往居謝成法度於南邦世世持其政事傳子孫也○離力智反下欲離同令力呈反下皆同傳直傳反

【疏】亹亹至其功○正義曰言亹亹然勉力於德行之不倦者申伯也以其行德不倦王使之繼其故諸侯之事令往作邑於謝之地以統理南方之國於是施其法度以治之又以申伯忠臣不欲離背王室當先營彼國以安定其心故王乃命召伯先營謝邑以定申伯往居之處得使申伯居之以成是法度於南方之邦國世世恒執持其政教之事傳之子孫○傳

謝周之南國○正義曰：經言南國者，謂謝傍諸國，解其居謝邑而得南國法之，故云「謝，是周之南國」。杜預云申國在南陽宛縣，是在洛邑之南也。○箋「亹亹」至「云然」。○正義曰：亹亹，勉也。纘，繼，釋詁文。以文勢宜爲往邑於謝，故上于爲往，下于爲於。以申伯之賢，當使南國法之，故以式爲法。言申伯以賢入爲王之卿士，則申伯先封於申，來仕王朝。又言王欲使繼其故諸侯之事，往作邑於謝者，蓋申伯本國近謝，今命爲州牧，故改邑於謝，取其便宜。若申伯不先爲諸侯，不得云入爲卿士。下言我圖爾居，莫如南土者，言餘處不如汝舊居之南方，故還封之於南方。言申伯當是伯爵，出封於謝，當自理其國而已，而云南國是式，則爲一州之伯，故知改大其邑，不同舊時。又解詩人言南國是式之意，以其使爲侯伯，故云然。僖元年左傳曰：「凡侯伯救患分災。」又二十八年左傳曰：「王命王子虎策命晉侯爲侯伯。」其策文云：「王曰：叔父。」用州牧之禮，是謂州牧爲侯伯。此言侯伯，亦謂爲州牧也。旄丘箋云「侯爲牧」，此申伯伯爵而得爲牧者，侯伯七命，伯亦得爲牧。故太宗伯云「八命作牧」，注云：「謂侯伯有功德者，加命得專征伐於諸侯。」是侯之與伯俱得爲牧也。且申伯雖舊是伯爵，今改封之後，或進爵爲侯。史記周本紀云：「申侯與西戎共攻幽王。」彼申侯者，不過是此申伯子之與孫耳，明此時得進爲侯。箋言改大其邑或亦寖進其爵矣○傳召伯至功事○正義曰以常武之序知召伯是召穆公也登成釋詁文又云績功也肆以相訓是功德爲事○箋之往至子孫○正義曰之往釋詁文封諸侯者當卽使其人自定居處不必天子爲築城邑然後遣之此宣王獨先命召公定申伯往居之宅故解其言定之意王以申伯忠臣不欲遠離王室使召伯先繕治其居欲以定申伯之意故言定也定其意者以營築城郭其事既了知已不得不去則嚮國之意定也必使召公往營之者王肅云召公爲司空主繕治案黍苗序云卿士不能行召伯之職然則營築城郭召伯所主其事或如肅言

王命申伯式是南邦因是謝人以作爾庸庸城也箋云庸功也召公既定申伯之居王乃親命之使爲法度於南邦今因是故謝邑之人而爲國以起女之功勞言尤章顯也**王命召伯徹申伯土田**徹治也箋云治者正其井牧定其賦稅○牧手又反又如字後放此**王命傅御遷其私人**御治事之官也私人家臣也箋云傅御者二王治事謂冢宰也

【疏】王命至私人○毛以爲王既命召伯令定申伯之居又告申伯以將封之意王乃命諸申伯云我欲使汝爲法度於是南方之

國今因是故謝邑之人以改作汝之國城也召公於時猶尚未發王又命召伯云汝往謝邑非徒營立申伯之居宅而已又當治理申伯國內土田使之正其井牧定其賦稅也王於是又命傅御於王者治事之臣謂冢宰也令使冢宰遷徙其申伯之私人謂申伯私家之臣在京師者遷之使從申伯共歸其國也○鄭唯以作爾庸爲異餘同○傳庸城○正義曰傳以下云有俶其城故以庸爲城○箋庸勞至章顯○正義曰庸勞釋詁文以王命申伯當意在顯其功勞不宜直言爲其作城而已故易傳也召公既定申伯之居謂王既命之使定耳其居未是定也下言寢廟既成乃爲定耳王親命之亦謂告語申伯以爲作國之意未是命遣之也下言我圖爾居乃是命遣之辭王朝之臣有大功德乃出封爲國君則封之大國可以起發其功故云以起汝之功勞言尤欲使之彰顯也○箋治者至賦斂○正義曰公劉之箋以徹爲稅名此從傳爲治者以召伯先往治之未即徵稅故爲治也地官小司徒職曰乃經土地而井牧其田野而令貢賦凡稅斂之事是爲國之法當先正井牧定賦稅故知治其土田指謂此也襄二十五年左傳曰井衍沃牧隰皐舊說以衍沃之地九夫爲井隰皐之地九夫爲牧二牧而當一井鄭於小司徒之注取以爲說云授民田有不易有一易有再易通率二而當一是之謂

井牧然則正其井牧者觀其地之肥墝爲等級以授民也定其賦稅者豫制其所出之多少也此時召伯未發但王先命召伯使定申伯之宅即告申伯使知其意然後以此言更命召伯故再言王命召伯也○傳御治至家臣○正義曰王之所命明是官人訓御爲治故云御治事之官私人者對王朝之臣爲公人家臣爲私屬也有司徹云主人降獻私人注云大夫言私人明不純臣此申伯雖是王之卿士亦是不得純臣故稱私人也王命使遷其私人告令其人使之裝載耳其遷猶與申伯同行也○箋傳御至家宰○正義曰三公有大傅知此非者以王之所命當有職事三公無職故知非也傅二十八年左傳曰鄭伯傅王是謂輔相王事者爲傅也副貳於王以治國事者唯家宰爲然故知謂家宰也

申伯之功召伯是營有俶其城寢廟既成 俶作也箋云申伯居謝之事召公營其位而作城郭及寢廟定其人神所處○俶本又作俶尺叔反

既成藐藐王錫申伯四牡蹻蹻鉤膺濯濯 藐藐美貌蹻蹻壯貌鉤膺樊纓也濯濯光明也箋云召公營位築之已成以形貌告於王王乃賜申伯爲將遣之○藐亡角反蹻渠略反濯直角反沈士學反樊步

丹反爲于爲反【疏】申伯至濯濯。正義曰此說往營謝邑訖而告王言申伯居謝之事乃召伯於是營其位處於營之處有所作者其是謝邑之城郭也既作其城又作寢廟寢廟既已成成矣此既成之形貌藐藐然而美也王知其美將遣申伯乃賜申伯以四牡之馬蹻蹻然而强壯又賜以在首之金鉤在膺之樊纓濯濯然而光明將欲遣之故賜以此物也。傳俶作。正義曰釋詁文。箋申伯至所處。正義曰亦訓功爲事故言治謝之事是營之下乃云有俶是先營而後作之故云營其位而作城郭此有俶之文下通寢廟其既成之文上兼其城明其皆作成也牆垣廐庫無所不爲而獨言寢廟者主言定其人神所處故也寢人所處廟神亦有寢但此宜總據人神不應獨言廟事故以爲人寢也廟先作而文在寢下不說作之次第從便言也。傳藐藐至光明。正義曰鉤者馬婁頷之鉤是器物之名膺者直是馬之膺前非是器物以鉤類之明言膺者謂膺上有飾故取春官巾車之文以足之謂膺有樊纓也案巾車金路鉤樊纓九就同姓以封申伯異姓而得此賜者以其命爲侯伯故得車如上公

王遣申伯路車乘馬我圖爾居莫如南土乘馬四馬也箋云王以正禮遣申伯之國故復有車馬之賜因告之曰我

謀女之所處無如南土之最善乘繩證反注同後扶又反下同○錫爾介圭以作爾寶寶瑞也箋云圭長尺二寸謂之介非諸侯之圭故以爲寶諸侯之瑞圭自九寸而下○介音界往近王舅南土是保近已也申伯宣王之舅也箋云近辭也聲如彼記之子之記保守也安也○近音記

【疏】王遣至是保○毛以爲王於是發遣申伯令使之國故贈送之以大路之車及乘馬之馬因告之曰我謀度汝之所居無如謝邑之最善汝宜往居之又特賜汝以大圭謂桓圭九寸者也以爲汝之執瑞既賜其物又歎而送之往去已此王之舅也當於南方之土於是安居之矣皆命遣之辭○鄭唯介圭謂長尺二寸之圭以作國之珍寶爲異餘同○箋王以至最善○正義曰王者之封諸侯必以車服賜之是禮之正也故云以正禮遣申伯之國故後有車馬上既賜以四牡鉤膺是王之私恩此又以正禮賜之故言後也言無如南土之最善示已厚之意○傳寶瑞○正義曰春官典瑞掌玉瑞玉器注云人執以見曰瑞禮神曰器瑞符信也則瑞謂所執之玉堯典云輯五瑞即五等諸侯之圭璧也此賜介圭賜申伯令執之言介者大於常圭故王肅云寶瑞也桓圭九寸諸侯圭之大者所以朝天子是也○箋圭長至而下

○正義曰：釋器云珪大尺二寸謂之介長大一也引之而變其文也長尺二寸則非諸侯所當執又寶者居守之辭非瑞信之語故云非諸侯之圭故以爲寶又言諸侯之瑞圭自九寸明其無尺二寸不得稱介示已所以易傳之意孫毓云特言賜之以作爾。明非五等之玉且申伯受侯伯之封當信圭七寸又不得受上公之制九寸桓圭而謂之介箋義爲長○傳近已至之舅○正義曰以命往之國不復得與之相近故轉爲已以爲辭也近得爲已其聲相近故箋申之云如彼已之已也下云王之元舅此則宣王命之故知宣王之舅如鄭意厲王之后曰豔妻而得申伯爲王舅者蓋豔妻無子姜氏生宣王

申伯信邁王餞于郿郿地名箋云邁行也申伯之意不欲離王室王告語之復重於是意解而信行餞送行飲酒也時王蓋省岐周故于郿云○餞賤淺反洗祖見反一音賤字林子扇反云送去食也郿亡悲反又亡冀反地名屬扶風今爲縣諝魚據反重直用反解音蟹

申伯還南謝于誠歸箋云還南者北就王命于岐周而還反也謝于誠歸誠歸于謝

王命召伯徹申伯土疆以峙其粻式遄其行箋云粻糧式用遄速也王使召公治申伯土界

之所至峙其糧者令廬市有止宿之委積用是速申伯之行○疆居良反時如字本又作峙直紀反兩通粻音張遄巿專反委於僞反積子賜反【疏】申伯至其行○正義曰申伯初意不欲離王王告語復重心開意解申伯於是信實欲行王乃以酒餞之於郿申伯乃旋反而南行此南方謝國申伯於是誠實歸之矣言其不得顧戀也又言先者申伯未發之時王豫命召伯令治申伯之國土界所至之疆境又以峙具其糧食謂自京至國在道所須令皆預備委積用是以速其申伯之行由在道無所闕乏故得疾至言王厚申伯也俗本峙作時者誤也○傳郿地名○正義曰於漢屬右扶風在鎬京之西也○箋邁行至郿云○正義曰邁行釋言文此言信行則往前心未欲行於時乃信故解其意言王告語復重於是意解而信行也上歷言以作爾庸我圖爾居往近王舅是復重也申在鎬京之東南自鎬適申塗不經郿解其得餞郿之意時宣王蓋省視岐周申伯從王至岐自岐遣之故餞之於郿也江漢箋云岐周周之所起爲其先祖之靈以有先祖之靈故時省之言省者王自須省視非爲申伯故往江漢言于周受命是爲召公故往是以經云于周與此異也○箋還南至于謝○正義曰以言還者迴反之辞故云北就王命於岐周而還反也蓋王先在岐得召公之報知營謝已訖

召申伯於鎬至岐周而命之也申伯既受命王餞還歸於謝而後適申故云北就還南也言謝于誠歸正是誠心歸於謝國古人之語多倒故申明之誠歸者決意不疑之辭○箋粻糧至之行○正義曰粻糧式用釋言文遄速釋詁文治申伯土界之所至者謂治理申國之四境豫定封疆令申伯至國之時不與四鄰爭訟也峙其糧者謂自京至謝所在道路以具其糧食使申伯所舍所宿須則有之不乏絕也令廬市有止宿之委積者地官遺人云掌道路之委積凡國野之道十里有廬廬有飲食三十里有宿宿有路室路室有委五十里有市市有候館候館有積注云廬若今野候徒有庌也宿可止宿若今亭有室矣候候樓可以觀望者也一市之閒有三廬一宿是也此復云王命召伯者召伯營謝既成遣使報王王知城郭既了又復命以此事蓋遣使命之不必召伯親來而復往也欲速申伯之行唯峙其糧一事耳徹申伯土疆非是速申伯之事於此言之者前命召伯唯使定其居宅治其土田未命之使正其疆界故於是乃命之既命正定其疆界因令具糧以待申伯耳

申伯番番既入于謝徒御嘽嘽番番勇武貌諸侯有大功則賜虎賁徒御嘽嘽徒行者御車者嘽嘽喜樂也箋云申伯之貌有威武番番然其入謝國車徒之行嘽嘽安

舒言得禮也禮入國不馳。番音波嘽吐丹反賁音奔樂音洛周邦咸喜戎有良翰箋云周徧也戎猶女也翰幹也申伯入謝徧邦內皆喜曰女乎有善君也相慶之言。翰協句音塞徧音遍下同不顯申伯王之元舅文武是憲不顯申伯顯矣申伯也文武是憲言有文有武也箋云憲表也言為文武之表式

【疏】申伯至是憲。毛以為此言申伯至國之事言申伯有勇武之貌番番然謂在路之時有此威貌也既已入於謝邑其徒行者御車者皆嘽嘽然安舒得宜不妄馳驅謝人觀其儀貌知是賢君徧邦之內悉皆喜悅而相慶曰今有大良善幹事之君申伯既受封而為民所悅如是豈不光顯申伯乎言實光顯矣又歎美申伯此王之長舅文人武人皆於是以為表憲而法則之也言申伯有文有武可為人之表式也。鄭唯戎為汝為異餘同。傳番番至喜樂。正義曰以番番之文在入謝之上則是在道之容故為勇武貌箋云威武義亦同也又以申伯為天子大臣出封下國美國君之貌不應言身之有勇故辨之云諸侯有大功則天子賜之虎賁之士為之武備故道路觀之則番番然揔言其行從之勇非其身也申伯有女功受州牧之禮故得虎賁之賜徒行御車謂申伯之從也嘽

嘽安舒之狀行則安舒貌則喜樂與箋相接成也箋云入國不馳曲禮文○箋偏至之言○正義曰周匝是徧之義故爲徧也翰幹釋詁文汝者相於之辭故知是相慶之言以申伯新爲之君故遞相慶賀也毛於戎字皆訓爲大知此亦與鄭不同○傳不顯至有武○正義曰文武是憲謂文人武人以申伯爲表式故解其意言由申伯有文有武故得與文武之人爲表式箋以其略故申成之

申伯之德柔惠且直揉此萬邦聞于四國箋云揉順也四國猶言四方也○揉本亦作柔汝又反又如字一音柔注同聞音問**吉甫作誦其詩孔碩其風肆好以贈申伯**吉甫尹吉甫也作是工師之誦也肆長也贈增也箋云碩大也吉甫爲此誦也言其詩之意甚美大風切申伯又使之長行善道以此贈申伯者送之令以爲樂○風福鳳反注同王如字云音也贈詩之本皆爾鄭王申毛並同崔集注本作贈增也崔云增益申伯之美

【疏】申伯至申伯○正義曰此章以申伯歸謝事終揔歎其美且言作詩之意言申伯之德安順而且正直以此順直之德揉服此萬邦不順之國使之皆順其善聲譽皆聞達於彼四方之國是申伯之德實大美矣今吉甫作是工師之

誦其詩之意甚美大矣其風切申伯又使之長行善道故以此詩增長申伯之美言使申伯歌誦此詩見人言已之美更復自強不息以增德行也鄭唯贈送一字別○箋揉順○正義曰易稱揉木爲耒謂屈橈之也有不如意揉之使善是爲順之義言揉萬邦使順善也周無萬國因古有萬國舉大數耳○傳吉甫至贈增○正義曰吉甫尹吉甫毛不注序故於此詳之詩者工師樂人誦之以爲樂曲故云作是工師之誦欲使申伯之樂人常誦習此詩也肆者陳設之言是進長之義故以肆爲長凡贈遺者所以增長前人贈之財使富增於本贈之言使使行增於善故云贈增也○箋碩大至爲樂○正義曰碩大釋詁文言風切申伯使之長行善道者言其善事使之自強也其詩之意甚美大者述其善事令更增長是美大也君子之道貴在謙虛而言吉甫作詩自述云甚美者欲使前人聽受其言故美大以入之令以爲樂者令使申伯常歌樂此詩以自規戒也如此言則此詩之作主美申伯而已申伯有德王能建之美申伯亦所以美宣王故爲宣王詩也

崧高八章章八句

烝民尹吉甫美宣王也任賢使能周室中興焉

疏 烝民八章章八句至中興焉○正義曰烝民詩者尹吉甫所作以美宣王也以宣王能親任賢德用使能人賢能在官職事修理周室既衰中道復興故美之也任賢使能者任謂委仗之使謂作用之雖大意爲同而細理小別有德謂之賢有伎謂之能故太宰八統三曰進賢四曰使能注云賢有善行者也能多才藝者也是賢能相對爲小別散則皆相通也經八章皆言仲山甫有美德王能任用之是任賢使能也褒賞申伯指序其人此不言任用山甫者見王所使任非獨一人而已故言賢能以廣之韓奕之序不言錫命韓侯義亦然崧高之序已有建國親諸侯爲之廣大故指言申伯焉由其任賢使能故得周室中興中興之事於經無所當也

天生烝民有物有則民之秉彝好是懿德烝衆物事則法彝常懿美也箋云秉執也天之生衆民其性有物象謂五行仁義禮智信也其情有所法謂喜怒哀樂好惡也然而民所執持有常道莫不好有美德之人○彝音夷好呼報反注皆同知音智樂音洛惡烏路反天監有周昭假于下保茲天子生仲山甫仲山甫樊侯也箋云監視假至也天視周王之政教其光明乃至于下謂及衆民也

天安愛此天子宣王故生樊侯仲山甫使佐之言天亦好是懿德也書曰天聰明自我民聰明○假音格注同【疏】天生至山甫○正義曰言天生其衆民使之心性有事物之象情志有去就之法既稟此靈氣而有所依憑故民之所執持者有常道莫不愛好是美德之人以爲君也民之所好如是天亦從民所好故天乃監視有周之王政教善惡見此周王其政教之光明乃行而施至於下民矣即王有懿德天亦愛之天乃安愛此天子之宣王乃爲之生樊侯仲山甫大賢之人使佐以興之○傳烝衆至懿美○正義曰烝衆則法夷常懿美皆釋詁文凡言萬物則萬事也故以物爲事○箋秉執至之人○正義曰秉執釋詁文以言好是懿德所好出於情性然上言有物有則即是情性之事物者身外之物有象於已則者已之所有法象外物其實是一從内外而異言之耳因經物則異文故箋分性情爲二性爲五性情爲六情以充之五性本於五行六情本於六氣洪範五行水火金木土礼運曰人者天地之心五行之端是人性法五行也昭元年左傳曰六氣陰陽風雨晦明也昭二十五年左傳民有好惡喜怒哀樂生于六氣是六情法六氣也孝經援神契曰性者生之質命者人所稟受也情者陰之數精内附著生流通也又曰性生於陽以理執情生於陰以繫念是性陽而情陰五

行謂仁義禮智信者鄭於禮記之說以爲木行則仁金行則義火行則禮水行則智土行則信是也六情有所法者服虔左傳之注以爲好生於陽惡生於陰喜生於風怒生於雨哀生於晦樂生於明是也此數情有六經傳亦多言六情唯禮運云何謂人情喜怒哀懼愛惡欲七者弗學而能獨言七者云是其正彼依附而異文耳愛即好也欲即樂也懼蓋怒中之別出已情爲怒聞彼怒而懼是怒之與懼外内相依以爲彼此之異故分之爲七大意猶與此同也人之情性共稟於天天不差忒則人亦有常故民所執持有常道莫不好美德之人下句言天見民意好此美德故天亦愛此天子之事此言好美德之人謂好之以爲君也若然物以同聲相應人以同志相親聖明之君乃愛賢臣無道之世惡人得寵古先帝代莫不盡然君既如此則民亦如之惡人當愛惡君矣而云同好美德之人者人之本意皆欲愛善雖則逐臭之夫當時不以爲惡但識鑒不同謂爲善耳未有故知是其惡而愛之者也且民之愛君爲被其政教雖則愚民亦知愛善君矣○傳仲山甫樊侯○正義曰言仲山甫是樊國之君爵爲侯而字仲山甫也周語稱樊仲山甫諫宣王是山甫爲樊國之君也韋昭云食菜於樊僖二十五年左傳說晉文公納定襄王王賜之樊邑則樊在東都之畿内也杜預云經傳不見畿内

之國稱侯男者天子不以此爵賜畿內也如預之言畿內本無侯爵傳言樊侯不知何所案據○箋監視至聰明○正義曰監視假至釋詁文上句言民好有德之君故以此明至於下爲周之政教光明至於天下正謂宣王政教明也但天子之文見於下句故直言有周耳上言民好有德此言天愛宣王爲生賢佐言天亦好是懿德亦猶民也引書曰者泰誓文也彼注云天之所謂聰明有德者由民也言天所善惡與民同引之者證天從民意也案序云任賢使能周室中興是由有賢臣佐王政始得光明此文乃言由王政教光明天乃爲生賢佐先後不同者宣王之明與山甫之賢皆是上天爲之山甫之年未必不長於宣王非是宣王既明始生山甫但作者見明君而有賢臣爲天愛王之勢非實事也

仲山甫之德柔嘉維則令儀令色小心翼翼箋云嘉美令善也善威儀善顏色容貌翼翼然恭敬古訓是式威儀是力天子是若明命使賦古故訓道若順賦布也箋云故訓先王之遺典也式法也力猶勤也勤威儀者恪居官次不解于位也是順從行其所爲也顯明王之政教使羣臣施布之○道音導解佳賣反本又作懈下文匪解同

疏仲山甫至使賦○正義曰上言天生山甫此言生而有德言此仲山甫之德如何乎柔和而美善維可以爲法則又能善其動止之威儀善其容貌之顔色又能愼小其心翼翼然恭敬既性行如是至於爲臣則以古昔先王之訓典於是遵法而行之在朝所爲之威儀於是勤力而勉之以此人隨天子之所行於是從行而順之既天子爲善山甫順之故能顯明王之教命使羣臣施布行之羣臣奉行王命由於山甫故得爲此明君中興周室○傳古故至賦布○正義曰古是舊故之義故以古爲故也訓道釋詁文若順釋言文賦與人物是布散之義故以賦爲布也○箋故訓至布之○正義曰古訓者故舊之道故爲先王之遺典也是力者勤力爲之故云勤威儀者恪居官次謂恒常恭敬居於官之次舍不解怠於其職位也恪居官次襄二十三年左傳云不解于位假樂篇也是順謂從其所爲言君須爲善從君之意以成善事也顯明王之政教使羣臣施布之身爲大臣故得使在下者布行王政也

王命仲山甫式是百辟纘戎祖考王躬是保戎大也箋云戎猶女也躬身也王曰女施行法度於是百君繼女先祖先父始見命者之功德王身是安使盡心力於王室○辟音璧

出納王命

王之喉舌賦政于外四方爰發喉舌冢宰也箋云出王命者王口所自言承而施之也納王命者時之所宜復於王也其行之也皆奉順其意如王口喉舌親所言也以布政於畿外天下諸侯於是莫不發應。出納並如字納亦作內音同喉音侯應應對之應

【疏】王命至爰發。毛以爲王命此仲山甫曰汝可以爲長官施其法度於是天下之百君當繼而光大爾之祖考又奉承汝王之身於是而安寧之仲山甫既受命爲官乃施行職事於是出納王之教命王有所言出而宣之下有所爲納而白之作王之咽喉口舌布其政教於畿外之國政教明美所爲合度四方諸侯被其政令於是皆發舉而應之美其出言而善人皆應和也。鄭唯戎字爲異餘同。箋戎猶至王室。正義曰戎之爲大雖是正訓於理不愜故易以爲汝汝施法度於是百君謂百辟卿士通畿外諸侯下云賦政于外明百辟之言兼畿外矣言繼汝先祖明其先有功先祖有功必是始封之君故云始見命者之功德也言盡心力於王室者發舉由心施行在力令盡心力使爲至忠也。傳喉舌冢宰。正義曰上句云式是百辟與百君爲法則王朝上卿故爲冢宰舜命龍作納言云出納朕命彼特立納言之官以典王命出入卽今之納言也與此出納王命者

異。箋出王至發應。正義曰以出從於王故爲王口所自言納自外來故爲時之所宜復於王復白也太宰職曰王視治朝則贊聽治注云治朝在路門外羣臣治事之朝王視之則助王平斷焉是出王命也又曰歲終則令百官府各正其治受其會聽其政事而詔王廢置注云平其事來至者之功狀而奏白王是納王命也宰夫掌諸臣之復注云復之言報也反也反報於王謂朝廷奏事是謂奏事爲復也天下諸侯於是莫不發應卽易所謂出其言善千里之外應之是也。

肅肅王命仲山甫將之邦國若否仲山甫明之將行也箋云肅肅敬也言王之政教甚嚴敬也仲山甫則能奉行之若順也順否猶臧否謂善惡也。否音鄙惡也注同舊方九反王同云不也。**既明且哲以保其身夙夜匪解以事一人**箋云夙早夜莫匪非也一人斥天子。莫音暮【疏】肅肅至一人。正義曰肅肅然甚可尊嚴而畏敬者是王之教命嚴敬而難行者仲山甫則能奉行之畿外邦國之有善惡順否在遠而難知者仲山甫則能顯明之能內奉王命外治諸侯是其賢之大也既能明曉善惡且又是非辨知以此明哲擇安去危而保全其身不有禍敗又能早起夜卧非有懈倦之時以常尊事此一人之宣王也 **人亦有言柔則茹之剛則吐之** 箋云柔猶濡毳也剛堅強也剛柔之在口或茹之或吐之之喻人之於敵彊弱○茹音汝又如庶反廣雅云食也濡如朱反一音如宛反毳昌銳反本又作脆七歲反彊其良反下同或其丈反 **維仲山甫柔亦不茹剛亦不吐不侮矜寡不畏彊禦** 矜古頑反

〔疏〕人亦至彊禦○正義曰上既言明哲勤事此又言其發舉得中人亦有俗諺之常言說人之恒性莫不柔濡者則茹食之堅剛者則吐出之喻見前敵寡弱者則侵侮之彊盛者則避畏之言凡人之性莫不皆爾維有仲山甫則不然雖柔亦不茹雖剛亦不吐不欺侮於鰥寡孤獨之人不畏懼於彊梁禦善之○不侮不畏即是不茹不吐既言其喻又言其實以充之茹者○啖食之名故取菜之入口名爲茹祇稱茹毛亦其事也○ **人亦有言德輶如毛民鮮克舉之我儀圖之** 儀宜也箋云輶輕儀匹也人之言云德甚輕然而衆人寡能獨舉之以行者言政事易耳而人不能行者無其志也我與倫匹圖之而未能爲也我吉甫自我也○輶餘久反又音

由鮮息淺反我義毛如字宜也鄭作儀儀匹也易以豉反**維仲山甫舉之愛莫助之**愛隱也箋云愛惜也仲山甫能獨舉此德而行之惜乎莫能助之者多仲山甫之德歸功言耳**袞職有闕維仲山甫補之**有袞冕者君之上服也仲山甫補之善補過也箋云袞職者不敢斥王之言也王之職有闕輒能補之者仲山甫也○袞古本反冕服名【疏】人亦至補之○毛以為人亦有俗諺之常言德之在人此於無德之時非復益重其輕如毛然其輕如毛行之甚易要民無其志寡能舉行之者我以人之此言實得其宜乃圖謀之觀誰能行德維仲山甫獨能舉此德而行之其德義深遠而隱莫有能助行之者山甫既無人助獨行之耳故服袞冕之人職事有所廢闕維仲山甫能補益之以此故可任用以致中興○鄭唯儀為匹愛為惜為異餘同○箋輶輕至自我○正義曰輶輕釋言文儀匹釋詁文然則鄭讀為儀故以為匹以言圖之當與前人共謀故易傳也表記稱仁之為器也重其為道也遠舉者莫能勝也行者莫能致也則德當重矣而云輕如毛者若論德所施行實為重大若言在人身體則於人不重故為輕也言如毛者舉輕物以喻其輕之甚耳其實輕於毛也故中庸引此云毛猶

有倫是怪其所比爲重也舉者提持之言既以重輕爲喻故以舉言之舉謂施行之故云舉之以行既引人言乃云我圖故知我吉甫自我也○傳愛隱○正義曰釋言文○箋愛惜至言耳○正義曰愛者悋惜之言故爲惜也惜其無助則爲嘆傷之深故易傳也宣王之臣賢哲多矣而云莫能助之辞爲太甚故云多山甫之德歸功言之也○傳有衮至補過○正義曰傳以天子之服其名多矣而獨言衮職之意以衣服之中有衮冕者是人君之上服故舉衮以表君也若然天子以大裘之冕爲尊故覲禮謂衮冕爲裨冕而言上服者以大裘之冕無旒事天乃服以示質耳非與人君行禮之正衣故以衮爲上也善補過者易繫辞文言善補衮職之人過也宣二年左傳引此乃云能補過也○箋衮職至山甫○正義曰衮職實王職也不言王而言衮不敢指斥而言猶律謂天子爲乘輿也王之職有缺輒能補之謂有所不可則諫爭之○

仲山甫出祖四牡業業征夫捷捷每懷靡及

言述職也業業言高大也捷捷言樂事也箋云祖者將行犯軷之祭也懷私爲每懷仲山甫犯軷而將行車馬業業然動衆行夫捷捷然至仲山甫則戒之曰既受君命當速行每人懷其私而相稽留將無所及於事○捷在接反軷步葛反道

祭也

四牡彭彭八鸞鏘鏘王命仲山甫城彼東方

東方齊也古者諸侯之居逼隘則王者遷其邑而定其居蓋去薄姑而遷於臨菑也箋云彭彭行貌鏘鏘鳴聲以此車馬命仲山甫使行言其盛也○將七羊反本亦作鏘同仲逼本亦作偪彼側反隘於懈反菑側其反臨菑地名【疏】山甫至東方○正義曰既言在內佐王又說外行述職言仲山甫既受王命將欲適齊出於國門而爲祖道之祭正陳車騎而人觀之見其所乘之駟牡業業然動而高大所從衆人之行夫捷捷然敏而樂事於其祖而既餞仲山甫則戒其從人曰爾等既受君命當須速行若每人懷其私而相稽留將無所及於事也既戒乃乘其駟牡之馬彭彭然而行八鸞之聲又鏘鏘然而鳴所以爲此行者王命仲山甫以此車馬令乘之而行往築城於彼東方之國謂使之城齊也○傳言述至樂事○正義曰仲山甫爲王之卿士職當眺省諸侯言此出行者述其卿士之職也業業動之貌言高大者見其高大而動故業業然捷捷者舉動敏疾之貌行者或苦於役則舉動遲緩故言捷捷以見其勸樂於事也○箋祖者至於事○正義曰以行者既祖乃卽於路故云將行犯軷而祭也每懷靡及在征夫之下而與皇皇者華文同故亦依彼取外傳而經

破之云懷私爲每懷此征夫是山甫從人故知山甫戒之恐其無及於事也皇皇者華傳以懷爲和箋破和爲私以申傳意其義不異於傳故知此箋之意亦與傳同也但毛傳省略彼王肅爲之作說亦云巳與毛同未知誰得毛旨此亦當然王肅云仲山甫雖有柔和明知之德猶自謂無及傳意未必不然也○傳東方至臨菑○正義曰下言徂齊故知東方齊也又解王命城齊之意由古者諸侯之居逼隘則王者遷其邑而定其居時齊居逼隘故王使仲山甫往城而定之也既言所定不知定在何處故云蓋去薄姑而遷於臨菑也毛時書籍猶多去聖未遠雖言蓋爲疑辭其當有所依約而言也史記齊世家云獻公元年徙薄姑都治臨菑計獻公當夷王之時與此傳不合遷之言未必實也○箋彭彭至其盛○正義曰承上出祖之後則是在道之事故以彭彭爲行貌馬動則鸞鳴故言鏘鏘爲鳴聲也既言車馬乃云王命明王以此車馬命山甫使行以王命所賜而作者言其貌狀如是言其車馬之盛

四牡騤騤八鸞喈喈仲山甫徂齊式遄其歸騤騤猶彭彭也喈喈猶鏘鏘也遄疾也言周之望仲山甫也箋云望之故欲其用是疾歸○騤求龜反喈音皆吉甫作誦穆如清風

仲山甫永懷以慰其心清微之風化養萬物者也箋云穆和也吉甫作此工歌之誦其調和人之性如清風之養萬物然仲山甫述職多所思而勞故述其美以慰安其心

〔疏〕四牡至其心○正義曰此言周人欲山甫之速歸并說已作詩之意言仲山甫乘王命之四牡騤騤然壯健八鸞之聲喈喈然而鳴仲山甫乘此車馬以往於齊周人欲山甫用此壯健車馬疾其在路而早歸也山甫既行役如此故我吉甫作是工師之誦其調和人之情性如清微之風化養萬物使之日有長益也以仲山甫述職日月長久而多所思故述其美以慰安其心欲使之自忘勞也○傳騤騤至山甫○正義曰此所陳者還是上之車馬故猶之也釋詁云遄速也疾也欲使之速歸者言山甫有德周人愛之不用使久在於外故云式遄其歸言周人思望仲山甫也○傳清微至萬物○正義曰解詩而比風之意以清微之風化養萬物故以此清美之詩可以感益於人也清微者言其不暴疾也化養萬物謂谷風凱風也○箋穆和至其心○正義曰穆是美之貌故爲和也穆下即云如清風是穆爲清之用故和爲調和人之性也

烝民八章章八句

卷第十八（十八之三）

毛詩注疏挍勘記十八之三

阮元撰盧宣旬摘錄

○崧高

知非三公必兼六卿　閩本明監本毛本同案浦鏜云三公下疑脫者以三公四字是也

皆以賢知　小字本相臺本同案釋文云知音智本或作哲正義本是知字故易爲智字而說之

維是四嶽之山　閩本明監本毛本同案岳當作嶽此嶽者以岳爲嶽之別體而改之耳下同

王者當謂之變　閩本明監本毛本謂作爲案所改是也

言北岳降神　閩本明監本毛本同案浦鏜云北當山字誤是也

張揖廣推云　閩本明監本毛本同案浦鏜云雅誤推是也

明不偏指一山　閩本明監本毛本同案山井鼎云偏恐徧誤是也

是功德爲事　閩本明監本毛本同案浦鏜云德當得字誤是也

箋云庸功也　小字本相臺本同案此釋文本也釋文庸下云鄭云功也可證正義云庸勞釋詁文標起止云箋庸勞是其本作勞也

牧手又反又如字　補 通志堂本盧本同釋文挍勘云按牧字不得有手又反之音蓋大字作井收與正義本作井牧絕異也後人用正義改大字耳井收謂井田所收也

二王治事　小字本相臺本二作貳閩本明監本毛本同案此寫者以二爲貳之別體而譌也

箋治者至賦斂　閩本明監本毛本治者誤徹治斂作稅案稅字是也

俶本又作併　補 釋文挍勘記通志堂本同盧本併作倂云倂舊譌併案所改是也山井鼎云併恐倂字

寢人所處廟神亦有寢　閩本明監本毛本同案廟下浦鏜云脫神所處三字是也

往近王舅　唐石經小字本相臺本同案此正義本也正義標起止云傳近已下云以命往之國不復得與之相近故轉爲已唐石經之所本也釋文云近音記六經正誤云說文作䢋今作近音記字訛作近不敢改其說是也釋文當

本作近今亦作近者後人改之耳近不得音記段玉裁云此借近爲己詳詩經小學正義本唐石經皆誤也

箋云近辭也　小字本相臺本同案此釋文本也釋文近下云毛已也鄭辭也是其證正義本未有明文今無可考段玉裁云此傳謂近者已之假借箋申之曰已辭也讀如彼記之子之記見王風鄭風箋蓋已記忌近其五字同已仍作近誤

特言賜之以作爾　閩本明監本毛本爾下有賓字案所補是也

以峙其粻　小字本相臺本同唐石經損案此正義本也正義云俗本峙作時者誤也釋文云以時如字本又作峙直紀反兩通時即時字之譌正義之意以爲峙具字不從田故曰誤

贈增也　小字本相臺本同案此正義本也正義云凡贈遺者所以增長前人贈之財使富增於本贈之言使行增於善故云贈增也釋文云贈送也詩之本皆爾鄭王申毛並同崔集注本作贈增也崔云增益申伯之美考渭陽傳云贈送也此傳亦然故箋云送之也女曰雞鳴韓奕箋皆云贈送也集注本非當以釋文本爲長○按舊挍未

確

○烝民

夷常懿美皆釋詁文閩本明監本毛本夷作彝案所改非也依此當是正義本經是夷字與孟子所引同潛夫論亦引作夷故又破爾雅彝爲夷也釋文唐石經皆作彝與正義本不同耳閩本以下改去此夷遂不復有知正義本作夷者矣

云是其正閩本明監本毛本同案浦鏜云云當六字誤是也

襄二十三年左傳云閩本明監本毛本同案山井鼎云云恐文誤是也

聽其政事而詔王廢置閩本明監本毛本同案山井鼎云政作致爲是是也

不畏懼於彊梁禦善之閩本明監本毛本之下有八字案所補是也

茹者敢食之名閩本明監本毛本同案山井鼎云敢恐啖誤是也

我儀圖之　唐石經小字本相臺本同案釋文云我義毛如字宜也鄭作儀儀匹也正義云儀匹釋詁文然則鄭讀爲儀故以爲匹考此知釋文正義二本字皆作義鄭以義爲儀之假借耳未嘗改爲儀也唐石經乃竟作儀字誤

正陳車騎而人觀之　閩本明監本毛本同案浦鏜云正疑止字誤是也泉水正義作止

而經破之云　閩本明監本毛本同案山井鼎云經恐徑誤是也

如是言其車馬之盛　閩本明監本毛本同案浦鏜云如當知字誤是也

以慰其心　唐石經小字本同閩本明監本毛本同相臺本其誤我

傳古樓景印